U0465452

中信改革发展研究基金会
中国道路丛书 · 专访

“一带一路”拉美十国行记

A Journey Through the Belt and Road via Ten Latin American Countries

赵忆宁◎著

中信出版集团 | 北京

图书在版编目（CIP）数据

“一带一路”拉美十国行记 / 赵忆宁著 . -- 北京：中信出版社，2022.12

ISBN 978-7-5217-4854-3

I. ①一… II. ①赵… III. ①纪实文学－作品集－中国－当代 IV. ① I25

中国版本图书馆 CIP 数据核字（2022）第 191406 号

“一带一路”拉美十国行记

著者： 赵忆宁
出版发行：中信出版集团股份有限公司
（北京市朝阳区惠新东街甲 4 号富盛大厦 2 座 邮编 100029）
承印者： 宝蕾元仁浩（天津）印刷有限公司

开本：787mm×1092mm 1/16 印张：31.5 字数：465 千字
版次：2022 年 12 月第 1 版 印次：2022 年 12 月第 1 次印刷
书号：ISBN 978-7-5217-4854-3
定价：138.00 元

献给我的母亲

在您九十七岁高龄时我远行去了拉美，导致您离开人世间前未能见到最后一面，这是我永远的痛。但我坚信，如果您活着，拿起这本书时，依旧会给我无限的鼓励，所以我决定把这本书献给您。

踏莎行·且行且歌

——贺忆宁著作付梓

一路风光，
一番景色，
凭栏总在一交错。
一年一度惹风拂，
吹开心语一胸舍。

一日一文，
一书一壑，
一人独自是侠客。
缘何一意写峰峦，
一生最美攀登刻。

陈文玲

作于2022年8月7日

“中国道路丛书”总序言

中华人民共和国成立六十多年以来，中国一直在探索自己的发展道路，特别是在改革开放三十多年的实践中，努力寻求既发挥市场活力，又充分发挥社会主义优势的发展道路。

改革开放推动了中国的崛起。怎样将中国的发展经验进行系统梳理，构建中国特色的社会主义发展理论体系，让世界理解中国的发展模式？怎样正确总结改革与转型中的经验和教训？怎样正确判断和应对当代世界的诸多问题和未来的挑战，实现中华民族的伟大复兴？这都是对中国理论界的重大挑战。

为此，我们关注并支持有关中国发展道路的学术中一些有价值的前瞻性研究，并邀集各领域的专家学者，深入研究中国发展与改革中的重大问题。我们将组织编辑和出版反映与中国道路研究有关的成果，用中国理论阐释中国实践的系列丛书。

“中国道路丛书”的定位是：致力于推动中国特色社会主义道路、制度、模式的研究和理论创新，以此凝聚社会共识，弘扬社会主义核心价值观，促进立足中国实践、通达历史与现实、具有全球视野的中国学派的形成；鼓励和支持跨学科的研究和交流，加大对中国学者原创性理论的推动和传播。

“中国道路丛书”的宗旨是：坚持实事求是，践行中国道路，发展中国学派。

始终如一地坚持实事求是的认识论和方法论。总结中国经验、探讨中国模式，应注重从中国现实而不是从教条出发。正确认识中国的国情，正确认识中国的发展方向，都离不开实事求是的认识论和方法论。一切从实际出发，以实践作为检验真理的标准，通过实践推动认识的发展，这是中国共产党的世纪奋斗历程中反复证明了的正确认识路线。违背它就会受挫失败，遵循它就能攻坚克难。

毛泽东、邓小平是中国道路的探索者和中国学派的开创者，他们的理论创新始终立足于中国的实际，同时因应世界的变化。理论是行动的指南，他们从来不生搬硬套经典理论，而是在中国建设和改革的实践中丰富和发展社会主义理论。我们要继承和发扬这种精神，摒弃无所作为的思想，拒绝照抄照搬的教条主义，只有实践才是真知的源头。“中国道路丛书”将更加注重理论的实践性品格，体现理论与实际紧密结合的鲜明特点。

坚定不移地践行中国道路，也就是在中国共产党领导下的中国特色社会主义道路。我们在经济高速增长的同时，也遇到了来自各方面的理论挑战，例如将改革开放前后两个历史时期彼此割裂和截然对立的评价，再如极力推行西方所谓“普世价值”和新自由主义经济理论等错误思潮。道路问题是大是大非问题，我们的改革目标和道路是高度一致的，因而，要始终坚持正确的改革方向。历史和现实都告诉我们，只有社会主义才能救中国，只有社会主义才能发展中国。在百年兴衰、大国博弈的历史背景下，中国从积贫积弱的状态中奋然崛起，成为世界上举足轻重的大国，成就斐然，道路独特。既不走封闭僵化的老路，也不走改旗易帜的邪路，一定要走中国特色的社会主义正路，这是我们唯一正确的选择。

推动社会科学各领域中国学派的建立，应该成为致力于中国道路探讨的有识之士的宏大追求。正确认识历史，正确认识现实，积极促进中国学者原创性理论的研究，那些对西方理论和价值观原教旨式的顶礼膜拜的学风，应当受到鄙夷。古今中外的所有优秀文明成果，我们都应该兼收并蓄，但绝不可泥古不化、泥洋不化，而要在中国道路的实践中融会贯通。以实践创新推动理论创新，以理论创新引导实践创新，从内容到形式，从理论架构到话语体系，一以贯之地奉行这种学术新风。我们相信，通过艰苦探索、努力创新得来的丰硕成果，将会在世界话语体系的竞争中造就立足本土的中国学派。

“中国道路丛书”具有跨学科及综合性强的特点，内容覆盖面较宽，开放性、系统性、包容性较强。其分为学术、智库、纪实专访、实务、译丛等类型，每种类型又涵盖不同类别，例如在学术类中就涵盖文学、历史学、哲学、经济学、政治学、社会学、法学、战略学、传播学等领域。

这是一项需要进行长期努力的理论基础建设工作，这又是一项极其艰巨的系统工程。基础理论建设严重滞后，学术界理论创新观念不足等现状是制约因素之一。然而，当下中国的舆论场，存在思想乱象、理论乱象、舆论乱象，流行着种种不利于社会主义现代化事业和安定团结的错误思潮，迫切需要正面发声。

经过六十多年的社会主义道路奠基和三十多年的改革开放，我们积累了丰富的实践经验，迫切需要形成中国本土的理论创新和中国话语体系创新，这是树立道路自信、理论自信、制度自信、文化自信，在国际上争取话语权所必须面对的挑战。我们将与了解中国国情，认同中国改革开放发展道路，有担当精神的中国学派，共同推动这项富有战略意义的出版工程。

中信集团在中国改革开放和现代化建设中曾经发挥了独特的作用，它不仅勇于承担大型国有企业经济责任和社会责任，同时也勇于承担政治责任。它不仅是改革开放的先行者，同时也是中国道路的践行者。中信将以历史担当的使命感，来持续推动中国道路出版工程。

2014 年 8 月，中信集团成立了中信改革发展研究基金会，构建平台，凝聚力量，致力于推动中国改革发展问题的研究，并携手中信出版社共同进行“中国道路丛书”的顶层设计。

“中国道路丛书”的学术委员会和编辑委员会，由多学科多领域的专家组成。我们将进行长期的、系统性的工作，努力使“中国道路丛书”成为中国理论创新的孵化器，中国学派的探讨与交流平台，研究问题、建言献策的智库，传播思想、凝聚人心的讲坛。

孔丹

2015年10月25日

目录

序一

“一带一路”建设道路上的独行女侠

和忆宁素未谋面，胡鞍钢教授邀我为忆宁新作《“一带一路”拉美十国行记》作序，说此书将由中信出版社出版。他告诉我，这部作品是“一带一路”系列报道的成果，源自忆宁珍贵的一线采访资料——忆宁采访了拉美[①]10个国家100多家中国企业，历时近一年。我如期收到电子稿，有幸先睹为快。虽然滑动电子书稿没有翻阅纸书瞬间的那种奇妙之感，但我居然一下子就看进去了，再看后不禁拍案叫绝。在茫茫人海中，与有的人相遇是偶然也是必然，没想到我与忆宁的缘分来得如此突然。

2013年，是人类发展史上值得纪念的一年，习近平主席向世界提出“一带一路”重大倡议。之后，中国国际经济交流中心作为国家高端智库，连续9年把共建“一带一路”作为重大基金课题，曾培炎、王春正、张晓强作为课题组负责人，我作为课题组组长，带领研究人员完成了一系列研究，还参与了共建“一带一路”白皮书的撰写。令我难以忘怀的是，作为专家代表，我参加了第二次、第三次“一带一路”建设座谈会，现场聆听

① 本书未对拉美、拉美和加勒比地区进行严格区分，拉美也指拉美和加勒比地区。

了习近平主席在两次座谈会上的讲话，我在第三次座谈会上还代表专家做了发言。我深深体会到，自习近平主席2013年提出“一带一路”倡议以来，共建“一带一路”一步步走深走实，为推动构建人类命运共同体搭建了重要实践平台。共建“一带一路”造福沿线国家和地区，是和平之路、繁荣之路、开放之路，也是绿色之路、创新之路、文明之路。

为做好“一带一路”相关问题研究，9年来我几乎拜读了所有关于“一带一路”的重要研究成果，也带队走访了20多个国家做调研。但是，拜读忆宁的著作，我还是被深深震撼了，也被她的作品惊艳到了！这是一部似和着风和雨洗礼的交响曲。此书记录了忆宁2018年7月到2019年7月，从拉丁美洲和加勒比地区的北端墨西哥的蒂华纳，一直到南端的阿根廷佩里托莫雷诺冰川，在拉丁美洲和加勒比地区的10个国家的所见所闻。她的总行程达到15.6万公里，可谓用脚丈量着那里的每一寸土地，用笔记录着沿途的风土人情，用文章传播着构建人类命运共同体的理念，分享着一个个真实的参与共建“一带一路”的拉美国家和在那里奋斗的中国企业的故事。毫不夸张地说，这部作品是鲜活的、立体的，充满了生命力和感染力。我想象着，作为记者的她行走在拉美大地上，以大国文人的风范、战地记者的敏锐，捕捉那些发生在“一带一路”建设中的人和事，且行且吟咏，且行且悟道，且行且感叹，唤醒笔墨，释放笔墨，提炼笔墨，涂抹笔墨，她像雄鹰一样无拘无束、自由自在地飞翔在广阔但陌生的天空中。笔到之处都是情，大气、纯粹、本真、朴素，情、景、人、物贯穿全书的始末，内悟于心，外绘于形，集中国文化与拉美风情于一体，她正在倾情编织一条“心相通”的彩色丝带。

忆宁是一位有近40年新闻采访经验的资深记者。自2015年至2019年，她便开始致力于“一带一路”跨洲采访，深入调研了亚非拉“一带一路”沿线的22个国家，一线采访了280多个共建“一带一路”投融资项目，已出版了《大战略——“一带一路”五国探访》《21世纪的中国与非洲》两本书。此书是忆宁创作的第三本有关“一带一路”采访的故事，她的视角投向拉丁美洲和加勒比地区，她面对面访谈了 492 人次，包括所在国政府总统、部长等高级官员及项目投资方负责人，中国驻外大使以及项目承接方负责人，乃至普通老百姓。此书源自忆宁深入一线的专题系列采访，不似那些讲大道理的书，而是娓娓道来，画面感、代入感、时代感、自豪感融汇其中。也不同于已经出版的宏观抽象地论述“一带一路”的专著，此书将“宏大”贯穿于“一带一路”的主题本身，将“叙事”体现在对“一带一路”大事件及其走向的细致描绘和深度关注中。正因为对“宏大”的追求与强调不在于“宏观”，这部作品更聚焦于共建“一带一路”国家的具体项目及回应，“一带一路”项目的决策过程，以及相关项目实施场景的考查、还原。读来有画面感和代入感，这正是忆宁作品的突出特色和独特价值。我想，讲好“一带一路”的中国故事是要行万里路的，在实践一线和最前线的记者或者学者，与那些坐而论道和述而不作的专家，真的是两种境界！跟那些不调研却跟随美方抹黑中国的所谓学者，以及提出若干看似高深却没有事实支撑的学者相比，可谓一个天上、一个地上！

2022 年 6 月 6 日，第九届美洲峰会在美国洛杉矶开幕。虽然中国并不在参会之列，但整个峰会却一直笼罩在中国的光影中。美国原本希望通过这次峰会为加强拉美国家与西半球的联系提供一个机会窗口，但它并没有成功，甚至成为拉丁美洲国家诟病的北方邻国。究其原因有二：一是美国坚持门罗主义，干涉别国事务或以民主的名义制造分裂，因美国方面没有邀请尼加拉瓜、委内瑞拉和古巴的领导人参会，墨西哥总统安德烈斯·曼努埃尔·洛佩斯·奥夫拉多尔拒绝出席峰会。这一举动前所未有。二是美国在明里暗里指责中国。拜登政府曾经宣扬“（中国共产党）是美国和西半球邻国最大的代际威胁”，甚至在评估中国在拉丁美洲和加勒比地区的存在和影响力法案中，提出打击中国和俄罗斯在拉丁美洲的“有害和恶意影响”。

此次美洲峰会，美国政府给出的全部信息归根结底就是：加强与美国的关系并支持其对“基于规则的国际秩序”的愿景，可以获得很多好处，而拥抱中国则会失去很多。在“互利合作”和“愿景”之间，拉美国家几乎一边倒地拥抱前者。该地区的许多国家都已经被中国在经济和贸易方面的潜力，特别是“一带一路”倡议所吸引。美国一直以中国不断上升的影响力为借口，向拉美国家施压，并动员其内部资源与在拉美的中国企业竞争，但实际上，这冒犯了拉丁美洲。因为与美国在拉美地区只符合美国利益的霸道做法相比，大多数国家都发现，基于中国提出的“一带一路”倡议，与中国的合作是真正互利共赢的，进而激励着拉美国家在全球战略中更为自信地扮演着自主的重要角色。

为什么拉丁美洲从过去对美国的敢怒不敢言转变为今天的敢作敢为？这也是我推荐忆宁这部书的重要原因，读者可以跟随忆宁每一天的行程，从她每一天的日记中，探寻到拉美国家领导人态度发生重大转变的原因。

《“一带一路”延伸至拉美调研报告》作为开篇，高度概括总结了“一带一路”是如何延伸到拉美，“一带一路”在拉美的四种存在形态、被热议的三大焦点，“一带一路”如何重塑世界经济地理等重要议题。在此报告之后，她以日记形式，记录了中国在拉美和加勒比地区10个国家的130个投资、并购、建设和运营项目，这些项目（金融项目除外）的合同总金额近800亿美元。此书生动记述了“一带一路”延伸至拉美划时代的伟大合作与共赢。

2021年，中国与拉美的双边贸易额超过4000亿美元，约为美国与拉美双边贸易额2950亿美元的1.35倍；中国与拉丁美洲和加勒比地区33个国家中的21个国家签署了“一带一路”基础设施投资项目协议。2005年至2019年，中国为拉美国家融资1500亿美元用于公路、港口和铁路等基础设施建设。面对众多的桥梁、道路、水库，太阳能电站，汽车、家电、机械制造工厂，作者用一个个第一线的采访纪事，向读者展示了这些来自中国的道德道义力量与大国企业以他乡为故乡的作为，它们犹如一座座纪念碑，已经矗立在6亿多拉美人民心中。

1875年，清政府向西方国家派出的第一位驻外公使郭嵩焘，从1876年出发起便坚持每天写日记，把从上海到伦敦途中见闻记入日记《使西纪程》，历时近3个月，达2万多字，为后人留下了珍贵的历史资料。《"一带一路"拉美十国行记》的作者有意识地借鉴了"行走—记录"的写作模式，选题均聚焦在拉美10个国家的"一带一路"项目和所在国政府与人民的反馈上。同时，此书还描述了拉美国家的社会形态，注重探究和比较拉美国家的制度特点而非"中等收入陷阱"。这种在重大主题上的"探究—报告"日记，不只是日有所记、排日纂录的外在，而且是作者用多年积累的国情、世情洞察经验所形成的观点，以中国为中心，以世界为舞台，记载每日所见所闻，展现中国企业、普通职工四海为家、艰苦奋斗的精神。他们如同中国的民间大使，得到了所在国人民的尊重和感谢，也令国人肃然起敬。

蓝天和大海是兄弟，一样的广阔深邃。中华文明以海纳百川、开放包容的广阔胸襟，不断吸收借鉴域外优秀文明成果，同世界各国人民一起造就了独具特色的丝路精神。习近平主席曾深刻指出："只有充满自信的文明，才会在保持自己民族特色的同时包容、借鉴、吸收各种不同文明。"[①] 中华文明自古就以开放包容闻名于世，在同其他文明的交流互鉴中不断焕发新的生命力，向世界贡献了深刻的思想体系、丰富的科技文化艺术成果、独特的制度创造，深刻影响了世界文明进程。忆宁迈开双脚，走向一个个未知但又可以探知的国度，探寻其中的缤纷与奥秘，探寻"一带一路"建设道路上的中国企业的艰辛与情怀，付出与收获。她的旅程是特殊之旅，她是我看到的研究"一带一路"文献中采访企业和人员最多的人。这充分证明，无论是物种、技术、资源，还是人群、思想、文化，都是在不断传播、交

---

① 初心印记丨从千年莫高探寻信心之源 [N]. 中国青年报，2020-11-29.

流、互动中得以发展、得以进步的。而传播的前提是，画好“工笔画”，到轰轰烈烈的实践中去素描和写真。

我加了忆宁的微信，才知道她是鞍钢教授的太太，这更令我对鞍钢教授刮目相看，原来鞍钢教授扎实的学问后面还有一位扎实的记者太太。

文前谨以我为贺忆宁著作付梓所作《踏莎行·且行且歌》，表达对忆宁的敬意。

陈文玲[①]

2022 年 8 月 7 日

① 陈文玲，中国国际经济交流中心总经济师。

序二

“一带一路”拉美纪程上的时代声音

大约25年前我结识了赵忆宁。当时，她是典型的“国社”名记，“点子多、笔勤、腿快”，总是写大稿子，特别善于捕捉前沿话题之下的鲜活案例并进行深度思考。如今，虽然变动了工作岗位，她却依旧保持那份“野性”和功力，竟然用了将近一年的时间跑遍拉美十国，拿出这部珍贵的一线报告。

不同于一般的学术论文或随笔，此书以日记的特殊形式呈现给读者，具有鲜活的动态感、真实感和延展性，蕴含的信息乃至观感和分析更为逼真、准确和生动，适合各类读者，包括对拉美和加勒比地区及中拉关系发展状况不尽了解的普通受众，尤为难能可贵。

“相知无远近，万里尚为邻。”拉丁美洲和加勒比地区在新时代中国特色大国外交布局当中，早已不是几十年前那个偏远和难以问津的版图。相反，这个地区恰是中国在实现中华民族伟大复兴历史进程中构建全球朋友圈、合作网的重要组成部分。当然，由于社会制度、历史文化、习俗与心理认知等诸多差异，中国要真正走近拉美并且与之形成长期而强劲的合作伙伴关系，还需要全面、精准地了解对方的特性，熟悉、运用对方的知识体系及语言。更重要的是，应秉持包容、共生的理念与战略耐心和对方打交道，有一大批“知拉美、有人脉、能办事”的专家在此深耕细作，渐次推进中拉合作发展的命运共同体建设。

赵忆宁的作品避开了一般性的宏大叙事，通过对中国企业在拉美投资、并购、建设和运营的130个项目的调查，用第一手资料展现中拉“一带一路”合作的生命力和标识性，为我们从经济、社会、历史文化、国际关系等多个视角，加深对百年未有之大变局和新型“南南合作”关系走势的辨识与理解提供了翔实的印证。

面对新冠肺炎疫情的暴发和流行，中国一方面率先恢复经济和社会秩序，另一方面最大限度保护了人民生命安全。截至2021年7月30日，中国对外援助和出口疫苗数量超过其他国家和地区的总和。同时，中国也面临美国和某些西方国家不断加大的战略打压和舆论围剿。尽管这是中华民族实现伟大复兴过程中必然的伴生现象，但我们不仅要以坚韧的定力去适应，而且需要运用高超的智慧和艺术去破解。从这个意义上说，赵忆宁的作品具有很高的对外传播文本价值。它“以小见大”，用生动的细节来说明在当前全球化进程发生困顿、国际公共产品供给严重不足的背景下，“一带一路”倡议对拉美地区的特殊适用性以及中拉务实合作提质升级的若干新亮点、新成就，有力地反驳、批判了西方政界和媒体所渲染的中国在发展中国家进行“掠夺与剥削”，使之陷入“债务陷阱”，进而“丧失经济与政治主权”，是“新帝国主义”等谬论，揭示出新时代中国与世界关系的本质和真实逻辑。这部作品可以拓宽我们的视角，对我们进一步挖掘学术研究和舆论宣传的深度题材，弥补“有理说不出，有理不会说”的短板，具有积极的启示作用。

学术与媒体是两个时有互动，却也不同的界别。学术有“框框”，专注于创造概念和提出范式，以所谓学理的深浅论高下、评短长。在高度信息化的社会中，从事区域和国别研究的人员在一般性资料占有上早已不具优势，其竞争出路唯二：一则要善于从纷繁复杂的信息中发现规律性、普遍性并上升为理论认识，二则要提高理论联系实际、反复验证理性认识的自觉性和实际运作能力。

正因如此，学者应从三个方面提高自身的素养和基本功。

第一，加固自己的学术初心。不能满足于“由文转文”，仅用“死材料”和别人“嚼”过的东西来做学问，而不去下苦功夫做大量文献和“活材料”的甄别、对比、更新，甚至简单地用数据模型推演、预测复杂变动的现实。应该将区域和国别研究的学术发展理论联系实际，超越以往的“拿来主义”，通过改进各类评价机制和保障条件，鼓励从业者特别是年轻一代长时间地留驻—接近—熟知其研究客体，不仅更易获得真实的第一手知识，而且有助于培养扎实、多样的学术本领，实现从“学者到专家”的转变。

第二，克服学术盲点和教条僵化。“本本主义”最大的害处就是“以为上了书的就是对的”，于是就会产生“唯上论”，将自己封闭在象牙塔里，离丰富的社会实践越来越远，更难有理论质疑的勇气和知识创新的自觉。最终，脱离实际的学术研究不仅没有可持续的生命力，而且会反过来贻害社会，甚至带偏决策方向。由于地理上、文化上的客观局限，中国与外部世界之间原本存在认知上的差异。新时代区域和国别研究的使命和场景无疑是艰巨和广阔的，我们没有任何理由自以为是、抱残守缺，而应摆正个人发展和社会需求之间的关系，求真知，务实学，在区域和国别研究的质量型发展中添砖加瓦。

第三，打通“门户”，融通共进。区域和国别研究因其特殊性而存在，因其差异性而发展，但这并非“各立门户”、“孤芳自赏”、搞“自我循环”的理由。事物发展演变的动因是多方面的，世界各部分的联系和相互影响也越来越显著，不仅要求区域和国别研究推进更高水平上的学科融合、协作，也需要打通区域和国别研究与学术界其他领域的联系、互动渠道，还必须同相关政府部门、企业、传媒、社会团体建立更加紧密的交流、共享机制。新一代学者切忌自囿于狭小的同人“圈子”，而要有意识地生出多个触角，主动“跨界”，贴近对象，贴近需求，贴近真相，方能增长才智，获得认可。

《“一带一路”拉美十国行记》即将面世，作者命序，借此寄语。祝愿未来区域和国别研究，特别是拉美研究百花齐放，更上层楼。

吴白乙[①]

2021 年 7 月 30 日

---

① 吴白乙，2008—2017 年担任中国社会科学院拉丁美洲研究所所长。

“一带一路”延伸至拉美调研报告[①]

一、“一带一路”这样延伸到拉美

中国提出“一带一路”倡议的时间并不长。以2013年习近平主席首次提出“一带一路”创想为起点，随着中国朋友圈的扩大，“一带一路”倡议的内涵也随之延展。最初的设想是通过共建“丝绸之路经济带”和“21世纪海上丝绸之路”，更有效地连接中国腹地与亚洲、非洲和欧洲商业贸易通道。特别是在非洲国家表示愿将本国发展战略同“一带一路”倡议对接后，拉丁美洲国家坐不住了。

拉丁美洲国家多位驻华使节在多种场合代表国家向中国政府表示，愿意积极参与“一带一路”建设。2015年，玻利维亚驻华大使表示：“一带一路”对玻利维亚的未来发展至关重要。之后，秘鲁外交部前部长、驻华大使贡萨洛·古铁雷斯在《人民日报》上发表文章，表达秘鲁希望“一带一路”扩展到拉丁美洲，秘鲁主动融入“一带一路”，“加强中国和拉丁美洲之间的相互依赖、经济互补和技术转让”。时任智利驻华大使豪尔赫·海

① 此文发表于2019年10月19日的《21世纪经济报道》，标题为《“一带一路”与拉美十国调研报告》。

涅发声，赞扬该倡议旨在通过建设基础设施团结世界，并呼吁中国让拉丁美洲也能加入其中。引用阿根廷外交部前部长苏珊娜·马尔科拉的话说，这项倡议是“一个超越传统丝绸之路到达拉丁美洲的重要多边一体化项目”。

面对拉丁美洲积极寻求加入“一带一路”倡议的呼声，中国给予热情的拥抱：将拉丁美洲与“一带一路”联系起来影响巨大，这个“合唱团”当然需要更多声部的加入。申请加入“合唱团”的还有太平洋地区的国家，这个地区数以万计的岛屿，犹如散落在浩瀚太平洋中的璀璨珍珠，它们本身就位于21世纪海上丝绸之路南向延伸的地带。

将拉美国家纳入“一带一路”框架范围经过了一段调整的过程。起点始于2017年5月首届“一带一路”国际合作高峰论坛期间，习近平主席在与阿根廷总统毛里西奥·马克里的会晤中首次回应，拉美是21世纪海上丝绸之路的自然延伸。[①]至此，由中国提出的“一带一路”倡议对亚洲、欧洲、非洲、南美洲、大洋洲实现覆盖。这是有史以来由一个最大的新兴经济体向全世界提供规模最大的公共产品合作平台。

2018年1月，在智利召开的中国－拉美和加勒比国家共同体（拉共体，CELAC）论坛第二届部长级会议，通过并发表了《“一带一路”特别声明》。正是在中拉《“一带一路”特别声明》里，“一带一路”倡议被视为中国与拉美之间“为实现互利合作而搭建的新的平台”。中国外交部长王毅表示，“一带一路”将“为中拉全面合作伙伴关系注入新的活力，开辟新的前景”，拉丁美洲地区还被王毅部长称为“一带一路”的“重要参与者”。可以说，这次会议使“一带一路”倡议正式登陆和抵达拉美与加勒比地区，中国向拉美30多个国家发出正式邀请，拉开了“一带一路”延伸到拉美的序幕。

拉丁美洲和加勒比地区加入“一带一路”的国家与中国签订了双边

---

① 志合者不以山海为远　习近平为中拉发展筑造“未来之桥”[EB/OL]. 中国青年网，2017-07-20.

《“一带一路”合作协议》或者《共建“一带一路”谅解备忘录》，但也有一些国家，比如特立尼达和多巴哥 2018 年 5 月同中国签署了《关于共同推进丝绸之路经济带和 21 世纪海上丝绸之路建设的谅解备忘录》。但无论签署的是哪个，内容是一致的。截至 2019 年 4 月，拉美和加勒比地区与中国签署“一带一路”双边协议的国家共有 19 个，约占 33 个拉美和加勒比国家的 57%。与此同时，中国与大洋洲的 9 个国家也签署了《“一带一路”谅解备忘录》。

2018 年 7 月至 2019 年 7 月，《21 世纪经济报道》进行了“行走拉美十国”的采访，其中包括已经与中国签署《“一带一路”谅解备忘录》的 7 个国家，分别是智利、委内瑞拉、厄瓜多尔、秘鲁、巴拿马、古巴和牙买加。在牙买加采访时，中牙两国尚未签署备忘录，而离开牙买加不久后传来了消息，此前牙买加总理霍尔尼斯就曾表态支持中国“一带一路”倡议，那是在中国酒钢集团收购阿尔帕特氧化铝厂的一次庆典活动时。而采访时墨西哥、巴西、阿根廷则没有与中国政府签署《“一带一路”谅解备忘录》，巴西、阿根廷是拉美 ABC 俱乐部的重要成员国（另一国家是智利），巴西还是金砖国家俱乐部成员。

二、一个小国为何加入“一带一路”“合唱团”

当“一带一路”延伸至拉丁美洲和加勒比地区时，此倡议在一些国家受到非议。首先是马来西亚时任总理指责他的前任与中国签订东海岸铁路项目，并在工程已经启动的情形下提出重新谈判。在斯里兰卡，汉班托塔港因政府将港口经营权移交中方而引发西方媒体大肆渲染种种的“不安”。

拉美也不例外。在我们出发的前夕，原来已经同意接受采访的中资项目屡屡被告知，因种种原因“不方便接受采访”。不方便的国家包括厄瓜多尔、阿根廷，还有巴拿马。原因是拉美一些国家的政权从左翼政党转移到右翼政党，新政府开始对中资企业的项目进行审查，比如厄瓜多尔、阿根廷。而与中国建交不久的巴拿马，有美国背景的NGO（非政府组织）在此地非常活跃，利用各种渠道屡屡对政府施压；此间，美国多家机构举办各种听证会，包括美国国会、美中经济与安全审查委员会等，系统性地“审视”中国在西半球的作用与影响，从最初的中国对拉美投资“可疑的经济影响”，到试图在中拉之间设下分歧的“债务外交陷阱”，乃至美国政府要员亲赴拉美，当面劝告拉美国家：“中国以国家为主导的发展模式不一定是这个半球的未来。”最终还给中国扣上了一顶“新帝国主义列强”的帽子。

听起来“一带一路”在拉美的处境艰难。其实不然！面对美国对“一带一路”延伸到拉美的挑拨、指责甚至恫吓，为什么会有19个国家义无反顾地搭上“一带一路”这趟列车呢？事实本身就表明了拉美国家的态度，这是基于对国家利益和中长期趋势的分析结果。

以牙买加为例。牙买加是距离美国只有700多公里的加勒比岛国，其国土面积（10991平方公里）与中国的天津市相差不多，人口总数约290万（2017年）。2019年4月，中国驻牙买加大使田琦与牙买加外交外贸部部长约翰逊-史密斯分别代表中牙两国政府，在牙买加首都金斯敦签署《中华人民共和国政府与牙买加政府关于共同推进丝绸之路经济带和21世纪海上丝绸之路建设的谅解备忘录》。而这一切都是在美国下定决心阻止中国“一带一路”进入拉美地区的情况下发生的。为什么牙买加不惧怕美国的恐吓呢？

牙买加是一个农业、工业水平相对落后的小国，国民经济支柱产业是旅游业，长期以来依靠农产品和矿石出口换取外汇，几乎所有的消费品均依靠进口，日子过得有点入不敷出。其最大的进口与出口来源国均是美国。此外，牙买加还是拉美地区为数不多讲英语的国家之一。按照美国国会对牙买加的评估文件，美国与牙买加保持着“亲密的友谊关系”。但是牙买加人抱怨，自冷战结束后，特别是特朗普政府毫不掩饰地宣称“美国优先”，很长时间以来美国公司在这个地区的投资（不包括对外援助）几乎为零。说起来心酸，很多年来牙买加经济中唯一也是最大的外商投资，竟是一家西班牙酒店！“美国开始尝试建立单极世界的愿景，忽视了包括前盟友在内的许多其他国家的利益，加勒比地区在很大程度上被忽视了。”牙买加人这样认为。

2016 年，中国在牙买加投资约 7.2 亿美元，建成了一条贯通牙买加南北的高速公路。这条四车道高速公路，横跨山脉，向南延伸约 67 公里（约为 41.6 英里[①]），代替了几个世纪以来从金斯敦前往北海岸穿越峡谷与沼泽的老路。修建南北高速公路是牙买加政府多年的愿望，此前有法国公司投资，在修到 1/3 遇到地质问题后，法国公司不仅扬长而去，还要求赔偿，此后这条道路被搁置多年。迄今为止，这个项目是中国在加勒比地区最大的投资项目。此外，中国酒钢集团收购了俄罗斯铝业联合公司的牙买加阿尔帕特氧化铝厂，这家企业自 1969 年建成后的 44 年里已经被关闭两次。中国酒钢集团对该厂进行约 5 亿美元的设备更新改造。在外商直接投资只有一位数、青年失业率高达 22.3% 的小国（见表 1），中国已经被牙买加视为“唯一的希望”：中国是牙买加最大的投资与贷款来源国。

表 1　牙买加主要宏观经济指标

指标	数据	参考时间
GDP（国内生产总值）	142.00 亿美元	2017 年
GDP 增长率	1.70%	2017—2018 年财务预计
	1.20%	2018 年第一季度
人均 GDP	4900.00 美元	2017 年
公共债务占 GDP 比重	103.00%	2017 年底
外债	160.70 亿美元	2018 年 3 月
失业率	9.60%	2018 年 1 月
青年失业率	22.30%	2017 年 12 月

① 1 英里 ≈ 1.61 千米。——编者注

（续表）

指标	数据	参考时间
通胀率	3.50%	2017—2018 年财务预计
财政盈余	87.00 亿美元	2017—2018 年财务预计
消费者物价指数（CPI）	3.74%	2018 年 4 月
央行基准利率	2.50%	2018 年 6 月
外汇储备	31.80 亿美元	2018 年 5 月
税收	4886.3 亿牙买加元（约 37.6 亿美元）	2017—2018 年财务预计
吸引外资	8.59 亿美元	2016 年
外资力量	15.02 亿美元	2016 年

数据来源：世界银行。

权衡两国关系所有潜在的收益与美国施加的负面影响，对牙买加来说是一个钱币的两面。牙买加还是达成了共识：牙买加与更多的加勒比国家必须接受，即美国是该地区的主导力量，牙买加没有兴趣与美国对抗，而是要通过成熟的外交以追求国家利益的最大化。牙买加政府明确表示，签署共建“一带一路”谅解备忘录的目的是“进一步分享中国发展历史机遇”，争取吸引更多的中国投资，以改善基础设施并强化薄弱的基础工业（主要是食品加工业）。这既反映了牙买加政府决心在受传统美国影响的地区开辟国家主权空间的现实，又是美国限制这个地区与中国的外交、经济合作的措施最终并不起作用的原因。

三、中国与拉美贸易往来的四种方式

行走拉美让我们有机会了解“一带一路”倡议延伸到拉美之后发生了什么。拉美十国行共 324 天，实地调研了中国在拉美十国的 130 个项目，完成对 492 人次的访谈。这些项目与相关人员分散在拉美巍峨的安第斯山脉、荒凉的巴塔哥尼亚高原、贫瘠的塔拉拉沙漠、原始的亚马孙热带雨林，以及恢宏的佩里托莫雷诺冰川……总行程15.6万公里。这些项目包括投资、并购、工程承包，总金额788.54亿美元。因此，中国不仅仅是拉丁美洲国家的一个重要的贸易伙伴、一些基础设施的建设者，还是为该地区提供融资信贷的最大资金来源国。

我们沿着中国与拉美国家的双边贸易、基础设施建设、投资并购与金融信贷四条主线，观测中国在拉美以何种方式存在以及存在方式发生的变化。

1. 拉美是“一带一路”第七条贸易走廊

自从“一带一路”倡议提出后，中国有规划地打造了六条贸易走廊，包括中蒙俄、新亚欧大陆桥、中国—中亚—西亚、中国—巴基斯坦、孟中印缅和中国—中南半岛六大经济走廊，而中国与拉美的贸易走廊未在其中。但是，无论“在”与“不在”，这条重要的商品贸易走廊一直就在那里！

暂不追溯16世纪“马尼拉大帆船”时期中国开始与拉丁美洲和加勒比地区所进行的贸易，我们把叙事的起点拉近到中国加入世界贸易组织的2001年。

中拉贸易起飞于2003年，虽然经历国际大宗商品价格的下滑有几次起伏，但总体上一直保持快速增长。短短10多年间，中国已经成为拉美第二大贸易伙伴。美洲开发银行在《2017年拉丁美洲贸易趋势》中则给出了详细的数据。这份报告显示，2017年中国与18个拉丁美洲国家和7个加勒比国家[①]的贸易量占到总量的27%，排在美国35%的后面，而比欧盟的6%高出21个百分点（见图1）。

---

① 18个拉丁美洲国家是阿根廷、玻利维亚、巴西、智利、哥伦比亚、哥斯达黎加、多米尼加、厄瓜多尔、萨尔瓦多、危地马拉、洪都拉斯、墨西哥、尼加拉瓜、巴拿马、巴拉圭、秘鲁、乌拉圭和委内瑞拉，7个加勒比国家是巴哈马、巴巴多斯、伯利兹、圭亚那、海地、牙买加和苏里南。由于缺乏数据，2017年第一季度的估计数不包括巴哈马、多米尼加、圭亚那和尼加拉瓜。

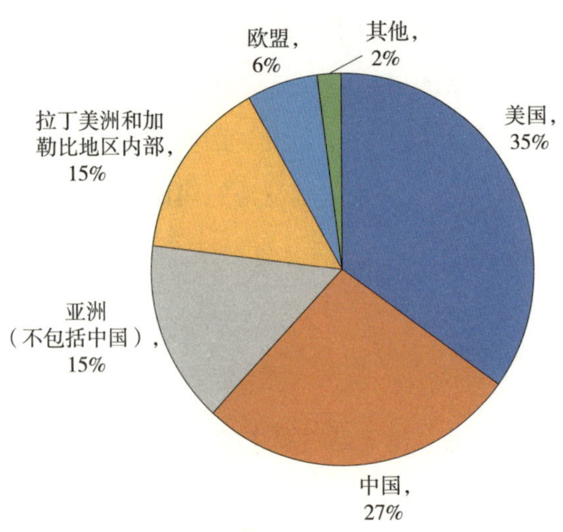

图 1　2017 年拉丁美洲对外贸易状况

数据来源：美洲开发银行。

虽然中拉贸易额目前还少于中美贸易额，但是中拉贸易正在快速增长，仍然处于上升阶段。从 10 多年的历史数据可以看出这一增长态势：中拉贸易额从 2002 年的 170 亿美元增至 2018 年的近 3060 亿美元。其中，中国从拉美和加勒比地区的进口为近 1580 亿美元，占中国进口总额的近 7.5%；而中国对拉美和加勒比地区的出口总额为 1480 亿美元，占中国出口总额的 5.9%。关键是这一趋势没有减弱的迹象。

根据世界贸易组织 2014—2017 年商品贸易额和实际国内生产总值年增长百分比的变化，拉美这 4 年出口增长分别是 –2.1%、1.8%、1.9% 与 2.9%，进口增长分别为 –2.7%、–6.4%、–6.8% 和 4.0%，为发展中国家在世界贸易总额占有 34% 做出了贡献。

2015 年 1 月 8 日，中国国家主席习近平出席中国 – 拉美和加勒比国家共同体论坛首届部长级会议开幕式时提出："我们要共同努力，实现 10 年内中拉双方贸易规模达到 5000 亿美元、中国在拉美地区直接投资存量达到

2500 亿美元的目标。”[①] 大多数研究机构预测，中国超过并大大领先欧盟后，将在 2030 年超过美国，成为拉美国家第一大贸易伙伴。[②] 这一增加中拉贸易和经济增长的长期计划，受到拉美国家普遍的期待。但是从贸易结构上看，拉美以大宗商品换取工业制成品的整体贸易格局并没有得到改善。

前往中交集团在巴西马拉尼昂州投资兴建的圣路易斯港项目采访时看到，这里已经有淡水河谷公司马代拉铁矿石专用港口和伊塔基港口两个港口满负荷运营。2018 年淡水河谷生产铁矿石 3.9 亿吨，其中出口中国的有 2.05 亿吨，而马代拉港主要运输谷物、纸浆等，大部分运往中国。

面向大西洋望去，海上公共锚地停有 26 艘船舶等待进港，锚地的船舶比巴拿马科隆港外的还多。在拉丁美洲最大的港口桑托斯港，每年从这里出口的大豆占巴西大豆出口总量的 70%，巴西出产的大豆 80% 运往中国。2018 年中国从巴西进口大豆 6610 万吨，而 2016—2017 年中国进口大豆超过 9300 万吨。

长期以来，该地区大多数主要商品出口国，严重依赖中国作为其初级商品出口目的地。目前南美洲的 9 个国家（不包括哥斯达黎加）高度依赖中国的市场，南美最大的出口国对大豆、石油、铜和铁矿石这四种商品的依赖程度很高。2018 年，中国从该地区进口的主要是自然资源大宗产品，包括矿石（29%）、大豆（19%）、石油（19%）和铜（8%）。2017 年，巴西对中国出口额占巴西出口总额的近一半，同样地，智利和秘鲁分别为 27% 和 25%。在任何一年里，智利铜产量的绝大部分都运往中国。

贸易流动是双向的。长期以来，中国将拉丁美洲视为一个重要的出口

---

① 中拉论坛首届部长级会议在京开幕　习近平出席并发表重要讲话［EB/OL］. 新华网，2015-01-08.

② 中国商务部数据显示，2018 年中国与拉美国家的双边贸易额达到 1667.80 亿美元，同比增长 18%。美国方面给出的数据显示，2018 年中国向拉美出口总额为 835.3 亿美元，进口额为 832.5 亿美元。

目的地，但是现在中国出口该地区的产品与10年前大不相同了。随着拉美地区对中国制造高端产品整体需求的增加，越来越多的中国企业在这个地区投资建厂，建设诸如特高压输变电线路、铁路、港口、水库等。中国向拉美国家出售包括电动机械及设备（21%），机械及机械用具（15%），铁路车厢、机动车辆及零部件（7%），尖端的电信设备与电子产品在内的高技术产品大大增加了。当然，众多的一般消费品依然不会缺席。

2. 基础设施建设是最大亮点

很长一段时间以来，中国在拉美的贸易从本质上讲一直是“一带一路”式的。比如牙买加南北高速公路项目（PPP，政府与社会资本合作）始于2012年，特许经营协议签署的日期实际上比“一带一路”倡议本身提出时间还早。中国企业在拉美进行的基础设施建设，绝大多数都是原本就在这些国家的发展规划中的，有些大的项目甚至是拉美国家几十年来的梦想。而“一带一路”这个平台起到了加快与助推的作用，更早为所在国的商业、公共服务等一系列广泛的领域带来收益。

根据美洲对话数据库数据，自2002年以来，中国在拉丁美洲和加勒比地区关注的有150个交通基础设施项目，事实上应该不止于此。承建厄瓜多尔科卡科多辛克雷水电站的中国电建，在该国还承建了总长510公里的11条高速公路和19座桥梁。截至2018年，150个交通基础设施项目已有约2/3完成并交付使用，还有一小部分正在建设中，其中有为数不多的项目被取消或延迟。比如，委内瑞拉的蒂纳科—阿纳科铁路项目，还有横跨南美洲大陆、连接太平洋岸及大西洋岸（秘鲁和巴西的港口之间）的两洋铁路，巴拿马城至奇里基省铁路，尚在设计与技术、财务可行性研究阶段的阿根廷一个造价约45亿美元的核电站项目，这些项目将成为拉美东道国加入“一带一路”后启动的项目。

仅就基础设施建设，中国在拉丁美洲和加勒比地区最成功的有三大类。

首先，是港口设施。港口项目在类型和规模上有很大差异，从疏浚到建设，再到收购或者运营。目前中国企业在拉美有 20 多个港口项目已经完成新建、扩建或者交易并购，还有一些在进行中。其次，是水电站建设。拉美几个最大的水电站，比如中国能建葛洲坝集团正在建设的阿根廷孔拉水电站，总投资额约 53 亿美元。目前世界各地总造价 10 亿美元以上的水电站，90% 以上均是由中国公司承建。最后，是被称为"国家名片"的特高压输电网。中国在巴西建设的两条美丽山特高压输电网，是特高压走出国门的标志性项目。

3. 异军突起的投资与并购

中国企业正在经历从双边贸易、工程承包到投资并购的转变，在矿业、石油、建筑、银行和公用事业等主要行业都能感受到它们的存在。

中国参与的拉美基础设施建设项目分为三类。

第一类属于工程承包类，由所在国用国家主权担保向中国政府贷款，并以此支付工程建设款，被称为政府间框架协议的"两优"（"优买""优贷"）项目，这类项目占多数。

第二类是参与拉美近年来如雨后春笋般涌现的 PPP 项目投资，包括道路、风力发电等。

第三类是投资并购（见图 2）。中国国家电网在巴西修建了两条美丽山特高压输电线路，美丽山一期与巴西国家电力共同投资，二期则是中国国家电网独立投资，两条特高压输电线路的总投资为 70 亿美元。中国国家电网还收购了巴西电力企业 CPFL，总收购金额 296 亿雷亚尔，总计超过 80 亿美元。中国五矿集团等在秘鲁收购的拉斯邦巴斯铜矿，交易金额最大，投资总金额超过 100 亿美元。另外，国家电力投资公司以约 23 亿美元收购了巴西圣西芒水电站。2017 年，中国在拉美地区的并购达到创纪录的 175 亿美元，占拉美地区国际并购总额的 33.2%。

根据中国商务部统计，截至 2017 年底，中国对拉美直接投资存量超过

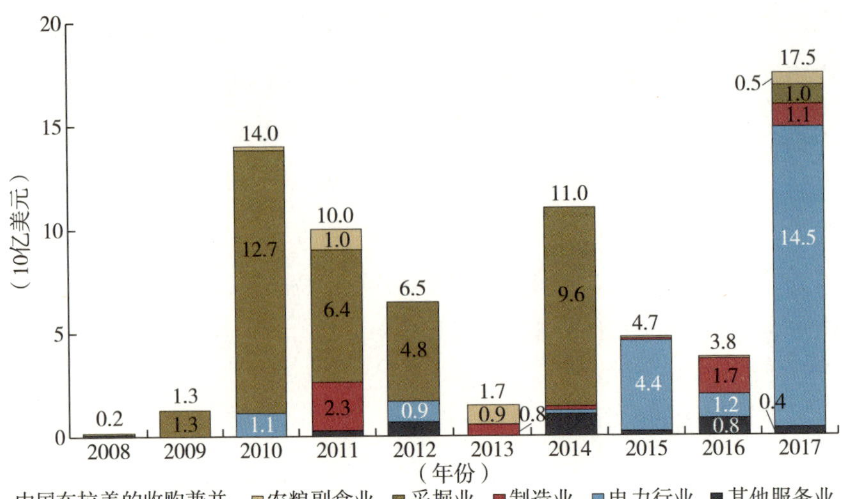

图 2 2008—2017 年中国在拉美的绿地投资

数据来源：美洲对话数据库。

3800 亿美元。拉美成为仅次于亚洲的中国海外投资第二大目的地。

在港口项目中，中资企业一方面投资新港口的建设，另一方面也收购老的港口。在连接大西洋与太平洋的咽喉巴拿马，中交疏浚公司正在建设科隆集装箱港（PCCP）项目，投资人是山东岚桥集团，这个项目为在大西洋一侧的科隆港又增加了一个集装箱码头。目前已经建成的三个集装箱码头，其中两个分属中国台湾长荣集团、中国香港和记黄埔，另一个是美资与当地合资的曼萨尼约国际码头。PCCP 建成后将是科隆港最大的集装箱码头。另外，中交集团在巴西投资的圣路易斯港口也正在建设中。除了新建作为粮食物流产业链条结点的港口，中国公司还参与并购原有的港口。比如，中粮集团在 2014—2015 年收购了巴西桑托斯港口的两个码头，中国招商局港口控股有限公司收购了巴西巴拉那瓜港口。

中国在拉美密集性地建设与收购港口。比如，在巴西，主要是与国际四大粮商争夺大豆粮源的主战场相关。尽管是在远离中国的拉美，这些不同的中国国有企业也会为了共同的目标携起手来。比如，中粮集团在巴西与国际四大粮商争夺大豆粮源主战场，而另外的企业则配合正面战场投资公路与铁路建设，搭建一个物流畅通的渠道。在巴西约有 28% 的大豆出口使用北部港口，雨季来临时，连接农业种植带至北部港口的公路上，因大吨位运输车陷入泥泞，排队几天的情况很常见，在一个运输成本奇高的国家损失显而易见。目前有中国企业正着手对道路进行改造，还有新建铁路的规划。

毋庸讳言，这也会让人对中国在拉美日益延长的产业链以及在能源等关键产业持续增加的势力怀有戒心。所以，有人认为，“一带一路”正式扩展到拉丁美洲和加勒比地区，特别是中国公司正在对拉美基础设施进行更广泛的整合，包括新增与存量的调整，是中国为了确保更有效地将初级商品从当地港口运往中国。比如，上面提到中国在该地区的粮食供应链一体化（生产、加工、物流和营销）方面的努力，当然还包括收购能源、矿产资源企业，使中国在该地区的一些战略部门中占据越来越重要的地位。事实上，原本这些资源大多数也并不掌握在拉美人手中。比如，中粮集团收购的是荷兰公司尼德拉农业和中国香港来宝农业。中国国家电网收购了巴西电力的股份，但巴西政府出售这部分资产的时候是公开市场操作，即便中国公司不买，其他国家的资本也照样进入。只不过让人没有想到的是，巴西政府将国有企业私有化后这些企业很快变成了中国的国有企业。

“很久以来拉美地区存在明显的基础设施赤字，拉丁美洲不仅需要对基础设施进行重大升级，我们还有超过 60% 的道路未铺设，有超过 2000 万人无法获得电力。中国帮助改善基础设施，是对我们自己有利。”当地人这样说。

4. 活跃在拉美的中国金融机构及其影响

21 世纪初开始的拉美黄金 10 年已经成为过去。2018 年行走拉美十国启程前，整个拉丁美洲和加勒比地区正处于经济复苏期。2017 年这个地区的经济增长率平均为1.3%，而2018年为1.2%，除了智利（4.025%）、秘鲁（3.977%）和巴拿马（3.677%）三个国家经济增长率高于世界经济平均增长率（3.2%）外，墨西哥（1.994%）、牙买加（1.856%）、厄瓜多尔（1.377%）、巴西（1.118%）四国挣扎在世界经济平均增长率水平之下，而阿根廷（–2.515%）与委内瑞拉（–18%）则为经济负增长。总体上拉美地区正处于经济缓慢复苏期。

拉美国家的经济复苏需要吸引更多的投资，在中国资金大举进入的同时，欧盟依旧是本地区最重要的资金来源，而美国对拉美的投资包括美国的对外援助在逐年减少。中国资金的进入在某种程度上填补了缺口。

评估中国在拉美和加勒比地区活动的规模，无论是基础设施建设还是投资与并购，背后都有强大资金的支撑。中国资金流向拉美，并不是近几年才发生的。20世纪90年代初，首都钢铁公司率先进入拉美，收购了秘鲁铁矿；几乎在同一时间，中石油投资秘鲁塔拉拉油田，是中国大型企业进入拉美的先行者。与进入非洲时采用政府间框架合作项目、基础设施建设先行不同，中国进入拉美市场是以投资、并购资源性产品先行的。20多年过去了，中国对拉美的投资从当初的几亿美元，已经增长到现在的几十亿美元、上百亿美元。

本次对130个项目的调研发现，几百家中国企业活跃在拉美，其合作领域更加多元化，包括能源电力、交通运输、制造、信息技术和农业等。拉美地区成为中国企业在“一带一路”沿线投资规模最大、投资产业最多的地区，而每一个项目的背后都有中国金融机构的身影。

目前在拉美地区活跃着三种不同类型的金融机构。

首先，是两家中国政策性银行——中国国家开发银行（CDB）和中国进出口银行（CEXIM）。它们在一些拉美国家设有代表处，并一直担负着双边政府框架项目的大额融资。这些贷款是以国家主权担保借贷与偿还，用于修建包括公路、机场等“互联互通”项目，也有水电站、光伏电站等资源能源开发项目，还有学校、医院、住房等民生项目。相比之下，中国的政策性银行通常提供比美国进出口银行更优惠的利率。同时，为了确保能源安全，政策性银行在拉美一些国家发放了以大宗商品（石油）做抵押的数百亿美元贷款，如委内瑞拉和厄瓜多尔，中国以提前锁定未来多年的石油供给作为交换。有数据显示，两家政策性银行发放的贷款占中国跨境贷款的 75% 左右。

政策性银行所发挥的作用，从积极的方面来看，中国显然是拉美国家新的和不断增长的资金来源，尤其是那些无法进入全球资本市场的拉美国家。此外，从拉美和加勒比地区的角度来看，这些贷款并未附带与国际金融机构和西方贷款类似的政策条件。关键是政府融资主要是投资长期发展的基础设施和工业项目，而对这些项目的投资，很多是无法依赖“市场之手”实现的。

其次，中国多家商业银行纷纷在拉美地区建立分行或者子行，包括中国工商银行、中国银行、中国建设银行与中国交通银行等，目前在拉美设有 10 多家分支机构。进入拉美的中国金融机构，规模大、数量多。这些分行、子行的建立，扩大了中国金融在巴西、智利、秘鲁、巴拿马、墨西哥和阿根廷的金融与经济参与度。比如，中国工商银行阿根廷子行已经是当地主流银行之一。中国的商业银行境外分支机构不仅“向内也向外”，它们既为中国公司在该地区运营提供融资与服务，也为当地客户提供以人民币计价的结算、清算、存款、贷款和贸易融资，以及离岸人民币服务。

最后，中国于 2014 年和 2015 年先后成立的两家中拉基金活跃于此。一家是由中国进出口银行和国家外汇管理局共同发起的中拉合作基金，另一家是由中国人民银行、国家外汇管理局、中国国家开发银行发起设立的中拉产能合作投资基金。总规模 300 亿美元的中拉产能合作投资基金首期 100 亿美元已投入运营，首笔股权投资支持三峡集团参与巴西两个水电站的运营。两家中拉基金虽然初始资金较少，但是以股权合作方式进入，起到了种子资金以及缓解流动性压力的作用。

美洲对话 2016 年发表的一项研究表明，自 2005 年以来，中国一直是该地区的融资来源。中国向委内瑞拉贷款 672 亿美元以换取石油，向巴西贷款 289 亿美元，向厄瓜多尔和阿根廷分别贷款 184 亿美元与 169 亿美元。目前中国为拉美国家提供融资近 1500 亿美元，比世界银行、国际货币基金组织（IMF）和美洲开发银行给该地区提供的贷款总额还多。这些还不包括中国人民银行与拉美多国签署的本币互换协议（几百亿美元）与近千亿美元额度的合格境外机构投资者（QFII）。

在外国投资有限，以及多边信贷选择支持拉美基础设施建设意愿微弱的背景下，加上是跨境基础设施建设，中国金融机构成为持续投资拉丁美洲地区的重要资金来源，受到人们的普遍欢迎。事实上，中国已经成为发展中国家的首选贷款人。“中国是拉丁美洲动荡时期的最好的国际合作伙伴。”智利前驻华大使贺乔治（Jorge Heine）说。2008 年金融危机爆发后，全球金融机构抛弃一些违约或者重债国家，在这些国家岌岌可危时，是中国伸出了援助之手。

在与伙伴国家谈判一揽子援助计划时，中国往往将不同的金融工具组合在一起，从赠款、低息贷款到以竞争性市场利率提供的出口信贷和贷款不等。中国将官方资金转化为经济、安全声誉的能力在增强。这既是硬实力，也是独特的吸引力。

四、中国登陆拉美的三大焦点议题

关于“一带一路”愿景，对美国人来说应该不陌生。第二次世界大战后，美国对被战争破坏的西欧各国所进行的经济援助、协助重建的马歇尔计划，就是将美国商业和金融两股力量融合创造了一种循环，帮助其盟国走出战争创伤。而中国的“一带一路”倡议，是希望重新建构中世纪贸易线路，将欧洲与亚洲连接在一起，通过在“中亚新丝绸之路”和“海上丝绸之路”沿线进行基础设施建设来实现这个目标。

不同的是，中国提出“一带一路”倡议的背景与第二次世界大战后的恢复不同。当今，世界处于南北发展极不均衡的时代。在商品过剩的21世纪，非洲很多国家没有基本的建筑材料——钢铁和水泥，甚至没有一般消费品的生产能力，包括从缝制一件衣服到制造一颗螺丝钉；而拉丁美洲国家，包括一些曾经的世界工业强国，其制造业的衰落、基础设施的落后让人惊叹。

在拉美十国的调研发现，这些国家无论是否加入“一带一路”，形成的共识是：“一带一路”倡议正在为加快全球经济发展提供增长的资本，拉美国家同其他共建国家一样，正在从中获益。但就是有些人跑到拉美对“一带一路”说三道四，离间中拉关系，矛头指向“中国在拉美有地缘野心”。

有关中国登陆拉美的负面言论如下。

1. 中国在拉美“掠夺与剥削”？

中国按照国际市场价格从拉丁美洲购买大宗资源性产品，再将制成品销售到拉丁美洲，构建了资源禀赋互补、互利共赢的双边贸易格局，却被扣上了“掠夺与剥削”的帽子，甚至还有人恶意揣度，认为中国的投资是为锁定拉美丰富的自然资源进而提高价格。

的确，中国需求的增加，提升了拉丁美洲自然资源的出口比重，从20世纪90年代的27%上升到52%，占拉丁美洲出口收入的一半以上。但是，中国购买大宗产品，包括每一吨矿石、每一桶原油和每一粒粮食，都是按市场价格。不幸的是，这些大宗商品的“话语权”并没有掌握在中国这个大买主手中，每当需求增加时，中国总是扮演着推动价格上涨的角色：自2007年以来，全球期货市场的小麦、大豆价格分别上涨了82%和65%；铁矿石价格从1997年的每吨30.06美元，最高涨到每吨将近160美元。中国为此付出了更多的成本，而稍许安慰的是，中国与拉美国家的贸易是南南国家之间的转移支付。

当然，加强互联互通有助于进出口贸易，但是中国与拉美各国间不对称的贸易结构与帮助修建基础设施无关。中国为扩大合作领域推出了一系列精心制定的政策：除了提供优惠价格的双边贷款外，还为拉丁美洲设立了多边金融平台，其中包括100亿美元的中国－拉美工业合作投资基金与100亿美元的中拉基础设施基金。2015年中国与拉美和加勒比国家共同体（CELAC）合作，制订分配这些资金的合作计划，主要议题是讨论如何支持拉美工业化、基础设施与可持续发展等。如果全面实施诸如“1+3+6”合作新框架①，将有力地支持该地区的工业发展，并使贸易和投资多样化。

为此，巴西前驻华大使胡格内在2012年曾说：“是中国的购买帮助巴西安然度过金融危机。以铁矿石为例，我们曾向欧洲和日本出口了很多铁矿石，当金融危机来临时，欧洲和日本的经济增长放缓，其钢铁产量下降，因此减少了对巴西铁矿石的进口。当时（2008—2009年）巴西对美国、欧洲和日本出口迅速下降，而中国保持了稳健的增长，持续进口大量铁矿石，崛起为巴西重要的市场。中国帮助巴西出口以及使巴西保持贸易顺差。”

---

① “1+3+6”合作新框架：2014年7月17日，中国国家主席习近平在巴西利亚举行的中国－拉美和加勒比国家领导人会晤上发表主旨讲话，倡议共同构建“1+3+6”合作新框架。“1”是“一个规划”，即以实现包容性增长和可持续发展为目标，制定《中国与拉美和加勒比国家合作规划（2015—2019）》；“3”是“三大引擎”，即以贸易、投资、金融合作为动力，推动中拉务实合作全面发展，力争实现10年内中拉贸易规模达到5000亿美元，力争实现10年内对拉美投资存量达到2500亿美元，推动扩大双边贸易本币结算和本币互换；“6”是“六大领域”，即以能源资源、基础设施建设、农业、制造业、科技创新、信息技术为合作重点，推进中拉产业对接。

2.“债务陷阱”？

“债务陷阱”是有些国家或机构评价中国“一带一路”倡议的高频词。在拉美，人们对“债务陷阱”或者“债务危机”并不陌生。20世纪70年代，巴西、阿根廷和墨西哥等国家为实施“进口替代”的工业化发展战略提供资金而大量借贷。到1983年，该地区从其他国家借贷的债务超过国内生产总值的50%，加上20世纪70年代中期油价飙升超过300%，大多数拉美经济体当时都是石油净进口国，进一步加重了支出。

国际上对政府债务安全性的界定有两个关键性的临界指标：一是政府债务余额占GDP的60%，二是财政赤字占GDP的3%。这两个指标也是国际公认的“预警线”。政府债务低于这两个指标，通常就被认为是安全的，超出这两个指标则意味着风险上升。

一方面这些拉美国家的经济增长放缓，另一方面它们还要努力偿还债务，最终导致其货币贬值，反过来使得偿还债务变得更加困难。到了20世纪80年代初，西方主导的金融市场利率上升。这些因素的组合意味着拉美一些国家的国民收入不足以支付本息还款。

为了应对债务危机，拉美国家不得不向国际金融机构贷款。但是这些贷款是有附加条件的，包括私有化、削减公共支出、取消关税壁垒，从“进口替代”转向“出口导向”的贸易政策，这就是著名的“华盛顿共识”的部分内容。这种转变是摧毁拉美工业化的重要因素。在此期间，拉丁美洲很多国家经历了比世界上任何其他地区更多的新自由主义“结构调整”，结果是：此后20年该地区经济基本上停滞不前，社会发展指标下降，大量抛售公共资产。到了20世纪90年代末，拉丁美洲人已经受够了，开始选举左翼政府执政。这些政府在不同程度上反对新自由主义的“华盛顿共识”，特别是南美洲国家，实施了有利于穷人的公共卫生、教育和住房政策以及战略性产业的国有化。结果经济在很大程度上有显著提升，贫困和不平等程度下降。

拉美经历了持续 10 多年的大宗商品超级周期，直到 2014 年左右，拉丁美洲经济体表现强劲，尽管在基础设施普遍薄弱的情况下，依赖初级产品出口收入增加刺激公共和私人国内消费增加，也实现了不俗的经济增长。但是成也萧何败也萧何，大宗资源性产品的周期性特征，让拉美地区国家再次饱受国际价格下降的挫折。从 2014 年开始，拉美地区少有国家逃过增长方式暴露的脆弱性，随之而来的是较弱的贸易条件导致的拉丁美洲多种货币对美元贬值，重重打击了原本就举步维艰的制造业，进一步加剧了贸易不平衡。结果是一些国家和地区出现“双高”，即公共账户出现大量财政和贸易双赤字，加上较高的通货膨胀率。经过两年的负增长后，从 2017 年开始，拉美国家才缓慢从这一轮的衰退中复苏。尽管如此，2018 年整个地区的经济增长率表现依然不佳，仅为 1.2%，低于世界 3.2% 的平均增长率。拉美这两次的经济动荡或者说是债务危机，与“一带一路”没有任何关系。

拉美近年来的糟糕表现，凸显了该地区竞争力面临挑战。除了劳动法规不完善、重税、教育水平低之外，在基础设施投资上明显不足。比如，阿根廷基础设施的投资率长年只占 GDP 的 2%（阿根廷希望在未来将这一比例提高到 6%），投资不足才是提高风险抵抗能力与竞争力的主要障碍。拉丁美洲和加勒比经济委员会（简称“拉加经委会”）全景式地分析了阿根廷、巴西、智利、哥伦比亚、厄瓜多尔、墨西哥和秘鲁的指标，认为基础设施的薄弱是该地区这一轮经济增长放缓的主要因素（另一个因素是政府治理），特别是运输和港口基础设施质量低劣正在妨碍竞争力的提高（见图 3、图 4）。

根据全球竞争力指数从不同方面审查该地区基础设施显示：阿根廷、巴西、哥伦比亚和秘鲁的运输基础设施质量很差，尤其道路质量是该区域各国的致命弱点，在巴西有时将一种产品运往国外比运往国内的另一个州

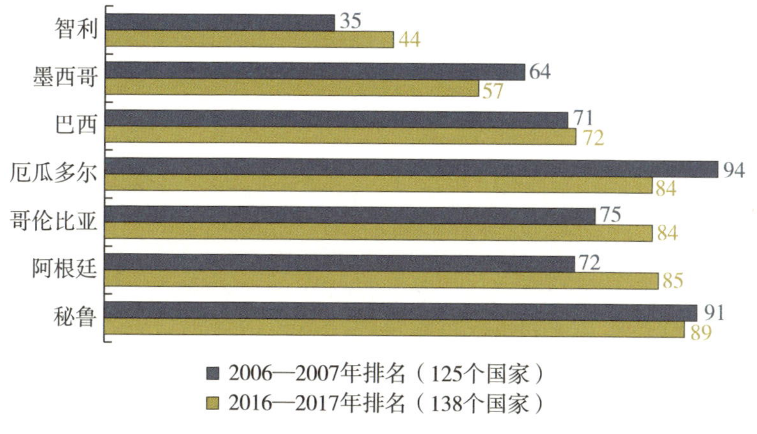

图 3　拉美七国基础设施质量排名

数据来源：世界经济论坛。

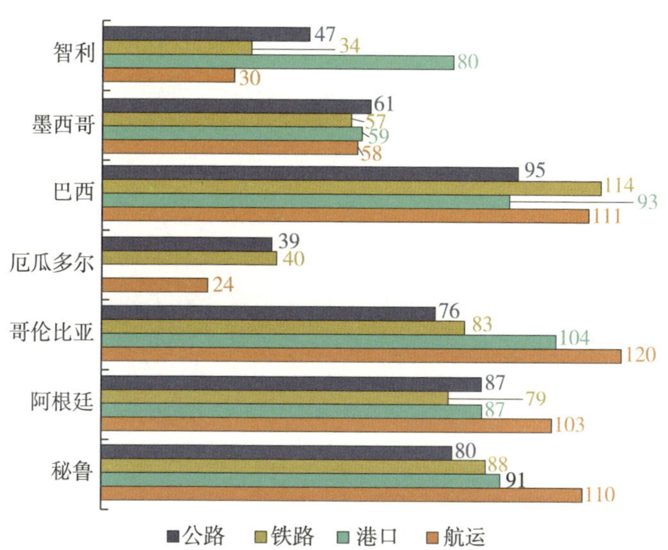

图 4　拉美七国 2016—2017 年交通基础设施质量排名（138 个国家）

数据来源：世界经济论坛。

还要便宜。此外，拉美一些国家虽然拥有丰富的水力资源与风能、热能，但是这里尚有 2000 万人口在电力覆盖之外。拉美国家需要对道路进行更新改造，政府也制定了很多能源建设的规划。根据拉加经委会的估计，该区域需要将其年度国内生产总值的6.2%用于基础设施建设，在2012—2020年间大约需要320亿美元投资，远远高于当时的投资水平。政府囊中羞涩，导致拉美吸引外国投资者的PPP项目方兴未艾，但这笔账总是要还的。另外则是中国资金的流入，无论是政府借贷还是绿地投资。

中国政府的贷款到底是"债务陷阱"还是雪中送炭？鞋穿在脚上是否舒服，只有穿鞋的人才知道。拉丁美洲国家迫切需要中国提供发展投资和信贷资金，用于修建大型水库、道路、港口以及开发太阳能发电等能源项目。如果说基础设施是发展中经济体增长的关键引擎，那么债务融资就是这一引擎的燃料。而支持生产性投资的公共借款是当今富裕国家发展需要的核心，中国将此移植到发展中国家并推动新兴经济体的经济增长。

如果从拉美地区内部分析，拉美一直处于左右翼政治思潮拉锯中。在经济领域，对公共投资与实现什么样的工业化，两种思潮就像"旋转门"，跟随着左右翼政府的更迭不停地旋转。左翼政府上台后使用"有形之手"专注大型基础设施建设，右翼政府上台即把这些资产私有化，因为其坚信市场的"无形之手"。仅就拉美ABC三个大国，智利的存量国有资产已经被卖得所剩无几，国家战略性资产的概念已经不在其词典中。这里暂不讨论巴西腐败案背后的推手与目的，但是受腐败案牵连的七大国有企业遭到致命性的重击，包括巴西国家石油以及拉丁美洲最大的建筑公司奥德布雷希特。巴西政府正忙于挂牌出售存量国有资产，从电力公司、机场、港口到公共服务项目无所不包。

而玻利维亚是个例外。玻利维亚前总统莫拉莱斯是一位痛恨新自由主义的社会主义者，他在2006年就职后不久，将石油、天然气等领域国有化，并开始将政府公共投资视为玻利维亚经济增长的发动机。2006年以来连续制订国家五年发展计划，确定了由国家主导的工业化推动经济与社会发展的目标。

玻利维亚《2016—2020年国民经济和社会发展计划》包括一项广泛的公共投资计划，由宏观经济缓冲、外部融资和中央银行贷款提供资金。此前，玻利维亚的公共投资占国民收入的比重已经从2005年的6%提高到2014年的13%，提高了一倍以上。世界银行给出基础设施投资占GDP比重不少于5%的政策建议，玻利维亚公共投资和资本存量远超过2015—2020年计划投资的486亿美元，是2006—2014年的2.4倍。在政府计划的公共总投资中，56%用于生产部门，确保大型支出获得足够回报，23%用于基础设施，其余21%用于社会发展领域。

玻利维亚大规模公共投资，旨在缩小基础设施差距并提高生产力，以确保持续的中长期增长。同样作为资源出口型国家，其天然气和矿产部门占出口的80%以上，约占财政收入的20%以及GDP的10%。但是玻利维亚却成功抵御了大宗商品周期性衰退下常见的崩盘，这在拉美地区非常少见。在2015—2017年绝大多数国家经济少有增长甚至出现负增长的时候，玻利维亚经济增长每年保持在4%以上。公共投资使固定资产增加，不仅可以在未来更长的时间内为经济增长做铺垫，而且也将进一步增加一个国家的资本存量，这在中国已经得到验证。中国政府公共基础设施投资占GDP比重年均为8.6%，比北美与西欧的总和还多，世界平均仅为3.5%。

增加公共投资乃至借贷，必然会导致“债务陷阱”吗？债务占GDP的比重是反映一个国家生产和销售商品以偿还现有债务的能力指标。事实上，无论抨击者给出多少假设，公共投资的本质是积累资产而非消费，这部分资产具有明显的“外溢效应”，只要这些资产的收益超过成本，公共投资反过来还能改善政府资产负债表。以玻利维亚发展卫星通信为例，TKSAT-1卫星在中国建造，耗资3亿美元，其中85%的资金来自中国开发银行，15%的资金来自玻利维亚政府。TKSAT-1卫星投入使用后，可使玻利维亚电信公司在15年内节省8100万美元，此外，卫星提供电视服务、网络及有线电视服务，供应商每年还能获得3000万美元收益。

中国有能力与办法处理借贷与偿还的一切事务，中国从来不逼迫共建“一带一路”国家偿还债务，有的只是债务重组与债务减免。比如，古巴是美国严格封锁的对象，被排除在大多数国际贷款组织之外，即使只是短期进口或出口融资，国际金融机构面对古巴的风险也避之不及。在古巴国际收支状况极其脆弱的情况下，只有中国、俄罗斯等向古巴提供政府融资。多年来，尽管古巴出现违约行为，中国、俄罗斯也没有向其采取行动，而是双边政府共同协商进行债务减免或者债务重组。2013 年俄罗斯减免古巴 250 亿 ~290 亿美元的苏联时期债务。2011 年与 2016 年，中国与古巴达成重组数十亿美元债务的协议。2006 年在北京举行的中非合作论坛峰会，中国宣布部分减免借给 39 个非洲国家的 100 亿美元债务。

2018 年，时任美国国务卿蒂勒森[①]在美国奥斯汀大学发表《美国在西半球的参与》演讲，他劝告共建“一带一路”国家警惕中国贷款，说中国正在拉美推动一种“邪恶的国家主导的发展模式”，并警告拉美国家，中国正在“利用其经济实力来增强其在该地区的政治影响力”。自第二次世界大战以来，对公共产品的国际投资一直是美国外交政策的重要组成部分，但现在美国对此已经是既无愿望也无能力。但美国必须承认，中国在拉丁美洲和加勒比地区扮演着至关重要的角色，没有任何其他伙伴能够填补这一点。中国所提供的公共产品以及倡导的构建人类命运共同体理念，所呈现的互利共赢显然比西方国家的“关怀”“警告”重要得多。

3. 拉美国家驳斥“新帝国主义列强”谬论

相较 19 世纪下半叶的老帝国主义，美国将自世纪之交以来广泛流行的帝国主义 2.0 版的“新帝国主义”帽子扣在了中国的头上。蒂勒森说，“拉美不需要新帝国主义列强”，还劝告拉美国家“不要过度依赖与中国的经贸

---

① 蒂勒森 2017 年 2 月 1 日至 2018 年 3 月 31 日任美国国务卿。

联系”，并对“中国如今已成为阿根廷、巴西、智利和秘鲁的最大贸易伙伴感到痛惜”。

中国从来没有把拉美看作自己的势力范围，与很多国家关系的定位是“战略合作伙伴”，反而是美国自认为拉美是自家的“后院”。2013年，时任美国国务卿约翰·克里在众议院外交事务委员会发表讲话时说：无论拉美国家的主权如何，“西半球是我们的后院”。相比之下，是中国还是美国对拉美怀有野心？谁才是尊重拉丁美洲的国家？

至少从20世纪初开始，美国政府一直在拉丁美洲追求大致相同的议程：在整个地区保持美国的霸权地位。2009年4月举行的美洲国家首脑会议上，奥巴马才承诺开启与其他美洲国家建立新的“平等伙伴关系”和“相互尊重”的新时代。但是美国从来没有放弃维持美国在拉美的霸权，这一目标经常被隐藏在促进民主和人权的饰词中。华盛顿在拉丁美洲政治层面的终极使命就是：消除不支持美国经济、安全与外交政策的所有目标。看看美国对待委内瑞拉这样一个主权国家的态度，我们就一目了然了。

2016年夏，奥巴马政府抛出巴西的腐败案，导致左翼总统迪尔玛·罗塞夫被弹劾。几乎在同一时间，美国政府反对阿根廷克里斯蒂娜·基什内尔左翼政府的多边贷款，加剧了阿根廷经济形势的动荡，从而帮助右翼千万富翁毛里西奥·马克里在2015年总统选举中获胜。“新帝国主义”与老帝国主义最大的不同点是，后者以殖民垄断为主要特征，而“新帝国主义”则突出了金融霸权或者金融掠夺的主要特征。坦率地说，自世纪之交以来中国加强对外贸易、资本输出、与发达国家在世界范围的经济竞争、产品输出，客观上加剧了发展中经济体的去工业化或经济结构“初级化”的趋势，但这些并不能表明中国具有“新帝国主义”的特性。

首先，人民币的全球交易量目前只排世界第五，还不如欧元、英镑、日元，更没有美元霸权的铸币税，何谈金融霸权与垄断？其次，中国是一个出口导向型的制造业大国，中国的金融化并没有挤压生产性投资，而这恰恰是美国今日的景象。中国依靠持续多年的生产性投资，创造了生产、消费、投资，以及就业与工资同步的持续增长，在此模式作用下，大量地从发展中经济体吸收大宗初级产品。最后，中国没有依靠金融对拉美国家进行“掠夺性积累”，而金融霸权国家却在榨取拉美国家的经济剩余。美国利用金融霸权数次薅拉美国家的羊毛而声名狼藉。中国的“一带一路”倡议，特别是亚洲基础设施投资银行和金砖国家新开发银行等一系列国际合作机制，践行金融资本为实体经济服务的宗旨，进而打破了现存的投机导向的金融霸权定律。

美国在拉丁美洲将中国污蔑为“新帝国主义列强”以来，受到拉丁美洲国家的学者和官员的批评或反对。秘鲁商务部部长出面为中国发声，称中国是秘鲁的“好贸易伙伴”；联合国拉丁美洲和加勒比经济委员会主席也发声称，应该邀请更多中国人在该地区投资。如果美国能够像中国那样实施以经济需求驱动该地区发展的政策，可能会更吸引拉美国家而获得更多的尊重。

自2009年以来，美国实施的政策限制了与拉丁美洲的贸易，美国平均每年出台422项对拉美实施的贸易保护主义政策。例如，提高巴西钢铁产品的关税等，恶化了与拉美国家的贸易关系。中国平均每年只有44项对该地区产生负面影响的政策。

这些转变当然会影响拉美人的情绪。在整个拉美地区，人们对具有包容性的中国越发有好感，而对越来越采取保护主义立场的美国的看法变得越来越差。2003年美国皮尤研究中心曾经做过一项调查，涉及“拉丁美洲公众对未来美国影响力的期望是什么”。当时有43%的人选择美国并对美国寄予厚望，中国只有16%。但15年后，拉美地区对中国和美国的看法出现反转，还是皮尤的全球态度调查，拉美地区的顶级经济体现在对中国的评价比对美国更好。比如，多年来中国一直受巴西人青睐，在墨西哥和秘鲁，中国的受欢迎程度自2017年后激增。

作为一个拥有数十年基础设施发展和技术经验的国家，美国原本完全有能力帮助墨西哥或者洪都拉斯这样的邻国建设更具弹性的现代化基础设施网络，在其视为“美国后院”的国家发挥关键作用，为邻国创造真正的经济发展机会。但美国反而选择在美墨边境以每英里耗资 2120 万美元修建隔离墙，总长 1650 英里的边界墙将花费 350 亿美元，并声明要墨西哥支付边界墙的支出。墨西哥下加利福尼亚州政府曾希望美国投资者能够帮助自己修建一条边境铁路，但是没有得到回应，之后才转向请求中国投资。

相比中国的“一带一路”倡议，美国在拉美也有自己的计划。比如，“中美洲北三角繁荣联盟计划”（参与国有危地马拉、洪都拉斯和萨尔瓦多）等。该计划是一项涉及毒品、移民与安全的解决方案。自特朗普就职以来，2018 年美国对这个地区的援助减少了 42%，从大约 5.2 亿美元减少到 3 亿美元。美国对拉美国家援助的出发点，从来都是为了美国的本土安全，是否能促进该地区的经济繁荣并不在美国考虑范围内。

10 多年来，美国的表现让拉美国家大失所望不是没有原因的，美国连对拉美的发展援助也一减再减。2018 年特朗普政府向国会提出的预算要求，对拉丁美洲和加勒比地区的援助比 2016 年减少了 35%，12 亿美元将是该地区自 2001 年以来收到的最少援助（见图 5）。特朗普政府在削减对外援助的同时，却将国防预算增加了 9%。退一步讲，美国即便给予拉美援助，通常只是支持拉美公共服务和公用事业私有化，这进一步削弱了拉美国家政府在经济中的作用，与中国形成强烈的反差。

委内瑞拉驻德黑兰大使阿蒙霍特普·赞布拉诺说：“拉丁美洲国家 15 年来一直没有成为美国的后院，美国已经失去了以前在该地区的影响力。”美国伍德罗·威尔逊国际学者中心学者本杰明·克罗伊茨费尔特说：“对公共产品的国际投资一直是美国外交政策的重要组成部分，但现在却不是。如果美国少搞一点霸凌和分化，多搞建设性合作，那么它就能更好地利用它在西半球拥有的外交资源和朋友圈。”现在有人将拉美比喻为“没有人的后院”，

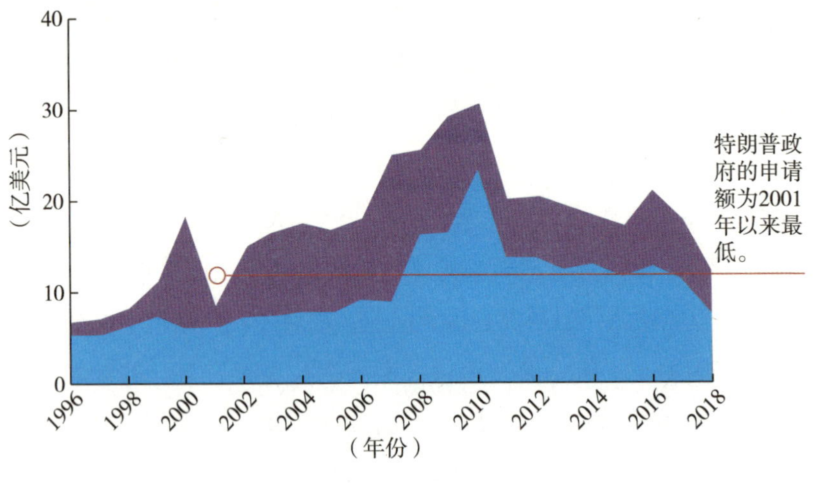

图 5 美国对拉丁美洲和加勒比地区的援助

更加确切的表述应该是，现在的拉美是一个不需要依赖外部权力的拉丁美洲。美国虽然在拉美有太多的劣迹，但是也曾经倡导过自由贸易，加上军事力量以及倡导的人权，在拉美维持数十年地缘优势。如果美国要保持超级大国的领导力，请扪心自问，拉美国家为何欢迎中国的“一带一路”倡议？一边是构建人类命运共同体，一边是欺凌、强权，人们会如何选择？华盛顿应该记住这一点：指责别人的时候，最好先审视自己。

五、“一带一路”倡议如何重塑世界经济地理

“一带一路”倡议到 2019 年也只是一个只有 6 岁的“孩童”。6 年中，《21 世纪经济报道》用了 4 年的时间，完成陆上、海上丝绸之路五国[①]，非

① 陆上、海上丝绸之路五国：吉尔吉斯斯坦、巴基斯坦、卡塔尔、斯里兰卡、马来西亚。

洲七国[①]，拉美十国[②]的一线调研。我们看到过一棵棵结了果实的“树木”，而由这些树木组成的森林到底是什么样的？中国发起的“一带一路”倡议，到底给原有世界的地缘经济与地缘政治带来了什么样的影响与变化？

10 多年前世界银行发表了《2009 年世界发展报告：重塑世界经济地理》。这个报告传达的最重要的信息是“不平衡的经济增长”，呼吁发达国家“关注这 30 亿相互重叠的贫穷人口”，并提出一个解决方法——“制定出合理的政策，促进各地的生活水平逐渐趋同”。但 2009 年可能是发布经济地理报告历年中最糟糕的一年，那时全球正陷入金融危机的恐慌中，人们很难思考促进缩小南北差距的长期变革。

应该说，中国用行动做出了回应。2013 年 9 月 7 日，在哈萨克斯坦纳扎尔巴耶夫大学，中国国家主席习近平首次提出共建丝绸之路经济带的构想，核心要义就是加强基础设施互联互通建设。这是中国提出“一带一路”倡议的开端，中国愿意以自己的资金以及建设能力，为南北“互联互通”提供公共产品。

但同样是全球公共产品的提供，杜鲁门时期的马歇尔计划[③]被认为是“美国的伟大”。这项计划的目标是重建饱受战争蹂躏的欧洲，目的是消除贸易壁垒，实现工业现代化，促进欧洲繁荣，防止共产主义蔓延。而“一带一路”倡议的受众绝大多数是欠发达与发展中国家。这个新崛起的国家所阐述的是“和平发展”与“对人类做出较大贡献”乃至构建人类命运共同体的善意，却被一些不敢亮出真实底牌的人百般挑剔，甚至罔顾事实地污蔑，最终被扣上“新帝国主义列强”的帽子。这种行为既怯懦又虚伪。

---

① 非洲七国：纳米比亚、喀麦隆、苏丹、南苏丹、肯尼亚、刚果（布）、毛里塔尼亚。

② 拉美十国：墨西哥、牙买加、委内瑞拉、巴拿马、古巴、厄瓜多尔、秘鲁、智利、阿根廷、巴西。

③ 马歇尔计划旨在援助西欧，其中美国提供了超过 120 亿美元的经济援助，以帮助西欧重建经济。该计划取代早先的摩根索计划提案，从 1948 年 4 月 3 日开始运作 4 年。

经济地理侧重描述商品、知识和人口的流动性。长期以来，全球经济活动空间分布很不均匀，主要生产集中在富裕国家，因为资本与市场只青睐生产要素聚集的地区。生产要素聚集的最大的前提条件是流动性，而流动性最大的前提条件是基础设施的完善。正是因为很多欠发达国家缺少公路、桥梁、港口、航线、数字通信等，而全球经济发展的成果又不能自动惠及欠发达国家，所以经济活动的集中度越高，经济发展越不平衡。

虽然现在全面评估“一带一路”倡议还有些早，但是我们可以借助新的技术与统计方法，从密度、距离、空间三个维度来描述共建“一带一路”国家经济发展的地理变迁。比如，共建国家在人口聚集、商业活动地理空间以及海上货物流动乃至南北国家差距，在“一带一路”项目实施前后究竟发生了哪些变化。

1.“一带一路”项目的夜间灯光指数

对于绝大多数没有去过共建“一带一路”国家的人来说，采用语言描述或者数据统计，来说明“一带一路”项目正在如何影响低收入和中等收入国家经济活动，有些抽象。但是，通过夜间灯光指数观察则会直观而生动。

阿根廷中部（罗萨里奥）铁路沿线白天与夜晚对比强烈。夜间的阿根廷是一幅完全不同的画面，一条条铁路连接一个个城镇，夜间的灯光像一串串发光的珍珠，揭示商业是如何从铁路沿线流出的。像这样的基础设施项目有助于将经济活动，特别是将分散的农村与城镇的家庭和公司同遥远的市场连接，获得更广泛的客户。

中国是为阿根廷基础设施融资最多的国家。从 2012 年至 2018 年，仅为阿根廷的国家铁路系统改造就提供了 48.7 亿美元，分别为 1500 公里的贝尔格拉诺货运铁路改造（24.7 亿美元），以及 1626 公里的圣马丁铁路改造并扩建项目（24 亿美元）。2013—2018 年，中国在五大洲参与了上千个类似基础设施项目的投融资，涉及公路、铁路、桥梁、隧道、港口和机场等领域。

汉诺威莱布尼茨大学宏观经济研究所，多年来研究全球国家与地区间的不平等，他们使用了一种不寻常的方法生成的数据——夜间灯光指数来衡量不平等与收入差异。美国空军国防气象卫星每天绕地球 14 圈，并在夜间用传感器记录地球表面的光线。根据卫星拍摄的图像，他们收集遍布全球 3.2 万个地区的数据，采用独特的夜间光线地理分布的照明指数计算基尼系数，以衡量区域间的经济不平等。现在世界各地的许多经济学家都在使用这种数据研究经济活动，因为夜间灯光指数与 GDP 及其他重要的宏观经济指标显示出相当强的相关性，据此可推算出包括工业生产和国家级的信贷增长。

他们在此基础上深入研究中国“走出去”项目地点的数据变化，这些数据覆盖世界 138 个低收入和中等收入国家，精确定位在 6184 个地点实施的 3485 个开发项目，进而分析这些项目与发展中国家经济活动扩散效应的关系。研究结果令人鼓舞：中国在五大洲的各种项目，特别是交通基础设施连接性的项目，正在遏制所在国家地区间经济差距的扩大，进而减少了发展中国家间的不平等，有助于解决全球不稳定。

该课题组公布了使用夜间光强度的高分辨率卫星图像所显示的中国项目的互动高清照片，让我们能够在可视画面上看到“一带一路”项目的全貌。这是在地球夜晚所看到的另一个故事：“一带一路”正在驱散世界最不发达地区的黑暗，带来光明；地球城镇新增添的灯光以及连接它们的交通网络，揭示了整个星球上人类定居和活动正在发生新变化的格局。

这项研究比较专业，是通过追踪分析新建基础设施的特定区域，或者一定区域范围内夜间光强度的变化，计算出人均 GDP 和人口数量的乘积，观测人口密度和经济活动的关系变化（将国家和国家以下各地区夜间光强度与国内生产总值之间设定一个约为 0.3 的弹性系数）。他们的研究发现，有中国资助的交通基础设施项目的地区与没有的地区相比，境内经济活动的扩散程度更大。一项特别的发现是，关于交通基础设施与教育相互作用的系数大得令人难以置信。此外，他们将一个接受中国援建基础设施较多的地区与一个只有少部分援建的地区做比较，发现前者 GDP 增长率提高了 5.1 个百分点，而后者仅提高了 0.5 个百分点。

他们所收集的数据虽然并不完全，特别是缺失 2017 年以后的数据，但并不妨碍这项研究最终得出几项重要结论。

第一，从全球很多国家，特别是那些低收入和中等收入国家夜间灯光的地理分散可以看出，中国在共建“一带一路”国家的基础设施“互联互通”投资，产生了经济溢出效应。

第二，国家以及国家以下地区夜间灯光的地理分散也告诉我们，经济增长的成果正在从狭隘地域向更加广泛的地区扩散，正在加速经济活动的全面扩散。

第三，中国正在帮助发展中国家摆脱大多数经济活动集中在少数城市的不均衡困境，从而拉平了经济活动的空间分布，有可能缩小东道国内部的地区经济差距。

第四，中国在世界各地援助建设的基础设施项目，减少了经济合作与发展组织（OECD）定义的“社会”和“经济”（包括运输部门）以及教育和卫生领域的不平等。

第五，中国的发展项目缩小了脆弱和易发生冲突的国家内的空间不平等，将对这些国家的政治稳定产生有利影响。

这项“一带一路”项目如何影响低收入和中等收入国家经济活动的地理分布的研究非常有意义。

2. “一带一路”倡议重塑全球贸易与航运

在观察“丝绸之路经济带”后，再看“21 世纪海上丝绸之路”。“一带一路”对贸易以及航运产生的影响，虽然难以用量化指标评估，但是，以直观的感受来判断，当大西洋沿岸西部的喀麦隆也加入国际贸易航运的队伍中将会发生什么？[①]为了使克里比深水港发挥连接原材料、农产品乃至制造业与全球市场的作用，喀麦隆还修建了连接克里比深水港的道路，以改善连通性。喀麦隆政府致力于基础设施的修建，2015—2017 年，其经济增长率高于世界平均增长率。

根据经济合作与发展组织的统计，“一带一路”倡议实施后 5 年间，中国参与了 34 个国家 42 个港口的建设和运营。这些新建港口的 1/5 在非洲。往常，非洲在国际贸易体系中的地位经常被简化为统计数据：不到国际贸易的 2%。但是，当这个广阔大陆开始投资修建铁路，例如连接肯尼亚、乌干达、卢旺达和南苏丹的标准轨道铁路与港口，当非洲修建更多的电站，让 70% 的非洲人获得电力供应，保障已经建成的上百个工业园的生产，非洲定会将更多的资源型产品、农产品以及工业加工产品运往亚洲与欧洲，促进贸易增长。

此外，中国“一带一路”倡议下的各种项目，有可能通过增加对原材料和半成品及成品的需求，促进海运贸易增长。该倡议的基础设施发展需要大量的建筑材料，包括干散货、钢铁产品、水泥、重型机械和设备。通过增加拉美国家基础设施建设，将制造业或者农业与全球市场联系起来，可以促进贸易的增长，从而促使许多国家经济增长。

在非洲和拉丁美洲，处于大西洋、太平洋沿岸的数十个欠发达国家像喀麦隆一样修建深水港，众多的国际贸易航线正在开通，必将重塑全球价

---

① 中交集团帮助喀麦隆修建了克里比深水港（一期、二期），目前一期已经运营。

值链中重要的国际贸易流向。根据荷兰国际集团（ING）的智库对“一带一路”的贸易促进效果的评估，“一带一路”倡议的基础设施互联互通规划陆续完成后，可为世界贸易带来12%的增长。

一目了然的是，在共建“一带一路”国家进行大规模的基础设施建设，需要更多的钢铁、水泥。仅阿根廷贝尔格拉诺铁路改造一个项目，就需要将107台机车、3500辆车、16.5万吨钢轨、230万根钢筋混凝土轨枕（一根钢筋混凝土轨枕重量在60～100公斤）从中国海运到阿根廷。中国为共建国家新建或升级的基础设施还包括公路、桥梁、隧道、管道、港口与机场等，当然还包括发电站、电网以及大坝等水电控制设施。

另外，“一带一路”正在向共建国家制造业转移，会产生工业园区的物流配送。这些建造工业园的发起者很多是中国企业，所以这些工业园与国内企业有着血缘关系。目前中国在非洲建成、在建或筹建的工业产业园约有100个，其中30多个已经开始运营，入园企业近400家，累计投资额近50亿美元，总产值约130亿美元，初步形成了产业集聚效应。将工业园制造业与全球市场联系起来，可以增加所在国的国际贸易量，也会促进这些国家的经济增长。

海运是国际贸易和全球经济的重要组成部分。按价值计算，全球贸易量的80%以上由海运完成。2014年是具有里程碑意义的一年，发展中国家贸易量首次超过发达国家。这一赶超只用了20年。2000年，发展中国家的贸易量约占世界贸易总量的三分之一，而后迅速增长，到2014年占世界贸易总量的一半。发展中国家在国际贸易中所占比例越来越大的关键因素，是南南贸易即发展中国家之间的贸易的快速增长。

根据联合国《2018年海运报告》的数据，2017年国际海运贸易势头强劲，运输量同比增长4.0%，是过去5年来增长最快的[①]。其中发展中国家继

---

① 2017年，全球装载了107亿吨货物，比2012年增加15.05亿吨。仅干货装载量就增加了12亿吨，原油、石油产品和天然气贡献了剩余3.05亿吨的整体增长。

续为全球海运贸易做出重大贡献，占据大多数全球海运贸易量的流动，无论是出口方面（货物装载）还是进口方面（货物卸载），发展中国家分享了世界商品海运总量的63%。这种转变显示，发展中国家已经参与全球或者区域价值链战略的重要部分，已经成为全球海运贸易的主要推动力。相比之下，发达国家只占世界海运进出口货物量的34%（货物装载）和36%（货物卸载）。

上述两个案例只是从两个维度观察了“一带一路”倡议的正面影响，全面的评估需要更长的时间与更多的资源。英国经济与商业研究中心在《2019年世界经济排行榜“一带一路”专项研究》中，大胆地为“一带一路”倡议做了一个长期的预测：到2040年“一带一路”将使世界生产总值每年增长7.1万亿美元。换言之，预计从2019年到2040年，世界生产总值年均增长率将提高0.2个百分点。报告还预测，2040年将有56个国家的年度国内生产总值有超过100亿美元的巨大增长。报告反映了“一带一路”不仅在扩大基础设施的规模，还在促进世界各地贸易的潜在收益方面有特别重大的影响。

3.“一带一路”倡议与南南合作

在得出结论之前，我们先观察两个现象。

一是观察当今世界与国家各自处于什么样的生存状态。

发达国家与发展中国家的显著区别是，前者已经处于后工业化时期，服务业也就是商业为主要产业，而发展中国家则大都处于工业化（制造业）时期，有些还处于农业时代。如果追根求源，这些发达国家中大多有殖民或者战争侵略与掠夺等不光彩的历史；发展中国家绝大多数是第二次世界大战后新独立的亚非拉国家，也包括东欧一些国家，虽然政治上已独立，但是工业基础薄弱，人均国民生产总值与发达国家差距巨大。

二是观察发展中国家与发达国家之间的经济存在多大的差距。

首先，发达国家人口仅占世界人口的24%，却拥有世界工业总产值的90%。国外一些经济学家估计，如果发展中国家经济增长率每年保持在5%，发达国家增长率保持在2.5%，发展中国家要赶上发达国家，还需要150年。

其次，进一步寻找"一带一路"倡议的足迹。截至2018年底，加入"一带一路"倡议的经济体已经有122个，绝大多数是收入较低的发展中经济体。在这122个经济体中，除了奥地利、希腊、意大利、新西兰、澳大利亚[①]与葡萄牙这些发达国家，其余都是发展中国家。表2、表3给出了加入"一带一路"倡议部分国家的人均年收入，2017年奥地利人均年收入为39880美元，约是莫桑比克人均年收入419美元的95倍。

表2　加入"一带一路"倡议的发达国家人均年收入

国家	年份	人均年收入（美元）
奥地利	2017	39880
希腊	2017	19527
意大利	2017	29101
新西兰	2017	32240
澳大利亚	2017	42709
葡萄牙	2017	19145

100多年来，就发达与欠发达而言，可以说基本没有变过，唯一变化的就是中国。中国虽然与高收入国家的人均收入尚有差距，但是已经是世界第一大贸易国、第一大工业产品生产国。

在中国成为世界第二大经济体之前，国际体系中有两种类型的发展合

① 澳大利亚的维多利亚州与中国签署"一带一路"合作谅解备忘录，是第一个以州政府的名义支持"一带一路"的地区。2021年4月21日，澳大利亚外交贸易部部长宣布终止维多利亚州政府同中国签订的"一带一路"合作协议。

表 3　加入“一带一路”倡议的部分发展中国家人均年收入

国家	年份	人均年收入（美元）
马达加斯加	2016	393
莫桑比克	2017	419
乌干达	2017	463
毛里塔尼亚	2017	650
刚果（布）	2017	767
吉尔吉斯斯坦	2017	883

作，即南北合作与南南合作。南北合作的基础是发达国家有义务协助发展中国家，因为很多发达国家曾经是发展中国家的殖民统治者，它们承诺将其国民总收入的至少 0.7% 作为发展援助提供给南方国家，但不幸的是，目前只有少数几个国家在兑现这一承诺；南南合作，基础是发展中国家之间的情谊——团结、互利、平等，而没有义务，因为它们之间没有殖民时期的债务需要偿还。

在此不对南北合作与南南合作的成效进行评估，世界上目前仍有 75% 的国家处于不发达或欠发达状态。由发展中国家组成的 77 国集团为促进发展中国家集体的经济权益与加强经济合作和技术合作，进行了半个世纪的努力，已经说明了问题。

中国作为新兴的大国，以“一带一路”的创新模式，扛起南南合作的大旗，应该获得的是掌声而非指责。但是在“一带一路”倡议提出后，西方世界再次被震惊：南南合作一直被认为是南北合作的小弟，突然有人大手笔宣布设立总额达 51 亿美元的两个新基金以协助其他发展中国家，是极具冲击性的。2015 年，中国宣布将提供 31 亿美元，设立“中国气候变化南南合作基金”，以帮助发展中国家应对气候变化。之后中国又宣布，将设立另一个首期为 20 亿美元的南南合作援助基金，支持发展中国家落实

2015年后发展议程。

中国所承诺的南南合作举措，只是希望为南南合作、为人类做出中国的贡献，却被认为是国际关系中的“游戏规则改变者”。人们自然会比较，31亿美元的中国气候援助超过了美国根据《联合国气候变化框架公约》承诺捐给绿色气候基金（GCF）的30亿美元（但尚未完全交付）。至于20亿美元则用于南南合作和执行联合国通过的2015年后发展议程，议程的核心是可持续发展目标。这一基金有可能帮助发展中国家相互学习发展经验和做法，并在政策和行动方面实现跨越式发展。这是一个展示南南合作能否像南北援助一样做出积极贡献的绝佳机会。

无论西方世界怎么解读，发展中国家人口占世界人口的76%，将发展中国家团结在一起，是自强不息的伟大开拓性举措，具有平等互信、互利共赢、团结互助的特点，可以帮助发展中国家铺平发展和繁荣的新道路，形成新型南南发展合作知识话语体系，为促进区域和全球发展做出重大而有意义的贡献，也是对世界经济与政治地理的最大重塑。

虽然“一带一路”在某些国家的项目遇到一些困难，但互联互通是世界一体化的大势所趋。好消息是“一带一路”倡议在欧洲腹地开花，2019年意大利成为第六个正式加入“一带一路”倡议的西方发达国家，是继希腊之后“一带一路”打开的通往欧洲的第二扇大门。这让人联想到，罗马帝国在公元前450年至公元150年修建了382条大路，最终连接了英国、非洲和中东，该道路网建成部分约8万公里。罗马道路的建设最初是出于军事用途，而“一带一路”则是为了使世界各地的贸易变得更加便利。论事不可趋一时之轻重，当思其久而远者。我们有理由期待“一带一路”的下一个5年。

临行前的话：
书写人类命运共同体好故事

2018 年 7 月，我启程前往拉美十国进行调研，此行从拉丁美洲和加勒比海的北端墨西哥蒂华纳，一直走到南端阿根廷佩里托莫雷诺冰川。在长约一年的对“海上丝绸之路”延伸至拉美的采访中，用中国在这个地区的 130 个投资、并购、建设和运营项目，生动具象地记述了“一带一路”延伸至拉美划时代的合作与共赢。

墨西哥

摆脱美国“后院”的最前线国家

墨西哥城

2018 年 7 月 18 日

飞向拉美

搭乘海航 HU7925 航班前往墨西哥，拉开了对拉美调研的序幕。15 点（墨西哥时间）抵达墨西哥蒂华纳罗德里格斯机场，这里属于下加利福尼亚州，是拉丁美洲离中国最近的地方。海航墨西哥航线的崔罗林经理从北京陪同飞往这里。这座城市有很多美墨边境工厂，从飞机上俯瞰就能看到一个个火柴盒似的标准厂房。青岛海信在这里有个家电工厂。去买水时在沃尔玛看到了海信生产的电视。海航墨西哥航线以及海信墨西哥工厂将拉开采访拉美的序幕。

2018 年 7 月 19 日　墨西哥第 1 天

到达美墨边境城市蒂华纳

蒂华纳的白天，还有准备的厚厚一沓采访提纲。

为墨西哥采访准备的一沓采访提纲

2018 年 7 月 20 日　墨西哥第 2 天（之一）

下加利福尼亚州与中国深圳

蒂华纳属于墨西哥下加利福尼亚州，这个州是 1846—1848 年美墨战争的产物。

美国通过美墨战争占领的 200 多万平方公里的领土，包括加利福尼亚州、新墨西哥州与得克萨斯州，墨西哥因此失去了一大半的领土。我现在所在的蒂华纳于 1965 年开始实施美墨边境工厂战略（国家战略），类似于中国深圳在改革开放之初的“三来一补”。目前这里聚集了许多世界 500 强企业，既有组装工厂也有研发机构，包括霍尼韦尔、空客，也有很多大品牌的汽车制造企业。

随着中国制造成本的上升，墨西哥下加利福尼亚州包括蒂华纳市政府开始趁机吸引外商直接投资，口号就是“制造成本低于中国”。北美自由贸易区的税收优惠是吸引大企业在美墨边境落户的重要因素之一。下加利福尼亚州与深圳初始条件差不太多，改革开放几十年后，深圳毫无疑问取得了巨大成功，关键是依靠技术升级，而国家间的协议都是靠不住的。

2018 年 7 月 20 日　墨西哥第 2 天（之二）

再访海信墨西哥工厂

早晨 9 点出发，晚上 9 点回到酒店，完成了对 4 个人的采访。

上午去中国驻蒂华纳总领事馆拜访总领事于波，感谢于总领事介绍情况与解疑释惑。下午拜访蒂华纳市经济发展局局长伯纳贝（Bernabe）和副局长哈维尔（Javier）。一见面，伯纳贝局长拿出 2017 年在中国商务部国际商务官员研修学院的结业证书。2017 年蒂华纳市政府得到 4 个前往中国进

拜访总领事于波

伯纳贝

修的名额。去与没去过中国就是不同，他对中国发展观的理解很独特。

下午第二次访问海信墨西哥工厂，再次采访了总经理李炜与副总经理马科（Marco），他们讲述了海信墨西哥工厂的故事。蒂华纳集中了世界电视品牌中的三星、LG、海信和TCL，产品基本销往美国。其中，三星年产量1300万台；海信2017年的年产量是280万台，2018年追加投资，有望年产量达680万台。美国市场年销售电视机约4000万台，也就是说，美国销售的电视机一半来自美墨边境工厂。海信墨西哥工厂是一座拥有现代化设备加精细管理的家电工厂，有职工800多人，生产高峰期有1200多人。

李炜（左）与马科（右）

在李炜陪同下参观海信墨西哥工厂

2018 年 7 月 21 日　墨西哥第 3 天

海南航空开通北京—墨西哥航线

2018 年 3 月 21 日，海南航空开通北京—墨西哥航线，配备有五星级服务加五星级餐食。航线开通 4 个月，上座率从 50% 上升到 86%，有望在年内实现盈利。海南航空正在计划开通上海直飞墨西哥新航线。2018 年 3 月 16 日，中国驻墨西哥大使邱小琪在墨西哥主流媒体《金融家报》上盛赞海南航空：海航新航线将中拉同“21 世纪海上丝绸之路”更紧密地联系在一起，必将助力拉美成为“一带一路”国际合作平台的重要参与方。

采访美墨边境航空快速跨境通道时，CBX（Cross Border Xpress，快速跨境通道）商务经理路易斯·帕拉修斯（Luis Palacious）告诉我，现在每年从蒂华纳进入美国的人次为 700 多万，从美国进入墨西哥的人次是 300 多万，其中大部分人通过陆路过境，边境航空快速跨境通道有 200 多万人次，仅占 1/5。接着他又说，此通道酝酿了 40 多年，经过 7 年的设计及双边政府的协商与许可，于 2015 年 12 月开通，为此成立了 CBX 管理机构，这是

参观 CBX（右二为路易斯）

一家私人公司。

海南航空墨西哥航线经理崔罗林介绍，在开通北京—墨西哥直通航线准备工作中，路易斯提供了很多帮助。路易斯说，海航新航线给 CBX 带来了新的客源及更大的流量；墨西哥太平洋航空集团也是 CBX 的股东，致力于开拓更多的航线；蒂华纳特殊的地理位置加上海航这条航线，促进了中、美、墨三国的经贸关系，便捷了商务往来。

美墨边境

7 月 20 日，采访蒂华纳市政府经济发展局局长伯纳贝先生时，他问我："你为什么第一站访问蒂华纳？"我回答："因为有了海航这条新的航线，蒂华纳成为中国通往拉美最近的城市，蒂华纳成为中国通向拉丁美洲国家的门户。"

2018 年 7 月 23 日　墨西哥第 5 天

当中国海信遇到中远海运

海信墨西哥工厂每年从中国进口 CKD（Completely Knock Down，全散装件）1.2 万个集装箱。此前海信使用距墨西哥蒂华纳 300 多公里的美国长滩港，因其不是长滩港的重要客户，出关平均需要 6~7 天。再加上长滩港经常罢工，货运公司经常将货物运到墨西哥第一大港曼萨尼约，此港距海信墨西哥工厂 2500 公里，从曼萨尼约港运到海信墨西哥工厂需要半个月左右，其间工厂处于停工状态。

当中国海信遇上中远海运：中远海运在距蒂华纳不到 100 公里的恩塞纳达港开辟了从中国到墨西哥的新航线，此港虽小（年吞吐量只有 23 万标箱），但是海信将全部集装箱货运交付中远海运，不仅一个集装箱的运输成本减少 300 美元（一年减少 360 万美元），而且货船抵达恩塞纳达港后，可在一天内完成清关并运到海信墨西哥工厂。

中远海运从 2016 年开辟了中国到墨西哥的 4 条航线，不仅为海信，也为河南安彩（彩玻）、东方日升（光伏）等在墨西哥的中资公司提供高效保障服务。这个小故事再次证明“抱团出海”能有效整合各方资源，强力助推“一带一路”。

中远海运经营船队综合运力排名世界第一，其中干散货自由船队、油轮、杂货特种船队运力均居世界第一，集装箱船队规模居世界第四。在中远海运恩塞纳达港办公室，地区销售经理李茂天（哥伦比亚人），介绍了中远海运墨西哥新航线的情况。他说，中远海运引进 11 条船开辟中国等亚洲国家到太平洋沿岸拉丁美洲国家的 4 条新航线。以恩塞纳达港

李茂天介绍中远海运墨西哥新航线情况

恩塞纳达港

为例，中远海运运输量先后超过德国赫伯罗特、马士基、达飞而排名第一。

中远海运的新航线具有高附加价值。来程为包括海信、河南安彩、索尼、东方日升等企业提供运输服务。最令人吃惊的是，中国宝马整车进口均来自墨西哥制造商。另外，世界大的汽车品牌制造商，包括一汽（奥迪）、上海大众、日本丰田也开始从墨西哥购置汽车零部件并运往中国。2017 年，墨西哥汽车产量和出口量分别达 377 万辆和 310 万辆，墨西哥成为世界第七大汽车生产国和第四大汽车出口国。此外，墨西哥汽车零部件生产呈快速增长态势，其零部件行业产值占制造业 GDP 的 8.6%，占汽车制造业 GDP 的 47%，汽车零部件出口量占制造业出口量的 11.9%。墨西哥不仅是美国主要汽车零部件的供应国，也开始成为中国汽车零部件供应国。墨西哥是拉美国家工业化为数不多的成功案例，其制造能力不能小觑。

中远海运在运输整车与汽车零部件的同时，还运输墨西哥的海产品与牛肉。

2018 年 7 月 26 日　墨西哥第 8 天

蒙特雷——美墨边境工业制造重镇

今天从墨西哥城飞往蒙特雷市，新莱昂州首府。新莱昂州是美墨边境（毗邻美国得克萨斯州）的另外一个工业制造基地，人均 GDP 居全墨西哥第一，吸引外商投资也是全墨西哥第一，是墨西哥汽车、家电制造中心。

今天拜访占地 8.5 平方公里的华富山工业园，它是北美第一家工业地

华富山工业园

产项目，将为中资企业进入美洲市场搭建平台，产业定位于汽车配件制造、家电制造、精密机械制造和新材料等。目前，为大众汽车发动机提供配件的第一家中国企业杭州新坐标公司即将入驻。这个工业园可以吸纳100家制造业企业。可对比墨西哥与中国人工成本，有点意思。

岗位	最低工资（美元）	最高工资（美元）
普通助理	315	383
工人	315	383
质量助理	360	450
CNC 操作员	473	608
CNC 程序员	473	750
金属加工技师	601	1014
机械技师	601	1014
铲车操作员	360	541
仓库管理员	315	495
生产装配工程师	1652	1877
车身和喷漆生产	1652	1877
质量工程师	1802	2102
初级加工工程师	2252	2628
高级加工工程师	3003	3378
质量经理	3003	4880
生产经理	4505	6757
HR 经理	2628	4129
管理人员（会计、出纳等）	1351	2252
品控 / 检验员	4129	6006
生产总经理	7508	更高

墨西哥投资贸易局提供的用工成本

2018年7月27日　墨西哥第9天

经济发展厅厅长的推文

今天采访新莱昂州经济发展厅厅长，回到酒店后就收到了新莱昂州经济发展厅账号发的推文：

中国企业对在新莱昂州投资的兴趣与日俱增，中国知名报纸《21世纪经济报道》正在报道墨西哥与中国的贸易往来情况。

新莱昂州经济发展厅推文

2018 年 7 月 28 日　墨西哥第 10 天

历史博物馆告诉你什么

今天参观了墨西哥历史博物馆。墨西哥工业化起步于 19 世纪中后期，包括铁路、纺织业、啤酒酿造产业等。1950 年墨西哥已经有了自己的电视机品牌，但是，现在墨西哥已经没有电视机的自主品牌了。以铁路为例，墨西哥百年前已是铁路发达国家，到 1910 年铁路营业里程为近 2.5 万公里，中国铁路营业里程在 1950 年只有 2.2 万公里（2017 年中国铁路营业里程达到 12.7 万公里）。1997 年墨西哥开始铁路私有化，其境内 80% 以上的铁路出售给了私人公司，到 2008 年墨西哥铁路营业里程仅剩下 17166 公里，约

墨西哥历史博物馆展品

三成的铁路被废弃。墨西哥三大铁路干线中的拉萨罗—卡德纳斯港干线由美国堪萨斯南方铁路公司运营。

结论：无论一个国家现代工业化初始条件如何，国家现代工业的发展以及选择何种发展路线，决定了这个国家工业化的未来。

2018 年 7 月 29 日　墨西哥第 11 天（之一）

被挤压的墨西哥钢铁业

墨西哥是仅次于巴西的拉美第二大钢铁生产国，也是世界 20 个钢铁生产大国之一。1910 年墨西哥铁路营业里程为近 2.5 万公里，背后是强大的钢铁业。1900 年墨西哥的钢铁产量为 3 万吨，1911 年达到 8.4 万吨。正是钢铁业的发展，支撑了墨西哥工业发展计划，为大规模工业化对钢铁的需求提供支撑。1970 年是墨西哥钢铁业发展的高峰期。2015 年墨西哥液态钢产量为 1823 万吨，实际生产能力为 2918 万吨。中、日、韩、印、巴钢铁业的发展，挤压了墨西哥钢铁业。2015 年墨西哥钢铁产品进口增长 47.3%。有人说，墨西哥离美国太近，离上帝更远。上帝没有见过，全球一体化就在身边。

2018 年 7 月 29 日　墨西哥第 11 天（之二）

城市留存旧工厂改造的范例

蒙特雷钢铁厂始建于 1900 年，1987 年停产后，用 7 年时间改造成了钢铁博物馆。3 号熔炉博物馆已经成为蒙特雷市文化地标，后来扩建为工业主题公园，叫芬达多拉国家公园。高炉、烟筒、厂房、设备、矿石等工业遗存成为遗迹。目前，这个博物馆每年接待游客超过 200 万人次。钢铁厂蜕变为钢铁博物馆的案例，北京首钢是否也可借鉴？

老厂房改造成的钢铁博物馆

2018 年 7 月 31 日　墨西哥第 13 天（之一）

墨西哥韦拉克鲁斯新港

今天采访墨西哥韦拉克鲁斯新港。中国港湾总承包、中交三航局施工的（ICAVE 码头）韦拉克鲁斯和记黄埔码头，合同金额 1.59 亿美元，这是中国基建企业在墨西哥为数不多的基础设施项目。

调研韦拉克鲁斯新港

中交三航局项目总经理张向阳介绍说，进入墨西哥基础设施工程承包途径有三：一是国际公司项目，二是政府项目，三是 PPP 工程。目前，基本上是与国际公司合作（私人投资）。政府项目因墨西哥法律规定不能使用国家担保，所以没有双边政府框架项目（两优项目，援外优惠贷款和优惠出口买方信贷项目），同时也面临合规以及不同报价系统的障碍（非使用菲迪克条款）。而 PPP 投融资项目面临资金价格高的问题，墨西哥贷款利率平均在 12%～15% 之间，这对中国企业而言是一项挑战。

2018 年 7 月 31 日　墨西哥第 13 天（之二）

墨西哥的色彩

色彩鲜艳的韦拉克鲁斯。

韦拉克鲁斯新港还是墨西哥整车出口的港口之一。很多企业期盼新港的扩建，包括中国北汽集团。

韦拉克鲁斯街景

2018 年 8 月 1 日　墨西哥第 14 天（之一）

墨西哥市场的北汽

今天访问了距韦拉克鲁斯 60 公里的北汽集团生产组装工厂。

这家工厂成立于 2008 年，厂长奥马尔（Omar）带我们参观了生产线。此工厂曾与上汽、力帆、福田、东风合作，目前与北汽合作，设计生产组装能力为年 6000 台汽车。

奥马尔厂长是一位专业的汽车制造工程师，他评价北汽的汽车具有设计美观、低价、舒适、高配置的特点。

北汽从 2016 年将整车出口贸易转变为 SKD（Semi Knock Down，半散装件）代工模式。北汽集团进入墨西哥市场后，为当地创造了就业及税收。

墨西哥是北汽全球布局重要地区，北汽计划扩大墨西哥市场规模，辐射本地及其他拉美市场。奥马尔表示，该工厂仍具有扩大生产的潜力，期望进一步深化与北汽的合作。

只有自主民族品牌才能有对未来全球市场的梦想。

在厂长奥马尔带领下参观生产线

2018 年 8 月 1 日　墨西哥第 14 天（之二）

北汽在墨西哥城的 4S 店

皮卡乔

今天访问北汽经销商以及北汽在墨西哥城的 4S 店。经销商皮卡乔（Picacho）介绍，目前墨西哥全境已经建成北汽 4S 店 21 家，在建的还有 12 家（这家经销商代理捷豹、马自达、林肯、福特等品牌）。北汽品牌以低于市场 10%～15% 的价格以及高配置赢得了墨西哥中产阶层的青睐。经销商的目标是到 2020 年北汽将占墨西哥市场份额的 4%。当到达 4S 店时，三辆蒙着黑布的汽车即将交付，并进行墨西哥独有的交付仪式。路边停的这辆车似曾相识，Beijing Jeep（北京吉普）？

之后我拜访了墨西哥汽车工业协会，总裁、客户部主任及首席经济学家共同接受了采访。当我问到中国品牌汽车在墨西哥面临哪些机遇与挑战时，总裁浮士德（Fausto）讲了中国一汽在墨西哥的一段往事。他说，墨西

总裁浮士德

拜访墨西哥汽车工业协会

哥是开放与完全竞争的市场，墨西哥汽车工业协会希望中墨两个汽车制造业大国在未来进一步加强合作。

2018 年 8 月 1 日　墨西哥第 14 天（之三）

从怀旧电影到墨西哥汽车产业

朋友熊蕾的父亲熊向晖是第一任中国驻墨西哥大使。在 20 世纪 70 年代，我们所熟悉的墨西哥电影——《冷酷的心》《白玫瑰》《被遗忘的人》等在中国放映。熊蕾希望我能了解一下墨西哥电影产业的情况，因为 1973 年墨西哥总统访华期间办过一个电影周，展映的影片中就有《白玫瑰》，讲述的是墨西哥石油摆脱美国垄断资本并国有化的故事。因为这次访问墨西哥，主要采访对象是经济部门，加之还有一天就要离开这里了，很遗憾未能采访墨西哥电影产业。根据这几天采访墨西哥汽车产业的情况，如果按照墨西哥汽车工业的发展思路，推及墨西哥的电影产业，很可能的情况是：已经有了美国好莱坞的电影，我们为什么还要拍自己的电影呢？我采访墨西哥汽车工业协会总裁时，问到墨西哥有强大的汽车零配件加工能力，为什么当今世界看不到一辆墨西哥民族品牌的汽车呢？他说："我们给世界最好的汽车加工零件，为什么还要做自己

墨西哥曾经的自主品牌汽车

的呢？”我被这句话震惊了。20世纪墨西哥曾经拥有的自主品牌汽车，现在都停产了。中墨两国有着截然不同的产业发展思路，虽然墨西哥工业化起步早于中国，但几十年下来，中国已经拥有完整的现代化工业产业链。人无远虑必有近忧，产业如此，国家也同样如此。中国的工业化道路是独特的，只有拥有全球视野和见识，才能比较与鉴别，也才能有自信。

2018年8月2日　墨西哥第15天

“21世纪社会主义”理论创始人

今天采访墨西哥国立自治大学政治经济学教授海因茨·迪特里希，他是“21世纪社会主义”理论创始人。此次采访时长为6小时，在他家中进行。

“21世纪社会主义”在拉美具有广泛传播力，受影响的国家包括玻利维亚、厄瓜多尔、秘鲁、智利、巴西及委内瑞拉等。而真正实施“21世纪社会主义”的只有委内瑞拉。我们知道，所谓拉美社会主义左翼政党，本质上不要共产主义，不要革命，也不要中央集权，要的是福利社会和罗斯福新政。真相总是令人难以接受。在拉美只有一个真正的社会主义国家，那就是古巴。

拜访海因茨

关于委内瑞拉“21世纪社会主义”，海因茨有诸多评价，这里不再赘述。委内瑞拉前总统查韦斯在狱中时就读过海因茨教授的书。

海因茨教授盛赞习近平主席提出的“不断开辟马克思主义新境界”的论述，对习近平的理论贡献评价很高。

谈到拉美是“一带一路”的自然延伸，海因茨认为，美国军方已经明确表态，绝不允许“一带一路”延伸到拉美，美国一定会千方百计赢得拉美。

2018年8月3日 墨西哥第16天（之一）

墨西哥国立自治大学

墨西哥国立自治大学创建于1551年，是拉丁美洲地区历史最悠久、规模最大的综合性大学之一，也是世界上规模最大的高等学府之一，有30万名学生及2.5万名教师，是名副其实的一座大学城。

墨西哥国立自治大学的壁画，都是世界文化遗产，色彩浓烈，很美。

墨西哥国立自治大学中央图书馆

世界级壁画大师迭戈·里韦拉、戴维·阿尔法罗·西凯洛斯和何塞·科莱门特·奥罗斯科把艺术创作搬进了墨西哥国立自治大学。朴拙的印第安艺术风格、炫目的浪漫主义和现实主义相结合的表现手法，使建筑外墙上的巨幅壁画气势磅礴，异彩纷呈，具有强烈的视觉冲击力，尤其是中央图书馆外立面上的10层楼高的马赛克画。

2018年8月3日　墨西哥第16天（之二）

采访墨西哥国立自治大学墨中研究中心主任

今天采访墨西哥国立自治大学墨中研究中心主任恩里克（Enrique）教授。此次拉美之行的10个国家中，中国对墨西哥投资额仅为10亿美元，排名倒数第一（古巴无数据），位列前三的是委内瑞拉、巴西和阿根廷。对此现象，恩里克认为，中墨两国高层互动频繁，但投资额少之又少的原因在于中墨双方没有为紧密经贸合作做好充足功课。中国企业并不了解墨西哥，也不了解墨西哥法律体系、财政税收政策等，忽略了“墨西哥特色”，将整个拉美地区当成一个国家看待。他认为，虽然中墨两国之间有高层论坛等合作机制，但在具体实施层面还需双方更加努力。

恩里克教授

恩里克认为，加强中墨两国了解和互动尤为关键。以学术界为例，全中国研究墨西哥问题的知名专家非常少，而拉美研究当代中国的学术机构也寥寥无几。巴西作为中国在拉美投资项目最多的国家，甚至没有一家研究中国的机构。加强中拉双边互信合作任重道远。

2018 年 8 月 4 日　墨西哥第 17 天

访墨西哥前驻华大使李子文

今天采访墨西哥前驻华大使李子文（Sergio Lee）先生，现任墨西哥外贸、投资和技术企业理事会亚太区委员会主席。

李子文的父亲 100 多年前从中国广东中山来到墨西哥，母亲是墨西哥人。他人生中最重要的时刻是 2001 年以墨西哥驻华大使身份向江泽民主席递交国书。他称这是一个伟大的时刻。

谈到“一带一路”倡议，他认为，这一倡议为共建国家提供了发展基金及基础设施建设，并讲述了“太平洋丝绸之路”的历史。

前驻华大使李子文

中国自明代中期以来成为世界经济的中心，中国商品在国际市场上享有很高的声誉及强有力的竞争力，质优价廉的中国商品在与欧洲、美洲各地商品的较量中势如破竹。特别是中国丝织品、棉织品及茶叶等跃居马尼拉大商帆运往美洲的货物榜首。直至 18 世纪末，中国丝绸等商品占据墨西哥进口总值的 63%。据美国学者估算，为了平衡中国保持的贸易顺差，美洲白银流向中国。1590—1602 年为 2010 吨，1603—1636 年约 2400 吨，1637—1644 年约 210 吨，总计 4620 吨。其中每年从墨西哥阿卡普尔科运到马尼拉的白银达 125 吨，1597 年高达 300 吨。

中国在此时期是世界上最大的经济体，核心是基于工业、农业、（水路）运输和贸易方面所拥有的绝对与相对的更大生产力。正是因为有这条航线才有如此巨量的白银流入，流出的是中国的丝绸、瓷器、茶叶等，以平衡贸易顺差。

这条太平洋上的“白银之路”延续了 300 多年。

2018 年 8 月 5 日　墨西哥第 18 天

触摸墨西哥

来到墨西哥时正处于新旧政府交替期，新选总统洛佩斯将在 2018 年 12 月 1 日正式宣誓就职，现政府基本处于停摆状态。此行未能采访到联邦政府高级官员，只采访了州、市级政府官员。

新莱昂州州长

下加州州长

下加州经济发展厅厅长

蒂华纳市经济发展局局长

新莱昂州经济发展厅副厅长

2018 年 8 月 6 日　墨西哥第 19 天

新机场

当我走出墨西哥城贝尼托·胡亚雷斯机场（墨西哥城国际机场）时，T1 航站楼立有墨西哥城新机场的设计图，看着眼熟！墨西哥城新机场设计图与北京大兴国际机场很像！这是现任政府投资 110 亿美元用 55 年建设的新机场项目。用 55 年建成？我的天啊！

抛开建设时间，知情人告知，洛佩斯上台后将叫停此项目。洛佩斯新政府首先计划建设尤卡坦半岛 700 公里的环岛玛雅文化观光列车项目。其次是炼油厂项目。墨西哥是世界第八大产油国，但墨西哥成品油大多从美国进口，美国几乎垄断了墨西哥成品油市场。墨西哥国家石油公司原有 4 个炼油厂，但因年久失修亟待更新。新总统不仅希望修复 4 个老的炼油厂，还计划建 2 个新的炼油厂，以实现墨西哥成品油自给自足。但是，正如波菲里奥悲叹美国对墨西哥发展的影响时说的：可怜的墨西哥，离上帝如此之远，离美国如此之近。墨西哥国家石油公司希望吸引大约 50 亿美元的投资，以帮助其拥有的两家最大的炼油厂进行现代化改造，在寻求美国投资无果后，公开表示将寻求韩国、日本和中国的投资。最后洛佩斯还计划在美墨边境建设30公里宽的经济带（增值税从16%降到8%）以提振墨西哥经济，打破过去40多年的年均增长率2.5%的现状。洛佩斯希望在他任期结束时，经济增长率提升到6%。

2018年8月7日　墨西哥第20天

拜访中国驻墨西哥大使邱小琪

前往中国驻墨西哥使馆大使官邸，采访邱小琪大使。使馆与大使官邸的两扇中国红的大门十分抢眼。我最关心8月2日邱大使与当选总统洛佩斯会见时，洛佩斯对中墨关系未来走向的见解与框架蓝图。邱大使介绍说，洛佩斯高度重视发展中墨关系，将推进中墨间各领域深入合作，愿同中方一道，增进互信、深化合作，促进共同发展。

邱大使是位专家型外交官，曾任外交部拉丁美洲和加勒比司司长，以及驻西班牙、巴西等国大使。他非常勤奋，近年来每年在当地主流媒体撰写60余篇署名文章。他担任驻西班牙大使时，曾力促开通国航北京—马德里—圣保罗航线。2018年又亲自与墨西哥政府协调，促成开通海航北京—蒂华纳—墨西哥城新航线，

采访邱小琪大使

为架起中拉空中之桥、助力互联互通做出贡献。

邱大使表示，自 2013 年习近平主席同培尼亚总统共同宣布将中墨双边关系提升为全面战略伙伴关系以来，两国政治互信不断增强，双方在重大国际问题上具有相同或相似的立场，并进行了良好的合作；务实合作蓬勃开展，中国连续 10 多年成为墨全球第二大贸易伙伴，墨西哥也连续 7 年成为中国在拉美第二大贸易伙伴；人文交流日益密切，2017 年“中国文化年”在墨成功举办，并掀起“中国热”，直航的开通极大提高了两国互联互通水平。当前，中墨友好合作已成为墨社会各界的广泛共识，双边关系进入历史最好时期。

邱大使强调，拉美历史上就是“海上丝绸之路”的自然延伸，如今则是“一带一路”建设不可或缺的重要参与方，墨西哥各界也对“一带一路”倡议越来越关注。展望未来，中墨务实合作潜力巨大，前景广阔。中方愿同墨方共同努力，以共建“一带一路”为契机，不断加强双方在政治、经贸、投资、文化、旅游等各领域的交流合作，推动中墨全面战略伙伴关系不断深入发展。

邱大使还就墨方参加首届中国国际进口博览会的有关情况做了介绍。

2018 年 8 月 8 日　墨西哥第 21 天

世界上最漫长的出关

今天离开墨西哥前往牙买加，途经迈阿密飞往金斯顿。乘坐的是美国航空航班。没有想到的是，美国航空现在也成为廉价航空公司了，所有托运行李服务都要另外购买，第一件行李 25 美元，第二件行李 145 美元！

牙买加

加勒比海小国亮明支持“一带一路”的立场

牙买加雨中的海

2018 年 8 月 9 日　牙买加第 1 天

在酒钢曼德维尔营地

休整，撰写采访提纲。

第一站来到牙买加首都金斯敦 70 多公里外的曼德维尔（Mandeville）酒钢阿尔帕特氧化铝厂的高管营地，距阿尔帕特氧化铝厂半小时车程。听随队医生李海鹰劝，一觉睡到自然醒。这里的庭院，满眼绿色、空气清新、清爽宜人。营地工作人员为我们准备了丰盛的早餐和当地特有的水果。中午厂家来更换热水器，斯科特（Scott）这个品牌之前没有见过。傍晚时的院子里，嘹亮的虫鸣环绕在耳边。

明天开始正式工作。

2018 年 8 月 10 日　牙买加第 2 天

探访酒钢阿尔帕特氧化铝厂

中国酒钢集团以 2.99 亿美元收购了牙买加最大的氧化铝厂，资产包括年产 165 万吨的氧化铝工厂一座，矿山一座（铝土矿储量 1 万亿多吨），一个吃水 10.5 米深的港口，一条长 29 公里的铁路，还有 2 万公顷的土地。

酒钢阿尔帕特氧化铝厂

这是目前中国有色金属工业企业在海外最大的投资项目。2017 年 6 月调试生产，目前已经生产冶金氧化铝 42 万吨。第一船氧化铝 3.4 万吨于 2017 年末起航运回酒钢电解铝厂。

与中车的电气工程师告别

到港口调研之后，乘坐酒钢刚从中车购买的机车回到厂区。

氧化铝厂自有港口

2018 年 8 月 11 日　牙买加第 3 天

“中国人来了，我们复产了”

从住地到牙买加首都金斯敦车程 100 公里，到总理府参加牙买加经济特区筹备委员会会议。建设牙买加经济特区是牙买加政府与中国甘肃省的合作项目，已经签订了框架合作协议。牙买加不管部部长（相当于中国的国务委员）迈克·亨利专职负责此事。这个筹备委员会每周召开一次会议，讨论前期准备工作。

下午采访了亨利先生，他已经 84 岁，还是一位历史学家、文学家、土木工程师。他介绍了酒钢集团所收购的阿尔帕特氧化铝厂的历史。阿尔帕特氧化铝厂始建于 1968 年，由美国人投资。20 世纪 80 年代能源危机导致重油价格上涨，阿尔帕特氧化铝厂第一次被迫关闭。2008 年爆发金融危机，该铝厂第二次关闭，之后转手给俄罗斯铝业联合公司，但很长时间未能复产。牙买加政府特许其出售铝土矿，以维护铝厂资产。直到 2016 年中国酒

参加牙买加经济特区筹备委员会会议

钢集团收购阿尔帕特氧化铝厂，并于 2017 年复产。

亨利部长动情地说："政府的第一责任是创造就业，阿尔帕特氧化铝厂复产直接吸纳 1000 人就业，创造连带就业岗位 5600 个。阿尔帕特氧化铝厂所在地曼德维尔恢复了生机，人们开始忙碌起来，活跃了当地经济，包括酒店、超市、酒吧等。"

阿尔帕特氧化铝厂交易中心的哈曼·赖特说，阿尔帕特氧化铝厂半个世纪以来三易其手，世界上三个大国均在不同时期经营这个厂，美国人玩不下去了，来了俄罗斯人还是玩不下去，现在中国人来了，如果中国人再经营不下去，我们就彻底没希望了，但我们现在复产了。

亨利部长说，牙买加经济特区将延长氧化铝产业链，希望能够吸引更多的中国投资，实现牙买加人的梦想——"牙买加制造"。

2018 年 8 月 12 日　牙买加第 4 天

壮观！铝厂皮带机长达 15 公里

牙买加铝土矿储量约 25 亿吨，居世界前列，中国铝土矿储量为 9.8 亿吨。酒钢集团拥有年生产能力 175 万吨的电解铝厂，但在国内没有自己的铝土矿，上游资源的缺乏严重制约酒钢电解铝厂的发展。

酒钢阿尔帕特氧化铝厂被授予 2 万公顷土地的勘探与开采权。据中国氧化铝专家陆维和介绍，牙买加铝土矿氧化硅含量低，铝硅比高达 40%~60%，而中国的仅为 2%~15%。牙买加铝土矿是工业应用最好的资源。

听氧化铝专家陆维和介绍铝土矿情况

来到矿山与铝土矿转运地。15 公里长的皮带机 24 小时运转，将铝土矿运送到氧化铝厂，十分壮观。为了扩大当地就业，酒钢阿尔帕特氧化铝厂将矿山开采外包给当地矿山开采公司，间接创造了就业。一路上，20 吨的重型卡车穿梭于矿山与转运点之间，路上有很多交通管制员，洒水车在矿山临时道路上洒水，繁忙有序。

运送铝土矿的 15 公里长的皮带机

2018 年 8 月 13 日　牙买加第 5 天

中成泛加糖业总部

行驶 105 公里来到位于威斯特摩兰（Westmoreland）的中成泛加糖业总部。此地由英国人建于 1932 年，风景如画。

2018 年 8 月 14 日　牙买加第 6 天

把中国人的糖需求掌握在自己手中

上午考察中成泛加糖业。榨糖厂拥有 5000 公顷土地，分为 4 个队，同时与约 3000 农户签有为工厂提供甘蔗的合作协议。

今天陪同我们一起调研的是农场场长郑俊、泛加糖业首席农技术专家斯通（Stone）、一队队长桑基（Sanky）及当地最大农户（自有 2000 多公顷农地）桑卡（Sanka）夫人的儿子保罗（Paul）。

农场场长郑俊

糖厂的榨季通常是在 11 月至次年 3 月，目前是甘蔗的生长期。我们考察了农场和保罗家的甘蔗地，甘蔗长势都很好，也看到了新种植的甘蔗。甘蔗是宿根植物，可生长几十年。

斯通和桑基作为农业专家，到保罗家的甘蔗地进行农业指导，发现有害虫。牙买加通常不使用农药灭虫，而是生物灭虫。我们在这儿看到很多鹭鸶，它们可以吃掉大部

考察保罗家的甘蔗地

分害虫。

下午采访弗洛姆糖厂（Frome Factory）厂长郑洪全，他曾经在贝宁、埃塞俄比亚、马达加斯加中国援建糖厂工作，牙买加是他援外工作的第四个国家。

弗洛姆糖厂日榨糖5000吨。中成国际糖业（国投集团）为改造此厂投入2亿多元人民币。榨糖业有较长的产业链，上下游分为糖、酒、纸。牙买加对环保有严格要求，弗洛姆糖厂则用糖渣作为动力燃料。榨糖同时产生的糖蜜可生产酒精，也可加工成朗姆酒。

中国每年食糖消费量在1500万吨以上，生产成本高于印度、泰国、巴西等国。目前国际糖价在每吨300~400美元间浮动，而国内糖价每吨5000~6500元人民币（中国糖业有政府补贴）。

郑厂长说，尽管国内种植与加工糖的生产成本高于国际市场，但肉、糖、油是关系民生的重要物资，事关14亿中国人，糖的生产供应必须掌握在自己手中。

弗洛姆糖厂

2018 年 8 月 15 日　牙买加第 7 天

“泛加糖业拯救了威斯特摩兰”

泛加糖业首席执行官刘超宇带我们到牙买加威斯特摩兰最大农户桑卡夫人家做客。桑卡夫人拥有 2000 多公顷土地，主要种植甘蔗，在当地很有影响力。

桑卡夫人

桑卡夫人把家里三个儿子、一个女儿及其他家人都招呼回来接待我们。她的两个儿子继承父业管理甘蔗种植，女儿负责管理全家财政。为了这次晚宴，桑卡夫人还请了一位中国厨师朋友专门做了姜汁鸡招待我们，并砍下了新鲜的甘蔗给我

与刘超宇（右）在桑卡夫人家做客

们品尝。刘超宇特意将泛加糖业的黄糖送给桑卡夫人，并说这些黄糖产自桑卡夫人家的甘蔗。

谈起牙买加糖业，桑卡夫人说：以旅游业为核心的服务业收入占牙买加 GDP 的 60% 以上，近年来糖业开始走下坡路。发展旅游业固然好，但是旅游胜地蒙特哥贝许多酒店是外国人开的，牙买加也没有自己的航空公司，外国游客预订机票与酒店的“旅游美元”并没有留在牙买加，而“甘蔗美元”每一分都留给了牙买加人民。由于受到国际糖价的影响，牙买加糖业受到非常大的冲击，她很担心牙买加重演殖民时期种植大麻的历史。

当我们将要告辞的时候，桑卡夫人特意把我叫到身边说，是泛加糖业拯救了威斯特摩兰地区，这一地区约有 30 万人的生计依靠糖厂。她特别谈到刘超宇任泛加糖业首席执行官之后，为当地蔗农提供小额贷款，帮助蔗农除草施肥，让人们对种植甘蔗及发展糖业有了信心。

2018 年 8 月 16 日　牙买加第 8 天

中成建设的美丽酒店

阿苏尔（Azul）酒店坐落于牙买加著名的加勒比海度假胜地内格里尔（Negril）的七英里海滩。该酒店投资方为墨西哥 KMS 公司，该公司是一家酒店连锁集团，其酒店分布于墨西哥、牙买加、多米尼加及克罗地亚等国。阿苏尔酒店二期总投资为 3000 万美元，设计师来自墨西哥。阿苏尔酒店二期新建 149 间客房、4 个泳池、一座大堂、一座儿童游乐园，还有其他配套设施，项目总建筑面积为 1.2 万平方米。

KMS 公司酒店建设项目经理路易斯接待了我们。他介绍，酒店平均入住率达 80%，客人主要来自美国、加拿大及欧洲多国，而本国与中国顾客相对很少。确实如桑卡夫人所说，酒店是外国人造的，机票是从外国航空公司订购的，牙买加的“旅游美元”留在牙买加的很少，旅游收益也就是增加些就业而已。

七英里海滩

我问路易斯，既然墨西哥酒店由墨西哥设计，墨西哥有很好的工程建设能力，为什么没有选择墨西哥的施工队伍而选择了中国的中成集团？他回答说：“中成在牙买加具有丰富的工程建设经验，所以我们选择了中成集团。”

顺便说一下，这家酒店真的很美，每栋楼的第一层走出来就是泳池，酒吧也设在泳池边上。有两个餐厅，意外的是，其中一家装修具有传统中式风格。这家酒店还可承办婚礼。如果有人愿意到加勒比海边度假或者想到加勒比海边举办婚礼，阿苏尔酒店不失为一个绝佳的选择。

2018 年 8 月 17 日　牙买加第 9 天

经济住房精装修，会展中心管理很成功

上午采访萨凡纳景观（Savannah Vistas）小区，这里是中成集团承建的牙买加经济住房项目，是中成所承建的四个经济住房项目之一。

2017 年牙买加总人口为 292 万，GDP 为 142.9 亿美元，财政收入仅为 39.9 亿美元。尽管如此，政府为了缩小收入差距，仍支出 4.87 亿元人民币为低收入阶层建设 3000 套经济住房。

萨凡纳景观小区

我们参观了正在装修的住房，每套住房面积约为 110 平方米（包括车库），两室一厅并精装修，售价在 70 万元人民币左右。

在牙买加的采访基本是走遍了整个岛，

行程约1000公里。沿途所见地区差距与收入差距并没有南美一些国家明显。典型的房屋外观看不出太大的收入差距。虽然牙买加是发展中国家，但政府能够提供基本的公共服务，因而没有遍地垃圾。

此项目资金来源为中国进出口银行提供的优惠贷款，2012年开工。项目内容除房屋建设外，还有市政道路和给排水工程、污水处理厂及绿色能源等配套设施。

据牙买加中成集团工程师潘祥春介绍，有很多人排队申请，申请经济住房条件非常严格，小区仍有一些房屋空置，可见审批手续的严格与复杂。

与中国经济适用房建设相比，牙买加经济住房的标准显然高出一大截，不仅仅是住房面积大与精装修，主要是土地归申请者所有。

下午调研中成集团承建的蒙特哥贝会展中心。2009年2月14日，习近平和牙买加总理戈尔丁共同出席了项目的开工仪式。此会展中心已建成9年，我们走入会展中心时还是非常震惊，因为它美丽依旧，而且设施完好。据会展中心首席运营官本杰明（Benjammin）介绍，这里每年举办120到150场会议与活动。他带我们逐一参观了会展中心5000平方米的展厅、约2300平方米的宴会正厅及9个会议室（共约1000平方米），还有可容纳10000人的大型会议厅。

与本杰明合影

在非洲我曾多次调研过此类大型公共设施，或是由中国政府援建，或是由当地政府出资建设，但有很多都面临后期管理问题，有些处于闲置状态，更多的因管理不善而迅速折旧。

会展中心会议厅之一

蒙特哥贝会展中心的管理独树一帜：建成之后聘请美国大型公共设施管理集团SMG公司运营，同时政府每年从财政预算中拨款，作为资金保障补充，这才有了今日蒙特哥贝会展中心可持续、高水准的运营，并带动加勒比海北岸区域经济发展及各种要素聚集，成就了加勒比地区最好的会展中心。

在会展中心参观时，可容纳10000人的大型会议厅刚刚结束“见证耶和华”活动。这里所有设备及设施都是当初建设时配备的，至今完好如初。牙买加以政府和市场相结合的方式、聘请具有国际水准的专业团队运营大型设施的经验值得非洲国家借鉴与推广。

2018年8月18日　牙买加第10天

中国港湾把牙买加“梦想之路”变成现实

建设一条穿越牙买加南北66公里的高速公路，竟是牙买加人民几十年来的梦想。牙买加政府希望建设的这条连接金斯敦（首都）与奥乔里奥斯（旅游城市）之间的快速通道，是提升国家基础设施建设和振兴经济的一项长期规划。

1999年Highway 2000（H2K）项目启动，由法国万喜公司投资，但修

行驶在 H2K 牙买加“梦想之路”

到 14 公里处时，遇到了有 5 公里多的滑坡地质段。在技术与预算的约束下，该公司逃之夭夭，使牙买加 H2K 项目成了一个半拉子工程。

2012 年中国港湾接手此项目，该项目成为中国在海外建设的第一个公路 PPP 项目。该项目投资 7.34 亿美元，是迄今为止中国在牙买加最大的投资项目，获得 50 年经营权及 5 平方公里的土地开发权（牙买加国土面积 10991 平方公里）。H2K 南北高速公路项目于 2013 年 1 月动工，于 2016 年 3 月通车。

来到牙买加南北高速公路有限公司，5 名中国高级管理人员带领 100 多名当地员工，管理着这条现代化的高速公路。这条高速公路已经成为牙买

牙买加南北高速公路有限公司高管介绍情况

加基础设施现代化的标志（比原来从金斯敦到奥乔里奥斯的老公路全程节省 1 小时 15 分钟车程），也成为新的旅游景点。

行驶在 66 公里的南北高速公路上，翻山越岭，领略不同的天气变化，时而倾盆暴雨，时而艳阳高照。既可观赏公路两旁新建的住宅小区，也可远眺沿线的橘园风光。

牙买加南北高速公路有限公司

H2K 南北高速公路不仅仅是一条公路，同时它实现了牙买加人民的国家梦想。正是中国港湾、中国酒钢等企业在牙买加的投资，才让加勒比国家认识到，中国的“一带一路”倡议将造福当地人民。

2018 年 8 月 24 日　牙买加第 16 天

采访酒钢氧化铝厂阿尔帕特社区委员会

阿尔帕特社区委员会有 20 年的历史，管理 71 个社区与 45 个居民点。参加座谈会的包括社区委员会主席雷沃斯·布雷克和 5 个社区代表。布雷克说，在氧化铝厂关闭的 8 年间，曾在铝厂工作的很多人丢掉了工作，具有技能的人离开牙买加到美国、加拿大和中东工作，就再也没有回来。

来自蒙彼利埃（Montpelier）社区的乔治·贝丝（George Beth）说，当时他所在的社区，停止了供水、供电，他们只剩下了希望。布雷克还说，阿尔帕特氧化铝厂太老旧了，但是通过中国与牙买加工人的齐心协力，在

采访酒钢氧化铝厂阿尔帕特社区委员会

面临诸多挑战的情况下，氧化铝厂得以在短时间内复产，给他们打 100 分。

布雷克接着说，酒钢阿尔帕特氧化铝厂 2017 年 6 月复产以后，社区有 100 多人在工厂找到了固定工作，同时还有 600 个临时轮换性工作岗位（安保、除草、清洁等）。阿尔帕特地区是牙买加传统农业区，大部分人从事农业劳动，布雷克非常期待产能达 300 万吨的新氧化铝厂（投资 2.99 亿美元）、新电厂和新工业园区的建成，它们将提供更多的就业岗位，对该地区从传统农业到新兴工业的转型意义重大。

社区委员会的会计布罗尼亚·辛克莱（Bronia Sinclair）说，2018 年酒钢阿尔帕特氧化铝厂资助了 1800 名学生返校，提供学杂费、校服、书包等，共资助 1300 万牙买加元。克洛弗·埃文斯（Clover Evans）校长曾参加中国商务部在中国的培训项目，她介绍说，正是中国酒钢集团对学生们的资助，加深了学生们对中国的认识和理解。现在阿尔帕特地区很多学校在学生们的要求下，纷纷开设中文课，中文已成为高中学生必修的第二外语。这些学生已经开始认识到学好中文将会给他们带来更多的机会。

2018 年 8 月 25 日　牙买加第 17 天

采访牙买加部长

两天时间分别采访了两位部长，分别是牙买加经济增长和就业部长卡尔·萨穆达（Karl Samuda）及工商农渔部长奥德利·肖（Audley Shaw）。这里重点介绍对奥德利部长的采访，非常有意思。

奥德利部长向我们展示了牙买加特色加工农产品，包括辣椒酱、面包果面粉、特色调料、南瓜酒等。由于自然条件优越，牙买加有非常丰富的农产品，包括甘蔗、椰子果、面包果、阿奇果、蓝山咖啡等。但是大宗产品受国际价格影响，蔗糖从最高价格每吨 900 美元，下降到每吨 230 美元。其他农产品加工不具有规模，特别是深受人们喜爱的蓝山咖啡，由于受到各种因素影响，从 20 年前的年产 70 万吨下降到 25 万吨。牙买加农产品及加工工业面临严峻挑战。

为此奥德利部长介绍了牙买加政府出台的“果树计划”（Tree that Feed），未来将种植 500 万棵果树，如面包果树，并加工成不含麦麸的面包果面粉用以出口，以满足对麦麸过敏人群的消费需求（美国有 10% 的人口对麦麸

奥德利部长介绍牙买加的农产品

过敏）。他尤为期望中国投资蓝山咖啡种植与加工业。目前牙买加蓝山咖啡80%的出口控制在日本公司手中，奥德利希望开辟新的市场，以增加对中国的出口。

2018年11月，上海召开国际进口博览会，牙买加投资贸易促进署将携带具有牙买加特色的农产品参加博览会。牙买加属于发展中国家，并未享受中国最惠国关税待遇。奥德利部长将到中国访问，希望与中国政府洽谈农产品关税最惠国待遇，以平衡牙中两国之间的贸易逆差（2016年双边贸易额3.4亿美元，牙买加自中国进口3.1亿美元，中国对牙买加贸易顺差2.8亿美元），扩大中牙之间的贸易额，特别是增加牙买加的出口额。

奥德利部长高度评价中国“一带一路”倡议，他说“一带一路”倡议对全球发展至关重要。虽然牙买加国内有人批评本届牙买加政府与中国的关系走得太近，但部长并不这么认为。他以牙买加南北高速公路为例：法国公司遇到了5公里多滑坡地质段的技术难题就放弃了这个项目，而中国公司带来最顶尖的技术并完成了这条公路的建设，带动了沿线的经济发展。中国人不会把这条高速公路带走，反而把技术留在了牙买加，所以“一带一路”倡议对促进发展中国家的发展是一个非常好的构想。

2018年8月27日　牙买加第19天

西印度大学与印度毫不相干

完成对中国港湾的采访后，我顺路走马观花地参观了牙买加西印度大学。初看起来以为这所大学与印度相关，其实它与印度一点儿关系都没有。这都是哥伦布的错：1492年意大利航海家哥伦布奉命携带西班牙国王致印度君主和中国皇帝的国书启航，横渡大西洋，于10月12日登上巴哈马群岛东侧的圣萨尔瓦多岛。他误认为该岛是东方印度附近的岛屿，把这里的居民称作印第安人。后因该群岛位于西半球，故被称西印度群岛，沿用至今。

西印度大学又称西印度群岛大学。学校的目标是“释放经济与文化增长的潜力”（unlock the potential for economic and cultural growth）。这所大学据说是加勒比地区最大的一所大学，学生主要来自加勒比地区国家。据介绍，三年学费 5000 美元。牙买加另外一所有名气的大学是技术大学。

西印度大学莫纳（Mona）分校并不是很大，现代化的建筑也相对较少。引人注目的是几处古老的水渠、教堂和壁画。

2009 年 2 月，习近平在金斯敦出席西印度大学莫纳分校孔子学院授牌仪式，这标志着孔子学院首次走进英语加勒比地区。学生宿舍区有新建的宿舍，意外发现“中国援助”的标牌。回想 2005 年在瑞士机场碰到时任卫生部国际合作司司长尹力，当时正逢印尼海啸，他告诉我，中国和国际社会援助了大量物资，但是大多数中国援助物资没有任何标识。现在有所改进，援助项目就是要有显著的标识，国际人道主义行动和中国影响力不必遮遮掩掩。

西印度大学校门

“中国援助”标识

2018 年 8 月 28 日　牙买加第 20 天（之一）

宣言书、宣传队和播种机

明天就要离开美丽的牙买加，下一站是委内瑞拉。牙买加的采访圆满结束。如果要说在牙买加的感受，可用以下三句话形容：中国进入加勒比地区是中国“一带一路”倡议的宣言书，每一家中资企业都是“一带一路”倡议的宣传队，每一项中国投资都是“一带一路”倡议的播种机。

没有中国酒钢的大力支持，没有建信金融投资江飚总以及李继春的帮助，我不可能成功地完成此次采访任务，在此一并表示感谢。

2018 年 8 月 28 日　牙买加第 20 天（之二）

世界上最难拿到的签证

跨越大半个地球到委内瑞拉，非常不易。首先就是签证问题，按照委内瑞拉使馆要求，办理签证要提交所在单位的半年经营流水证明，不知道中资企业去委内瑞拉的人是如何做到的。所以只能找代理，在北京办理一张委内瑞拉签证，市场价 1.5 万元人民币，且没得商量。感谢三一重工徐明总的帮助，委内瑞拉驻华大使伊万签发了 C-4 礼遇签证（Courtesy Visa），这是发给持外交、公务（官员）护照因私赴另一国家的人员或其他需要给予礼遇人员的一种签证。除了在新华社工作期间出国，后来我所有的出国用的都是私人护照，第一次享受到这种待遇。另外，联系采访过程极为不易，简直是一言难尽。特别要感谢中宣部国际联络局和中国驻委内瑞拉大使馆的全力支持与帮助！准备出发！委内瑞拉是我此次拉美之行最期盼调研的国家。

从金斯顿乘巴拿马航空的飞机，转道巴拿马城飞往委内瑞拉首都加拉加斯。

委内瑞拉

让子弹再飞一会儿，给委内瑞拉些时间

委内瑞拉蜂巢 2021 社区学芭蕾的小女孩们

2018 年 8 月 29 日　委内瑞拉第 1 天

加拉加斯惊魂 5 小时

从牙买加金斯敦到委内瑞拉加拉加斯直线距离 1300 公里，飞行时间 2 小时。但是，我们不得不从牙买加金斯顿飞往巴拿马城（1002 公里），再从巴拿马城转机（停留 4 小时）至加拉加斯（1400 公里）。下午 3 点离开金斯敦，第二天凌晨 1 点抵达加拉加斯。总的感觉是加拉加斯机场设施完备。

飞机降落在加拉加斯国际机场，中石油的同志接上我们，向中石油加拉加斯驻地驶去。中途两次遇上全副武装的玻利瓦尔国民警卫队的安全检查。面对检查还是安心的，因为这是正规军队。但行驶 20 公里后，意外发生了。当时夜深人静，高速公路上车辆稀少，一辆白色轿车屡次别我们的车，我们的司机面对挑衅，时而减速，时而加速，但白色轿车锲而不舍，两车几次险些相撞。行驶到一个路口时，我们的司机当机立断，迅速拐入玻利瓦尔国民警卫队司令部大门前，鸣笛示警。那辆白色轿车一时停不住，沿着高速公路冲向前方。

此时我们才意识到遇上了劫匪。国民警卫队 3 名警卫战士让我们把车停在他们的停车场内，此时我们才稍稍安心。司机熄火并走出路口，观察白色轿车的去向，我们则安静地坐在车里等待。为安全起见，我们的司机与中石油的同志和警卫队战士协商后，决定等天亮再回驻地。凌晨 5 点，国民警卫队派出一辆警车，护送我们抵达驻地。

事后细思极恐，如果不是我们司机的机警与果断，任何事情都有可能发生。感到抱歉的是，最后都没来得及向司机和国民警卫队表示我们的感谢。

但是无论发生什么，都将不会放弃采访。

2018 年 8 月 30 日　委内瑞拉第 2 天

持“祖国卡”汽油 1 升约 1 美分

受新华社同事熊蕾之托，去她表妹家串门。一路上拍了一些街景，应该说加拉加斯的道路和建筑是世界一流水准。这些道路和设施大部分建于 20 世纪 50—70 年代，目前建筑外观依然很漂亮，道路甚至比纽约的还好，几乎没有坑坑洼洼的路段。这些建筑和公共设施都是美国人修建的，令人感慨万千！

我去拜访的宋琳是四川女孩，在日本留学时与丈夫米格尔（Miguel）相识并结婚。米格尔向我们介绍了自己小时候的生活状况：20 世纪五六十年代，家里就有自有住房、汽车、冰箱、电视，生活水平几乎与美国相当。

他们夫妇均是玻利瓦尔大学教授，所享受的社会福利令人叹为观止。在经济状况好的时期，教授每月工资为 2000 ~ 3000 美元，退休依旧拿原工资，一方丧偶，仍旧可拿去世配偶的全额工资，而且医疗、教育等完全免费。

加拉加斯街景

与宋琳夫妇合影

宋琳向我们展示了两种货币，第一种是老货币，不要只看上面的数字，数字下面的西班牙文为货币面值加上了几个零。举例来说，货币上的数字为 100，下面的西班牙文其实是 cienmil，即 100000。政府不想在纸币上表现出那么多零，就用这个办法减少对人们的视觉冲击。另一种是新发行的货币，这是委内瑞拉马杜罗总统面对货币危机启动的最新改革，他表示，此次货币改革将有助于稳定委内瑞拉的金融市场和财政状况。新货币叫“主权玻利瓦尔”，两种货币将混合流通到 9 月底为止。

老货币强势玻利瓦尔

新货币主权玻利瓦尔

委内瑞拉公民可以自由申领"祖国卡"，其最大作用是加油优惠。如果没有"祖国卡"，1 升汽油价格和国际油价相等（1 美元左右）；有了"祖国卡"，依旧享受委内瑞拉多年来 1 升汽油约 1 美分的优惠价。值得注意的是，委内瑞拉虽然是产油国，但是成品油并不能完全自给自足。

"祖国卡"

米格尔告诉我们，受通货膨胀影响，他的实际工资目前每月只有 20 美元左右。虽然对目前经济状况感到无奈，但他仍对未来充满信心。他说，委内瑞拉拥有丰富的自然资源（石油、铝土矿、黄金等）和良好的制造业基础，特别是委内瑞拉对人才的培养，在南美首屈一指。委内瑞拉各领域的专业人士，特别是医生，在国际市场就业几乎没有什么障碍。

但是，怎么才能留住这些人才，为委内瑞拉的国家经济建设服务呢？

2018 年 8 月 31 日　委内瑞拉第 3 天（之一）

住房改造、贫民区

今天采访委内瑞拉赫赫有名的"新三色大使命计划"。2013 年委内瑞拉政府将财政预算的 74% 用于 36 项民生计划，包括住房、教育、医疗、社保等。"新三色大使命计划"是其中最重要的计划之一。这是一项由政府出钱为中低收入者改造住房的计划。

上午采访了"新三色大使命计划"主席劳尔·帕雷德斯将军①，他毕业于中国国防大学。帕雷德斯将军介绍说："新三色大使命计划"目前已经在

① 劳尔·帕雷德斯于 2019 年 8 月被任命为公共工程部部长。

采访帕雷德斯将军（中间），三一重工副总裁徐明（右一）陪同

24个州改造了86.6万套住房。前总统查韦斯与马杜罗总统认为“21世纪社会主义”的基石是人民。住房改造项目目前有1.5万名志愿者参与，体现了政府与人民的共同参与。他特别提到在这项计划中与来自中国的企业三一重工的合作，三一重工提供了5000套机械设备，以保障“新三色大使命计划”的顺利实施。

在全球范围，包括印度、巴西、阿根廷、肯尼亚等，类似加拉加斯的贫民区并不鲜见，这是发展中国家在实现工业化过程中失地农民涌入城市后形成的痼疾，全球尚没有解决几百万失地农民安置问题的成功案例。

下午来到蜂巢2021社区（贫民区），这是委内瑞拉“新三色大使命计划”的样本工程。该社区有居民1972人。

狭窄的胡同路面已经铺上水泥，并铺设了排水设施。整个社区使用城市供水、供电，每家每户都有现代化的卫生设施，社区有垃圾收集站。政府为贫民区提供了完备的公共服务。

“新三色大使命计划”基金会还为该社区居民免费更换门窗，刷新外墙立面，并进行危房重建（免费）。蜂巢2021社区还修建了篮、排球场以及

蜂巢 2021 社区

加拉加斯贫民区

与“新三色大使命计划”基金会工作人员合影

孩子们的舞蹈教室与游乐场。近年来蜂巢 2021 社区的犯罪率明显下降。

此时才能切身感受到，为何有这么多人支持查韦斯与马杜罗。10 多年间，委内瑞拉从一个奉行自由经济体制的国家迅疾转型为他们认为的社会主义国家，政府资源集中向中低收入群体大幅倾斜，所以也就不难理解为何资本逃离，为何一些富人反对现政府。

2018 年 8 月 31 日　委内瑞拉第 3 天（之二）

蜂巢 2021 社区旧房的改造

我们来到蜂巢 2021 社区参观了一户正在进行改造的人家。因为这家人人口多、房屋陈旧，“新三色大使命计划”基金会正在为这户人家进行改造。可以看到目前房屋的现状，墙皮剥落，客厅中堆满了建筑材料，而屋顶和塑钢窗户是新换的，还扩建出了一些新的房间，并为老房子修建了新的楼梯，安装了新的防盗门。同时，将容易失火的电路明线嵌入墙中，卫生间内已经安装了新的洗手盆和马桶。在我们参观时，这家的小男孩新奇地观望家中的巨大变化。这一切都是免费的。

2018 年 8 月 31 日　委内瑞拉第 3 天（之三）

闻名世界的“食品箱”

“新三色大使命计划”总部工作人员介绍情况

中午是在加拉加斯市区的肯德基就餐。我们 6 人共消费了 900 主权玻利瓦尔（新兑换的当地货币），相当于 60 元人民币。

今天有幸在“新三色大使命计划”总部看到大名远扬的“食品箱”，这是委内瑞拉以社区为单位向全体人民免费发放的食品。人们从这里购买鸡蛋、肉及豆腐等。西方媒体渲染的有关委内瑞拉食品匮乏与每人都瘦了 10 斤，怎么没有看到呢？从贫民区小卖部的供应来看不言自明。从身旁两位妇女的身材来看，她们如果真的瘦了 10 斤可能会更苗条些。

社区小卖部

每月发放一次的免费食品箱

2018 年 9 月 1 日　委内瑞拉第 4 天

“我有责任留下来而不是逃离委内瑞拉”

今天采访位于卡拉沃沃州的中央电厂 6 号发电机组项目，这是中国机械设备工程股份有限公司（CMEC）于 2016 年完成的项目，装机容量为 60 万千瓦，能为委内瑞拉全国电网提供约 3% 的发电量。

中央电厂外景

中央电厂共有 6 个机组：1 号和 2 号机组建成于 20 世纪 70 年代，装机容量均为 40

万千瓦，引进的是意大利与德国的设备；3 号、4 号和 5 号机组建于 20 世纪 80 年代初，是德国与日本的设备。彼时单体 40 万千瓦的装机容量均属世界领先技术。但是随着设备的老化，目前 5 台发电机组均已退役。

委内瑞拉是以水电为主的国家，水电发电量占总装机容量的60%以上，最大的水电站——古里水电站发电量为 1000 万千瓦时。近年来随着气候变化，水位经常在警戒线之下。马杜罗总统强调加强火电建设，而中央电厂是一个烧重油的火力发电厂，为委内瑞拉中部地区 6 个州供应电力。

为了保证中央电厂 6 号机组的顺利交接，CMEC 曾培训 50 位中央电厂的顶尖技术操作人员，他们在中国进行了为期 3 个月的理论与实操培训。2017 年，一年的维保期结束后，运营与维护全部交给委方管理。

现场项目经理李立军说："为了保障 6 号机组正常运营，目前有 30 多人的团队仍旧留在现场，继续无偿帮助委方运营与维护 6 号机组。"

近年来，委内瑞拉经济下行，石油、电力工业等均面临设备老化与维修资金短缺的局面。委内瑞拉实行电力供应全国免费，致使电厂既缺少发展资金，也没有维护资金。加上全国电力供应紧张，6 号机组经常带病工

采访现场

作，随时面临停机险境。

CMEC委内瑞拉子公司副总经理徐亦超介绍，正是出于对中委之间合作关系与大局的考虑，他们才全力保障委内瑞拉的电力供应；同时6号机组也是他们整个团队多年努力奋斗换来的成果，所以他们从内心希望机组能够稳定安全运行。

今天还采访了中央电厂运营总负责人弗朗西斯科（Francisco）。他大学毕业后就来到中央电厂，已经有38年的工龄，见证了从1号机组到6号机组的组建过程。在6号机组建成时，他在发电机旁热泪盈眶，他说，因为这个项目是国家急需的重大项目。作为一名技术专家，他深知中央电厂担负着向国家电网输电的重要作用，但是当遇到电力供应紧张而不能停机维修时，他流下了热泪。这是多么无奈与不甘。

弗朗西斯科的很多同事早已出国谋生，但是他没有离开。他说："我要在中央电厂工作到退休，因为我和我的太太以及我的女儿们都享受了国家给予的免费医疗与免费教育等诸多福利，在国家经济最困难的时候，我有责任留下来而不是逃离委内瑞拉。"

运营总负责人弗朗西斯科

2018年9月3日　委内瑞拉第6天

委内瑞拉的油价、食品与药品供应

从卡拉沃沃州的中央电厂返回加拉加斯，路上目睹了司机的一次加油过程。我们乘坐的车是福特改装的防弹车，油箱加满油为70升。今天司机加了半箱油（约35升），实际支付0.02玻币，相当于0.001元人民币。因为钱太少，索性就没有收取，这可真是产油国委内瑞拉人民的福利。

一位法国朋友私信给我：“查韦斯把一个好端端的国家弄成世界上最失败的国家，这是外部人的印象，委内瑞拉 1000000% 的通货膨胀率，老百姓的生活是如何应对的？”如何应对？手头的活钱肯定少了，但是这里日常生活几乎都不要钱，包括住房、教育、医疗、通信、交通、水电，还包括“食品箱”。

回到首都加拉加斯后，实地探访中国机械设备工程股份有限公司驻地小区对面的超市卢韦布拉斯（Luvebras），规模相当于家乐福超市。星期天超市人比较多，六七个收银台前排起了长队。货架上蔬菜、肉食、酒类等消费品供应充足。

卢韦布拉斯超市

委内瑞拉拉美连锁药店

之后又来到一家拉美连锁药店，特别关注了处方药与非处方药的供应情况。显然，药品供应并未如传说中的“货架空空”。

西方国家媒体天天说的“物资短缺”“人道危机”“水深火热”呢？所以，眼见为实，实事求是最重要。

正如一位北大教授在评论区的留言：知道特朗普为什么那么仇恨掌握话语权的西方媒体了吧，因为调查真相的成本太高，因此人们只能接受媒体摆布，而媒体是有意识形态的。

其实，委内瑞拉最招西方国家特别是美国恨的根本原因在于，它宣称“消灭资本主义”，向“21 世纪社会主义”转型。

2018 年 9 月 4 日　委内瑞拉第 7 天

中石油一枝独秀，扩建增产

从加拉加斯乘飞机来到巴塞罗那市，这里是中石油与委内瑞拉国家石油公司的合资公司 MPE3 项目总部所在地。MPE3 项目坐落于委内瑞拉著名的奥里诺科重油带。在委内瑞拉已探明石油储量 3000 亿桶中，重油占 2200 亿桶，中质油、轻质油为 800 亿桶。

来到中石油 MPE3 项目驻地，第一感觉是中石油海外党建有声有色，党组织生活既有“党的十九大报告知识竞赛”，也有“七一”党建征文活动。一路上，我们也发现有个别中资企业的海外项目刻意抹去中国与国企的色彩，高下立判。

先后采访了合资公司的总经理王印玺、MPE3 扩建项目承包商中国寰球工程有限公司项目经理梁强以及 MPE3 项目经理杨进。合资公司的合作双方是委内瑞拉国家石油公司与中石油，股比为 60%：40%。虽然中石油是合资公司的小股东，但中方人员却担任合资公司总经理，这在世界上

王印玺

梁强

杨进

非常少见。

他们给我们讲了一个故事：在委内瑞拉经济下行与石油产量下降的情况下，中石油是如何通过制度设计与创新，提高合资公司的石油产量的。2000年委内瑞拉石油产量为每日340万桶，2014年下降到每日269万桶，2017年12月进一步下降到每日162万桶，到2018年7月每日只有124万桶。近年来委内瑞拉石油产量下降的主要原因在于设施老化、投资不足，当然国际石油价格下滑也是不容忽视的原因。随着石油收入减少，设备维修投资不能到位导致石油产量下降，这形成一个不良循环。

与委内瑞拉国家石油公司合作的世界大石油公司包括道达尔、挪威国家石油公司、俄罗斯石油公司、雪佛龙、意大利ENI（埃尼）、西班牙Repsol（雷普索尔）及印度石油公司等，均陷入石油产量下降的尴尬境地。而中石油一枝独秀，MPE3项目原设计产量为每日10.5万桶，目前正在进行项目扩建，日产量将达16.5万桶。

何塞工业园区聚集了世界各大石油公司成品油处理厂，唯有MPE3项目的扩建工程上马，受到所有其他石油公司的羡慕。

MPE3项目总部

王印玺总经理介绍说，中石油之所以能够进行项目扩建以达到增产的目的，主要原因是中国国家开发银行与合资公司共同创新了“能源金融一体化”的机制，形成了从项目贷款（国开行）到工程扩建、设备采购与维修、项目生产、上缴矿税、利润分红、还贷的闭环，从而控制资金流的走向。

合资公司将在年底完成日产量 16.5 万桶的项目扩建。可以预测的是，在委内瑞拉所有其他石油合资公司产量保持不变的情况下（2018 年），届时合资公司 MPE3 项目的石油日产量将占委内瑞拉石油日产量的 13.3%。

中石油拉美公司贾勇总经理说："从中委政治互信与经济合作的高度，我们要逆势而上，中石油有责任把石油产量搞上去。"

2018 年 9 月 5 日　委内瑞拉第 8 天

登上 MPE3 项目钻井平台

驱车 550 公里，从巴塞罗那市合资公司 MPE3 项目总部来到 MPE3 项目基地。

来到 MPE3 项目钻井平台，令人兴奋。此项目由渤海钻探（中石油子公司）分包，它将与长城钻探共同完成 300 口新油井的建设。

在这个钻井平台上，渤海钻探采用水平井钻井技术，实现了在一个平台上钻 24 口油井，每口油井的平行距离从 700 米到 2000 米不等。对外行人来说，这项技术实在令人惊叹，但渤海钻探项目经理李振义说："这已是一项成熟的技术。"

我们爬上 20 米高的钻井平台，在操控室惊奇地发现，当年"铁人"王进喜手握的"刹把子"已不复存在，取而代之的是遥控手柄。我握着这个手柄，深感时代的变迁与技术的进步。钻井平台所有控制系统都是通过触屏式计算机操作的。

钻井平台上的钻孔，深达 150 多米。MPE3 项目处于奥里诺科重油带，这里的石油含盐含水，所以脱水脱盐器和加热炉是必备设施。

现场作业区经理、合资公司生产部经理张春青 1997 年来到委内瑞拉之前工作于辽河油田（重油），是中石油在委内瑞拉的第一批先行者，目前他

脱水脱盐厂立式燃气加热炉

钻井工人

张春青介绍情况

已经在委内瑞拉工作了 21 年。他参与了中石油在委内瑞拉 5 个合作区块中 4 个区块的工作。

他回忆：2014 年他来到 MPE3 项目，当时 MPE3 项目有 300 多口老油井，而在产的只有 30 口左右。为了增加产量，他们克服重重困难，采取“借、找、利、旧”的方式，于 2015 年实现日产 15.7 万桶的产量。

他表示：对于生产环节来说，“能源金融一体化”模式将进一步突破产量的瓶颈，改进设施功能，包括油气分离、外输、脱水、集油干线的供给等。对于 MPE3 项目来说，他们希望早日落实“能源金融一体化”的闭环模式，特别是伴随着工程扩建项目（日产量 16.5 万桶）上马，他们有信心在未来进一步提高石油产量。

2018 年 9 月 6 日　委内瑞拉第 9 天（之一）

中石油的半军事化管理

驱车 550 公里，仅仅用了 3 个小时从 MPE3 项目基地返回巴塞罗那，司机是现职警察，驾驶防弹车一路畅行无阻。

来到这里的第一天，就看到中石油基地的食堂门口张贴的风险预警告示，风险级别为黄色，寓意存在重大风险（红色为撤离）。MPE3 项目基地受到三道铁丝网与电网的保护，另外还有一道围墙。住房门口也贴有紧急处置事项。据说委内瑞拉是二级风险国家，仅次于伊拉克与叙利亚。

由于处于高风险国家，中石油实施的是半军事化管理，食堂可以说是一尘不染。返回的时候食堂刚刚完成刷墙，管理员说，因为墙上有油点。

2018 年 9 月 6 日　委内瑞拉第 9 天（之二）

回到加拉加斯

经过 11 个小时的车程，回到加拉加斯中石油驻地，有回到家的感觉。

2018 年 9 月 7 日　委内瑞拉第 10 天

委内瑞拉是中国在拉美运筹大国关系的支点

今天在中国驻委内瑞拉大使馆对李宝荣大使进行了专访。李大使拥有 30 多年的外交生涯，其中 1/3 与委内瑞拉相关。1989—1991 年他在委内瑞

采访李宝荣大使

拉使馆工作，之后任外交部拉丁美洲和加勒比司副司长，2017年卸任驻智利大使后，再次来到委内瑞拉任中国驻委内瑞拉大使。

从我们与使馆联系采访开始，大使先生就对这次采访给予高度的重视，并指定政治处宋栩韬主任专门负责帮助我们联系对委内瑞拉政府高级官员的采访。见面后，当我向大使表示感谢时，李大使真诚地说：我们早就希望国内媒体能够来到委内瑞拉进行报道。现在西方媒体一边倒地抹黑委内瑞拉，把委内瑞拉描绘成“民不聊生、饿殍遍野”，所以我们很期待《21世纪经济报道》的真实报道，并发出“中国的声音”。

李大使向我们着重介绍了委内瑞拉近期所实行的若干项经济改革政策。2018年8月20日，首先进行了货币重置改革，以及“新燃油补贴分销”政策，“石油币”的出台与拍卖、调整单一产业结构等经济政策也在积极制定中。

对于委内瑞拉未来经济形势，李大使认为，虽然有风险，但从战略上看好双边经济合作。从长远看，委内瑞拉是一个拥有巨大经济发展潜力的国家，也是世界上石油探明储量最多的国家，石油探明储量3000亿桶，可开采340年。我们有理由对委内瑞拉的经济发展前景充满信心，特别是在委内瑞拉最困难的时候一定要伸出援助之手，因为委内瑞拉是中国在拉美运筹大国关系的支点。

为什么中委两国的政治互信能不断加深？自1974年中委建交以来，双方在国际和多边事务中保持密切合作。委内瑞拉是最早承认中国市场经济地位的拉美国家之一，同时在台湾、西藏、南海等涉及中国国家主权与核心利益的问题上，委内瑞拉始终给予坚定的支持，特别是积极支持“一带一路”倡议向拉美的延伸。

李大使还介绍了双方共同建立的“能源＋金融”两个轮子一起转为核心的中委合作模式。除此之外，目前中国已为委内瑞拉培训各种人才500多人，包括政府官员、技术人员等。此次专访还涉及美国对委内瑞拉的制裁以及委内瑞拉所进行的“21世纪社会主义”探索等重要议题。

2018年9月8日　委内瑞拉第11天（之一）

中信建设超额完成蒂乌娜社会住房项目

今天来到加拉加斯蒂乌娜军营，中信建设拉美区事业部是我所见过最漂亮的中资企业海外基地之一，就坐落在这个军营中。热情的副总经理聂美清带我们参观了基地的各项设施，包括办公楼、宿舍楼、图书馆与健身房等。

之后他向我们介绍了拉美区事业部在委内瑞拉的项目，包括委内瑞拉社会住房项目、蒂乌娜社会住房项目、泛博办公大楼项目（一期21万平方米）以及玛格丽塔岛海水淡化厂项目。

中信建设拉美区事业部聂美清副总经理（右）

2014年习近平主席访问委内瑞拉时，参观了中信建设的蒂乌娜社会住

与中信建设拉美区事业部工作人员合影

房项目。该项目是至今中委两国最高领导人共同见证的唯一中资企业项目。

目前中信建设已经交付了2万多套已建成住房。参与委内瑞拉“大住房计划”项目的不仅仅有中信建设，还包括俄罗斯与白俄罗斯等国家的建筑公司，但只有中信建设高标准、高质量、高速度地完成了住房建设计划。2011年查韦斯总统提出“大住房计划”，并设立在7年之内完成200万套住房建设与修缮的目标，截至目前已完成220万套，马杜罗总统实现了政府对人民的承诺。这一计划最大的受益者是中下等收入阶层。为此，近期委内瑞拉政府将举办隆重的庆典仪式。

蒂乌娜社会住房项目

此次采访给我留下深刻印象的是，中信建设在海外的“联合舰队”出海模式。在中信建设的带领下，包括新疆生产建设兵团、中铁十七局、中铁十二局、南昌外建、中国建筑设计研究院等7家单位携手“走出去”。它们之间的合作如同旗舰与护卫舰的关系，采取了项目承包额完全透明和与合作伙伴利益共享、风险共担的方式，达到与业主、合作伙伴共赢的目标。

未来几天，我将实地调研上述项目。采访结束时已经是晚上7点多，聂总为了我们的安全，特地让国民警卫队的一名战士护送我们回到中石油驻地。

2018年9月8日　委内瑞拉第11天（之二）

委内瑞拉的福利房，每月房贷是4瓶矿泉水钱

法比奥拉（Fabiola）是中信建设的行政管理人员，她带我们参观了属于蒂乌娜社会住房项目的家。由于在中信建设工作，她能够享受购买蒂乌娜社会住房的优先权。

不同于“大住房计划”——无偿分配给低收入者，蒂乌娜社会住房项目是一项政府补贴的福利性商住房项目，住在这里的人大多数是政府公务员、军人等。

蒂乌娜社会住房项目户型分为三室一厅与两室一厅。至今单身的法比奥拉居住在一套两居室里。她介绍了政府是如何给予住房补贴的：这套房屋的价格约为1000美元，她向住房银行申请了30年的贷款，每月还贷2.5主权玻利瓦尔（在委内瑞拉购买一瓶矿泉水需0.75主权玻利瓦尔）。

法比奥拉

曾有传闻说委内瑞拉政府的住

房项目只分配给支持政府的人，但她告诉我们这个小区也有反对派居住者。

法比奥拉介绍，这是一套精装修的住房，她另外花了约1000美元购买了有政府补贴的家用电器，包括冰箱、洗碗机、抽油烟机、洗衣机、烘干机、电视以及空调等，这些均是海尔在委内瑞拉组装的产品。

法比奥拉家的室内装修和家用电器

法比奥拉说："作为委内瑞拉人，我们目前生活在一个比较困难的状态中，有些人到海外谋生，这并不是一个秘密。但是我有一份稳定的工作，有自己的房子、车子，还有政府提供的'食品箱'，在委内瑞拉我们免费享受水电气、公共交通、通信、教育、医疗等福利，所以我没有觉得生活质量降低了。"

她还说："其实我们并不希望政府提供过多的社会福利，应该把更多的资金投入生产中，创造更多的就业岗位。只要人们有一份稳定的工作和良好的治安环境，人们应该也可以自己挣钱养家糊口，过上体面的生活。"

她认为现在委内瑞拉最大的问题是教育学时的缩短。现在的学生每天的学时只有两三个小时，原因是10年来师资严重流失。一些没有受过良好教育的孩子成为不良少年，也就不难理解社会犯罪率为何上升。委内瑞拉的明天不仅仅是恢复经济，更重要的是人才的培养。没有人才，委内瑞拉就没有未来。

2018 年 9 月 9 日　委内瑞拉第 12 天

赫赫有名的蒂乌娜军营

中信建设营地坐落在首都加拉加斯西南部的蒂乌娜军营中，这个军营赫赫有名，经常出现在电视画面上，已故总统查韦斯和现任总统马杜罗经常来这里检阅军队。

副总经理聂美清带着我们漫步在军营中。这里矗立着委内瑞拉独立战争纪念碑，共有 10 位独立战争先驱的塑像，其中就有前总统查韦斯崇敬的解放者西蒙·玻利瓦尔。徜徉在延伸向远方的赫赫有名的阅兵大道，这里每年 7 月 5 日都会举行盛大的阅兵仪式，有时还会举办民众参加的声势浩大的游行。在中轴线的尽头，坐落着西蒙·玻利瓦尔工程军事学院，其与正在由中信建设建造的泛博办公大楼交相辉映，气势恢宏。

委内瑞拉独立战争纪念碑

2018 年 9 月 11 日　委内瑞拉第 14 天

"90 后"别样的青春

人们评价"90 后"时，认为这一代人"个性张扬""价值观现实"。在委内瑞拉见到的中国机械设备工程股份有限公司委内瑞拉子公司副总经理徐亦超，刚刚在 8 月度过了 28 岁生日。

毕业于上海外国语大学西班牙语专业的徐亦超于 2012 年来到委内瑞拉，担任中央电厂 6 号机组项目的西班牙语翻译，他见证了该项目从施工、安装、移交、运行到维护的整个过程。

徐亦超加入项目后的第一个工作是与工人们一起建设营地。他回忆这一段经历时说：大年二十九那天他们一直加班到第二天凌晨 4 点。之后，他开始熟练掌握电厂建设相关专业领域的翻译，包括土建、电气、机务、热控、工艺、化水等专业，搭起项目建设者与业主沟通的桥梁。作为翻译，迅速熟悉不同专业领域并准确翻译并非易事。随着时间的流逝，他开始参与文档管理、委内瑞拉当地劳工管理、现场施工协调等工作。2014 年开始担任 CMEC 委内瑞拉子公司商务经理，负责商务谈判，与业主、政府部门沟通等外联工作。2018 年开始担任 CMEC 委内瑞拉子公司副总经理。

28 岁的徐亦超

一个"90 后"在短短几年时间，从一名翻译迅速成长为独当一面的公司副总，他经受了在国内的"90 后"所没有的很多历练。6 年来，他年均在委内瑞拉工作 320 天，在委内瑞拉过了 6 个春节。常年驻海外，与家人、朋友们聚少离多，这对于一个年轻人来说意味着巨大的付出。

近期他将回国休假，我问他最想做的一

件事是什么。他说，他想去看望第一任现场经理纪耀杰。他说，这个工程能够提前顺利完工并获得委方的高度赞扬，纪总功不可没。委内瑞拉人难以想象，一个中方项目领导能够为了汽包吊装连续 24 小时不离现场，又或是为了烟囱基础砼浇筑而 24 小时不合眼。

中国机械设备公司管理人员

建设时期的中央电厂 6 号机组

前辈是最好的榜样和老师。徐亦超说，现在是委内瑞拉最困难的时候，我们作为中央电厂后辈有责任有义务去帮助委内瑞拉人民做好电厂的运行维护工作，稳定委内瑞拉的电力供给，“我们要和委内瑞拉一起度过最艰难的时间”。

“一带一路”上，别样的青春，别样的贡献。

2018 年 9 月 12 日　委内瑞拉第 15 天

为最缺水的西岛人民提供淡水

早晨 7 点出发前往加拉加斯迈克蒂亚西蒙·玻利瓦尔国际机场，赴玛格丽塔岛采访中信建设海水淡化厂项目。该项目是迄今为止委内瑞拉最大的海水淡化厂。

玛格丽塔岛海水淡化厂

委内瑞拉玛格丽塔岛也叫马岛，是委内瑞拉所属的一个近海孤岛，位于委内瑞拉北部，于 1973 年宣布为自由贸易岛，政府不对买卖物品征收关税，因此给该岛带来了经济和旅游的繁荣。

马岛有 11 个行政区，共有 48 万人口。西岛的马卡诺（Macanao）区区长胡安（Juan）从 2010 年开始追随查韦斯总统并成为统一社会主义党党员。他告诉我，40 年前建有通向玛格丽塔岛的两条海底输水管道，但因年久失修而不能足量供水。马卡诺区位于输水管道最末端，由于供水压力不足，有些村最短 12 天、最长 30 天才能供水一次。为了保障人们的基本用水，常常用水车从东岛拉水到西岛。

马卡诺区区长胡安

为什么把委内瑞拉最大的海水淡化厂建在玛格丽塔岛西岛？胡安回答：这个项目酝酿已久，一些地方官员曾向中央政府建议为西岛人们提供基本水源。查韦斯总统决定为西岛最缺水的人们提供淡水，最好的办法是建设一个新的海水淡化厂，并把此项目列入“水使命大计划”之中。2012 年政府出台了 36 个关于民生的“大使命计划”。作为地方官员，他感谢查韦斯总统以及中委基金合作框架下的海水淡化厂项目，帮助西岛人民实现了多年的愿望。

正如马杜罗总统在参加竣工仪式时所说的，该项目不仅为西岛带来淡水，更重要的是中国企业为委内瑞拉带来了先进的海水淡化技术。

为了建设玛格丽塔岛海水淡化厂，中信建设“联合舰队”协同新疆北新国际工程建设公司与杭州水处理技术研究开发中心完成此项目，建成日供水 10000 立方米的海水淡水厂与瓶装水生产线。

28 岁的周永波是新疆北新国际工程建设公司项目副经理，他是项目开工初期进入马岛的第一批人员之一。他回忆工程筹建初期，项目所在地环境严酷，没水没电，人均日用水量只有 0.15 立方米，地表最高温度达 50 摄氏度，其艰苦程度可想而知。

目前中方人员正在培训当地员工进行海水淡化厂系统的操作与运行，为此他们曾经选拔 20 多位当地工程技术人员前往中国进行专业培训。

与工人们合影

此外，我们还与胡安区长就统一社会主义党的组织建设、党内思想工作以及委内瑞拉如何走出当前经济困境等问题进行了交流。

2018 年 9 月 13 日　委内瑞拉第 16 天

窗外的风景

玛格丽塔东岛乌尼克（UNIK）酒店是马岛最好的酒店，房价合 48 美元一天。站在酒店阳台能看到远处一排建筑是为中低收入者提供的免费住房（“大住房计划”）。挪威将石油收入注入社保基金，委内瑞拉用石油收入改善人民的住房，这两者之间没有本质的区别。

站在乌尼克酒店阳台远眺

2018 年 9 月 14 日　委内瑞拉第 17 天

“班门弄斧”——在使馆“讲课”

好尴尬，今天到使馆“讲课”，因为使馆希望听听我如何看待委内瑞拉。才来了 10 多天，只能谈谈感受。除了大使回中国没有参加外，全使馆人员都参加了，包括经济参赞和武官。他们对这次“讲课”评价很高，我都不好意思了，体验了一次什么是“班门弄斧”。好在准备充分，因为在采访之余，我花时间准备了 PPT（演示文稿）。

“讲课”结束后，政务参赞邢文聚概括了这次“讲课”的内容。

“四个自信”：增强中国特色社会主义道路自信、理论自信、制度自信、文化自信。将距查韦斯 1999 年建立新政权不到 20 年的委内瑞拉与成立 20 周年时的新中国进行比较，非常有启发。可以看到这条道路多么复杂、多么曲折。如果看中国突破一个 20 年，又一个 10 年，之后就是改革开放，这也增强了我们的自信，同时也增加了对委内瑞拉的认识。

“三个视角”：新闻视角，政治、党史视角，国际经济比较视角。

“二个战略”：“一带一路”倡议是中国对外的大战略，委内瑞拉也有自己的国家战略，所以问题的关键是中委两个战略如何对接的问题。前几天与西班牙外交官聊天时谈到“一带一路”，西班牙人很奇怪，他说，听说我们在和委内瑞拉搞“一带一路”，委内瑞拉愿意成为桥头堡。我说，

在使馆“讲课”

虽说“一带一路”想要延伸到拉美，但是还要看委内瑞拉这块。西班牙外交官就说：“你们想建桥头堡可以找我们西班牙，因为西班牙原来是拉美宗主国。你们往拉美延伸，如果走的是宗主国这条线，又是西欧一个角，延伸至拉美就很顺理成章。”所以“一带一路”倡议走出去说明我们的影响力是实实在在的，否则在交流的时候他也不会私下里问拉美是不是“一带一路”的延伸。因此“一带一路”倡议“走出去”就有个战略衔接的问题。

与使馆政务参赞邢文聚（左一）、政治新闻处主任宋栩韬（右二）合影

“一个目标”：搞好中委关系，维护好中委关系的大局。所有中委合作，如新闻行为、政府行为、企业行为，包括军事合作在内都是为了这个共同的目标。

2018 年 9 月 17 日　委内瑞拉第 20 天

听使馆经济参赞介绍委内瑞拉

今天拜访了中国驻委内瑞拉经商参处经济参赞季先峥。季参赞详细介绍了中委基金、“能源金融一体化”合作模式，以及中资企业在委内瑞拉 10 多年的情况。他还介绍了委内瑞拉政府目前为应对通胀和汇率波动所进行的经济调整进程。3

经济参赞季先峥

个小时的谈话让我受益匪浅。

年轻的外交官的专业水准和近乎完全的信息，给我留下了极为深刻的印象。

2018 年 9 月 18 日　委内瑞拉第 21 天（之一）

参加马杜罗总统国际媒体见面会

感谢委内瑞拉副总统德尔西·罗德里格斯安排她的新闻主任与通讯司司长全程陪同，让我重温多年来参加记者见面会的感受。

见面会在委内瑞拉总统府观花宫举办，并由委内瑞拉国家电视台现场直播。委内瑞拉总统夫人、国防部部长、副总统、石油部部长、计划部部长以及公社和社会主义运动部部长共同参加。马杜罗总统此次召开记者见面会的主题是介绍访问中国之行取得的成果。他透露了一些中国媒体不曾报道的重要信息，包括与习近平主席的散步交谈，以及达成的双边协议的具体内容。

马杜罗总统说："目前包括各大国际媒体以及各类社交网络媒体，在委内瑞拉和中国的问题上不断重复着相同的表述：'马杜罗到了中国但什么成果也没有达成'，'中国恶劣地对待了马杜罗'，'中国已经放弃了委内瑞拉'，并配上各种各样的配图。

见面会上的马杜罗总统

事实上，我们对中国的访问是很久以前就计划好的国事访问。我总共访问过中国10次，2次作为议员，4次作为查韦斯总统的外长，4次作为总统。这次访问，中国很隆重地接待了我们，我从没受到过如此隆重的接待。我们进行了最高级别的会谈，与习近平主席、李克强总理、王毅外长以及众多部长级别的官员会谈，还与中国人民银行、国家开发银行、国务院经济发展研究中心等会谈。我们还与中国最大的石油公司中石油管理层进行了会晤，确定了我们要达到每日向中国输出100万桶原油的新目标，并将为石油增产提供强有力的资金保证。

"我们的这次访问成果超乎寻常，我感受到了中国领导层和所有中国人民对委内瑞拉的支持和兄弟情义。在周六晚上，我受邀和习近平主席在一条中国的街道上漫步，并共同度过了一个美好的夜晚。那天我感受到的是中国对我们的支持。我们签署了28个协议，包括超过700个我们与中国合作的项目。除了签署石油协议外，还签署了矿产开发协议，中国将通过投资和技术投入进行黄金开采，黄金将成为我们财富增长的重要引擎，将成为经济复兴计划的重要支撑，将成为可兑换外汇的重要来源，从而促进委内瑞拉经济发展。同时我们也签署了加强基础工业的协议，包括铁、铝等产业。我们还签署了改善药品分发和储藏、供应的协议。此外，我们还签署了加入中国'一带一路'倡议的协议，也就是说，委内瑞拉正式加入中国的'一带一路'倡议。签署了电信改善协议，包括对委内瑞拉国家电信公司（CANTV）网络服务的改善计划。签署了第三颗通信卫星瓜伊卡伊普洛（Guaicaipuro）卫星的上天协议，这是一个超级现代化的通信卫星，我也看了相关的技术规范，可以对网络、电视、电话、社交媒体提供强有力的支持。签署了两国未来四年的文化交流协议。签署了2018—2023年的人才教育交换计划，委内瑞拉的青年学生在本科和研究生教育阶段可以去中国接受高端的科学教育。还签署了国家安全和防卫协议，包括安全监控、指挥控制、电信通信等方面的项目执行。也就是说，我们达成的协议包括金融、能源、通信、商业等方面。

“我也向习近平主席表示，委内瑞拉现在要走的经济道路是与中国相同的道路。中国在对外政策上奉行平等、共赢、不干涉别国内部事务，不欺侮南方共同市场国家，不寻求更换政府、更换政体，中国寻求的是共建人类命运共同体。在中国的人类命运共同体的理念中，我告诉习近平主席，我承担我们委内瑞拉玻利瓦尔的多极化主义和平义务，我赞同他的所有相关理念。中国将成为21世纪的超级大国，同时是建立在尊重、平等、共赢、兄弟情谊基础上的超级大国。中国将为我们提供最好的科技人员，帮助我们完成‘经济复兴：增长、繁荣计划’。

“我们与世界上最好的中国专家进行了超过3个小时的会谈，他们代表着中国智慧、中国力量，他们领导并创造了世界上最大的奇迹。我们学习了自1949年以来中国在每个历史时期关键节点所做出的重大决策，包括经济政策等各方面。中方赞赏了我们的经济政策、货币政策。委内瑞拉将长期向中国进行经济咨询，汲取中国经验。我们也将获得中国国家开发银行最高层针对我们16条经济措施所提供的咨询。”

我被安排在现场第一个向马杜罗总统提问，我的两个问题之一是：习近平主席提出“一带一路”倡议并向拉美地区自然延伸，对此华盛顿抨击中国在拉美的“一带一路”是“新帝国主义与殖民主义”的行为，您如何评价？

见面会提问

马杜罗回答：“‘一带一路’是一个共享的发展计划，是一个为人类命运共同体着想的计划。没有人可以把‘一带一路’倡议与殖民主义相提并论。利比亚所遭遇的现实是被帝国主义入侵、撕碎、摧毁，然后被抛弃在一边。现在的危机是，数以千万计的来自非洲的人们穿过地中海去寻找新的机会，然后葬身海底。这才是帝国主义。北约做了什么？美国做了什么？帝国主义、殖民主义是世界货币基金组织对阿根廷的所作所为。世界货币基金组织在华盛顿对阿根廷指手画脚，要阿根廷取消老人的抚恤金、削减福利、裁员100万人，解散卫生部、文化部、科技部，要阿根廷妥协屈服。这才是帝国主义、殖民主义。通过世界货币基金组织推行的新自由主义是最恶劣的经济殖民主义。习近平主席提出的'一带一路'倡议更确切地说，是一个共享发展的计划，是一个共建人类命运共同体的计划。这是我的回答。"

整个见面会历时近2个小时。马杜罗总统爱憎分明，观点犀利，回答问题旁征博引、数据翔实。参加这样的记者招待会令人兴奋。

委内瑞拉所处的国际环境之险恶超出想象：美国不仅对委内瑞拉进行了4轮制裁，前不久还发生了无人机袭击事件。马杜罗总统在新闻发布会上说："所有外国势力的攻击都不能让我们屈服，委内瑞拉人民有权利选择自己的发展道路。世界强国曾用武力对待伊拉克、利比亚，正是玻利瓦尔革命挽救了委内瑞拉，使委内瑞拉免于遭受列强的战火。"

2018年9月18日　委内瑞拉第21天（之二）

参谒查韦斯陵墓

"4F"在委内瑞拉非常有名，人人知晓"4F"是安葬查韦斯总统的墓地。查韦斯去世后，他的遗体埋葬在"二·四"军人政变（1992年）所在的军事指挥部，这个军营坐落在埃尔阿维拉山。

在纪念碑上写的是2012年查韦斯去世前所说的最后一段话："我们今天是拥有祖国的人，不管发生什么，我们都将继续拥有我们的祖国。团结、团结、再团结。那些想要利用困难时期恢复资本主义、新自由主义，想要终结我们祖国的人，永远都将存在。在面对这些新的困难时，所有爱国者的答案应该是团结、奋斗、战斗、胜利。”纪念碑上的这些话同样适用于今天的中国。

查韦斯陵墓

副总统的通讯司司长吉列尔莫（Guillermo）曾布置过陵墓展览室，他在查韦斯与马杜罗总统三张合影前回忆了当时的情形。

远眺查韦斯墓地 4F

2018 年 9 月 19 日　委内瑞拉第 22 天

采访副总统德尔西

副总统德尔西

在副总统府采访委内瑞拉第一副总统德尔西·罗德里格斯。她曾担任过委内瑞拉外交部长。她还有一个兄弟乔治（Jorge），目前是加拉加斯市市长。她的父亲是查韦斯的革命战友，也是左翼政党“社会主义联盟”的创始人。

委内瑞拉是总统制，不设总理府，第一副总统相当于总理，实质上分管政府（包括石油部、电力部、住房部等）经济工作。

采访德尔西副总统几易时间，在今天即将离开委内瑞拉的前夕终于敲定时间。在等待采访的时候巧遇中石油拉美公司总经理贾勇陪同中石油领导拜访副总统。更巧的是，10 分钟后首先见到委内瑞拉石油部部长，之后又遇见中国驻委内瑞拉大使馆临时代办邢文聚与经济参赞季先峥。昨

偶遇石油部部长（左一）、季先峥经济参赞（右五）和邢文聚临时代办（右四）以及中石油拉美公司贾勇总经理（左二）

天刚刚参加完马杜罗总统访问中国之行取得的成果的国际媒体见面会，马杜罗总统详细介绍了与中石油达成进一步能源合作的新协议，今天就看到了中石油与委内瑞拉政府进一步商谈协议的推进。如此来看，委内瑞拉下一步增加石油产量已经不仅仅停留在协议层面，而是双方正在积极地推动。

今天与德尔西交谈的主题是委内瑞拉“经济复兴：增长与繁荣计划”。不容回避的是，委内瑞拉经济处于下行期并伴随着高通胀、高债务、外汇短缺及市场价格扭曲等诸多问题。但是马杜罗总统公布的“经济复兴：增长与繁荣计划”一揽子新经济政策，包括调整工资、平衡价格、主权货币、打击通胀、增加生产、平衡财政赤字等，其目的是捍卫国家的经济主权，打破美国的金融封锁和制裁。

德尔西说：“新经济政策到目前为止已经实施了一个月，新的主权货币已经与石油挂钩，增加黄金生产与储备，打击石油走私。此外，马杜罗总统提出委内瑞拉再也不能是一个只靠单一石油产业的国家，为此推出农业、工业、能源等新经济政策。”

在昨天的媒体见面会上，马杜罗总统介绍说：“我们学习了自 1949 年以来中国在每个历史时期关键节点所做出的重大决策。”

今天副总统介绍：“马杜罗总统此次访问中国时，到访国务院经济发展研究中心，就‘经济复兴：增长与繁荣计划’听取中国经济学家的意见，并得到了肯定与指导。巧合的是，委内瑞拉正在探索的‘21 世纪社会主义’道路与中国特色社会主义道路之间有很多相同之处，所以我们愿意学习与借鉴中国成功的治理经验。”

感谢副总统及中国大使馆为我们开通机场贵宾厅通道。巧合的是，在机场遇见了总统的贴身保镖查理（Charlie），他一眼认出我是昨天参加媒体见面会的记者，并在机场合影留念。也感谢 CMEC 张臣与中信建设聂总亲自前往机场送行。

下一站，巴拿马。

LIBRAMON
HEMISFERIO NORTE

巴拿马

穿越太平洋与大西洋的暗战前沿

巴拿马运河

2018 年 9 月 20 日　巴拿马第 1 天

顺利抵达巴拿马城

中国港湾为主接待方，熟悉的接待标配。上午拜访了中国港湾美洲区域公司。

中国港湾美洲区域公司

2018 年 9 月 21 日　巴拿马第 2 天

终于见到你——新老巴拿马运河

到巴拿马的第一天，首先参观了巴拿马运河博物馆。在原有的观念中，一直认为是美国修建了巴拿马运河，事实上 1879 年法国公司首先获得开凿巴拿马运河的租让权，但由于自然条件恶劣和公司管理不善，工程于 1889 年被迫中断。1903 年美国通过不平等的《海约翰－布诺·瓦里亚条约》，获取了单独开凿、永久使用、占领并控制巴拿马运河与运河区的权利。

驱车绕着运河区行驶，该区之大、建筑物之多令人惊叹，此前美国曾在这里驻有6万人的军队。

巴拿马运河于1904年动工，1914年通航，直到1999年运河才回归巴拿马。如今，巴拿马运河区已经变成美国佛罗里达州立大学分校以及众多公司的办公场所和私人住宅所在地。

今天非常幸运，3个小时内首先见到了通过新运河的地中海航运公司（MSC）集装箱货轮。通过新巴拿马运河的船舶载箱量从此前的5000标箱增加至1万标箱。由于离新运河较远，视觉上集装箱船犹如在高速公路上行驶。

之后见到巴拿马老运河的两条航道先后驶入日本海上自卫队“高波”级DD112驱逐舰与比利时船东EXMAR公司的利布拉蒙（Libramont）的LNG（液化天然气）船。第一眼见到112驱逐舰时，误以为是中国的112驱逐舰，这两艘舰的外形极其相似，直到看到日本海上自卫队挥舞日本国旗才知不是，顿感万分沮丧。

连接大西洋与太平洋的巴拿马老运河与新运河，分别是20世纪与21世纪的“超级工程”。其位置的独特性，塑造了巴拿马在国际贸易中的重要地位，延展了其地缘政治的不可取代性。

相较而言，根据2017年数据，苏伊士运河的年收入双倍于巴拿马运河。但随着新运河航道的建成，巴拿马将改变世界贸易的路线，进一步提高运河的运量与收入。

伴随着中国经济的发展与全球贸易量的增加，中国目前是巴拿马运河的第二大使用者。随着中美贸易摩擦的不断升级，巴拿马运河有可能受到贸易量骤减的影响。

坐落在山丘上的巴拿马运河管理局，犹如宫殿般高高在上，可见运河管理局在巴拿马经济中占有举足轻重的地位。

新老运河三条航道同时出现一条船，遇到此情此景实为难得。

2018 年 9 月 22 日　巴拿马第 3 天（之一）

中交疏浚擎起中国疏浚大旗

比起修路与造桥，中国疏浚产业是世界上最有竞争力的产业之一。2016 年我访问非洲喀麦隆杜阿拉港时，中国港湾已经在杜阿拉港用耙吸式挖泥船疏浚航道多年，一直坚守。与此同时，在拉丁美洲阿根廷的布宜诺斯艾利斯港疏浚河道也出现过相同的情形。

中交集团有三个外经平台：中国交建、中国路桥、中国港湾。2015 年中交集团成立了中交疏浚（集团）股份有限公司（整合中交旗下的天津航道局、上海航道局和广州航道局），作为中交旗下的第一个专业化子集团。我认为中交疏浚为中交海外市场开拓增添了新助力。

目前，从世界疏浚行业来看，中交疏浚是全球最大的疏浚及吹填造地服务供应商，这类服务收入占全球疏浚和吹填造地总收入的 23.4%。拥有世界最大的船队规模，相比国际前四大疏浚公司——荷兰的波斯卡利斯与范奥德、比利时的扬德努与德米，中交疏浚虽然具有市场总收入与设备的优势，但在收入份额中，境外收入占比较低（见表 1）。

表 1　五大疏浚公司 2016 年法人类机构区域分布情况

分布		波斯卡利斯		范奥德		扬德努		德米		中交疏浚	
		数额（个）	占比（%）	数额（个）	占比（%）	数额（个）	占比（%）	数额（个）	占比（%）	数额（个）	占比（%）
本土区域		81	51	93	53	29	27	31	41	92	92
境外	欧洲	34	22	33	19	32	30	26	35	0	0
	亚洲及大洋洲	18	11	23	13	13	12	7	9	3	3
	中东	8	5	13	7	4	4	4	5	0	0
	非洲	6	4	5	3	16	15	3	4	0	0
	美洲	11	7	8	5	12	11	4	5	5	5
合计		158	100	175	100	106	100	75	100	100	100

今天访问了中交疏浚美洲区域中心，该中心是中交疏浚在海外设立的五大区域中心之一。其他区域中心包括马来西亚吉隆坡的东南亚区域中心、阿联酋迪拜的中东区域中心、肯尼亚内罗毕的非洲区域中心和俄罗斯圣彼得堡的欧洲区域中心。

美洲区域中心副总经理王志敏告诉我：中交疏浚在确立的“十三五”目标中，力争到“十三五”末期完成千亿元收入目标，与世界四大疏浚公司对标，将统筹海外业务，提升海外收入占比。

中交疏浚天津航道局目前拥有的船舶包括“天鲲号”，这艘绞吸挖泥船是亚洲最大的绞吸挖泥船，每小时能转移6000立方米沙石。这些船从海底吸出沙子，将其堆砌，可谓是造岛神器。

中交疏浚旗下的上海航道局于1982年首次进入南美工程市场，其中哥伦比亚卡塔赫纳海滩吹填工程被当地冠名为“中国滩”。从2008年至今，中交疏浚在美洲区域承揽近55个疏浚吹填项目。

目前，中交疏浚在南美的业务已拓展至委内瑞拉、阿根廷、洪都拉斯、乌拉圭、巴西等国。巴拿马是我们这次采访中交疏浚项目所在国之一。

2018年9月22日　巴拿马第3天（之二）

拿到古巴签证

通过多次与古巴方面协商，终于在古巴驻巴拿马使馆拿到古巴的签证——D-6记者签证。在第二国家办理第三国签证太不容易了！

2018年9月23日　巴拿马第4天（之一）

巴拿马科隆港最大的集装箱码头

清晨，中交疏浚巴拿马科隆集装箱港口（PCCP）项目总经理陈志刚来

科隆集装箱港口效果图

酒店接我们，冒着倾盆大雨从巴拿马城所在的太平洋一侧，沿9号公路向科隆自贸区所在的大西洋一侧行驶76公里，来到科隆自贸区新建港口所在地。瞬时在两洋间行走，这是什么感觉?!

PCCP项目由山东岚桥集团并购（土地）与投资建设，总投资约10亿美元，由中交疏浚总承包。一期建设投资为3.16亿美元，新港口将成为大西洋一侧唯一能够接纳巴拿马型船的集装箱港（250万标箱）。

在大西洋一侧的科隆港2015年是世界第41大集装箱港，吞吐量为358万标箱左右。目前已经建有3个集装箱港，分别是中国台湾长荣集团的科隆集装箱码头（200万标箱）、美资与当地合资兴建的曼萨尼约国际码头（150万标箱）、香港和记黄埔投资的克里斯托瓦尔散货码头。PCCP建成后将是科隆港最大的集装箱码头。

科隆港依托科隆自贸区，其供货来源为中国大陆（29.5%）、中国台湾（11.3%）、美国（9.7%）、日本（7.1%）、意大利（4.9%）、韩国（3.8%）；其出口市场主要为委内瑞拉、哥伦比亚、厄瓜多尔、巴拿马、危地马拉、墨西哥、哥斯达黎加、美国、古巴、巴西等。

科隆自由贸易区建于1948年，为中国香港之后的世界第二大自贸区。在这里货物进口自由，无配额限制，不缴纳进口与转口关税。此外，设在贸易区内的企业，其产品向美国和欧洲出口不受配额限制并享受优惠关税。

陈志刚带领我们实地调研正在修建的港口。我曾在亚洲、欧洲、非洲见证过中国收购、修建与运营的几十个港口，但巴拿马科隆集装箱港是我在拉丁美洲参观的第一个大型在建集装箱港。该港口岸线总长1050米，吹填造地20多万立方米（已完成），采用钢管桩建造方式（码头建造有高桩式、板桩式、重力式等结构方式）。

陈志刚项目总经理介绍施工进展

在现场目睹了“小鹰号”抓斗式挖泥船的施工过程，它用56立方米的抓斗在2分钟内完成一次停泊船位的淤泥清理。离开之前我们看到汉堡南美船务集团（马士基航运公司的一部分）的船舶正在驶向长荣港码头。

在科隆港外有10多艘货运轮船正在等待进港，这一繁荣景象不知还能延续多久。中美贸易摩擦的推延，可能会造成中国出口贸易量的减少，科隆港将受到多大程度的影响还是未知数。

2018年9月23日　巴拿马第4天（之二）

颠覆想象的科隆自贸区

建成于1948年的科隆自贸区是继中国香港之后的第二大自由贸易区，坐落于有20万人口的科隆市。数据显示，目前科隆自由贸易区的年贸易额约为50亿美元，转口贸易额近百亿美元，提供就业岗位2万左右，就业者绝大部分来自科隆市。科隆市20万居住人口中以黑人为主。

长期以来，科隆自贸区的名声如雷贯耳，今日有幸一览其“风采”。想象中的科隆自贸区犹如中国的深圳，由于先行先试及政策优惠，各种经济要素的聚集，呈现出的理应是一派生机勃勃的景象，但科隆自贸区的现实

科隆自贸区街景

颠覆了这一传统思维。

行车绕行科隆市的主要街道，这里与巴拿马城的繁华与灯红酒绿截然相反。科隆市所有的场景给人以萧条、破败、陈旧的视觉冲击。这里的建筑极为破旧，路边一些建筑已经人去楼空。最突出的感觉是这里垃圾遍地，道路坑坑洼洼，很多青年都闲坐在路边。科隆市最著名的科隆 2000 广场，居然同样是垃圾遍地。

在拉丁美洲整体经济处于下行态势下，巴拿马经济增长率在高位运行，2017 年 GDP 增长率达 5.6%，毫无疑问是拉丁美洲的一抹亮色。

但是同很多自由市场经济国家一样，巴拿马从制度安排上难以解决地区差距与收入差距的难题，科隆市就是地区差距与收入差距最为典型的案例。虽然科隆市与巴拿马城的直线距离只有 76 公里，但我们所看到的景象说明科隆市政府没有得到中央政府足够的转移支付，导致没有能力向这里的人们提供最基本的公共服务。

期待此问题在采访巴拿马财政部部长与科隆市市长时得到进一步的答案。

2018 年 9 月 24 日　巴拿马第 5 天

中国港湾美洲区域公司跻身国际一流公司

有关数据显示，自 2016 年下半年以来，南北美洲基础设施建设市场总额为 970 亿美元。作为新进入南北美洲市场的中国公司，能够在多大程度上争夺这个市场，说起来容易做起来难。

中国港湾于 1985 年进入南美市场，2010 年以牙买加为根据地成立了区域公司，开始深耕这一市场。这一地区不同于非洲，那里更多的是政府框架项目，中国公司凭借国家发展积累的融资优势异军突起，有更多的话语权。而南北美洲以透明、公开、竞争市场为主，绝大部分为私人投资与政府现汇项目，项目更多为竞标模式，面对的竞争对手是占据这一市场多年的西班牙、意大利以及巴西等国的老牌建筑公司。

十几年间，走过了曲曲折折的道路，也经历过接二连三的废标过程，谁能想到如今中国港湾一家分公司已经在这个市场获得近 70 亿美元的基础设施建设市场份额。

以巴拿马为例，在这个面积与美国西弗吉尼亚州相当的小国，中国港湾以及中交疏浚公司先后拿到了中国台湾长荣的科隆集装箱码头项目、岚桥巴拿马科隆集装箱码头项目、阿玛多尔邮轮码头项目以及巴拿马四桥项目，合同额总计 21.41 亿美元。合同总额 16 亿美元的巴拿马地铁 3 号线工程，也进入它们的视野。

中国港湾美洲区域公司副总经理兼市场经理陈向东以及阿玛多尔邮轮码头项目经理王旭光，讲述了中国港湾实现国际化与本地化的过程。

陈向东副总经理介绍说，巴拿马是典型的流动经济，包括客流（Copa 公司——南北美第二大航空公司）、物流（巴拿马运河）、资金流（中美洲金融中心），形成空中、水上与资金的流动经济。在这个市场，我们抓住绝好的机会，将一大批国际人才纳入旗下，所向披靡。

陈向东

以阿玛多尔邮轮码头项目为例，

王旭光

这是中巴建交以来首个政府现汇项目。项目总经理王旭光介绍：“此项目与世界最大疏浚公司之一的扬德努公司组成联营体。在合作过程中，我们近距离感受了不同的管理模式与不同的思维方式。”

如果以 3 个 50%，即境外收入占总收入比重超过 50%，境外资产占总资产比重超过 50%，境外员工占总员工比重超过 50%，来衡量一家公司是不是国际化公司，那么中国港湾美洲区域公司已跻身国际一流公司。

中国港湾“走出去”不仅仅获得了诸多工程项目，而且还培养出了一批懂国际规则的专业化人才与团队，这才是最宝贵的财富。

2018 年 9 月 26 日　巴拿马第 7 天

科隆市市长办公室墙上那面带血的旗帜

为了采访科隆市市长费德里哥·波利卡里，我两赴科隆。在科隆市市长办公室的墙上，挂着一面镶嵌在镜框里的巴拿马国旗。市长费德里哥·波利卡里介绍，这面旗是 1964 年一名巴拿马学生勇敢地闯入运河区所升起的那面巴拿马国旗，之后这名学生被美军开枪打死。为此，3 万多巴拿马市民包括学生举行

科隆市市长办公室，墙上挂着巴拿马国旗

了大规模的示威游行，愤怒的人们袭击了美国大使馆、焚烧美国新闻处，许多市民罢工、罢课、罢市，抗议美国暴行，要求收回巴拿马运河主权。

1903 年，美国通过支持巴拿马独立（之前巴拿马是大哥伦比亚共和国的一部分，大哥伦比亚共和国领域包括今天的哥伦比亚、委内瑞拉、厄瓜多尔和巴拿马），与巴拿马签订了《海约翰 – 布诺 · 瓦里亚条约》，并以一次性支付 1000 万美元、9 年后每年付租金 25 万美元的条件，取得开凿运河和“永久使用、占领及控制”运河与运河区的权利。

1914 年 8 月 15 日，巴拿马运河完成试航，但运河的开凿通航使巴拿马丧失了主权和领土的完整。运河修建完成之后，所有的通航款项都被美国运营方独吞。据统计，在整个美国占领时期，运河收入款项达 450 亿美元。相比之下，留给巴拿马人的只有每年几十万美元的补偿款。帝国主义与殖民主义本性暴露无遗。

1977 年 9 月，美国被迫与巴拿马签订《巴拿马运河条约》和《关于巴拿马运河永久中立和经营的条约》。根据条约，1999 年 12 月 31 日，巴拿马全部收回运河的管理和防务权，驻在运河区的美军将全部撤出。这名被驻地美军枪杀的学生所携带的巴拿马国旗，成为激起巴拿马人民为废除不平等条约和收回运河及运河区的主权斗争的象征。科隆市市长就我所关心的所有问题给出解答，涉及巴拿马行政与税收体制、中央财政转移支付、《科隆自由港法案》（1992 年）与重建科隆自由港的启动问题等。

在谈到“一带一路”倡议时，费德里哥语气坚定地说：中巴双方签有很多商务协议，两国之间是互利共赢的合作，所以巴拿马始终在“一带一路”倡议的道路上。目前中国企业成为科隆最大的投资者，按照巴拿马规定，缴纳投资工程款的 2% 给地方财政，极大地缓解了地方财政的捉襟见肘。

中国是不是拉美的“新帝国主义”？费德里哥回答：“只要对巴拿马的发展是有利的，我们都是支持的，不太在意别人的看法。这里已经不是美国的天下了。”

在科隆不仅看到了巴拿马运河大西洋出海端，还看到了正在修建的巴拿马运河三桥（桥梁长4.8公里，双向四车道）。中交集团与美国路易斯·贝格尔组成联合体中标巴拿马运河三桥的施工设计。2012年10月，法国万喜公司以3.65亿美元获得三桥施工合同。6年之后，当巴拿马规划修建四桥的时候，中交集团和中国港湾联营体中标15.2亿美元的巴拿马运河第四大桥项目。

2018年9月27日　巴拿马第8天

中建美国巴拿马公司的三重身份

中国建筑集团有限公司是中国建筑业的龙头老大。其在2017年度《财富》“世界500强排行榜”中排第24位，列全球建筑地产企业之首；在2017年《工程新闻纪录》（ENR）“全球最大250家国际承包商”榜单中位列第一。2017年度中国建筑集团有限公司新签合同额22216亿元人民币（约合3420亿美元）。

来到中建美国巴拿马公司，给人印象深刻的是难以找到中国人的面孔。中建美国巴拿马公司执行副总裁唐沛介绍，这家公司88%的雇员来自国外，包括美国、英国、德国、墨西哥、委内瑞拉、哥伦比亚、哥斯达黎加及巴拿马。殊不知这家公司的母公司是中建美国公司，本土化程度高达98%。

中建美国巴拿马公司执行副总裁唐沛

中建于1985年进入美国市场，到目前为止已经在美国完成100多个项目，合同总额达上百亿美元。具有代表性的项目是长岛铁路新线工程，合同金额18亿美元，将于

2022年竣工。除此之外，还完成了纽约亚历山大·汉密尔顿大桥项目，合同金额4.07亿美元，该项目于2015年获得中国土木工程学会颁发的詹天佑奖，是首个获此奖项的海外工程项目。另外，还有新泽西州普拉斯基高架桥改造工程，合同金额3.35亿美元，于2018年7月全面竣工。

中建美国公司是唯一一家在美国持续经营30多年，并取得辉煌业绩的中资建筑企业。在欧美高端市场，中建集团无疑走在中资企业的前列。

以中建美国为母公司的中建美国南美公司，在南美区域已经获得10个项目，合同总金额50多亿美元。其中包括竣工于2017年的巴哈马大型海岛度假村项目，合同金额24亿美元。在此项目中，中建创新了融资、设计和建造“三位一体”的融投资带动总承包模式。还有刚刚签署的全长538公里的阿根廷国道B线特许经营项目，签约额为21.3亿美元，是中国企业进入阿根廷的第一个PPP项目。

2015年，中建美国公司进入巴拿马市场。目前有4个在建项目，包括巴拿马国家会展中心项目，“希望之城”廉租房项目，Dao Panamá商住综合体项目，圣伊西德罗换乘车站项目。

在中建美国巴拿马公司的展示架上，看到胡安·卡洛斯·巴雷拉·罗德里格斯写给中建集团所有员工的一封信，他写道：“我非常欣赏你们质量过硬的工程，你们在全球超过一百个国家为人们带去了福祉。这些工程，代表了历代中国人民的坚强和决心，中国建筑凭借着品质保障的信念和造福人类的精神建设了一个美好的世界。”

中建美国巴拿马公司在巴拿马本地具有三重身份：从政府机构的视角，被认为是一家具有投资能力与施工品质的中国公司；从合作伙伴的视角，被认为是一家有经验、有高端市场业绩的美国公司；而从普通老百姓的视角，被认为是一家已经融入巴拿马的本土公司。

2018 年 9 月 28 日　巴拿马第 9 天（之一）

中建美国巴拿马公司国际化的“面子”和“里子”

中建美国巴拿马公司在巴拿马有四个项目：巴拿马国家会展中心项目（合同额 1.92 亿美元），“希望之城”廉租房项目（合同额 1.37 亿美元），Dao Panamá 商住综合体项目（合同额 1.2 亿美元），圣伊西德罗换乘车站项目。前三个项目的项目经理分别是墨西哥人路易斯·马克斯（Luis Marquez），德国人迈克尔·马克瑟（Michael Marxer）以及哥伦比亚人安德烈斯·罗查（Andres Rocha）。

路易斯·马克斯

路易斯·马克斯毕业于墨西哥蒙特雷科技大学，其代表项目是墨西哥会展中心及墨西哥联邦监狱，也曾参与中资公司在墨西哥图斯潘港的建设。路易斯说巴拿马国家会展中心项目是他职业生涯的亮点。

巴拿马国家会展中心是一个有故事的工程项目，作为拉美籍项目经理，他在项目管理过程中占有语言和文化背景的优势。他说：“中建美国巴拿马公司是资源驱动型以及有技术能力的公司，由于注册于当地，有能对市场做出迅速响应的优势。”

迈克尔·马克瑟

迈克尔毕业于德国比伯拉赫应用技术大学，曾在世界各国完成多项超大型工程，代表项目是中国台湾高铁项目（合同额 8 亿欧元）、卡塔尔 5000 套高端住房项目（合同额 10 亿欧元）及英国苏格兰的昆斯费里大桥（合同额 10 亿欧元）项目。

由于他所在的德国公司比尔芬格柏格（Bilfinger

Berger）曾参与巴拿马二桥项目，迈克尔为参与巴拿马四桥项目竞标加盟中建美国巴拿马公司，但该项目最终由中交集团和中国港湾联营体成功竞标。

他现在负责的合同金额为 1.37 亿美元的“希望之城”廉租房项目与 15.2 亿美元的巴拿马四桥项目不可同日而语。但他说：“2000 多套廉租房项目是政府投资项目，如何在低成本的限制条件下，依照程序全部满足政府的项目要求与标准，这本身就是一个新的挑战。”

安德烈斯毕业于清华大学建筑学院，毕业后在北京创立了自己的建筑设计师事务所，在中国工作了 10 多年。鉴于对“一带一路”延伸至拉美商业机遇的判断，他加盟中建美国巴拿马公司，目前是 Dao Panamá 项目的设计经理。该项目坐落于巴拿马第 50 街的金融中心，是集商业、公寓于一体的投资开发型项目。在巴拿马城市规划框架下，融合巴拿马与中国元素的设计不乏亮点。不久之后安德烈斯将携带他的作品前往中国销售，每平方米均价 3000 多美元，最小户型套内 74 平方米，最大户型 158 平方米。

安德烈斯·罗查

如果说三位项目经理是中建美国巴拿马公司国际化的“面子”，中建员工当地化则是其国际化的“里子”。中建美国巴拿马公司的执行副总裁唐沛介绍，他们把中建美国巴拿马公司为数不多的中国员工推向社会，这里没有员工食堂，没有男女宿舍，也没有海外工作休假制度。他们的理念是投身海外、扎根海外，鼓励在所在国安家立业。唐沛经常自豪地对人说：“我是‘巴拿马人’。”显然，把心安在这里的人与长期外派的人还是有些不同的，前者是心甘情愿的选择，后者是有所牺牲的“奉献”。

随着“一带一路”向拉美的延伸，必将有更多的中国公司“走出去”，势必长期融入所在国，如何国际化、如何与国际化接轨还将是一个漫长的过程。中建美国巴拿马公司已经先行一步。

2018年9月28日　巴拿马第9天（之二）

这里没有一张中国工人的面孔

巴拿马国家会展中心项目座谈会结束后，来到工地现场调研时已经是下午6点左右。公司规定的下班时间为下午5点，但是很多员工还在工作。人们常说拉美人懒惰、不愿加班，这里的景象反映出相反的事实：他们在这里布线、安装滚梯、埋下水管道、安装顶板保温层，一派忙碌景象。

为促进当地就业，巴拿马政府规定，外国公司项目的本外地用工比例为9∶1，即10个工人中必须有9个是本地工人。为此，一些中资公司曾经希望当地政府修改现行法律规定，把用工比例调整为5∶5或者4∶6，特别是针对一些有技术难度的工程。

施工中的巴拿马国家会展中心

巴拿马国家会展中心项目雇用劳工人数高峰期为1000多人，中建美国巴拿马公司自信地认为，依靠一套体系与资源组合，可以使用与管理好当地工人。因此，虽有用工比例规定，但在整个占地面积14公顷、总建筑面积6.5万平方米的工地上，我自始至终没有看到一张中国工人的面孔。

2018 年 9 月 29 日　巴拿马第 10 天

安居的“希望之城”，带来生活的希望

在巴拿马 2013—2017 年政府战略规划中，政府部门投资计划总额为 193.6 亿美元，其中住房部为 5.7 亿美元。

在科隆市，费德里哥市长向我们介绍过 5000 套廉租房项目的建设，其中已经入住 2000 套住房。在巴卡蒙特（Vacamonte）镇，看到“希望之城”项目的 2000 多套廉租房，已经入住 500 套。此项目由中建美国巴拿马公司承建，是巴拿马政府有史以来为低收入者建设的最大规模廉租房项目。

来到已经入住“希望之城”廉租房的卡洛斯家。卡洛斯家有 5 口人——一个儿子、两个女儿，他申请到三室一厅（54 平方米）的住房。卡洛斯是“希望之城”项目的建筑工人，月均收入 740 美元（不算加班收入）。他的太太是房屋中介，年收入在 2000 美元左右。

“希望之城”安居项目

卡洛斯介绍，他们之前没有自己的房子，租房月支出 250 美元。他们在 20 天前搬入这套新的房子，月租金为 70 美元。根据巴拿马住房部规定，租满 30 年并按时缴纳房租，30 年后房屋归租赁者所有。

在巴拿马申请廉租房的资格审查非常严格：首先是自己名下不能

“希望之城”项目效果图

有房子；其次是要有雇主开具的工资收入证明；最后是申请者月工资限定在两条线以内，最高不能超过 1200 美元，最低不得低于 600 美元。

在卡洛斯家的一个多小时，我察觉卡洛斯的喜悦心情难以掩饰，他无数次地感谢政府给予他拥有住房的机会，并表示他想努力工作，挣钱养家糊口。

与卡洛斯及其家人合影

从卡洛斯家的阳台可以看到对面即是“希望之城”项目的附属工程——巴拿马一所大学的分校与小区公共设施（篮球场、足球场）。卡洛斯毕业于职业技术学校，专业是商业与会计，由于家庭负担，没有申请大学继续深造。他说，“希望之城”不仅给了他们住房，还给了他和太太继续学习的机会。他希望学习旅游专业，因为巴拿马未来将大力发展旅游业。

客观地说，“希望之城”廉租房项目的工程质量非常棒，无论是设计还是布局都超乎想象，特别是楼间距离和道路，有别于其他廉租社区。

2012 年，在牛津大学做访问学者时，我在校园内租了一套面积相同的公寓，月租金在 3000 英镑左右。我甚至觉得这个房子的质量并不低于牛津大学的那套公寓。

2018 年 10 月 1 日　巴拿马第 12 天

中美贸易摩擦上演双向生死时速

今天来到中远海运巴拿马公司，采访总经理徐孜操，就最关心的中美贸易摩擦给中远海运带来何种影响交换了意见。

中远海运在世界航运界船队综合运力方面排名世界第一。由于航运运输模式的转换，目前世界航运界主要是以集装箱运力排名。截至 2018 年 8 月，中远海运排名全球第三，位列丹麦马士基、瑞士地中海航运两公司之后。前两大航运公司以两条在外航线为主，具有较强的风险规避能力与更多的竞争优势，但就美国市场而言，中远海运立足于中国和远东的出口市场，跨太平洋，过巴拿马运河，将货物运向美国东部，更具优势。

据徐孜操介绍，根据 2017 年巴拿马进出口和中转集装箱量统计数据，巴拿马全年进出口集装箱量为 889993 标箱，中转 6027864 标箱；中远海运巴拿马公司进口集装箱量为 48995 标箱，出口 2959 标箱，中转 24135 标箱。截至 2018 年 9 月，中远海运成为巴拿马运河第五大客户（前四位是丹麦马士基、瑞士地中海航运、法国达飞与日本商船三井）。

中远海运在巴拿马运河业务的客户排名从 2013 年的第三位下降到

中远海运巴拿马公司总经理徐孜操

2017年的第七位，在2018年排名较之前有较大回升的态势下，中美贸易摩擦是否会将几年的努力归零？

“生死时速大豆船”在中美贸易摩擦报道中成为热点，这是外贸企业在贸易冲突洪流下求生的真实写照。但是，中美贸易冲突爆发以来，从中国至美国海运航线频频爆仓，无人提及。中国交通运输部公布的8月中国出口集装箱运价指数（CCFI）显示，美西、美东航线环比分别增长10.1%、6.5%。自7月中美贸易冲突正式爆发以来，一些货主纷纷加快货运履约，以免造成加税损失。

特朗普针对中国商品制定的2000亿美元征税清单涉及行业范围更广，尤其涉及大量消费品。据此推断，在中美贸易敏感期，这是否将会导致中国至美国东西航线运力下降？

事实上，巴拿马码头吞吐量中，超过80%的过河船舶要去往美国。美

中美贸易冲突爆发后从中国向美国的运输航线爆仓

国对中国产品的需求是刚性的，中国商品供给市场也是给定的，尽管未来可以找到替代性市场，但需要一个过程。美国与巴拿马签有双边自由贸易协定，并不特别担心航线运量的减少，科隆自由贸易区有加工、贴牌与转口贸易的功能，所以规避高额关税也是有途径的。

2018年10月3日　巴拿马第14天（之一）

“一带一路”融入拉美并落地生根

9月19日晚到达巴拿马城时，在机场行李提取处见到巴拿马大学孔子学院的巴方院长巫俊辉帮助取行李、过海关。事后才知道他不仅是孔子学院外方院长，还是中国驻巴拿马大使馆领事保护联络员、巴拿马公安部边防警察总部中国事务顾问，以及巴拿马消防总署司令部少校。机场一别后，中国港湾综合部经理常远一再推荐我访问他，今日终在巴拿马大学孔子学院再次相见。

巫俊辉院长讲述了中巴建交之前的往事。截至2015年12月1日，中国在全球134个国家和地区建立了500多所孔子学院。巫院长介绍说，在巴拿马建立孔子学院的设想始于2006年，中国国家汉办外派的北京第二外国语学院的王鸽平老师，在巴拿马大学文学院语言中心首开汉语教学，她提出在巴拿马大学开设孔子学院。2014年，在时任中国驻巴拿马贸易发展办事处代表王卫华的推动下，巴拿马大学申请的孔子学院项目终于立项，并于2016年1月26日获得中国国家汉办的正式批准。这是当时全球各国所有孔子学院之中唯一的一所开设在非邦交国的孔子学

孔院巴方院长巫俊辉

设在巴拿马大学里的孔子学院

院。由于“台独”势力的百般干扰，巴拿马大学孔子学院项目直到2017年6月13日中巴建交后才正式启动。

巫院长说，孔子学院目前有350多名学生，在巴拿马设立了6个教学点，其中在Instituto Cultural（文化研究）学校的教学点将中文课程列为西班牙语和英语之外的第三语种教学课程。

在中国驻巴拿马大使馆庆祝中华人民共和国成立69周年的大会上，Instituto Cultural学校的学生们用中文演唱了中国国歌，歌声动听、咬字清晰。巴拿马消防总署军乐队为学生们伴奏，这支乐队在2016年得到深圳侨办派来的志愿者指导，水准很高。

在中巴建交之前，驻巴拿马商代处推动邀请巴拿马政府部门官员、各界专业人士和学者，前往中国参加了中国商务部全球人力资源培训项目。从2015年到2017年（每年的3月至6月）分别有500多人、1000多人和3200多人参加此项目。

孔院学生们正在学习中文

巫院长说，这么多人包括媒体人到中国参加不同类型的培训，他们回到巴拿马把在中国所看到的信息发布到网上，就让更多的巴拿马人了解到当今现代化的中国，在巴拿马引起了巨大的社会反响，为推动和促成中巴建交奠定了重要的社会基础。

谈到“一带一路”倡议延伸到拉美地区时，巫院长说，拉美人从内心接受“一带一路”，因为“一带一路”倡议的宗旨是共赢与共享，不同于西方的殖民主义。

以巴拿马运河为例，1903 年美国与巴拿马签订了条约，以一次性支付 1000 万美元、9 年后每年交付 25 万美元租金获取了开凿巴拿马运河的权利和对运河区的永久租让权。1970—1976 年，美国获取巴拿马运河船只通过费达 15 亿美元，而付给巴拿马的租金只有 1350 万美元，不到总收入的 1%。巫院长说：“百年以来，拉丁美洲一直是西方大国的殖民地，它们总是在这里吃肉，而把骨头留给当地人，也正是这些势力一再抹黑中国在拉美搞‘新殖民主义’。”

巫院长特别感激中国传媒界最近这几年非常杰出的国际化传媒工作。他说，中国将大量的信息翻译成西班牙语，使巴拿马人民能够看到中国的党代会、“两会”和中国的改革开放成果，让更多的人了解中国的全球化发展理念以及所取得的建设成就，认识到参与中国提出的“一带一路”倡议一定会给巴拿马带来更多的发展空间和机遇。他列举中国在非洲修铁路等事实，为共建“一带一路”国家结下共同发展的善缘，播下促进发展的种子，而这些种子最终都会生根发芽，开花结果。

2018 年 10 月 3 日　巴拿马第 14 天（之二）

和记黄埔巴拿马港口公司巴尔博亚港口

参观和记黄埔巴拿马港口公司在太平洋侧的巴尔博亚港口，公司的首席执行官冯锦洪、首席运营官杨力及公关部经理安帕罗·塞德迈尔（Amparo Sedelmeier）接待了我们。

在墨西哥韦拉克鲁斯时，远眺和记黄埔的滚装码头，堆场上停满了等

与和记黄埔巴拿马港口公司高管合影

待出口的汽车，蔚为壮观。这次有幸实地调研和记黄埔巴拿马港口公司。

和记黄埔港口集团是世界排名第一的港口投资、运营商，在全球 26 个国家和地区拥有 52 个港口、319 个泊位，2017 年营业额为 530 亿美元。

1999 年美国撤离巴拿马运河后，巴拿马政府将运河运营权收归国有，而将太平洋与大西洋两侧的港口进行全世界范围内招标，和记黄埔是唯一在运河两侧都拥有港口的运营商，赢得了 25 年的特许经营权。不得不说李嘉诚很有战略眼光。

2018 年巴尔博亚港口（巴拿马城侧）有 5 个泊位、25 个岸桥，设计年通过能力为 500 万标箱；克里斯托瓦尔港口（科隆侧）设计年通过能力为

巴尔博亚港口

克里斯托瓦尔港口

200 万标箱。

巴拿马运河太平洋与大西洋两侧港口的独特之处，是 1855 年开通的连接两岸的 75.6 公里长的巴拿马地峡铁路。目前该铁路由美国堪萨斯城南方铁路公司运营。这条铁路在巴拿马运河开通之前已存在半个世纪，经过 160 多年这条铁路仍在运营，不由得惊叹。

首席运营官杨力陪同参观了巴尔博亚港口，并在美洲大桥前合影留念。可以预见的未来，在美洲大桥的前方将有一条新的跨越南北美洲的大桥矗立，这就是巴拿马政府投资 15.2 亿美元修建的巴拿马四桥。此桥由中交集团和中国港湾联营体中标。

2018 年 10 月 3 日　巴拿马第 14 天（之三）

巴拿马太平洋端的新船闸

来到巴拿马第一天首先访问了太平洋侧的老船闸米拉弗洛雷斯（Miraflores），

今天在中远海运徐孜操总经理的陪同下，来到太平洋侧的可可利（Cocoli）新船闸。

由于访问巴拿马大学孔子学院与和记黄埔巴拿马港口公司的港口延误了时间，运河管理局的卡洛斯（Carlos）为此多等候了我们两小时。

与老船闸不同的是，新船闸并不对外开放，只接待重要访客。在控制室贵宾签名册上，看到了2017年9月外交部王毅部长及2017年12月商务部钟山部长的签名留言。

控制塔的立面上写的是西班牙语巴拿马运河可可利2016（Canal De Panama Cocoli 2016），Cocoli是一个非洲部落的名字。

卡洛斯带我们来到控制室观景台，看到一艘油轮，正在等待船闸开放。这条船从大西洋侧驶向太平洋侧，据介绍此邮轮通过费为50万美元。

将要离开的时候看到中国台湾长荣海运公司的集装箱运输船“长朗”轮，此船货运量为8500标箱（老船闸最多只能通过4000标箱）。该船固定航线是从香港、盐田、宁波、上海、釜山，到巴拿马的长荣科隆集装箱码头（CCT），再到美国东部萨瓦纳港、查尔斯顿港，再返回CCT、香港。此船通过巴拿马运河的费用为80万美元。

巴拿马新船闸控制塔

据徐孜操总经理介绍，巴拿马运河管理局是巴拿马企业中管理等级最高、最规范的企业，确实名不虚传。新船闸区域内的每一处都一尘不染，控制塔的办公室里甚至弥漫着果香味。卡洛斯带我们参观时严格遵守规定，不越黄线一步。

2018 年 10 月 3 日　巴拿马第 14 天（之四）

科隆自贸区区长：“我们不支持中美贸易战”

今天采访科隆自贸区区长曼努埃尔·格里马尔多（Manuel Grimaldo）。他曾两任（1994—1999 年、2004—2009 年）巴拿马副总统，2017 年 8 月由巴雷拉总统任命为科隆自贸区区长（正部级）。采访在曼努埃尔家中进行，我们就科隆自贸区的现状与未来交换了意见。

采访曼努埃尔区长

科隆自贸区成立于 1948 年，2018 年是科隆自贸区建区 70 周年。不同于出口加工型自贸区，如迪拜自由港与自由贸易区，科隆自贸区属于转口集散型自贸区，转口贸易是其主要业务。巴拿马运河有沟通太平洋与大西洋的天然优势，是世界航运中转枢纽，经过巴拿马运河的国际贸易量占全球贸易量的近 5%。科隆自贸区最大的业务是批发、转口来自亚洲地区的轻工业品。巴拿马商品出口的 26% 向拉美疏散，其中至少 65%

科隆自贸区的商店

来自科隆自贸区。

由于拉美区域一体化，巴拿马经济对拉美具有较强的敏感性。近些年来委内瑞拉和波多黎各的经济萧条，以及巴拿马与哥伦比亚的贸易争端，是科隆自贸区贸易量下降的主要原因。2011 年以来受拉美经济下行影响，科隆自贸区转口贸易占巴拿马 GDP 的比重持续下降，2016 年下降到 GDP 的 17% 左右，而 2014 年峰值时达 GDP 的 40%。

正是在这个时期，曼努埃尔被任命为处于十字路口的科隆自贸区的区长。如何振兴科隆自贸区？曼努埃尔谈到他采取的举措，如创造更好的园区环境，修建完善便捷的基础设施，特别是引入更多私人资本进入园区，以及提升高附加价值产品，向拉美分销，如华为、惠普产品或大型机械、公交车组装等。结果就是自贸区贸易增长率从 2017 年 12 月的 0.3% 上升到 2018 年 8 月的 10%。

关于中美贸易争端将对科隆自贸区带来何种影响，曼努埃尔说，美国是巴拿马最重要的贸易伙伴，约占巴拿马运河总运输量的 70%，科隆自贸区转出口量的 4%。中国是科隆自贸区第一大进口商，占总进口的 33.8%。他说，“我们不支持中美贸易战”，但这场贸易战对巴拿马没有太大的影响，反而希望在这期间吸引更多中国资本投资自贸区，“我们已做好一切准备，张开怀抱，承接从中国出口到美国的贴牌、组装商品及转口贸易”。

关于“一带一路”向拉美的延伸，他说，从地域上说，巴拿马是“一带一路”向拉美延伸的桥头堡。“一带一路”既是一条产生效益的道路，也是一条合作共赢的道路。科隆自贸区是世界的大仓库，希望与“一带一路”向拉美的延伸相向而行，把科隆自贸区产品输往整个拉丁美洲。

2018 年 10 月 4 日　巴拿马第 15 天

中国金融企业服务于共建“一带一路”的拉美国家

采访中国银行巴拿马分行。到巴拿马的第一天，来到中国港湾所在的

Oceania Business Plaza（大洋洲商务广场），这座写字楼坐落于巴拿马第 50 街。在这对称的两栋楼里（Tower 1000 和 Tower 2000），随处可见中国人的面孔。10 多天的中资企业访问中，几乎都是在这两栋楼里完成的。入驻这里的中资企业包括中国港湾、中建集团、中远海运、中国银行、中国电建、中铁国际等。在 Tower 1000 大楼底层看到中国银行占地约 1000 平方米的新营业厅正在装修中。

中国银行巴拿马分行王纪民行长带领他的团队，包括副行长、公司业务经理、财务经理、风险管理经理共同接受了采访。王行长介绍，1987 年中国银行在巴拿马设立代表处，当初几个人的代表处发展到如今已成为近 70 名员工的中国银行巴拿马分行（1994 年成立）。

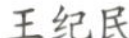

王纪民

采访王纪民行长和他的团队

巴拿马享有拉丁美洲金融中心的盛名，金融部门的资产规模相当于巴拿马 GDP 的 238%。银行在整个金融体系中占有主导地位，约占总资产的 90%。

巴拿马拥有 74 家国际银行和本地银行。2017 年中国银行巴拿马分行的净利润、总资产、资本金分别排名第 9、第 14、第 17。关于中国银行巴拿马分行中长期发展目标，王行长介绍，他们以排名前 5 的银行作为标杆，希望在2020年总资产规模增加50%，盈利增加30%以上。

中国银行巴拿马分行是拥有全牌照的商业银行，其目标客户为中国“走出去”和在拉美有投资及贸易往来的中资企业、巴拿马当地与周边拉美国家的金融机构和优质企业以及当地的华人华侨企业等，可为公司和个人客户提供存贷款、国际结算、外汇兑换等在岸和离岸综合金融服务。

关于人民币业务，同时担任巴拿马中国企业商会会长的王纪民特别介绍，在中国与巴拿马建交前一年，商会只有20多名会员，建交后会员增加了一倍，在巴拿马的中资企业均是他们的服务对象，人民币结算业务将有较大的需求。

最大的亮点是2018年6月经巴拿马经济财政部批准，中国银行和中国国家开发银行被正式委任为巴拿马发行熊猫债的牵头主承销商，此次拟发行的熊猫债金额为20亿～30亿元人民币。这只熊猫债将成为拉丁美洲国家进入中国银行间债券市场发行的首只主权熊猫债，将在拉美产生重大示范效应。

金融服务、运河航运、贸易和旅游业是巴拿马的四大经济支柱产业。本届政府为了加快旅游业的发展，在基础设施建设方面加快了更新和改造，如正在建设中的巴拿马城阿玛多尔邮轮码头项目。

据其他消息，巴拿马政府有可能将发行熊猫债筹集的资金投资于拟建中的国内400多公里长的铁路，这条铁路从巴拿马城到巴拿马与哥斯达黎加边境的戴维城。2017年12月，中巴政府签署了《巴拿马铁路项目可行性研究合作协议》，以推动“一带一路”倡议与巴拿马发展战略的对接。

中国银行巴拿马分行致力于服务“一带一路”向拉美延伸的沿线国家，其中成功的案例是厄瓜多尔可尼尔防洪项目。多年来厄瓜多尔的洪涝损失近8亿美元，政府决定修建抵御50年一遇洪水的防洪项目。为此，厄瓜多尔财政部以国家主权担保融资，由中国银行牵头为厄瓜多尔融资2.99亿美元用于支持项目建设，2017年7月28日完成最后一笔放款。这个项目是南美历史上建成的最大的防洪工程，将造福于厄瓜多尔人民。

2018 年 10 月 7 日　巴拿马第 18 天

巴拿马不会因为政府换届而毁约

第一次与巴拿马省省长拉法埃尔·皮诺·平托（Rafael Pino Pinto）见面是在 9 月 26 日，中建美国巴拿马公司唐沛副总向巴拿马省省长引荐了我，并当即约定采访时间。

拉法埃尔省长所在党派是巴拿马人民党，目前他担任该党的副主席。巴拿马人民党与巴拿马主义党曾在大选时组成竞选联盟。

巴拿马省是巴拿马 10 个省中最重要的省份，2016 年巴拿马全国总人口 403 万，巴拿马省人口为 165 万，是巴拿马人口大省。

拉法埃尔带领我们参观了省府办公楼，这是一座白色的两层小楼，有 130 多年的历史。他的办公室曾经是贝利萨里奥·波拉斯·巴拉霍纳（Belisario Porras Barahona）的办公室，从 1912 年到 1924 年，贝利萨里奥连续三届担任巴拿马总统。

巴拿马省省府办公楼

整个省府犹如一座历史博物馆，省府会议室的三面墙上挂满了历任省长的肖像油画。拉法埃尔指着最后一张油画说那就是他本人。

拉法埃尔担任省长 4 年多以来，每周五都接待来自管辖区的人，每周接待四五十人，帮助来访者解决各种各样的问题。他说："之前巴拿马官员从没有人这样做过，我的理念就是为人民服务。我已经做好参加明年的国民大会议员选举的准备，我要站在一个更大的平台上，为社会和人民做更多的事情。"

拉法埃尔近 3 年曾 5 次访问中国，最早的一次是 2016 年，他收到中国国际友好城市大会会务组的邀请。鉴于那时中巴尚未建交，他以观察员身份代表巴拿马政府参加那次会议。

拉法埃尔讲了一个故事：2016 年在没去中国之前，他已经看到中国在国际上的影响力，但是当时他并不了解中国。当 2016 年第一次访问中国后，他亲眼见到中国的经济发展水平，他说"我被惊到了"。

拉法埃尔认为，虽然中巴两国拥有不同的政治体制，但每一个国家的人民都有权利选择与决定自己走什么样的道路，这与两国建立友好关系并不冲突。拉法埃尔访问中国回国后，向总统递交了一份考察报告。

拉法埃尔有 7 个孩子，之前孩子们学的第二外语是英语，自从他访问中国后，先后把孩子们送往中文学校学习汉语。他说："作为一个父亲，我要给孩子们最好的未来，让孩子们做好准备。"目前，他的一个女儿在天津大学学习了一年汉语后，正在上海海事大学读大一。

采访拉法埃尔省长

自从中巴建交以来，随着更多的中资企业进入巴拿马，并获得更多的政府间合作项目及巴拿马政府现汇项目，这个“美国后院”开始变得不平静了。前有美国政要将中国进入拉美比喻为“新帝国主义”，后有美国媒体在巴拿马的专题调研，直指中国公司参与巴拿马经济建设是中国对巴拿马的“战略包围”与“地缘威胁”。

在美国媒体的新一轮煽风点火下，人们开始担心巴拿马政府换届时是否出现不确定态势。

对此，拉法埃尔说，虽然他不分管公共工程，但是他个人认为，巴拿马要发展经济就离不开维修、新建必要的基础设施。巴拿马尊重与中国已经达成的协议，这些协议的达成不是针对一届政府，而是服从于国家的长远发展利益。本届政府达成的这些负责任的协议将传递到下一届政府，不会因为政府换届而毁约。他说，巴拿马民族是认真、正直且具有契约精神的民族。

2018 年 10 月 8 日　巴拿马第 19 天

“巴拿马要成为拉丁美洲的新加坡”

访问巴拿马银行总署署长里卡多·费尔南德斯·德·迪阿努斯（Ricardo Fernandez De Dianous）。一般人可能会认为巴拿马银行总署相当于央行，实则不然。巴拿马没有自己的中央银行，而巴拿马银行总署的职能与中国银保监会相当。

巴拿马银行总署署长里卡多

里卡多署长介绍，巴拿马银行总署负责向银行颁发牌照，并监督银行的运营。银行总署的资金不是由巴拿马政府拨付，而是来自受其监管的银行所上交的监管费及其他费用。

见到里卡多署长后，我首先提出了长期困惑的三个问题：为什么巴拿马没有自己的中央银行？为什么巴拿马将美元作为法定货币？利弊是什么？

就此，里卡多署长回顾历史说，1903 年美国策动巴拿马脱离大哥伦比亚共和国独立。当时为给修建巴拿马运河的工人付工资，1904 年 6 月巴拿马同美国签订了货币协议，宣布美元为巴拿马的法定货币。目前巴拿马实行双重货币制度，使用美元纸币及巴拿马本国硬币——巴波亚（币值为 1 分、5 分、10 分、25 分、50 分、1 元）。

巴拿马只有自己国家的硬币

就利而言，巴拿马的服务业占 GDP 的 80%，而美元具有更强的流动性与稳定性，因此使用美元让巴拿马更具竞争力。此外，巴拿马对美元的出入境没有限制，更有利于吸引外商投资。就弊而言，正因为没有自己的央行而无法制定自己的货币政策，巴拿马的出口竞争力受到制约。

巴拿马通常被誉为区域性金融中心，但是区域界定十分模糊，到底是中美洲、南美洲，还是拉丁美洲的金融中心。里卡多署长肯定地说，巴拿马是拉丁美洲的金融中心。由于巴拿马独特的地理位置——世界物流的要道，特别是独特的美元结算与货币稳定性及货币的自由流入与流出，巴拿马在拉丁美洲是最具竞争优势的金融中心。墨西哥与巴西的经济体量及金融资产规模虽然大于巴拿马，但是两者更多为本土服务，而巴拿马金融业更多辐射整个拉丁美洲区域，所以巴拿马才是拉丁美洲的金融中心。

巴拿马金融部门的资产规模相当于国内生产总值的 238%，银行在这个体系中约占总资产的 90%，作为一个监管机构，银行总署如何监管金融风险？里卡多署长回答，巴拿马具有世界一流的监管体系，银行总署每年出版一份年度金融稳定报告，做出整体的、分部门的流动性和结构层面的风险评估。报告通过监测信贷和资产价格的发展，以及对银行部门的宏观经济和金融冲击进行压力测试等多方面评估整体风险。为此他们增加了300%的工作人员。

巴拿马区域金融中心对标的是新加坡。里卡多署长说，巴拿马有信心成为拉丁美洲的新加坡。

分别时，里卡多署长专门赠送了他家农场生产的瑰夏咖啡，这是世界上最贵的咖啡之一，每磅价格130美元左右。

2018年10月10日　巴拿马第21天（之一）

中美贸易争端会影响全世界，巴拿马做好了最坏打算

巴拿马经济的四大支柱产业为金融服务、运河航运、贸易与旅游业，其中巴拿马运河对其财政收入贡献率约为1/3。

在采访了科隆自贸区区长、巴拿马银行总署署长之后，今天又采访了巴拿马运河管理局局长乔治。采访在他的办公室进行。

巴拿马运河管理局坐落于一座小山丘上，这栋建筑具有100多年的历史。走入运河管理局的办公大楼，首先映入眼帘的是圆形大厅，圆形大厅的墙上是修筑运河历史的巨幅油画。每一层办公室的楼道还挂着巴拿马艺术家为新船闸所绘的油画。这是历史与艺术的完美契合。

运河管理局局长乔治首先介绍，巴拿马运河新老船闸平均每天通过36艘船，截至目前2018年运河收入为31亿美元。巴拿马运河收到的最高单笔通行费是120.8万美元，来自法国达飞1.48万标箱的集装箱运输船。

乔治局长从书架上拿出巴拿马运河年报介绍，从1991年开始巴拿马运河才有集装箱运输的数据，目前集装箱运输已经是巴拿马运河的主要收入

采访巴拿马运河管理局局长（中间）

来源。2017年集装箱运输业务是扩建后的巴拿马运河总通行费收入中占比最大的业务，约为10.48亿美元。

当我问到新船闸一年最多能够单向通过多少艘LNG船只时，乔治局长说，目前巴拿马运河新船闸平均每天通过7艘船，其中LNG船日均通过1艘，预计在未来3—4年提高到每天3艘。目前中国经巴拿马运河从美国进口LNG占美国总出口LNG的20%。

2014年是巴拿马运河连通世界的100周年，它见证了百年来世界贸易的兴衰。与以往世界经济周期性的波动不同，中美贸易争端将带来一次人为的外部冲击，是否将对巴拿马运河的收入带来影响？

对此乔治局长回答，全球是一个相互依赖的整体，中美贸易争端不仅给中美两国经济带来影响，也将给世界经济带来负面影响。巴拿马是一个只有400多万人口的小国，巴拿马既需要中国也需要美国，所以不能选边。但是他对中美贸易争端也做了两种预测：第一种是，中美贸易争端不会对巴拿马运河的收益造成损失。第二种是，中美贸易争端在2019年将给巴拿马运河业务造成6000万美元的损失。为此巴拿马做好了最坏的打算。

目前中国是巴拿马运河的第二大用户，中远海运是巴拿马运河业务客户排名的第5位。谈到中国经济发展及贸易对全球的影响，乔治局长说，中国现在是一个世界工厂，需要进口原材料，为全世界生产商品并获得贸易收益，同时也增强了中国人民的购买力。在此过程中，中国要在全球范

巴拿马运河管理局

围内寻找销售市场，以及在世界范围内设置制造工厂，这就不难理解中国经济的发展与全球贸易量的增长息息相关。

谈到中国提出的“一带一路”倡议，乔治局长反问道，当今谁没有听说过“一带一路”呢？他说，21世纪海上丝绸之路是“一带一路”的重要组成部分，“一带一路”向拉美的延伸也就是非常自然的事情。曾经的海上丝绸之路受到生产力及交通发展水平的制约，只能从亚洲延伸到欧洲，而今交通网络将全世界连成一体，习近平主席为全球互联互通这张网赋予了新的概念，那就是“一带一路”。

2018年10月10日　巴拿马第21天（之二）

再见，巴拿马

感谢所有帮助我的人！下一站古巴。

古巴

一千次的回答，我们就是这样的人

古巴街头的小学生

2018 年 10 月 11 日　古巴第 1 天

哈瓦那的老建筑

今天是古巴打响独立战争 150 周年纪念日。来到古巴首都哈瓦那，看到海滨大道，海浪拍打着长堤。入住的酒店是建于 1930 年的古巴国宾馆。走在街上能看到老建筑、观光老爷车以及在路边等乘客的出租汽车司机。

古巴国宾馆大堂

等乘客的出租车司机

街道上的老建筑

2018 年 10 月 12 日　古巴第 2 天

办理记者签证延期

昨晚顺利到达哈瓦那。中国港湾安排了欢迎晚宴。太令人惊奇了，穿蓝色 T 恤的是他们的厨师，他一眼就认出了我："我在朱巴见过你。"朱巴是南苏丹首都。我回忆起 2015 年在南苏丹中国港湾的项目上吃过师傅炸的油条，慨叹世界太小了！

早晨去古巴外交部国际新闻中心，完成两件事：第一件事是办理记者签证延期。虽然可以在机场花 50 美元购买旅游卡入境古巴，但是在古巴做新闻采访一定要获得记者签证。为了这张记者签证，我曾在北京古巴驻华大使馆向经济参赞和新闻参赞专门做了采访意图的汇报，但即便如此也没有在北京拿到记者签证。古巴驻华大使馆在我将要离开墨西哥时，才通知在古巴驻巴拿马使馆办理记者签证。但是古巴驻巴拿马使馆只给了 5 天停留期，最后与古巴驻华大使馆再次沟通，在抵达古巴之后联系古巴外交部国际新闻中心办理延期。

与中国港湾古巴公司的工作人员合影

今天终于拿到了期限 21 天的记者签证，有了记者签证，在古巴政府部门的采访才有根本保障，因为没有记者签证，古巴各级政府官员根本不能接受任何采访，我也无法进入政府办公大楼。

第二件事是确定采访行程。因为古巴与其他任何一个国家都不同，采访的政府部门全部要由古巴外交部国际新闻中心安排。记者不能擅自对古巴任何政府部门进行采访，必须要通过外交部与各个政府部门协商才能确定其是否接受采访以及安排采访时间。

接待我们的珍妮特（Janet）是古巴外交部的三等秘书，也是国际新闻中心亚洲区域协调专员。她说，这是她第一次安排这么多政府部门的采访计划，而且也是中国第一家媒体将用如此多的版面做古巴的新闻报道。

与珍妮特（左）交谈

珍妮特本科阶段在哈瓦那大学学习社会团体（Social Community）专业，之后获得国际关系硕士学位，目前已经在中国孔子学院学习了3年中文。在用西班牙语的谈话中她偶尔会蹦出几个中文词语。她羞涩地说："我的写作比口语更好。"当问到她亚洲记者到古巴采访的频率排序时，她说中国、日本、越南排在前三位。新华社驻古巴分社的记者经常会找她联系采访。她还介绍说，国际新闻中心也会收到来自西方媒体的采访申请。

珍妮特虽然负责亚洲事务并学习了3年中文，但她还没有机会访问中国。如果有机会，应该邀请古巴外交部负责亚洲事务的官员访问中国，使他们了解中国，以便安排中国记者到古巴的采访。

2018年10月13日　古巴第3天（之一）

50年后再见供销社

20世纪六七十年代，在中国，很多商店也叫供销社，在这里凭副食本、粮本购买政府配给的各种食物。

今天访问的供销社是哈瓦那第13–42街的一家供销社——市场（Mercado）。这家供销社分5个区域，分别供应粮食、副食、婴幼儿食品、肉食及熟食。

在古巴流通两种货币：一种是红比索，相当于中国改革开放初期的外汇券，这是外国人可以用欧元或者美元兑换的一种特殊货币，红比索与美元的兑换比率是 1∶0.97。另一种货币是土比索，这是当地居民日常使用的货币，1 红比索相当于 24 土比索。

古巴劳动者最低月工资收入为 30~50 美元，相当于 600~1000 土比索，人力资本较高的教授、工程师、律师、程序员等，月收入大约为 2400 土比索。

供销社外景

供销社的商品有两种价格。一种是政府计划内的配给价格，凡是在配给范围内的商品价格非常低；另一种是超出政府配给范围商品的价格，其要高出政府计划内配给商品的价格。这家供销社标出的商品价格都是土比索价格。

古巴货币

货架上摆放的副食品，包括精糖、蔗糖、油、盐、咖啡、果汁、卷烟、鸡蛋、鹌鹑蛋、蛋黄粉、果酱等。其中一条卷烟售价 7 土比索（约合 2 元人民币），30

个鸡蛋售价 30 土比索（约合 10 元人民币），1 包 5 磅重的蛋黄粉售价 65 土比索（约合 20 元人民币）。

婴幼儿区供应的商品包括奶粉、代乳粉、整袋牛奶、脱脂牛奶。

粮食区主要供应大米、面粉与黑豆等，其中的大米都是从越南进口的粳米，1 磅大米售价 5 土比索（约合 1.5 元人民币）。

在肉食区有顾客正在购买奶酪和鸡肉丸，1 磅奶酪售价 30 土比索；1 袋鸡肉丸售价 60 土比索。售货员特意切下一块奶酪让我品尝，味道与法国总统牌奶酪不相上下。

挂在墙上的小黑板给出了商品信息：竖向是供销社供应的各种商品清单，横向是商品的开卖日期、截止日期与价格。

这家供销社的售货员非常热情，详细地介绍了各种商品的价格并与我合影留念。

之后，我到一家超市买水，整个超市总体感觉商品匮乏，因为在古巴很多食品需要用外汇进口。供销社的食品保障了人民最基本的生活需求，还谈不上满足人们多种多样的需求。

总体看来，古巴还处于一种计划经济与短缺经济的状况。国家用收入不多的外汇优先购买诸如大米等人民生活基本需求的粮食、副食品以及食品加工产品。并非只有古巴一个国家用外汇购买粮食及其他食品，牙买加、巴拿马、委内瑞拉都是如此。小国要保障粮食安全及其他食品安全谈何容易。

反观中国，我们既能保持粮食自给，又能为 14 亿多人民提供极丰富的食品，这有赖于中国多年来保持农业的增长以及农业产业化带来的丰富的农产品供给。

2018 年 10 月 13 日　古巴第 3 天（之二）

在古巴看医生

今天是在拉美采访的第 86 天，来古巴的第一天就生病了。从要离开巴拿马上飞机的时候就感到咽喉疼痛，之后就是脑部神经痛。

古巴是一个医疗全免费的国家，但对外国人不是，下午来到涉外西拉加西亚（Cira Garcia）医院急诊室就诊。

首先是登记身份信息，之后就是等候医生。登记身份信息用了20分钟，等候医生又用了25分钟。

为我看病的医生叫爱德华（Eduard），经过将近半小时的各种询问和检查之后，他认为是疲劳加上室内外气温的忽冷忽热所致，给我开了两板缓解神经痛的药，药费1.4红比索（约合10元人民币），后来我到药房购买了此药。

护士站的护士到医生诊室拿来了这次看病的诊断单，经护士长核对后我去交费处交了30红比索（约相当于210元人民币）的诊费，之后就离开了医院。

他嘱咐我针对咽炎继续吃从中国带来的抗生素，此外每8小时服用一次他开的药。他特别询问了抗生素的来源，我回答说这是医生给开的处方药。

为此他给我三点建议：第一个是忽略；第二个是进入开了空调的房间时若无法调整空调温度就用手或毛巾捂住口鼻，以避免吸入冷空气；第三个是每8小时服用一次药。医生的诊断很到位，药到病除。

希望明天都好起来。

2018年10月13日　古巴第3天（之三）

一个普通哈瓦那人的衣食住行

今天采访了玛拉（Mayla），她是中国港湾的王叶双在哈瓦那大学就读时的老朋友，曾给予他很多帮助。

玛拉曾经在古巴建筑部财务部门工作，2001年因病退休（时年44岁），现年61岁（古巴退休年龄女性60岁，男性65岁）。

玛拉家所在街道

去她家之前特意到一家私人蛋糕店为她买了一个售价 8 红比索（约相当于 56 元人民币）的蛋糕。今天的话题是住房、医疗、食品、工资。

玛拉的家位于一栋 1992 年建成的楼房中，楼房共有 18 套住房，其中 14 套住房归建筑部分配，另外 4 套由住房部分配（分配给一些遭受飓风灾害的人或残障人士等）。

玛拉住的房子大约 60 平方米，她每月付房租 10 土比索（约合 3 元人民币）。此套住房付租金累计达 7000 土比索后，就可以向银行申请房产证，获得房产证后可以上市出售，市场价格在 5 万 ~ 6 万美元。

采访玛拉（右）

玛拉病退是因为做了膝关节手术，前不久又做了气管手术。她介绍说，在古巴医疗全免费，看病只需出示身份证件即可，她的两次手术不需付任何钱，包括住院期间的餐食也是免费的。

她介绍说，古巴有三级医疗体制。玛拉所在的街区 100 多户人家有若干名家庭医生，人们有病首先是找家庭医生初诊，家庭医生再根据患者的病情推荐到社区医院或专科医院；古巴社区医院体制建立于 1959 年古巴革命之后，家庭医生则出现于 20 世纪 90 年代。家庭医生、社区医院医生与专科医院的医生收入是相同的，医术也是相当的，只是工作地点不同。

古巴每家都有一个副食本，当玛拉拿出副食本时，似曾相识的感觉让我忍俊不禁，毕竟我国已经告别副食本多年。

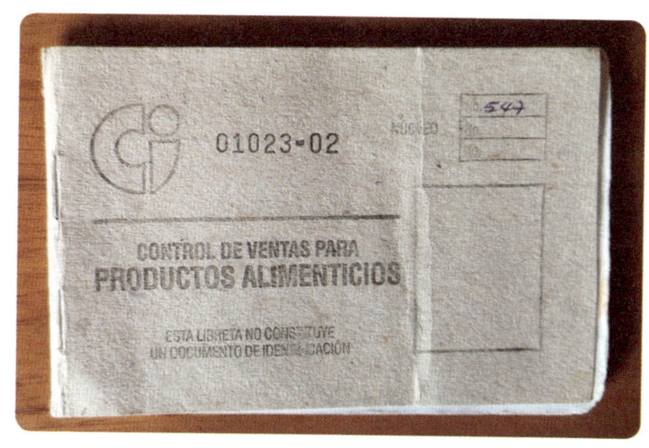

副食本

古巴政府用极低的价格保障人们的基本生活需求。按照副食本，每人每月获得大米、豆子、意大利面、面包、白糖、盐、咖啡、食用油、火柴、鸡肉、鸡蛋、果汁，妇女还有卫生巾。例如，每人每月大米 7 磅、白糖 4 磅、鸡肉 1 磅、鸡蛋 10 个，面包每天 1 个，等等。所有按副食本定量供应的食品总价格为 10 土比索（约合 3 元人民币）。如果家庭有孩子，每月另供应 15 瓶果汁。

因为玛拉未到退休年龄而病退，目前的退休金只有 240 土比索，她丈夫的退休金为 411 土比索。目前她和她的丈夫做一些零活补贴家用。玛拉为别人缝制衣服，她的丈夫做一些建筑设计方面的活计。

玛拉介绍说，她每天买菜买肉的费用为 10~15 土比索。

关于水、电、燃气、电话的开支。电费每月 60 土比索，她家有冰箱、冰柜、电视、音响、3 个电扇、洗衣机。电话每月付 10.35 土比索，水费为 2.65 土比索，燃气费为 4 土比索。

听完玛拉讲的这些，特别是看到那个副食本，让人回想起中国改革开放之前的情形。面对政府提供的基本生活保障以及低价格的公共设施，玛拉说，这并不是天堂的生活，“有些好看的东西我还是买不起”。当问她最满意与最希望得到的是什么。她说：“首先，古巴人得到的是安全，在古巴可以夜不闭户，安全比物质生活更重要；其次，希望得到健康；因为腿不好还想买一双软底的凉鞋。”

我离开后，马上去附近的商店为她选购了一双鞋，这双鞋的价格是26红比索（约合182元人民币），几乎接近他们夫妇俩的月退休金。玛拉非常喜欢这双鞋。

凡是从短缺经济时代过来的人，都体验过生活的不易与艰难。能让别人快乐就是自己最大的快乐。

2018年10月14日　古巴第4天（之一）

参观海明威故居

海明威作为记者的名言是：“用事实说话，这是一个记者的良知和良能。”

没有读过更多的海明威著作。上初中时读了他的《乞力马扎罗的雪》，其描绘的缥缈死亡让我记忆深刻。

他一生都在追求人抵抗苦难的高贵，到最后他无法舍弃这种高贵……

海明威首先是个记者，准确说是战地记者。第二次世界大战爆发后，海明威成为美国《星报》的一名战地记者，在战场上多次出生入死，深入到战场第一线，写出了许多有价值的新闻报道。1941年3月，海明威决定亲临中国战场，向全世界报道日寇法西斯的暴行。1939年至1960年，海明威在古巴定居，其间写下了代表作《老人与海》。《老人与海》故事发生地是距离海明威故居10公里的科希马尔（Cojimar）小渔村。

海明威故居

当年海明威来古巴后，先是流连于科希马尔，然后才搬进了故居，科希马尔成为书中圣地亚哥老人生活的渔村。

海明威（左）与卡斯特罗（右）

古巴革命成功以后，海明威曾与古巴革命的领导人菲德尔·卡斯特罗会面。2002 年 11 月 11 日，卡斯特罗出席了海明威故居博物馆的落成仪式，目前这座故居由美国人出钱维护。

2018 年 10 月 14 日　古巴第 4 天（之二）

一封跨越太平洋的来信

在科希马尔的小酒馆小憩时，遇到一位名叫路易斯的老人，当他确认我和同行人员是中国人后，用汉语说“你好”。他说，他有一封来自中国朋友的信想让我们帮忙看看，并询问是否能够等他，他的家距离小酒馆 500 米远。当得到确认后，他急匆匆地回家取这封信。

老人家取回珍藏的信

科希马尔小镇的酒馆前显然是古巴的一个上网点，很多人在这里用手机或笔记本上网，还可以看到女儿为母亲读书的景象。

大约 20 分钟后，老人拿着中国邮政快递用的大信封赶来。他说，2016 年在科希马尔认识了一位叫夏洛克的中国人，他们曾经促膝长谈。分别后夏洛克从中国长春寄来了一个快递，里面有一封信和两张打印的照片，还有一个熊猫书签。在信中夏洛克介绍了他的家乡长春和工作等。这份快递上标明邮费 264 元人民币。

因为信封上的地址是用中文写的，而且字迹模糊，老人不知道如何给夏洛克回信，明显感觉到，老人因为很久没有回信而十分内疚。

应老人的要求，我拿出纸和笔，抄下了夏洛克的姓名、地址和电话。老人能说一些简单的中文词语，并告诉我们，他是接到信件后学习的中文。

我当场即按照信封上的电话与夏洛克联系，希望老人能与他通话，但遗憾的是对方始终没有接听。

旅游业是古巴经济的第二大创汇来源，仅次于专业医疗服务输出。凡是到古巴旅游的人，大多数会参观海明威故居以及小说《老人与海》的故事发生地科希马尔小镇。

从游客来源国看，前十位分别是加拿大、德国、英国、意大利、法国、墨西哥、西班牙、阿根廷、委内瑞拉和俄罗斯，而中国到古巴旅游的人次没有进入前十，特别是到科希马尔小镇的人数就更少了。

从到古巴几天来的感受看，哈瓦那当地人了解更多的是俄罗斯（通过援助项目）与越南（通过越南大米），而并非中国。这有可能与某些历史原因相关。但是无论如何，与古巴在革命战争后一直坚持走社会主义道路且几十年来受到美国的经济制裁以及给古巴带来的巨大经济损失相比，这些都不那么重要了。

没有想到在《老人与海》的故事发生地巧遇一段中古两国人民之间交往的佳话。国家与国家之间的交往往往具有不确定性，而人民之间的交往是心与心的贴近。

2018 年 10 月 15 日　古巴第 5 天（之一）

探访古巴马列尔经济特区

马列尔经济特区占地 465 平方公里，是古巴唯一的经济特区，距离首都哈瓦那 45 公里。特区旨在通过优惠的税收政策吸引外资，以技术创新和产业聚集带动国家经济的可持续发展。其目标为实现进口替代、增加向国际市场的出口以及创造新的就业岗位。

进入经济特区后，首先映入眼帘的是修建完毕的双向四车道。政府平均每年投入 3 亿美元以保证高标准的基础设施建设。与马列尔港口相邻的物流园已经开始运营。在不同的区域正在建设一座座新的厂房，有点儿热火朝天的景象，这其中包括由中交三航局、中交三公局正在建设的古巴与巴西合资公司烟草厂房及英国联合利华厂房。

目前进入经济特区的企业有 37 家，企业所涉行业包括工业、生物科技、物流、食品、建筑、制药、交通、房地产等。这些企业来自 16 个国家

马列尔经济特区办公楼

或地区，除了古巴本国企业外，西班牙企业数量最多，为8家，紧随其后的是巴西及法国，各有3家，而比利时、墨西哥、荷兰各有2家。其他分别来自萨尔瓦多、越南、巴拿马、加拿大、波多黎各、意大利、葡萄牙、瑞士及韩国。

在经济特区内，目前获得特区经营许可的企业包括5家古巴全资企业，19家纯外资企业和8家合资企业，还有两家企业是与国际经济组织签订的。而马列尔经济特区恰恰没有中国企业进入。中国“一带一路”优质产能向外输出过程中，古巴经济特区还是一个盲点。

建设中的马列尔经济特区

目前园区中较为突出的项目包括与瑞士雀巢集团合作建设的一家咖啡厂以及正在建设的古巴与巴西合资的自动化程度很高的卷烟厂。

2018年10月15日　古巴第5天（之二）

中交三航局在古巴基建的三大挑战

虽然目前还没有一家中国企业进入古巴马列尔经济特区，但是两个中国企业在这里承包了特区的两个最重要企业的建筑项目，它们分别是中交三航局、中交三公局正在建设的古巴与巴西合资公司烟草厂房，以及英国联合利华厂房。

中交三航局的项目经理陈彬及总工程师杜小浦介绍了烟草厂房项目情

况。烟草厂房项目占地 11 万平方米，建筑面积 3 万平方米，由 18 个单体建筑组成，还有 2 万平方米的道路建设。该烟草厂建成后将生产好莱坞牌香烟及雪茄。

在项目营地与管理人员合影

当我提出厂房建设对中交三航局应该不会有任何挑战时，陈彬与杜小浦异口同声地说："此项目合同金额虽不大，但具有三大挑战。"

首先，是来自用工的挑战。古巴有完善的劳工法，根据《马列尔发展特区法》，在特区施工时中方与本地用工比例须为 15 ∶ 85。虽然古巴当地工人的人力资本几乎是世界发展中国家最高水平，平均学历为高中，很多人还拥有大专学历。但是，项目所招的工人大多不具有专业能力，为此项目部根据不同工种开设不同类型的专业培训班，传授建筑专业知识与技能。这要为他们点赞。

其次，是来自施工材料包括水泥、钢材、砂石料等方面的挑战。鉴于工期只有 16 个月，加之古巴建筑材料种类不齐全，特别是钢材需要从第三国采购，因古巴受到美国长期封锁，只要停留过古巴港口的船只，半年内不得停泊美国港口，由此他们在选择从墨西哥以及加勒比地区进口建筑材料的船运公司时非常受限。

最后，是完成设备的安装。烟草厂建成后，将成为古巴工业自动化集成系统水平最高的工厂，其自动化系统包括门禁系统、视频监控、综合布线、电力监控及火灾监控等。设备的安装将由中交三航局安装公司独立完成，负责自动化系统安装的重担落在一位仅有 27 岁的年轻人身上。

我在工地现场看到，项目地面为砂性风化石灰岩，硬度很高，基础基

与项目施工工人合影

坑开挖施工难度很大。一位本地工人正在操作一台改装了破碎锤的三一重工挖掘机破碎岩石。他们用破碎锤挖出基坑后，再安装用模板浇筑的混凝土基桩，施工量及难度超出想象。

结束项目现场调研后，驱车来到距离项目几公里之外的嘎巴拉小村，这里是中交三航局及中交三公局的项目营地。师傅准备了丰盛的晚餐，与项目一线员工在一起总是最温暖的。结束采访时已经是晚上 9 点多，与项目领导班子合影留念后离开了营地。

2018 年 10 月 16 日　古巴第 6 天

拜访中国驻古巴大使陈曦

今天上午在中国驻古巴大使馆拜访了陈曦大使。

首先，陈曦大使欢迎《21 世纪经济报道》作为国家的重要媒体到古巴进行报道，并希望古巴国家专题报道能够起到促进、维护中古两国友好关系的作用，并把古巴目前经济发展状况置于美国对古巴长期封锁制裁的国际大环境背景下，对古巴社会主义道路探索伟大成就给出客观公正的报道。

其次，陈曦大使给出了具体建议，希望关注古巴的宪法改革计划。2018 年古巴的头等大事是修改宪法，这是古巴历史上进行的第三次宪法修改，也是古巴自 1959 年以来首次涉及经济问题以适应模式“更新”的修宪。

古巴修改宪法的重要背景是正在进行社会主义模式的“更新”，原有的古巴宪法已不能涵盖政策调整及“更新”以来的国内发展形势。这次修宪得到古巴人民的广泛参与，在征询全体人民的意见后，将于2019年2月以全民公投的方式通过。总之，古巴的经济社会“更新”进程需要基本法提供保障。

采访中国驻古巴大使陈曦

之后，陈曦大使对中古两国交往的历史与目前中古两国关系面临的新的发展机遇期进行了述评。此后，我就所关心的中古两国党史、目前两国外交关系、经贸投资、文化交流等领域的若干问题向大使请教，大使给予了回答。

我原以为从2006年到2016年古巴与中国双向交换了3000名留学生，陈大使告诉我，其实是古巴单向为中国提供3000名留学生到古巴学习的项目。在泛加勒比地区采访时，我就曾遇见2名在哈瓦那大学学习西班牙语并获得古巴政府奖学金的中国留学生，目前已在那里的中资企业工作。之后，才有2016年李克强总理在访问古巴时中国提出向古巴提供1000名留学生到中国学习的项目。

在中国驻古巴大使馆意外的收获是看到了稀世珍宝，就是在墙上挂着的蒂芙尼玻璃镶嵌珠宝彩绘。据使馆工作人员介绍，这幅彩绘作品完成于1916年，目前已有102年的历史，其价值远超这栋房子。

原以为蒂芙尼只是家珠宝公司，其实不然。蒂芙尼珠宝公司成立于1837年，之后创始人蒂芙尼的儿子于1886年开设了一家玻璃公司，他所创作的彩绘玻璃艺术品也是收藏家梦寐以求的宝物。

2018 年 10 月 18 日　古巴第 8 天

“我们愿意以技术转让方式与中国制药企业合作”

原本只是采访古巴生物技术和制药集团副总裁塔尼亚（Tania），意外的惊喜是古巴国家医药公司总经理马努埃尔及该集团投资部专员耶苏也共同接受了采访。

古巴生物技术和制药集团享誉全球。它不仅是古巴重要的战略性部门，也是真正意义上的产、学、研一体化的集团，下属 34 个研发机构、64 个生产企业，2 万名员工中 60% 以上具有硕士或博士学位。

从生物医药技术的角度看，该集团生物制药技术领先，得到世界行内专家一致的高度评价；从经济的视角看，古巴医药出口与医疗服务输出是其第一大创汇来源；该集团在古巴具有特殊的政治地位，集团下属的研究所（芬利研究所、基因科学研究中心等）首席科学家，常出现在古巴共产党中央政治局委员的名单中。

采访古巴生物技术和制药集团

据副总裁塔尼亚介绍，目前该集团独立研发了 1500 多种药品，其中有 350 多种药品向 40～50 个国家出口，近 5 年创汇 50 多亿美元。她特别强调，这是在美国对古巴长期经济制裁与封锁的条件下实现的。这里研制的抗癌、老年帕金森病治疗、糖尿病治疗等药品具有巨大的市场需求，包括美国市场。目前该集团正在马列尔经济特区建设有史以来最大的生物制药厂，将生产最新研制的药品，进一步增加出口创汇能力。

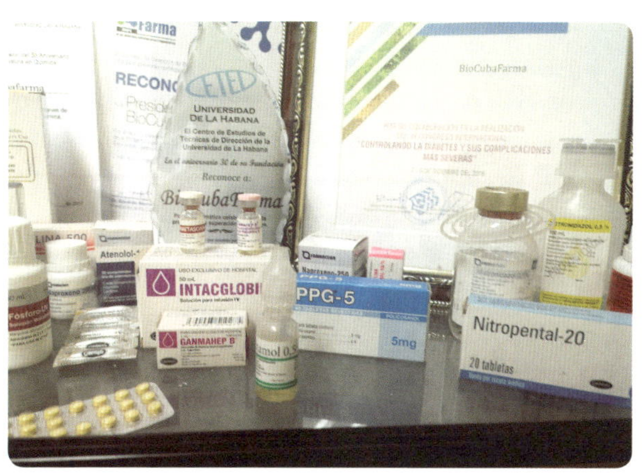

古巴生物制药产品

古巴国家医药公司总经理马努埃尔曾担任生物技术和制药集团北京办事处首席代表10年。他说，目前中国有100多种药品在古巴注册，有500多种医疗器械在古巴销售，但是古巴只有3种药品进入中国市场，它们分别是：古巴首个纯生物合成剂PPG（古巴国宝级药品，降低胆固醇及血脂、强化心肌能）、干扰素（抗病毒、调节免疫系统及抗肿瘤）、单克隆抗体（当代生物医

古巴生物技术和制药集团

药领域中最耀眼的明珠之一，抗肿瘤及自身免疫缺陷）。

马努埃尔认为，古巴有很多自主研发的高水准的生物制药产品，而且已经通过临床试验。但是古巴生物制药产业扩大生产缺乏资金与市场两大要素，“我们愿意以技术转让方式与中国制药企业合作，并共享成果”。

与中国“引进—消化—吸收—创新”的发展道路不同，古巴生物制药产业的发展是在长期受美国封锁与制裁的条件下，完全依靠自己的力量，独立自主、自力更生地获得了生物制药领域在全球的领先地位。

副总裁塔尼亚说，中国曾自力更生地研制了“两弹一星”，古巴也用事实证明，在最前沿的生物制药领域，依靠自力更生是完全可以实现的。

她说：“去年是古巴基因科学研究中心成立30周年，我们找到了古巴革命领袖卡斯特罗的讲演录像。他当时就说，要抢先、超前发展生物制药产业，在前沿领域与强国竞争。今天我们在生物制药领域的研发水平已经实现了与美国的同步。”

她接着说：“卡斯特罗在30年前就提出，希望我们尽快实现干扰素的研发，并广泛用于新产品的开发，他当时的出发点首先是为了人民的健康，而后来才发现还可以实现其商业价值。革命领袖卡斯特罗具有超凡的智慧与远见。”

感谢国家开发投资公司下属中成集团的于剑总的沟通帮助与出色翻译。敬请关注对古巴国家医药公司以及古巴生物技术和制药集团的基因科学研究中心的后续采访。

2018年10月19日　古巴第9天

不入虎穴，焉得虎子

从7月18日由北京出发，到今天整整3个月，旅行里程3.1万公里，调研了中国企业的36个投资、并购、承建项目，访谈184人次。

从哈瓦那一路向东到达圣克拉拉，坐在古巴圣克拉拉中央酒店的阳台上，梳理3个月行走在墨西哥、牙买加、委内瑞拉、巴拿马的调研心路历程。在此不论旅途的劳顿，而是就所见所闻感慨万千，酸甜苦辣，五味杂陈，一言难尽……

2018年10月20日 古巴第10天

古巴共产党机关报《格拉玛报》

古巴共产党员赠送了《格拉玛报》与《青年起义报》。

前者是古巴共产党中央委员会的机关报，为全国第一大报，年发行量50万份，1965年于首都哈瓦那创刊。该报名称以菲德尔·卡斯特罗及其战友于1956年从墨西哥返回古巴时所乘坐的“格拉玛号”游艇命名。后者是古巴共青团报。

到圣克拉拉就是为了《格拉玛报》。出于保密，只能说到此了。

JUVENTUD rebelde

Granma

¿Por dónde va Ciego de Ávila?

Bayamo de sol relulgente

La AHS reconoce a sus maestros

《格拉玛报》

和《格拉玛报》负责人（左二）合影，右一为中成集团古巴项目经理于剑

2018年10月21日　古巴第11天

永远的切

参观切·格瓦拉博物馆。1960年，古巴逐渐明确了自己的立场，转向社会主义阵营。此时，格瓦拉已经是古巴的第二号人物。

1960年11月17日，格瓦拉率领古巴经济代表团来到中国。他向周恩来提出了一个“最恳切的要求”，即一定要见到毛泽东主席。

11月19日下午，毛泽东、周恩来在中南海勤政殿与格瓦拉会面。格瓦拉见到了仰慕已久的毛泽东。毛泽东先开口：“切，你好年轻哟！”[①] 毛泽东还说，他读过格瓦拉的文章《研究古巴革命思想意识的笔记》，很赞成文章中的思想。[②] 格瓦拉以敬重的语气说：“毛主席，你们革命的时候我们还没有出生呢。”

切·格瓦拉纪念馆广场

---

① 汤铭新.在古巴掀起“中国热”的“拉美雄鹰”格瓦拉[J].湘潮，2016(004).

② 史海回眸：切·格瓦拉初次见毛主席有点紧张[OL].国际在线，2007-10-15.

2018 年 10 月 22 日　古巴第 12 天

“我终将离去，但理想不朽”——瞻仰卡斯特罗陵墓

来到圣伊菲热尼亚公墓拜谒卡斯特罗陵墓。圣伊菲热尼亚公墓是聚集了 8000 多座墓葬的公墓，包括两位很重要人物的墓葬：一位是在 19 世纪第一次古巴独立战争中打响第一枪的塞斯佩德斯，另一位是第二次古巴独立战争的领导者、古巴乃至整个拉丁美洲独立运动的精神导师何塞·马蒂。与原有的想象完全不同，没有想到卡斯特罗的陵墓不是单独兴建，而是安放在圣伊菲热尼亚公墓中。

卡斯特罗于 2016 年 11 月 25 日去世，2017 年 4 月 6 日他的骨灰被运送到圣伊菲热尼亚公墓。与当年周恩来总理去世人民群众十里长街送行的情形相同，虽然古巴政府安排的是一次私人葬礼，但是有许多人民聚集到街道两旁以及墓地附近送古巴的革命领袖最后一程。

就墓地的地形来看，在与何塞·马蒂陵墓对称的左边有一块空地，按道理讲可以建一个与何塞·马蒂相同的陵墓安放卡斯特罗的骨灰。但是没有，他的陵墓只是何塞·马蒂陵寝前的一块巨石。卡斯特罗的陵墓之简单令人感叹不已。

他的骨灰被安放在一个木质骨灰盒内，葬礼举行时他的弟弟劳尔·卡斯特罗亲自安放了他的骨灰。骨灰盒置于巨石上方挖出的一个方形洞内，覆盖方形洞的面板只刻有他的名字 FIDEL（菲德尔），没有

卡斯特罗陵墓

任何墓志铭。据介绍，墓地的简约处理是古巴政府遵照卡斯特罗对其后事和墓地的遗愿安排所为。

在古巴采访期间，没有看到以他个人名义命名的道路与公共建筑，也没有看到一座他的铜像与雕像，由此看来卡斯特罗是一位彻底的唯物主义者。

如果说“一百个人心中有一百个哈姆雷特”，那么世界舆论对卡斯特罗的评价何止千万。但卡斯特罗是一个对古巴、对拉美乃至对整个世界以及对国际共产主义运动都产生了巨大影响的人。因为他是一个有伟大理想的人，他曾经在一次告别讲话中说：“我终将离去，但理想不朽。”

卡斯特罗是一位有铮铮铁骨的人，也是世界上为数不多敢面对美国霸权欺凌说“不”的人。

面对卡斯特罗墓地三鞠躬，斯人已去，理想不朽。

在墓地正好遇上公墓卫兵换兵仪式，整个仪式庄严肃穆，士兵们伴随着《我选择了何塞·马蒂》(Elegía a José Martí)这首恢宏且悲壮的乐曲正步行进。

庄严的公墓卫兵换兵仪式

2018 年 10 月 24 日　古巴第 14 天

访问菲德尔·卡斯特罗比兰故居

古巴革命打响第一枪的城市是圣地亚哥，这里如同中国的井冈山，是革命的发祥地。卡斯特罗在 1953 年 7 月 26 日向亲美的巴蒂斯塔政权发起进攻，1959 年 1 月，卡斯特罗率领起义军推翻巴蒂斯塔政权，建立了美洲首个社会主义国家及“古巴革命政府”。

今天走访了卡斯特罗故居比兰庄园，卡斯特罗于 1926 年在这里出生。他来自一个非常富有的家庭，比兰庄园是一座由 27 栋西班牙式房屋组成的建筑群。讲解员阿里亚蒂介绍，该庄园占地 1.1 万英亩（约合 6.6 万亩），雇用了将近 190 名工人，庄园内种植了具有高附加值的农产品，包括甘蔗、橙子及咖啡豆。

卡斯特罗有 2 个兄弟，4 个姐妹。在 6 岁之前，孩子们都在庄园上学前班。教室可以容纳 30 个孩子，除了卡斯特罗家的孩子，工人家的孩子也可以在这里读书。卡斯特罗在 2003 年回到故居，还在他儿时的教室里和孩子们交谈。

游览故居可以看到，处处都有那个时代最高档的家居及办公用品，包括冰箱、电视、保险箱、福特牌皮卡车、发电机，乃至发报机等。

但是卡斯特罗兄弟并未贪图安逸，而是胸怀远大理想，冒着生命危险以武装革命斗争的方式推翻了巴蒂斯塔亲美独裁政府。为此，卡斯特罗在 1953 年曾经入狱，并在受审期间发表了人们耳熟能详的辩词《历史将宣判我无罪》。

阿里亚蒂介绍说，当卡斯特罗和他的兄弟劳尔在圣地亚哥发动武装起义时，他们的母亲亲自到起义前线去看望他们。革命成功后，古巴实行社会主义革命，没收了所有私人财产及私人土地，卡斯特罗家也不例外，只保留了 20 多英亩的土地，在他们的母亲 1963 年去世之后，这些土地也收

卡斯特罗故居

归国家所有。

有些革命领导人恰恰是来自相对富有的家庭，正是这些胸怀革命理想主义的青年，为了理想与信念出生入死，投身革命，不怕牺牲，最终建立起了共产党领导的社会主义国家。他们彼时所追求的目标，是为大多数人民创造福祉，甚至建立一套走向人民共同富裕的社会主义制度，乃至不惜摧毁原生阶级、上交家庭财富。古巴革命领导人菲德尔·卡斯特罗、劳尔·卡斯特罗就是其中的典型代表。

2018 年 10 月 25 日　古巴第 15 天

调研古巴圣地亚哥多用途码头

圣地亚哥距离哈瓦那将近 1000 公里，圣地亚哥港是古巴的第二大港口。由中交集团承建的圣地亚哥多用途码头，是古巴与中国合作的框架项目。项目建成后，码头年吞吐量为 56.5 万吨。

古巴交通部东部港口局该项目负责人沃尔特（Walter）毕业于圣地亚哥

东方大学土木工程专业。他介绍说，这个项目受到古巴党中央以及政府的高度重视。国家副主席拉米罗·巴尔德斯每月来项目视察，考察进度并帮助解决工程中遇到的问题。

古巴东部地区是古巴重工业聚集地，这里有氧化铝厂以及镍、钴等矿业资源。根据古巴交通部《港口长期发展规划》，扩建圣地亚哥港多用途码头之后，还将建设二期工程，吞吐能力将达到80万吨左右。目前二期工程正在做可行性研究。

沃尔特介绍，20世纪80年代前古巴有自己的海工工程公司，但由于受到美国的封锁与制裁，得不到建筑材料以及受技术能力的限制，这家公司难以为继。古巴第一大港口——马列尔经济特区港口，是与巴西合作建设的。圣地亚哥多用途码头是古巴技术设施最先进的码头，拥有X光检查设施以及中央控制室。

在现场看到项目部正在培训古巴当地的门机操作手集装箱吊装。沃尔特介绍说，中交集团在建造港口方面是具有国际最高水准的公司，在圣地亚哥多用途码头项目的建设过程中，让古巴的土木工程师们以及东方大学土木工程系的学生们有机会在本地见到最先进的码头施工技术与工艺，比

与古巴交通部东部港口局项目工作人员合影

如地基处理的堆载预压工艺与集装箱堆场地基的联锁块，这对长时间没有码头施工工程的古巴至关重要，对推动古巴海工建设技术与工艺的进步至关重要。目前已经有 150 名学生分期在该项目实习，每期为 15 天。

他还介绍，圣地亚哥东方大学土木工程系的一名本科生在项目总工程师的指导下撰写了题为《圣地亚哥港地基处理施工工艺》的论文。正是由于这项工程的建设，圣地亚哥东方大学土木工程系开设了有关码头施工工艺的两门新课程，帮助学生们获得新的海工知识。

在施工现场看到，项目配套设施居然有 3 个炮楼和 1 条数十米长的水泥构筑的战壕，这在世界各国民用港口中绝无仅有。沃尔特说，在古巴所有修建的重要基础设施，国家规定，项目均须修建战略防御性设施。古巴长期受到美国的敌视与封锁，在原有经济建设预算非常短缺的情况下，还不得不加大工程预算修建战略防御性设施，可见古巴的外部环境之恶劣。只有当你站在战壕边时，才能体会到美国对古巴的欺凌以及古巴生存的不易。

沃尔特说，每一个国家的人民都有梦想，都希望提高收入过上好日子，

古巴第二大港口圣地亚哥港

但由于美国的制裁，古巴人民实现这一梦想变得更加困难。“尽管如此，古巴人民坚决站在古巴政府抗争美国封锁的一边。我们也不会屈服于美国强加给我们的意志，这是一场意识形态的斗争，我们永远不会忘记历史和我们的目标。”

2018 年 10 月 26 日　古巴第 16 天

返回哈瓦那

1000 公里，12 个小时，长途跋涉。第一次乘坐比亚迪汽车，减震好于去程的大众汽车，点赞！司机太辛苦了，一切顺利。

与比亚迪汽车司机合影

2018 年 10 月 27 日　古巴第 17 天

发展绿色新能源——破除“达摩克利斯”悬顶之剑

生物制药、新能源和糖业是古巴有特色的三大产业。10 月 18 日完成对古巴生物技术和制药集团的采访，今天来到古巴能源与矿业部，就新能源问题采访再生能源司司长罗塞尔（Rosell）。

罗塞尔是个农民的儿子，他在煤油灯的陪伴下读完小学。上大学时，他选择的是电力专业，后来担任格拉玛省电力公司经理。他骄傲地说，现在古巴已经 100% 实现家庭用电，完成了古巴的国家梦想。目前他担任再生能源司司长，开始应对古巴在能源方面面临的一个新的严峻挑战。

古巴发展绿色能源最重要的原因是 2003 年以来，古巴能源体系严重依赖委内瑞拉以优惠价格提供的原油，但从 2014 年起，委内瑞拉经济下滑，致使其对古巴的原油供应从每天 12 万桶减少到每天 5.5 万桶。因此，古巴面临着国家能源安全与能源独立的挑战。

为此，2016 年 12 月，在古巴第八届全国人民政权代表大会第八次会议闭幕式上，劳尔·卡斯特罗指出：“众所周知，（古巴）这个小岛并不能生产它所需要的全部能源，不得不进口大量能源，而这就像‘达摩克利斯之剑’，悬挂在我们头上。如果不增加国家石油产量，我们就必须加快可再生能源的发展，而目前新能源发电量仅占总发电量的 4.65%。我们在太阳能光伏、风能和生物质能方面具有优越的条件。新能源是我们必须大力推动外国投资的战略领域之一。”

罗塞尔司长介绍，时隔不到两年，古巴新能源发电量占总发电量的比例已经提升到 6%。他说，根据古巴《2030 年国家能源发展规划》，2030 年古巴新能源发电量占总发电量的比重将进一步提高到 24%（中国 2017 年可再生能源发电量占总发电量的比例为 26.4%）。

罗塞尔特别介绍，2016 年，古巴与中国签订了包括可再生能源产业、贸易与技术合作在内的 7 项发展规划。这些规划以 2009 年中国向古巴援助的 6 台 750 万千瓦风电机组与提供的技术支持为先导，包括向古巴提供新能源装备，如光伏组件、太阳能热水器、小风机、生物质锅炉、小水电设备等，并鼓励中国企业直接投资于古巴再生能源发电产业。

古巴能矿部罗塞尔司长介绍情况

罗塞尔认为，中国在可再生能源领域具有世界领先水平，也是世界清洁能源的引领者，能够向古巴传授再生能源新技术，包括风能、太阳能和生物质能技术。同时古巴和中国都是《巴黎协定》的签署国，这为古巴新时期的能源革命奠定了基础，可减少二氧化碳排放量。

为此，古巴计划建 13 座大型风力发电厂、210 个光伏发电项目、25 个生物质能发电站以及 74 座小型水力发电站。风能、太阳能、生物质能、水力发电装机容量预计分别增加 656 兆瓦、700 兆瓦、872 兆瓦及 56 兆瓦。

古巴希望中国企业参与到古巴新能源建设合作中。罗塞尔特别提到上海电气投资有限公司在西罗雷东多镇投资的生物质能发电厂项目，该发电厂利用古巴糖厂榨糖后的甘蔗渣发电，将于 2019 年 10 月建成，为古巴提供 60 兆瓦的发电能力。古巴政府将以优先上网、国家核定收购电价的方式给予投资者回报。古巴给予外商投资新能源的上网电价远远高于中国新能源项目的核定电价（中国每度电价格为 0.2～0.4 元）。

目前中国企业除了上海电气之外，还有海尔、山东电力工程咨询有限公司等企业在古巴投资生物质能发电厂。与此同时，印度、越南、巴拿马、哥伦比亚、厄瓜多尔、巴西等国也跃跃欲试，致力于在古巴投资再生能源发电厂。

2018 年 10 月 28 日　古巴第 18 天

古巴糖业的成功转型

从圣地亚哥到哈瓦那，纵深 1000 公里，横贯古巴 15 个省份中的 13 个省份。沿途所见的大面积的甘蔗种植区、星罗棋布的榨糖厂、行驶在公路上的甘蔗收割机以及提炼甘蔗的乙醇储存罐基地，无一不与蔗糖业相关。古巴曾是世界上最大产糖国之一，蔗糖最高年产量曾达 850 万吨。但根据国际糖业组织的数据，2017 年古巴糖产量为 192 万吨。一路上的疑惑是，为何糖产量已经大幅降低的古巴依旧保有如此大的甘蔗种植面积？

带着这个疑问，我采访了生物动力（Biopower）公司副总裁卡曼（Carman）女士。生物动力是古巴糖业集团与外资合资的公司，这是一家生物质能发电企业。卡曼女士曾在古巴糖业集团中部糖业公司工作。

卡曼女士介绍说，2012 年古巴政府机构改革后，原古巴糖业部改革为古巴糖业集团。该集团是古巴最大企业之一，也是古巴最大的农业产业集团，拥有 56 家糖厂，包括面积不详的甘蔗种植土地。自糖业集团建立以来，古巴开始进行糖业产业的转型与升级。她说，20 世纪 90 年代以前，糖业是古巴第一大战略产业，之后才出现旅游业与生物制药产业，古巴糖业一直占有非常重要的战略地位。随着国际糖价的下降，特别是近年来，每吨蔗糖从最高价 900 多万美元下降到 230 万美元，古巴蔗糖产量下降。但古巴蔗糖产业开始向全产业链转型，并致力于提高蔗糖的附加价值。这与我之前采访的牙买加糖业形成了鲜明对比。

在蔗糖的产业转型与升级方面，古巴从传统的生产蔗糖、甘蔗蜜、朗姆酒、甘蔗酒精与畜牧饲料，已经或正在向蔗糖生物医药、甘蔗渣发电与家具产业等领域推进。

生物动力公司副总裁卡曼介绍情况

特别是利用从甘蔗蜡中提取的高级脂肪伯醇混合物生产的 PPG 蓝片降脂药，享誉世界。这是一种降低血脂、防止胆固醇升高、预防心脑血管疾病发生的特效药，是连西方国家都未能生产的生物制药产品。

卡曼女士指着一张在全国布点的生物质能发电厂图片说，目前遍布全国13个省的25家生物质能发电厂以甘蔗种植产生的废渣为原料。当我提出废渣是否能够满足25个发电厂的生产需要时，她回答说，古巴原有156家糖厂，国际糖价下降后，闲置的100家糖厂周围的甘蔗地抛荒，被麻疯树侵占。麻疯树是一种来自非洲纳米比亚的野生灌木。榨糖季生物质能发电厂可以使用蔗渣发电，之后可以用热值高于蔗渣的麻疯树作为替代原料，同时起到整治农田、扩大农业种植面积的作用。

合资公司生物动力由古巴糖业集团与上海电气成立，其首家发电厂——西罗雷东多发电厂将于2019年实现并网发电，届时每天将消耗2100吨甘蔗渣和1200吨麻疯树。一个生物质能发电厂方圆15公里的麻疯树能够满足其15年的使用。

上海电气参与的生物质能发电项目

卡曼女士说，西罗雷东多生物质能发电厂装机容量为60兆瓦，可节省5000万美元的原油购置费。合资公司生物动力计划建设5个生物质能发电厂，以此推算，当5家发电厂的装机容量达到300兆瓦，则可节省2.5亿美元。

古巴是一个岛国，不能像欧亚大陆国家一样，方便地购买周边国家的电力。在国际油价周期波动的环境下，古巴面临着能源安全方面的挑战。卡曼女士说，推进能源多样化，使用清洁能源，更重要的是让古巴实现石油进口替代及国家能源独立，这将是生物质能发电厂的最大贡献。

2018年10月29日　古巴第19天

经济特区欢迎中企投资，提高“一带一路”影响力

采访马列尔经济特区投资评估司司长奥斯卡（Oscar）的地点定在了哈瓦那国际展览会会场。本次国际展览会有24个国家参展，包括西班牙、中国、德国、智利、墨西哥、委内瑞拉、日本、巴西等。马列尔经济特区的展厅位于古巴馆一进门最重要的位置。

奥斯卡介绍说，马列尔经济特区建于2013年，首先进行的是基础设施建设，包括设计吞吐能力达82万标箱的马列尔深水港，以及进入园区的干道与公路（“三通一平”）。

采访马列尔经济特区投资评估司司长奥斯卡

自2014年马列尔经济特区开园以来，已有41家商户及特许经营商进入，它们来自世界20个国家，包括古巴。这些企业中有10家跨国集团，中交集团是唯一一家中国企业。

中交集团目前已开始在马列尔经济特区承包工程，包括为联合利华及古巴和巴西烟草合资公司建厂房；另外，他们正计划在马列尔经济特区建设中交工业园项目，包括建设物流园，参与投资生物制药、食品加工、轻工制造等。目前经济特区已为该项目预留土地4.65平方公里。

我在马列尔经济特区展厅看到了英国联合利华集团及越南企业太平环球投资公司（THAI BINH GLOBAL INVESTMENT CORP）的展位。联合利华工作人员说，目前古巴市场销售的洗漱及个人护理产品均来自墨西哥及泛加勒比地区市场，联合利华在此建厂将实现“进口替代”；而越南企业生产纸尿裤和妇女卫生用品，首要目标也是实现“进口替代”，之后进一步将产品推向整个拉美地区。这既符合古巴的进口替代产业政策，又可以实现出口创汇。

当我问到古巴政府提出希望每年吸引20亿美元外商投资，马列尔经济特区是否有分解目标时，奥斯卡回答说，马列尔经济特区希望每年吸引不少于5亿美元的投资。古共中央对马列尔经济特区发展规划的审议已到最终阶段，这个规划中设定了该经济特区的长期发展目标。特区主席将在10月31日向中央政府提交最终发展规划。

鉴于古巴正处在“修宪”阶段，我问道：“将于2019年5月完成的‘修

马列尔经济特区港口

宪’是否会加快古巴社会主义模式的‘更新’进程？”奥斯卡对此回答说，马列尔经济特区是古巴社会主义模式“更新”的重要支柱，新宪法将包括所有“更新”了的部分，从法律层面确定吸引外资对古巴经济发展的重要地位。但他解释说，“新宪法不涉及相关外商投资政策，因为我们在 1994 年已经颁布了《外商投资法》与相关政策，正在实施。”

在离开前，奥斯卡非常感谢《21 世纪经济报道》关注马列尔经济特区，并希望通过我们传达欢迎中国企业投资于该经济特区的信息。他希望吸引来自中国的高端制造、物流、包装、钢铁、建筑材料、轻工制造、生物制药等产业的投资，并总结说，马列尔经济特区是一个很好的平台，中国企业可以通过进入该经济特区，提高“一带一路”延伸至拉美的影响力。

2018 年 10 月 30 日　古巴第 20 天

美国制裁影响古巴医药研发，最终“害人害己”

今天采访古巴共产党中央委员会政治局委员、基因工程与生物技术中心副主任玛尔塔·阿雅拉·阿维拉（Marta Ayala Avila）[①]。

按照约定，下午 1 点到基因工程与生物技术中心（CIGB）采访。该中心坐落于哈瓦那西部科学园中，这里除了基因工程与生物技术中心，还有著名的芬利研究所、古巴分子免疫学中心、热带研究中心与国家技术研究中心等。

不巧的是，采访时间与巴拿马总统访问该中心的时间冲突。1 小时之后，玛尔塔急匆匆赶来，并说她提前结束了接待巴拿马总统的访问行程（会谈之后的参观）。

玛尔塔是一位生物医学科学家，曾在哈瓦那大学就读生物化学专业，

① 玛尔塔于 2021 年 1 月被任命为基因工程与生物技术中心主任。

1997 年获得生物医学博士学位，致力于单克隆抗体与癌症疫苗的研究。与此同时，她还是基因工程与生物技术中心的党组织书记，并于 2017 年古共七大时进入古巴共产党中央委员会，并担任政治局委员（五年一届）。

玛尔塔

话题就从一位科学家担任中央政治局委员开始。她说："我不认为这是个人的荣誉，因为古巴生物医学与制药是国家战略支柱产业，我代表的是生物医学'产、学、研'一体化的群体。"

古巴基因工程与生物技术中心建于 1986 年，那时刚大学毕业的玛尔塔参加了该中心的奠基仪式。她说，该中心是在卡斯特罗的倡议与规划下创建的，意在推动古巴生物医学技术的发展。

玛尔塔说，卡斯特罗是一名真正的战略科学家。生物医学尚处于发展初始阶段时，他就召集这一领域的世界顶尖科学家，与他们交流。1980 年 11 月，卡斯特罗与美国医生交流后，了解到干扰素及其在癌症治疗中的可能用途。1981 年他一手开创了古巴生物医学研究项目，初始条件很简陋，6 名科学家在一间小屋子里向世界最前沿的生物医学——干扰素研究领域发起进攻。而后他又向科学家们提出，是否可以把阿尔法干扰素与伽马干扰素进行重组，研制治疗癌症的新药。玛尔塔回忆说，就在 2015 年卡斯特罗 90 岁生日时，科学家向他汇报并拿出了重组干扰素——治疗皮肤癌的新药 Heberferon。

古巴生物医药界还成功研制了目前世界唯一可以治疗糖足的药品 herberprot-P，目前该药品已在 26 个国家获得注册，在中国正进入临床测试

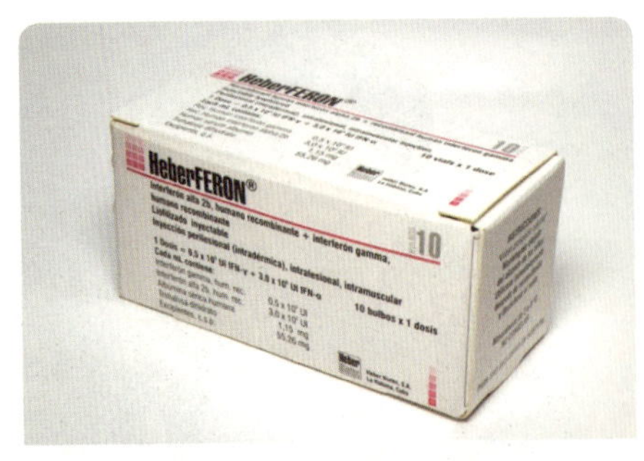

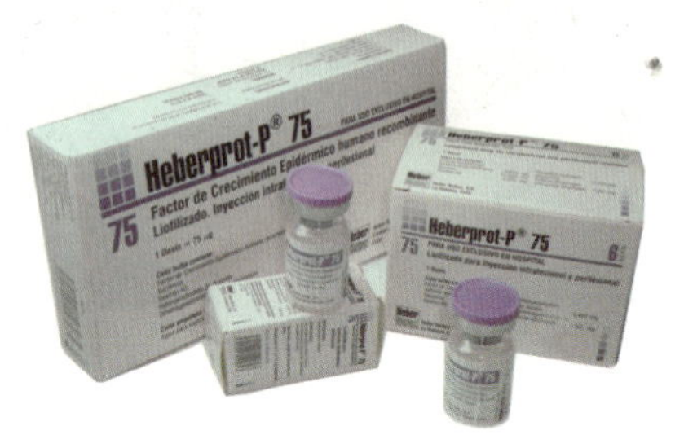

干扰素

阶段。该药品可以使有糖足的糖尿病患者免去截肢的痛苦，是古巴生物医药界对世界医疗的巨大贡献。

谈到半个世纪以来美国对古巴的封锁与制裁，玛尔塔说，封锁与制裁对古巴医药领域的研发具有破坏性影响，“封锁加大了我们研发与制药的成本，很多特效药也难以向第一世界国家销售，甚至还限制了同行间的交流”。她举例说，美国每年约有 10 万名糖尿病患者因糖足而截肢，一般来讲，一条腿截肢后，第二年要截肢另外一条腿，5 年之后病人去世。正是美国的封锁导致美国患者无法购买治疗糖足溃疡的新药 herberprot-P，这真是害人害己。

古巴基因工程与生物技术中心

最后玛尔塔说，古巴历来将人民作为社会的主体，建立古巴独特的医疗体制，把人的健康放在首位。在国家资源相对匮乏的情况下，政府借助举国体制，集中力量办大事，目标就是保障人民的健康。“作为古巴的科学家，我们始终关注的是国家、集体与人民的需求，始终把国家的目标与集体的荣誉放在个人名誉之上。”①

2018 年 11 月 1 日　古巴第 22 天

再见古巴

一是向中国港湾古巴办事处全体人员辞行。20 多天办事处朱总的关照，小王数天身兼翻译加司机，还记得大师傅送到酒店的油条。心存感激！

二是再次采访古巴国家医药公司总经理，感谢中成集团古巴项目总经理于剑帮助做西班牙语翻译，他是西安外国语大学西班牙语专业毕业的。

三是采访古巴电力公司中国援建太阳能示范项目。

四是古巴全国各省有近 1 万辆宇通汽车，采访宇通古巴办事处主任等人。

最后是在哈瓦那巧遇三一重工副总裁徐明，结交是缘，意大利晚餐与交谈难忘。

再见古巴，再见美丽的哈瓦那！

① 古巴基因工程与生物技术中心于 2021 年 5 月成功研制出了新冠疫苗。

采访古巴国药集团总经理
（中间者为于剑，帮我翻译）

采访古巴电力公司中国援建太阳能示范项目

采访宇通汽车

与三一重工徐明合影

赤道线上众多且令人惊叹的“一带一路”工程

厄瓜多尔建在高原上的城市

2018 年 11 月 3 日　厄瓜多尔第 1 天

深埋在心底的都是个体的人

厄瓜多尔是此次拉丁美洲采访的第六个国家。一下飞机就看到中国路桥厄瓜多尔分公司张昕总亲自驾车迎接，这让我想起 2015 年采访“一带一路”沿线国家吉尔吉斯斯坦，时任中国路桥该国办事处总经理张军武亲自到机场迎接的场景。

昨天是厄瓜多尔的圣灵节，与中国路桥厄瓜多尔分公司 20 多位小伙子一起聚餐。当他们齐刷刷地在门口以笑脸相迎的时候，眼泪止不住了，就如同见到久违的家人一样。

席间与张昕总就像聊家常一样聊起了我们共同熟悉的人与事，包括吉尔吉斯斯坦的张军武、巴基斯坦的叶成银、路桥副总经理刘弘、肯尼亚的李强、毛里塔尼亚的范顺平等，感慨万千。

从 20 世纪 80 年代开始，中国路桥公司就走出国门，他们陆续在现在被称为“一带一路”沿线国家的地方修建基础设施，直到今天。他们每个人都有在海外工作 10 年到 20 多年的经历，每个人都有自己的故事。

因为“一带一路”倡议，有幸和他们结识，还是因为“一带一路”倡议，有幸记录他们为此而做出的贡献。每一个曾报道的人以及他们所做的项目，仍然成为至今的牵挂。

此次厄瓜多尔的报道，中国路桥为主接待方，安排我在厄瓜多尔基地住宿，一如既往的中交标配，一如既往的中国路桥的贴心。当眼睛小有不适的时候，得到了无微不至的关照，从小生长于西班牙的李南陪同我前往大都会医院（Hospital Metropolitano）就诊。同样的场景也曾出现在非洲毛里塔尼亚，我还记得在毛里塔尼亚怀疑得疟疾的时候，是路桥的张春阳陪同我前往一家西班牙医院就诊。

最温暖的一幕发生于晚餐后，财务副总监于建龙为我理发，包括张昕总等众多人帮忙、围观，时不时“品头论足”，气氛温暖。有人盛赞小龙的剪发技艺，说他可以成立一家名为龙头国际的美发公司，还有人给小龙冠以首席美发师兼中国路桥厄瓜多尔分公司财务副总监之名，让我重温了在喀麦隆克里比深水港的工程师、牙买加酒钢的李海鹰医生、委内瑞拉中石油 MPE3 项目的工程师为我理发的情形。在多次长时间跨洲采访中，公开发表的白纸黑字记录了他们所做的项目以及所畅谈的观点。但是在我的内心中，最难忘的是一个个鲜活的个体。他们把十几二十年的海外经历，以及对所在国家的观察感受经历告诉我，而且像亲人一样给予我无微不至的关怀，而我却无以回报。

感谢“一带一路”倡议，让我在五大洲结识了那么多的人，还有对他们的牵挂。

在办事处理发

2018 年 11 月 4 日　厄瓜多尔第 2 天

驶进海拔高达 4200 米公路

中国路桥厄瓜多尔分公司张昕总是中国路桥少数在亚、非、拉三大洲均具有海外工程经历的人。至今，他在海外工作了16年。2011年他离开委内瑞拉后，只身前往厄瓜多尔开拓市场。

中国路桥厄瓜多尔分公司在厄瓜多尔承接的第一个项目是交通部7条公路的改造，包括比弗—帕帕亚克达双向四车道的高等级公路改造。这条公路穿越海拔4200米的高原地带，全长36公里，于2016年通车，是目前我国企业在南美地区建设的高海拔公路之一。

今天，张昕总亲自驾车带我体验这条高海拔公路，财务总监母内坤及其前来探亲的妻子陪同。从基多（海拔2800米）出发，沿着绵延于安第斯山脉之间的西蒙·玻利瓦尔环城公路，驶向比弗—帕帕亚克达公路。

张昕总说，这条公路是基多通往温泉景区和东部雨林地带的必经之路。公路修建时，3/4的一线施工人员来自周边山区。这是他自公路开通2年以来的第一次重返。一路上他多次慨叹，路边新建的小旅馆、饭店多了很多，显然这条公路的修建创造了更多的沿线居民就业机会，直接推动了旅游业与服务业的发展。

初始进入这条公路时还是蓝天白云，驶入海拔3500米左右区域时，整个公路笼罩在云雾之中；当到达这条公路海拔最高点4200米时云雾拨散（24公里处）；返程时又遇到罕见的倾盆大雨。可见，修建高海拔公路，气候变化是面临的第一个挑战。

据张昕总介绍，厄瓜多尔是一个非常注重环境保护的国家。这条公路沿线是眼镜熊的栖息地。眼镜熊也叫安第斯熊，是南美洲特有的一种熊科动物。因此，整条公路建设为眼镜熊修建了方便迁移的通道。

在安第斯山脉有很多特有植物，工程扩建时他们遇到了大片安第斯山脉特有的珍稀树种纸树（Paper Tree），它是地球上最古老的树种之一。厄瓜多尔政府为了保护纸树，动用大量人力、物力将这些树木移植。

这条公路沿线风景美不胜收，而特别引人注目的是在路的边侧还修建了自行车道。张昕总介绍说，在早期的公路设计方案中没有自行车道的设计，但是后来政府建议为热爱自行车运动的人们修一条专用道路。众所周知，厄瓜多尔除了许多人喜爱足球之外，还有很多人喜爱公路自行车运动。为此，他们又重新修改了设计方案，增加了双向自行车通道。

在海拔 3800 米处遇到了在公路自行车道上骑行的人。伴着青山绿水，行驶或骑行在公路云端，之前在这里出行时的种种惊险，如今已经变成轻松惬意的舒适体验。

实地探访中国路桥厄瓜多尔分公司在厄瓜多尔承接的公路项目（左一为张昕总经理）

厄瓜多尔年人均收入 5890 美元（世界银行 2017 年数据），国土面积 25.64 万平方公里，公路大多集中于国家西部，东部为人烟稀少的亚马孙雨林地带。从公路质量与等级看，整体优于之前访问的 5 个国家（墨西哥、牙买加、委内瑞拉、巴拿马、古巴），这也与来自欧美国家的自驾游客评价基本一致。

特别是泛美公路，这是贯穿整个美洲大陆包括厄瓜多尔的公路系统，北起阿拉斯加，南至火地岛，全长约 48000 公里。厄瓜多尔段道路建设质量可与中国公路质量媲美。

多年来，厄瓜多尔政府致力于基础设施投资，包括道路、水电站、地铁、通信网络、港口等。第一天对第一条公路的调研，让我感受到了沿途经过的海拔三四千米处的现代化元素。长距离输变电基塔高高耸立、架空索道蜿蜒盘旋，散落在公路沿线的若干小镇电信信号全覆盖……

厄瓜多尔基础设施建设与其中上等收入国家水平名实相符，这奠定了厄瓜多尔实现工业现代化与农业现代化的坚实基础。

2018 年 11 月 5 日　厄瓜多尔第 3 天

“四个自信”有比较才能有鉴别

驱车行驶至距离基多市约 150 公里的乌尔库奇的 Yachay Tech University，这是厄瓜多尔政府新建立的一所综合性大学。这所大学是厄瓜多尔国家《基础设施发展规划》中的重点项目——“智慧之城”项目之一。该项目旨在建设打造厄瓜多尔的第一个“知识城”，包括一所综合性大学与若干技术与创新园区，目标是将厄瓜多尔打造成一个科技创新中心与知识密集型经济中心。该项目占地面积为 46.62 平方公里。

近些年来厄瓜多尔政府一直在加大对公共基础设施的投资，公共支出占国内总产值的 16.6%，厄瓜多尔是目前西半球公共支出率最高的国家。除了建设高速公路、机场、医院之外，厄瓜多尔对高等教育以及创新体系同样加大了投资。厄瓜多尔政府雄心勃勃，希望改善现有的教育体系，加强创新能力，通过教育投资创造人力资本，为石油枯竭后的厄瓜多尔创造经济的可持续发展能力。这是一个具有前瞻性的国家梦想。

大学城位于山谷间的盆地，于 2015 年开工。中国路桥厄瓜多尔分公司承建了该大学城 2 万平方米房建项目，包括 Yachay Tech University 的技术学院（IST），以及国家高等教育科学委员会行政办公楼。

今天来到 Yachay Tech University，由于厄瓜多尔的人们还处于长假期中，技术学院的600名学生尚未返校（该大学目前有学生1010人）。在张昕总及值班工作人员的带领下，参观了技术学院，包括中国－厄瓜多尔联合实验室（4G）、语音室、生物质能实验室，还有教室等。

步行于校园中，从整体环境看，不仅设计现代，建筑高标准、高配置，其建筑风格也与自然环境融于一体，具有世界知名大学城的水准。

但是，由于厄瓜多尔政府换届，此项宏大的发展规划目前处于停滞状态。不仅大学城的项目政府不再拨款，科研创新中心以及工业园区等的建成也遥遥无期，尽管此前已经与世界多国包括中国的若干知名技术创新公司达成进驻科技创新园区协议。由此看来，厄瓜多尔要想实现拉丁美洲教育的领导者与先进技术的参与者并不那么容易。

参观乌尔库奇的 Yachay Tech University

长期以来，那些民主选举国家，想要实现国家发展规划的连贯性与延续性，是一道难以破解的难题。在国家间竞争态势下，民主选举付出的是延迟实现国家发展目标与国家梦想的巨大机会成本。

此次拉美之行，我看到诸如厄瓜多尔“智慧之城”的案例，以及众多拉美国家希望实现的“进口替代战略”屡战屡败，加深了对中国特色社会主义制度的优越性和“四个自信”的体会。

自信与否，要有比较才能有鉴别。

2018 年 11 月 6 日　厄瓜多尔第 4 天

承载梦想的水电站——辛克雷水电站

从厄瓜多尔首都基多行驶约 170 公里，到达中国电建科卡科多辛克雷水电站 2 号营地。之后再沿省道行驶 40 多公里，即到达辛克雷水电站。

辛克雷水电站与我们常见的拦坝蓄水式水电站不同，是一座引水式水电站，没有大型水库，而是利用流量并不算大的山区河流，通过建造“横一纵一横”三个输水隧洞及调节水库，利用高程与地势落差，将水的势能转化为动能，再转化为电能。

辛克雷水电站示意图

辛克雷水电站使用的是中国进出口银行提供的资金，项目总投资23亿美元，于2010年开工，2016年竣工，总装机容量150万千瓦，将满足厄瓜多尔未来50年的能源需要。这是目前为止中资企业在厄瓜多尔最大的工程项目。

厄瓜多尔水资源丰富，电力构成以水电为主，目前水力发电量占总发电量的60%左右。政府的目标是未来水电占能源总需求的90%以上。据估算，辛克雷水电站建成后其发电量占厄瓜多尔总发电量的37%，不仅让厄瓜多尔从自国外购电华丽转身为电力出口，也将一举实现可再生能源发电量占总发电量比例超过90%的目标。

汽车下省道之后，行驶过绵延山间的24公里水电站自备公路，抵达水电站厂房。这座具有8个发电机组的水电站是在山体间挖出的，每个机组装机容量为18.75万千瓦。

进入厂房，首先映入眼帘的是厄瓜多尔电力公司（CELEC EP）。这是一家厄瓜多尔国有控股公司，从事电力生产、输电、配电、商业一体化业务。

中国电建辛克雷水电站收尾工作组副组长高照坤以及中水十四局（承建单位）项目经理助理赵刚陪同我参观了电厂。站在位于第三层的水电站博物馆俯视宏大的厂房，8台发电机组尽收眼底，它们均来自哈电集团。今天有6台发电机组工作，赵刚总首先把我带到正在发电的3号机组前，介绍并观察3号发电机组转子工作的情况。之后我们前往正在检修的1号机组，它足有4层楼高，在最底层的水轮发电机转轮室参观时可以看到，它有6个喷水管推动叶片。此次与我们同行的国内发电公司的专业人士也发出感叹：能够进入转轮室也是难得的体验。

辛克雷水电站工程对厄瓜多尔极其重要。《时代日报》评论说："科卡科多辛克雷水电站是既定政府管理计划中开展的最宏大且最具雄心的项目，不仅使国家实现了能源自足，摆脱了停电对环境造成污染的能源消耗，而

实地参观中国电建科卡科多辛克雷水电站

且富余电能可出口至地区周边国家。"《每时》日报编辑爱德华多（Eduardo）则说："今天科卡科多辛克雷水电站的水轮机转动，我国半个世纪以来要将水能变为电能的梦想终于通过这个最伟大的工程变成了现实，这是厄瓜多尔最好的投资之一。"也如厄瓜多尔作家奥马尔（Omar）所说："辛克雷水电站的建成是政府改变发展方针的一项举措，体现了从石油开采中获益再投资工程建设的理念。"

但是，在此轮拉丁美洲经济下滑的态势下，新一轮私有化仍处于继续共振阶段。诸如政府投资的公共基础设施，包括资产与运营权的交易还在继续。政府是否会因中央财政的捉襟见肘，将为数不多的国有资产卖给私人公司，包括外资公司？

长期以来，拉美左右两

翼政府如同拉锯战一般轮流坐庄，大政府与小政府之争一直存在。每当遇到债务危机或金融危机，右翼政府必把国有企业第一个摆在祭坛上。辛克雷水电站正是上一届政府扩大政府公共支出的代表性工程，而这一承载了厄瓜多尔人梦想的水电站未来的命运，又有谁能预测？

2018 年 11 月 8 日　厄瓜多尔第 6 天（之一）

热带雨林石油开发与印第安部落

厄瓜多尔安第斯石油公司是中石油与中石化成立的合资公司，目前在厄瓜多尔拥有 5 个区块，包括北区 62 区块，南区 14、17 区块，此外还取得了 79 和 83 两个区块的勘探开发权。

上午 10 点，在安第斯石油公司 EHSS-CA 部（Environment、Health、Security、Safety、Community Affairs，指环境、健康、安全、安保、社区事务）经理邱明的陪同下，搭乘安第斯石油公司的工作班机从首都基多机场起飞，11 点到达南区油田所在省（奥雷亚纳省）的弗朗西斯科机场，同机乘客均是安第斯石油公司的员工及承包单位人员。从空中俯视，奥雷亚纳省首府弗朗西斯科 - 德奥雷亚纳港几乎被一片原始热带雨林包围。

安第斯石油公司 EHSS-CA 部邱明经理

在省道上行驶 50 多公里，便进入南区油田的自备道路。这条道路用鹅卵石铺设，路旁延伸着输油管线，一辆辆装载着机械设备的重卡车与满载的油罐车擦肩而行。

下午 1 点到达南区油田营地。2006 年，中石油进入厄瓜多尔，营地经过两次整修改造，焕然一新。房屋建设标准及环境与周围热带雨林十分和谐，四排建筑的墙面分别以“火”“土地”“水”“自然”命名。

就在前一天，中石油拉美公司总经理贾勇发信息给我，特别强调安第斯石油公司是国际化管理的标杆，也是厄瓜多尔石油领域最大的外资企业，在石油合作、履行社会责任、油区社区建设和雨林环保方面业绩突出。

来到安第斯石油公司的营地，发现其国际化程度果然名实相符。油田现场顾问杨品荣在南区油田迎接我们，他是南区油田 142 名员工中唯一的中国人。

EHSS-CA 部的巴勃罗（Pablo）医生首先做了整整 30 分钟的安全培训，事无巨细，面面俱到。我在海外参加过众多公司安全培训，这是最长的一次。

油田经理卡洛斯（Carlos）则对南区油田做了详细介绍。他说，油田 142 名员工中有 10% 被安置在 EHSS-CA 部工作，其中，3 人负责环境，4 人负责健康，3 人负责安全，3 人负责安保，3 人负责社区事务。

为什么安第斯石油公司南区油田的 EHSS-CA 部要安排这么多的工作人员？一个重要原因是这个油田位于厄瓜多尔印第安人原始居住区，附近有很多不同的印第安部落。具体来说，南区油田有 30 多个印第安人社区，居住着近万名印第安人。历史上，在厄瓜多尔，石油开发与非法伐木曾导致东部亚马孙热带雨林地区的印第安原始部落的迁徙事件。

那么，在南区油田开采石油的安第斯石油公司又将如何保护热带雨林？如何与这些印第安原始部落社区和谐相处？

油田经理卡洛斯就此介绍说，南区油田两个区块面积为 3853 平方公里，不仅生长着热带雨林，还有美洲虎、美洲豹、南美貘等稀有保护动物。当然，这里首先是印第安部落居住区。为此，他们严格规定不可随意

采访安第斯石油公司

打扰印第安人，并承诺给印第安人安排就业岗位。与此同时，他们制定了严苛的环境保护政策，甚至不能随意取水，更不能在路边用自然水源洗车等。

耳听为虚，眼见为实。在南部区块这 3853 平方公里的土地上，印第安部落是否发生了新的迁徙？是否在自己的家园安居乐业？安第斯石油公司如何与印第安部落和谐相处？是否履行了社会责任？如何进行油区社区建设？以及如何保护热带雨林？敬请关注后续报道。

2018 年 11 月 8 日　厄瓜多尔第 6 天（之二）

现代化与传统部落文化的悖论

今天访问了距离南区油田营地不足 6 公里的印第安乌奥拉尼（Wuaorani）

原始部落。达沃·埃诺门加（Davo Enomenga）是部落酋长，远近闻名。他家前面有一大片空地，是为了向下一代传授印第安原始部落的房屋建筑技术而留的，人们正在搭建一座印第安人传统茅草屋。访问就在这间未建成的茅草屋里进行。

乌奥拉尼部落共有 50 多人，由一个大家庭组成。酋长和他的妻子有一儿一女，但他们已经有 12 个孙子、孙女和众多重孙、重孙女。

这个大家庭用印第安人的传统装扮欢迎客人到来，并在酋长妻子的带领下唱了一首奔放的印第安语欢迎歌曲。

酋长妻子佐伊拉·伊鲁米纳尼（Zoila Iruminani）介绍说，酋长的父亲曾经打败了若干个部落，征服了方圆 1.5 万平方公里的土地。酋长从 14 岁开始跟随父亲，成为一名骁勇善战的战士，至今耳朵上还有作为一名战士的标记。

探访印第安乌奥拉尼原始部落（后排男性长者为酋长）

自从安第斯石油公司在乌奥拉尼部落土地上开采石油，老酋长和他的妻子就认为石油公司家大业大，理应给予他们物质上的帮助。为此，老酋长曾在自家门前道路上拉起绳索，向石油公司供应商的车辆收取过路费，给安第斯石油公司造成了麻烦。

与上一代人不同，老酋长的女儿米丽安·埃诺门加（Mirian Enomenga）是奥雷亚纳乌奥拉尼印第安妇女协会会长，她不认可父亲的行为。目前，米丽安希望安第斯石油公司能够帮助她在油田附近发展旅游业。而酋长的儿子卡洛斯·埃诺门加（Carlos Enomenga）也希望安第斯石油公司为他在油田附近开设的小旅馆提供方便。

至于老酋长家族第三代年轻人，目前有两人在安第斯石油公司南区油田工作，其中之一是卡洛斯的儿子，在油田做焊工。

一个印第安部落、一个家庭的三代人，思维方式不同，对安第斯石油公司与生活持有不同态度。第一代人希望从石油公司获取更多物质上的帮助。事实上，安第斯石油公司不仅给予了这个大家庭金钱及物质上的补贴，逢年过节，特别是圣诞节，还送给孩子们礼物。

第二代人则更趋向于自力更生，把生活的希望寄托在自己的奋斗与努力之上。当然，他们也渴望得到石油公司的照顾。

而第三代人则明确表示，他们更需要得到的是机会，包括受教育与培训的机会，以及工作的机会，因为机会意味着更多的可能性。

当一个封闭的传统印第安部落与现代石油工业相遇，其文化和生活必然受到工业化、现代化的强烈冲击。从这一部落来看，老酋长只会说部落语言，他的妻子则会一些西班牙语，可兼任翻译，这样酋长才能与我们交流。而酋长的儿子、女儿不仅能用部落语言与父母交流，还能用西班牙语与外界沟通。而他们的第三代，显而易见已经不懂部落语言。

安第斯石油公司安保部经理胡安（Juan）介绍说，厄瓜多尔约有 100 万印第安人，目前在亚苏尼国家公园还有塔加利（Tagaeri）和塔罗美兰

（Taromenane）两个未与外界接触的印第安原始部落。这两个部落是世界上最古老的原始部落。有人估算，塔加利和塔罗美兰部落总人数在 300 人左右，但是由于完全与外界隔离，这个数据也只是估算。

乌奥拉尼部落显然已经受到现代化因素影响，新一代身上发生了诸多变化。而塔加利和塔罗美兰部落因为从未与外界接触，至今还保持着使用自己的语言与狩猎的生活方式。

如何在现代化的条件下保留并传承传统（部落）文化，也许已经超出了一个公司应该履行的社会责任的范畴。

2018 年 11 月 9 日　厄瓜多尔第 7 天

印第安部落小诊所

这是一所镶嵌在亚马孙热带雨林中的小诊所。当我们到达时，诊所门外有几名病人正在候诊。

面积不大的诊室中，一位女医生利塞特（Lissette）正在为怀孕 18 周的印第安孕妇做检查。利塞特只有 26 岁，是位全科医生，由厄瓜多尔卫生部派遣到这里工作。而孕妇来自“2 月 12 日”印第安部落，她的妈妈欧托（Eoutho）陪女儿前来就诊。

身穿护士服、站在孕检床另一侧的妇女，同样来自“2 月 12 日”部落。利塞特介绍说，这名妇女是印第安部落远近闻名的接生婆，孕妇妈妈的 7 个孩子都是由她接生的。

2006 年安第斯石油公司进入印第安部落开发油田以来，不仅修建了道路，提供了就业岗位，还为缺医少药的印第安部落投资开办了这个诊所。它改变了印第安人之前由接生婆接生的习惯，引入现代医疗手段，为孕妇做定期孕检。

利塞特医生说，接生婆是到诊所来实习的，“她想学会量血压、做超声检查等，而我也能向她学习更多的接生实践经验”。

在出诊病室，同样来自印第安部落的女医生杰奎琳（Jacqueline）告诉我，小诊所建成之前，这里交通极为不便，人们生病很难得到及时治疗。各部落离首府近则 50～60 公里，远则 70～80 公里。以油田周围的印第安部落婴儿死亡率为例，之前达 20‰，高于厄瓜多尔 17.8‰的平均水平，近些年来这一比率已接近零。

小诊所有 3 名医生、2 名护士，其中 2 名医生由安第斯石油公司派遣。埃德温（Edwin）是安第斯石油公司一名外科医生，目前在小诊所工作。他介绍说，诊所服务覆盖了油田周边的 18 个印第安部落，服务于 5000 多人。2018 年 10 月以来，他们已经提供医疗服务 6458 人次，其中门诊 3188 人次，此外还有 80 人次急诊、47 人次疫苗接种、113 人次抗寄生虫疫苗接种，以及为 2102 人次提供预防性口腔治疗。同时他们还派出医疗队进行了 7 次巡诊，并举办了 97 次健康教育座谈。

埃德温医生自豪地带领我参观了小诊所的设备，包括外科手术床、妇科检查床以及牙科器械设备等。

小诊所的药房

安第斯石油公司 EHSS-CA 部经理邱明告诉我，这个乡村诊所由安第斯石油公司投资，2008 年建成。诊所建设投资 10 万美元，此外又购置了医疗设备、药品与急救车，累计支出约 40 万美元。

埃德温医生补充说，这家诊所由安第斯石油公司与厄瓜多尔卫生部共同运营。除了人员由双方派遣，药品也由双方共同提供。他指着 3 个药品货架说，其中一个货架的药品是厄瓜多尔卫生部送来的，而另外两个货架的药品则来自安第斯石油公司。邱明说，这个诊所每年需要的药品支出约为 10 万美元，两位专职医生的工资也在 10 万美元左右。

在多年的海外采访中，我见过中国政府为非洲派遣的众多援外医疗队。自 1963 年以来，这些医疗队已经为非洲 51 个国家和地区救治患者超过 2.6 亿人次；我也参观过中国为非洲国家援建的一些医院，并在中国企业收购兼并的农场为职工所建的医院看过病。

与小诊所工作人员合影

但是，安第斯石油公司为印第安部落建立的这个小诊所与前述医疗服务机构不同。其没有使用政府发展援助资金，既不是为自己的职工服务，也不是以商业营利为目的，而是为周边缺医少药的印第安部落提供免费的医疗服务，弥补政府公共医疗服务支出的不足。

虽然诊所很小，覆盖人口也不多，但有什么能比救死扶伤、提高人们的健康水平更令人铭记于心的呢？

2018年11月10日　厄瓜多尔第8天

中石油与环保——大国企业的责任与担当

驱车300多公里，从南区油田（14区块、17区块）来到北区油田（62区块）。这里仍然是亚马孙热带雨林地区，距与哥伦比亚的边境不足20公里。

北区油田经理何塞·阿巴德（Jose Abad）介绍说，62区块石油开采量占安第斯石油公司总产量的2/3，目前有205口生产井与35个正在生产的油井平台。这个油田开发超过40年，已经进入开发中后期。为了保持生产的平稳，他们加大了投资，开发了7个新油田，2018年，日产量达到3.5万桶。

总体而言，安第斯石油公司的产量并不大，但是访问北区油田后，我发现它有一大亮点——环境保护。

首先，油田的自备发电厂利用伴生天然气发电。电厂经理冯明辉介绍说，这所电厂使用的能源有60%来自伴生天然气，而另外40%则来自原油与柴油。原油在油、水、气分离过程中会产生伴生天然气，如果点“天灯”将对环境造成污染，而这所电站使用分离出的天然气发电，不仅保护了环境，还为油田生产提供了400万千瓦时的电力供应。为此，安第斯石油公司对电厂新投资5000多万美元，以改造旧有发电设施。他带我参观了电厂修理车间，一台被拆下的涡轮燃气发电机正在等待大修。

一般来说，油田建自备电厂的并不常见。北区油田顾问冯绍海说，油田建自备电厂既能满足环保的要求，也能降低生产成本。厄瓜多尔国家电网每度电价为 9 美分，而北区电厂自发电每度电价为 5.6 美分。

其次，北区油田建有废弃物处理厂。安第斯石油公司处于环境敏感区域，油区一半位于库亚贝诺（Cuyabeno）与亚苏尼（Yasuni）自然保护区内，保护区居住着印第安原住民，还有很多野生动物。为此，他们建了 5 个尾矿

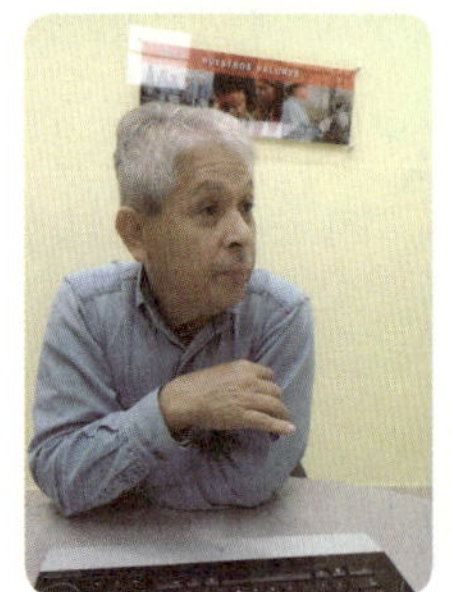

实地探访北区油田（下左一为何塞，下左二为冯绍海）

废弃物处理厂，总面积达 7.2 万平方米，用来处理钻井废弃物，包括钻井液、泥浆、化学药剂，以及岩屑和地面污染土壤等。

伴随“一带一路”倡议的落地，越来越多中资企业走向海外，在这一过程中它们会遇到法律风险、环境风险及社区风险。尤其是能源与矿产类投资企业，区域环境成为其面对的最不确定因素，经常会因为环保问题引发政治及社会层面的争议。

中石油在拉美的投资严格遵守和执行当地的环境保护法律与国际准则，建立和完善了适应所在国运营项目的 HSE（健康、安全、环境）管理体系。安第斯石油公司在生产过程中出色地保护了热带雨林环境。2007 年其因此荣获《世界石油》（World Oil）杂志评选的“最佳 HSE/ 可持续发展奖”，并多次获得地方政府颁发的环境保护表彰。

2018 年 11 月 11 日　厄瓜多尔第 9 天

激荡心灵的对话

今天在厄瓜多尔是星期日。8 点出门，上午采访了中石油安第斯石油公司执行总裁杨华。

自从 1993 年执掌中石油的王涛（前石油工业部部长）部署了“稳定东部、发展西部、开拓海外”三大战略，杨华总与中石油同仁便开始大踏步走出国门。他先后在秘鲁、委内瑞拉、叙

采访安第斯石油公司执行总裁杨华

利亚、尼日尔、厄瓜多尔5个国家工作了21年，他讲述的每个故事都波澜起伏，惊心动魄，一切都伴随着中石油“走出去”寻找海外资源的艰辛与成功。

采访中国电建厄瓜多尔分公司总经理刘爱生

下午采访了中国电建厄瓜多尔分公司总经理刘爱生。虽然他只有36岁，但已拥有在缅甸、加纳、玻利维亚、秘鲁、厄瓜多尔等国14年的海外工作经历。刘爱生以厄瓜多尔辛克雷水电站项目为案例，描述了中国企业“走出去”上半场与下半场不同的境遇，引发了关于“优秀不是一种行为，而是一种习惯”的深思。

一次次与“一带一路”倡议海外践行者对话，总是令人难忘与深思，他们将多年积累下来的经验和盘托出，提供了密集的信息。还有什么样的工作能与记者这个职业相媲美呢?

晚上6点30分回到住处，此时安第斯山脉万里长云，基多城已经亮起星星灯火。

2018年11月13日　厄瓜多尔第11天

养好病，继续上路

11月13日，与感冒抗争了两天并赢得了胜利。但突然右腹下侧开始剧痛，在难以忍受的情况下，到大都会医院就诊，这是厄瓜多尔一家美国私立医院。

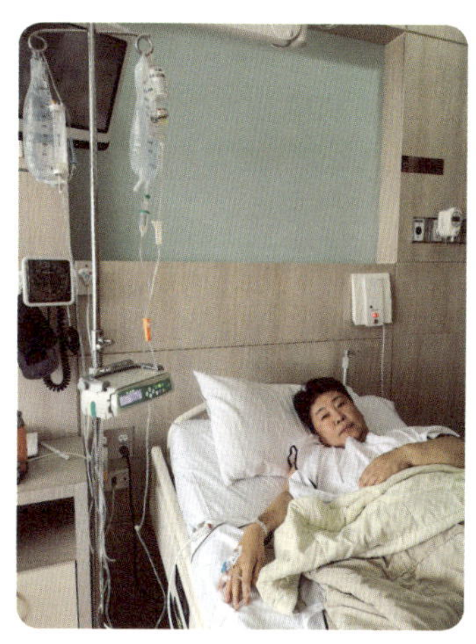
住院就诊

做了B超后，医生及护士检查确认了3次，诊断我是急性阑尾炎，并决定立即进行手术，此时已经是晚上9点55分。后来主刀医生告诉我，之前判断是错误的，通过腹腔镜发现是腹内疝。这是一种比较少见的疾病，因为之前动过4次腹腔手术，导致腹腔内形成了一个6厘米的孔隙，小肠掉入这个孔隙中，引发阵阵剧痛，让人难以忍受。

从剧痛发作到医院就诊再到动手术，中间5个半小时。中国路桥厄瓜多尔分公司的李南陪同，他用西班牙语与医生沟通。医疗词汇都是一些很生僻的词语，李南无障碍地与医生沟通，使我得到了及时救治。

2018年11月16日　厄瓜多尔第14天

向微信群关心我的朋友们报告，我已经出院了

11月15日出院，主刀医生把55分钟的手术视频完整版给了我，使我第一次看到医生如何将小肠复位以及如何缝合。

结账时整个手术费用为6000多美元。在此提醒，长时间在外一定要购买医疗保险，幸好此次拉美之行我购买了国际旅行意外伤害险（一年）。

出院后，我又回到中国路桥厄瓜多尔分公司的基地。向师傅做好了西洋参炖鸡汤以及白米稀饭，特别是还有豆腐脑。人在生病的时候是最脆弱的，而在最脆弱的时候能得到无微不至的关怀与照顾，我感到贴心至极，几天来都是如此。

自从来到厄瓜多尔，一直受到张昕总和许多公司工作人员的照顾，他

们待我如同家人！

不禁感慨，幸亏是在厄瓜多尔生病。因为有张昕总，因为有中国路桥小伙子们的照顾。从生病到医院就诊，公司的李南虽然是个小伙子，但一直陪着我在病房，随时与医生沟通。常言道，大恩不言谢，所有的一切，“谢谢”两字不足以涵盖。在身体最痛苦的时候，他们伸出的援手和传递的所有暖意，是这次拉美之行意外的礼物，我将终身难忘。

感谢中交集团领导、中国路桥领导和中石油厄瓜多尔分公司领导的关心。也感谢中工国际、中铁九局、中国电子对推迟采访的理解。等着我，养好病，继续上路。

2018年11月18日　厄瓜多尔第16天

殿堂级玫瑰

街边的厄瓜多尔玫瑰，堪称殿堂级玫瑰！这里的玫瑰用卡车拉着卖，12只一束，三束5美元。厄瓜多尔玫瑰业已产业化，每年出口玫瑰的贸易额达20多亿美元。

厄瓜多尔玫瑰

2018 年 11 月 21 日　厄瓜多尔第 19 天

ECU911——中拉高科技合作名片，值得借鉴的公共安全系统

做拉美研究的专家学者们常说，拉美国家治理能力严重不足，政府能力与治理缺位是最大短板。

今天，我在中国电子厄瓜多尔分公司汪飞总的陪同下调研了厄瓜多尔国家公共安全控制指挥系统（ECU911）基多中心。ECU911 是拉美国家创新政府管理体制、最大限度发挥政府职能的典型案例，2016 年习近平主席访问厄瓜多尔 ECU911 基多中心时，我们国内还没有这样的系统。

本质上，ECU911 是一个保障社会稳定与安全的全覆盖系统。整个系统包括 7 个部门：1. 市政警察局；2. 国家警察署（厄瓜多尔警察系统分为国家警察署及首都警察局，国家警察是现役军人）；3. 交通管理局；4. 卫生部与红十字会；5. 消防部门；6. 国家风险管理局（降低风险、处理紧急事件及自然灾害）；7. 陆海空三军。

该系统分为 3 个层级：国家级、区域级及龟岛（旅游胜地）。目前厄瓜多尔全国共建有 26 个指挥中心，布有 4000 多个摄像头。为此厄瓜多尔专门成立了公共安全综合服务部（911 部），目前该部有 4000 多名工作人员。

在基多中心应急指挥大厅，我们看到来自上述 7 个部门的 72 位工作人员正在收集来自全国的治安、交通、急救、火灾、自然灾害及国家安全信息。大厅左侧墙上的液晶屏显示，截至 2018 年 11 月 20 日下午 3 点 30 分，系统共接警 3870 条，其中市政警察局 114 条，国家警察署 680 条，交通管理局 190 条，卫生部与红十字会 244 条，消防部门 17 条，风险管理局 10 条，军队 4 条，甄别有效报警 1263 条。

在视频监控厅，我们看到 27 名工作人员正在进行实时监控。其中一个屏幕显示着基多一条街道上发生抢劫事件、警察正在执法的画面。这个系

统实现了集中接警、同时响应、专业处置、统一指挥、多警联动与资源共享。目前中国国内很多地方政府建立了创新性的“三警合一系统”（119火警、112急救专线、110治安报警），但没有包括交通、自然灾害以及国家安全（军队）。

接待采访的是ECU911基多中心主任杰拉尔多（Gerardo）及技术总监保罗（Paul）。保罗介绍说，2016年厄瓜多尔发生7.8级地震，造成727人死亡。当时ECU911系统发挥了重要作用，它汇集各方面信息，第一时间为厄瓜多尔决策层提供灾区情况并调动医疗救助、资源划拨、军队救援等。

实地调研ECU911基多中心

总体来说，拉美地区安全状况不容乐观，人们普遍缺乏安全感。2017年的《全球犯罪率指数国别（或地区）排名》显示，在全球犯罪率最高的前10个国家（地区）中，拉美国家占了5席。但是厄瓜多尔正是凭借这一平台，从2011年治安环境排名南美倒数第三一跃成为2017年的正数第三（排在智利、乌拉圭之后）。可见，厄瓜多尔这个融政府治理、公共服务、危机处理、军民融合于一体的公共安全控制指挥系统确有值得借鉴之处。值得注意的是，此项目由中国电子进出口总公司承建，被称为“中拉高科技领域合作的一张名片”，目前ECU911基多中心还设有中厄公共安全联合实验室。

2018年11月22日　厄瓜多尔第20天

“谁能促进厄瓜多尔经济发展，我们就和谁合作”

今天来到厄瓜多尔能源与不可再生自然资源部，采访部长卡洛斯·佩雷斯。他是厄瓜多尔政府中威望较高的一位部长，虽然总统不断更迭，他却一直负责能源部门。

石油产业在厄瓜多尔经济中扮演着重要角色。厄瓜多尔是拉美第四大石油资源国，现探明储量48亿桶（英国石油公司预测为80亿桶），石油行业收入约占该国出口收入的54.9%和财政收入的30.7%。

厄瓜多尔石油行业的主力军是国有企业厄瓜多尔国家石油公司，其勘探与开采技术水平与世界其他同行相比毫不逊色。在政府放宽外资和私人资本进入石油行业的限制之前，厄瓜多尔国家石油公司的产量一直占全国总产量的97%以上。

采访卡洛斯·佩雷斯部长（中间）

卡洛斯部长介绍说，目前在厄瓜多尔参与石油开发的外资公司共有15家（分为20个区块）。中石油与中石化成立的安第斯石油公司产量占厄瓜多尔石油总产量的1/8，也是厄瓜多尔最大的外资石油公司。而厄瓜多尔国家石油公司仍是支撑厄瓜多尔石油产业的主要力量。

卡洛斯部长特别指出，安第斯石油公司是非常优秀的中国公司。“他们合规经营，一直都严格遵守我们的法律法规，特别是在环境保护及社区事务方面，都做得非常出色。我们希望更多这样的中国顶级公司前来厄瓜多尔投资。”

当我提到，有专家预测厄瓜多尔石油将于2030年枯竭，问厄瓜多尔政府有何预案时，卡洛斯部长笑了：“从我出生时，就有专家预测说（厄瓜多尔）石油资源还能开采20年，但是我今年已经70多岁了，他们仍在说石油资源还能开采20年。随着石油勘探与开采技术的发展，人们正不断找到新的石油资源。”

不过，厄瓜多尔政府着眼未来，也在探寻更好的道路。首先，致力于投资发展新能源，比如水电；其次，考虑加大开发矿业资源的力度。

卡洛斯部长说，目前厄瓜多尔水电量占总发电量的85%，特别是辛克雷水电站建成后，厄瓜多尔已经从电力净进口国变为净出口国，2005年最高峰时期厄瓜多尔从哥伦比亚进口电力1758兆瓦时，2018年则降为零。2016年电力需求高峰时期厄瓜多尔向哥伦比亚出口电力达到350兆瓦时，下一步准备向秘鲁与智利出口电力。

厄瓜多尔拥有丰富的矿藏，包括铜、金、银等。但是该国矿业起步较晚，目前已开发的铜矿和金银矿项目均处于矿区前期建设阶段。卡洛斯部长说，矿藏是厄瓜多尔下一步将要大力开发的资源，政府希望未来能吸引50亿美元外商直接投资，现已制定矿业开发政策文件，正在等待总统批准，其中涉及环境保护与社区协调发展等问题。

谈到厄瓜多尔与中国在矿业领域的合作，卡洛斯部长说，目前已有中国企业参与厄瓜多尔矿业经营，但不同的公司感受不同。有一家中国公司在厄瓜多尔经营得非常好，也获得了很高的利润，另一家中国公司却认为厄瓜多尔环境政策太严格，遇到了种种问题。处于相同的环境政策下，即使同为中国公司，因为管理及发展理念不同，发展结果也不一样。“厄瓜多尔政府希望加强与中国公司在矿业领域的合作，但是我们欢迎中国顶级公司在厄瓜多尔投资。”

卡洛斯部长拿出一份名为《厄瓜多尔国家与中国公司的纠纷》的文件，说他将在 12 月陪同莫雷诺总统访华，届时将与中国政府深入讨论中国在厄瓜多尔投资遇到的问题。部长对即将到来的访问与讨论持乐观与积极态度，相信两国政府能够协调与解决项目中所出现的问题，并达成新的协议。

我问卡洛斯部长，中国与拉美国家进行能源（包括石油）开发及矿业合作，美国前国务卿蒂勒森指责中国在拉美国家进行“掠夺”，说中国是拉美的“新殖民主义”大国，不知部长如何看待？他回答说：“我并不这样认为，厄瓜多尔与中国的经贸合作是双方都获利的合作。我们并不在乎与谁做生意，无论是美国、俄罗斯还是中国。我们在乎的是公平的贸易、公平的价格以及获得最大的利益，谁能促进厄瓜多尔经济发展，谁能给厄瓜多尔人民带来福祉，我们就和谁合作。”

2018 年 11 月 23 日　厄瓜多尔第 21 天

曼塔国际机场重建开工，总统说“一个革命性政府应该拥有左右两只手”

11 月 23 日，曼塔国际机场重建项目的开工仪式在厄瓜多尔马纳维省曼塔市举行。这是中国路桥与中国电子联营合作项目，也是中资企业在拉美第一个政府框架项目中的联营项目，它包括 4 个子项目：基宁德—拉斯格隆德利纳斯（Quinindé—Las Golondrinas）公路重建、曼塔国际机场重建、皮皮瓜耶（Pimpiguasí）桥梁改建和卡努托（Canuto）桥梁改建。

地震破坏了机场

时间倒流回两年前，2016 年 4 月 16 日，厄瓜多尔发生 7.8 级地震，曼塔机场在地震中遭到严重破坏，管制塔台倒塌，候机楼严重受损。

地震发生后，中国政府向厄瓜多尔政府提供了 200 万美元紧急人道主义现汇援助，随后又提供了价值 6000 万元人民币的紧急人道主义物资援助。5 架波音 747 专机将救援物资运送至厄瓜多尔，包括 5400 顶帐篷、9999 张折叠床，可以说是雪中送炭，让无家可归的灾民有了栖身之所。

当时在厄瓜多尔的许多中资企业也纷纷伸出援助之手，有钱捐钱，有物捐物，帮助厄瓜多尔进行灾后重建，受到当地人民的高度赞扬。厄瓜多尔人对此评价说："曼塔是接近赤道的沿海城市，西方一些国家给我们捐助的是棉袄棉裤。相比之下，中国政府和中国企业才更知道灾区人们需要什么物资。"

近两年来，厄瓜多尔政府一直致力于灾后重建，但由于厄瓜多尔中央财政能力有限，经济捉襟见肘，灾后重建任务依旧艰巨。此时中国政府再次伸出援助之手——曼塔国际机场重建项目使用的是来自中国进出口银行的优惠贷款，它将重新修建一个 8 层的塔台，2 层的航站楼，并增设之前没有的货运终端等。

在开工仪式上，莫雷诺总统首先向马纳维省民众致以歉意。他说，地震发生两年了，到今天才开始修复被灾难摧毁的机场和医院等，请当地民众原谅。他说："今天对于曼塔市而言是特别的一天，因为我们在此启动大家等待已久的埃洛伊·阿尔法罗（Eloy Alfaro）国际机场新航站楼重建项目，该机场在 2016 年 4 月 16 日大地震遭到破坏。这一工程将惠及 35 万曼塔市民和 150 万马纳维省民，但更重要的是，将刺激当地经济和促进数以千计家庭的发展。一个机场和一个港口一样，是发展的轴心，是千万个机会和新企业的入口。”

开工仪式上的总统莫雷诺（中间）

在开工仪式讲话中，莫雷诺总统阐述了社会主义“左右两只手”理论，他说：“一个革命性政府应该拥有左右两只手，右手代表转变国家经济发展方式的大、中、小、小微企业，而左手是用社会主义思想分配社会财富，以造福所有人，并创造机会均等，以缩小贫富差距。”他特别强调：“右手抓生产，左手分财富，发挥左右手的功能，才是一个真正的革命政府要做的。”

2018 年 11 月 29 日　厄瓜多尔第 27 天

将陪总统访华，坎帕纳部长说还要“去中国一千次”

今天来到由中工国际承建的基多政府金融管理平台大楼，采访厄瓜多尔生产、外贸、投资与渔业部部长坎帕纳（Campana）。该部总部和海关设在经济中心瓜亚基尔市，坎帕纳部长往来于首都基多与瓜亚基尔市，两边办公。

此前访问厄瓜多尔政府部门时发现，进门处都挂有 5 张肖像。坎帕纳部长的新闻顾问帕特里西奥（Patricio）介绍说，他们都是在厄瓜多尔历史上具有纪念意义的人物，包括女权主义者、本土英雄、爱国者总统、非洲奴隶解放运动的领导者以及厄瓜多尔最重要的解放神学家。

在部长会议室等待期间，我看到连接基多与瓜亚基尔市的远程视频系统

采访坎帕纳部长（左一）

屏幕上显示着本届政府推介国家的标语“所有人民的政府”，而上一届总统科雷亚领导下的政府推出的口号是“热爱生活的厄瓜多尔”。

坎帕纳部长今年只有46岁，是厄瓜多尔深具发展潜力的政治家。采访之前，我就该部所负责的生产、外贸与投资三大领域准备了16个问题的采访提纲。见到坎帕纳部长之前，他的新闻主任丹妮拉（Daniela）交给我一份部长为此准备的回答，长达12页，还配有图表，非常专业。

坎帕纳部长告诉我，他已经访问过中国8次。他喜欢中国文化。在他眼中，中国是一个伟大的国家，也是世界上发展潜力最大的市场，他说未来还要“去中国一千次”。

当我问到12月10日他将陪同莫雷诺总统到访中国，希望此行取得哪些实质性成果时，坎帕纳部长坦言，目前他最重要的工作是吸引外商直接投资。从2019年到2024年5年间，要完成吸引外商直接投资150亿美元的目标，每年30亿美元。因此，这次到中国，他最重要的任务是向中国企业推介厄瓜多尔的投资项目，包括能源、基础设施、卫生、制造业、旅游业、物流业以及农业7大领域。为此他将拜访若干机构与中资企业，如商务部、中拉产能合作投资基金、中拉基金、中石油、国投、中粮、中国路桥、海航等。

目前中国是厄瓜多尔第二大贸易伙伴，就中厄两国之间贸易逆差的问题，坎帕纳部长希望此次访问能够拜访中国的检疫机构，缩短厄瓜多尔向中国出口水果、水产等农渔产品的清关时间，请求中国相关机构给予厄瓜多尔特殊待遇，进一步促进中厄之间的贸易平衡。

坎帕纳部长说，2016 年习近平主席访问厄瓜多尔时，中厄两国就建立了全面战略合作伙伴关系，中国“一带一路”倡议向拉美延伸具有重大意义，可以促进中国与拉美国家的商业与经贸合作，特别是项目投资，可以增加国家之间的经贸往来。坎帕纳部长高度评价习近平主席，他说习近平主席是一位睿智且具有远见的政治家。

当我提到中资企业在厄瓜多尔的一些项目目前正面临国家审计署的审查，他解释说：“厄瓜多尔是一个五权分立的国家，对上届政府经手的项目进行审查，并不会影响到两国的经贸关系。也有人曾经问我，中厄之间的关系是不是冷下来了？我不这么认为。厄瓜多尔正在经历经济模式的转型，从过去的政府公共投资为主，转变为吸引私人及外商投资为主。一些项目存在技术缺陷，重点是要找到解决方案，不要变成司法事件，在这方面双方还有许多事情要做。”

至于美厄关系与中厄关系，坎帕纳部长说，近 8 年来美国是厄瓜多尔第一大贸易伙伴，美厄贸易量占厄瓜多尔贸易总量的 40%。另外，厄瓜多尔还致力于加强与欧盟、独联体、印度的贸易往来，目前正与它们协商部分贸易商品的免税条款。与此同时他表示，希望能够与中国洽谈部分商品免税相关事宜。

最后他说：“我们不分国家与肤色，希望与所有战略伙伴国家加强经贸联系。厄瓜多尔的国家利益是为 1700 万厄瓜多尔人民增加福祉。”

临走时，坎帕纳部长送了厄瓜多尔标志性的永生玫瑰花，作为礼物。

2018 年 11 月 30 日 厄瓜多尔第 28 天

一家中国企业在厄瓜多尔建筑类企业中排第 1 名

今天再次来到厄瓜多尔政府金融管理平台大楼，就该平台项目做专题调研。在基多采访期间，曾多次路过位于市中心的这座大楼，它是基多市

政府金融管理平台大楼

的地标性建筑，建筑面积达15万平方米，整栋建筑非常壮观。

在中工国际厄瓜多尔分公司总代表王翔的陪同下来到政府金融管理平台大楼。上午不到9点钟，窗口前已经门庭若市。该大楼目前共有12个厄瓜多尔政府部委与机构入驻。今天访问了入驻的3个部门：厄瓜多尔保险基金集团，生产、外贸、投资与渔业部以及不动产管理局。

首先访问的是厄瓜多尔保险基金集团，这是一家针对银行以及储户进行再保险的机构，该机构覆盖所有银行、合作社的储户。该机构成立的背景是，1999年厄瓜多尔五六家大银行发生倒闭危机，政府决定成立储户保险基金集团，规定根据银行存款平均值进行投保，在央行设立独立账户，成为保障储户利益的最后一道防线。

然后再次访问了生产、外贸、投资与渔业部。工业生产部的行政管理部部长埃尔南（Hernan）介绍说，本届政府最近将生产、外贸、投资与渔业4个部委进行了合并，目前4个部委各自运作到12月31日，2019年初开始合署办公。原来4个部委中的外贸部与渔业部总部设在瓜亚基尔市。多部门自从入驻政府金融管理平台后，对客户提供了“一对一”的咨询窗口服务。以工业生产部为例，过去企业办一件事情要往返于多个部门，而现在平台实现了集中办公，在一个大楼里面即可解决所有问题，大大提高了效率。

最后访问了不动产管理局的资产管理部副部长古斯塔夫（Gustave），由于他临时去瓜亚基尔出差，便对他进行了视频采访。不动产管理局不仅是入驻单位，同时肩负中央政府所有不动产资产管理职能，该部门管理的总资产市值约为15亿美元。古斯塔夫介绍说，目前所建成的政府金融管理平台以及社会平台是上届政府原构想方案中的两个平台，另外的生产、安全与战略平台因资金短缺尚未建成。目前政府金融管理平台运行良好，所有客户均给予高度评价而无一投诉。关于政府金融管理平台的外溢效应，他说道，拉美国家包括古巴、墨西哥、智利、阿根廷等国政府以及美洲开发银行等机构均有到此访问。访问者无一不表示惊讶，他们没有想到厄瓜多尔虽然是个小国，但政府为提高治理能力投资修建了如此壮观的办公大楼。

国家公共工程管理局的路易斯（Luis）是一名职业建筑师，他曾经参与过南共体大楼的建设，他介绍说："政府金融管理平台是我们国家历史上最大规模的民用建筑，该项目修建仅用了17个月，于2017年4月30日竣工。在如此短时间完成该项目创造了厄瓜多尔工期纪录。"

下午采访中工国际厄瓜多尔分公司总代表王翔。他介绍说，中工国际厄瓜多尔分公司于2011年12月进入厄瓜多尔市场，目前除了建设政府金融管理平台之外，还建有7个ECU911主体工程（国家级、区域级）、4所医院、露天音乐场、体育馆、公园、大学等，完成总合同金额11亿美元。

中工国际厄瓜多尔分公司在过去的8年中共完成13个工程承包项目，其中10个为政府框架项目，2个为现汇项目，1个为发展援助项目。为此，中工国际厄瓜多尔分公司于2017年在厄瓜多尔500强企业中位列第47名，该评价体系指标包括收入、利润、税收、员工等。同年，他们还在厄瓜多尔建筑类企业中排第1名。

中工国际厄瓜多尔分公司总代表王翔

厄瓜多尔正处于从过去的政府公共投资为主向吸引私人及外商投资为主的转型，它与所有在厄瓜多尔的中资工程类承包企业一样，将面临新的挑战。

2018 年 12 月 2 日　厄瓜多尔第 30 天

从一所医院窥见厄瓜多尔国家健康总财富的增加

早上 4 点 45 分从驻地出发去机场，赶早上 6 点的飞机。中工国际厄瓜多尔分公司总代表王翔陪同，从首都基多飞往曼塔市，行车 35 公里后到达波托维耶霍市，调研波托维耶霍医院。

中工国际厄瓜多尔分公司副总肖铁奎介绍情况

中工国际厄瓜多尔分公司副总肖铁奎介绍说，这所医院是他们于 2016 年以来承建的 4 所公立医院之一，其他 3 所医院分别是索伏拉瓜医院、埃斯梅拉达斯医院、蒙特西纳伊医院，4 所医院中的 3 所病床数均在 500 张左右，规模相当于中国的三甲医院。中工国际厄瓜多尔分公司目前正在承建中国对厄瓜多尔的发展援助项目乔内医院。此外，调研中得到信息，中国电建也为厄瓜多尔承建了 2 所医院。

波托维耶霍医院由西班牙人设计，设有 528 张病床，硬件设施非常现代化。副院长劳拉（Laura）介绍说："这些年来厄瓜多尔建了 10 多所新的医院，分属于社保与卫生部 2 个系统，我们这家医院于 2018 年 5 月 3 日部分科室刚刚开始运行，目前全院有 1000 名左右的医护人员与后勤职工。"

这所医院的院长奥马尔·迪亚斯·卡德纳斯（Omar Días Cárdenas）来

调研波托维耶霍医院（中间者为奥马尔院长）

自阿根廷，他曾在多个拉美国家的医院任职，他介绍说，这家医院目前是拉美最大的医院。

我向他提出，根据 UNDP（联合国开发计划署）数据，厄瓜多尔千人医生、千人病床以及人均预期寿命指标均高于拉美国家平均水平，为什么婴儿死亡率高达 17.8‰？他解释说，厄瓜多尔婴儿死亡率高的原因是厄瓜多尔 18% 的新生儿母亲初孕年龄在 12～19 岁，一个十几岁的少女怀孕，必将造成婴儿死亡率比较高。所以波托维耶霍医院最大的科室是儿科，包括儿童心内科、呼吸科、骨科、内分泌科等。

在肾脏科主任奥尔登（Aldnn）及血液透析科主任卡提乌斯卡（katiuska）的带领下，参观了于前一天刚刚运行的血液透析科，有 5 名患者正在做透析治疗。肾脏科主任奥尔登介绍，以前马纳维省的公立医院没有血液透析设备，他们只能把需要透析的患者介绍到私立医院，费用由卫生部或社保基金承担。在私立医院做一次透析的费用在 120 美元左右。在 2008 年厄瓜多尔没有实行全民免费医疗之前，很多需要透析的患者因为付不起钱只能慢慢等死。

副院长劳拉说，2007 年到 2008 年间她是一名毕业实习生，那时没有实行全民免费医疗，当时只有 5 岁以下的儿童与孕妇不需要支付医疗费。

后来，厄瓜多尔提出“社会教育和卫生革命”，主要是建立医疗网络，实行全民免费医疗。由此，厄瓜多尔卫生支出从 2008 年占 GDP 的 6% 提高到 2015 年占 GDP 的 8.5%。

由于厄瓜多尔实行了全民免费医疗，2007—2016 年，人均预期寿命从 74.501 岁增加至 76.327 岁，10 年间人均预期寿命增加了 1.826 岁。同时总人口从 1420.5 万增加至 1638.5 万，意味着健康总财富从 105828.7 万人岁增加至 125061.8 万人岁，净增加 19233.1 万人岁，充分显示了健康革命和投资的健康财富效应，这是在经济财富指标之外增加的指标，区别于 GDP 的经济财富效应。与此同时，2017 年厄瓜多尔人均预期寿命为 76.6 岁，高于同期拉丁美洲 75.54 岁的人均预期寿命。

调研波托维耶霍医院

国家的作用至关重要，要通过政府提供公共产品，改善国家的竞争力，要把资源分配到社会上最有价值的地方。

2018 年 12 月 3 日　厄瓜多尔第 31 天

再见！赤道国家厄瓜多尔

我想念这里的一切！下一站秘鲁利马。

秘鲁

中国三大矿业集团从“铁器”到“青铜”的嬗变

秘鲁马丘比丘遗址

2018 年 12 月 4 日　秘鲁第 1 天

讲述中国能矿业“走出去”的故事

昨天乘坐智利航空公司飞机，飞行 2 小时，到达秘鲁首都利马。首钢秘鲁铁矿是这次在秘鲁采访的主接待方，经理室助理王领恩到机场迎接。

晚上孔爱民总经理在秘鲁市中心一家中餐馆宴请，财务总监叶宝林、扩建项目总指挥助理马为民、公共关系部经理范晓东等参加。他们中有些人已经坚守在项目第一线将近 20 年。

席上孔爱民总经理讲述了 1992 年首钢率先走出国门的历史背景与决策过程，描绘与还原了首钢秘鲁铁矿“走出去”的轮廓与全部过程。这是 20 世纪 90 年代中国钢铁企业转型的一盘大棋，回望历史，令人感慨与唏嘘。

秘鲁是中国能矿业“走出去”及海外能矿业产能合作的“井冈山”。1992 年首钢投资在秘鲁并购了第一个海外矿业项目，中石油秘鲁塔拉拉项目则是 1993 年中石油第一个海外项目。之后才有中铝投资 57 亿美元的特罗莫克铜矿项目以及中国五矿联合中信金属、国新国际投资 100 多亿美元并购的拉斯邦巴斯铜矿项目。可以说，中资企业在秘鲁的能矿投资，具有规模聚集效应，而不同公司的不同经营模式以及它们面临的挑战更有示范效应，将给人

首钢秘铁总经理孔爱民介绍主矿权区卫星影像图

们带来启示。对这次在秘鲁的调研，我十分期待。

今天上午，作为秘鲁中资企业协会会长，孔爱民总经理召集了在秘鲁的能矿企业，共同安排采访行程，包括对所在国官员的采访。敬请关注后续报道。

2018 年 12 月 5 日　秘鲁第 2 天

“仗，给你越打越精了”

在秘鲁首都利马中石油营地见到了中石油拉美公司总经理贾勇，这是我在海外第三次见到他。第一次是 2016 年，在苏丹与南苏丹，我们曾进行了 5 次深入交谈；第二次是 2018 年 9 月，在委内瑞拉首都加拉加斯，又进行了 4 个小时的长谈；而此次秘鲁再次相见，如同见到亲人一般，再度长谈 5 个小时。

2017 年 12 月，贾勇总经理从苏丹中石油尼罗河公司调至中石油拉美公司，后者总部设在委内瑞拉首都加拉加斯，在拉美 4 个国家有合作项目，包括委内瑞拉、厄瓜多尔、秘鲁与巴西。在这 4 个国家的若干区块项目是与 11 家外国公司和 2 家中国公司合作，外国公司包括委内瑞拉国家石油公司、英国石油公司、道达尔、西班牙石油公司 Repsol、壳牌、巴西国家石油公司等，2 家中

采访中石油拉美公司总经理贾勇

国石油公司分别是中石化（厄瓜多尔）与中海油（巴西）。

而与 11 家外国公司的合作，除了伊朗独有的回购合同（Buy-back）模式外，囊括了世界石油公司合作的所有合同模式，包括委内瑞拉的矿税制合同、厄瓜多尔的服务合同、秘鲁的许可证合同以及巴西的产品分成合同。

在这些国家，中石油的作业地形涵盖了委内瑞拉的热带草原与湖泊、厄瓜多尔的热带雨林、秘鲁的海岸丘陵以及巴西的深海（2600 米）。

中石油天然气集团总公司提出的发展战略是“中东做大、非洲做强、中亚做优、拉美做特”，中石油拉美公司这 4 种不同的合同模式、丰富多样的作业地形以及与众多外国公司合作的确有其独特之处。而在这一大背景下，作为海外区域级公司总经理，贾总面对的种种挑战也是常人难以想象的。

他以委内瑞拉为例，介绍了作为一家石油公司，是如何在国际形势骤变的情形下进行战略研判与战略储备的。2018 年 5 月 20 日，委内瑞拉举行大选，他们在预判马杜罗总统再次连任的前提下，于 3 月提出了美国将制裁委内瑞拉的 3 种可能性（全面制裁、石油禁运、升级制裁），针对这 3 种制裁可能性，他们提出了 3 种企业应对战略。与此同时，他们还看到了制裁危机中蕴含的机遇，并向国家有关部门提出了 2 条重要政策建议。

2018 年是中石油拉美公司在拉美进行国际化经营的第 25 年。“1993 年中石油第一次走出国门，来到秘鲁塔拉拉油田，彼时我们拿到的是别人不愿干的项目。正是凭借大庆‘铁人精神’以及中国的技术优势，我们迈出了国际化的第一步。”贾总说，“而现在，随着‘一带一路’倡议的提出，五大洲到处都有中石油的身影，国际大石油公司早已将中石油当作竞争对手。加上‘一带一路’倡议与美国全球战略的碰撞，国际化经营环境与初期艰苦创业时期有了本质的变化。”

贾总认为，25 年来，中石油拉美公司已建立了国际化经营体系，也已经具备了国际化经营能力，并达到了一定水平，但也仅仅是进入了国际化的初级阶段。“我们还要进一步深入地与国际大石油公司对标，学习它们如何进行资本运作及实现产业链价值最大化，这些正是我们目前思考以及尝试的内容。”

正如电影《南征北战》里那位师长的一句名言：“仗，给你越打越精了。”

2018 年 12 月 6 日　秘鲁第 3 天

修复教堂、资助地画研究——首钢秘铁的社会形象与社会责任

关于秘鲁的第一项调研始于首钢秘鲁铁矿项目。首钢秘铁坐落在距离首都利马约 530 公里的马尔科纳市，早晨 7 点出发，晚上 7 点到达。

沿着泛美公路前行，满眼所见是空旷荒芜的海岸丘陵，辽阔无际，宛若《火星救援》中的场景。

在途中，我登上了瞭望塔，看到了著名的纳斯卡地画。这些位于纳斯

纳斯卡地画

卡沙漠中的巨大地面图形（30 米宽，9 公里长）蔚为壮观。研究者认为纳斯卡地画是纳斯卡文明于公元 400 年至 650 年创造。路上看到的标示牌显示，首钢秘铁与秘鲁文化部、世界文化遗产组织、秘鲁矿业协会合作，签订了机构合作协议，为伊卡地区的文物保护提供赞助和支持。

到达距离首都利马约 300 公里的伊卡市时，我们去了露仁教堂（Luren De Temple）的建筑工地。露仁教堂是伊卡大区最大的教堂，也是秘鲁前四大教堂之一。首钢秘铁总经理室助理王领恩介绍说，该教堂毁于秘鲁 2007 年的 8.0 级大地震，那次地震造成秘鲁 5.8 万所住宅被毁坏，露仁教堂也未能幸免于难，它在灾难中轰然倒塌并导致 17 人死亡、79 人受伤。

地震发生后 10 年来，因为财政问题，教堂一直没有得到修复。2017 年，秘鲁政府启动了 1300 个抵税工程项目。这些项目使用中央政府收取的增值税与企业所得税进行工程建设，金额总计 70 亿索尔。首钢秘铁承担露仁教堂修复项目，工程造价为 3200 万索尔（相当于 1000 万美元）。

首钢秘铁援建被地震毁坏的露仁教堂修复

在工地现场，Cosapi 公司项目总经理赫苏斯·费雷拉·帕雷德斯（Jesus Ferreyra Paredes）接待了我们。Cosapi 公司是秘鲁最大的施工企业之一，赫苏斯有 40 多年的从业经历。他说，这是他负责的第一个大型教堂项目。项目占地 10000 平方米，建筑面积 3000 平方米，计划竣工时间为 2019 年 3 月。当我问到 3200 万索尔能否覆盖工程预算时，他回答说，由于新添了下沉广场、博物馆及公共卫生间等项目规划，预计项目金额要新增 600 万索尔。

秘鲁文化部和伊卡大区官员对露仁教堂修复项目给予高度评价。在教堂修复的开工仪式上，大主教称赞“首钢秘铁在帮助伊卡人民重建精神家园”，秘鲁国会也专门为此项目向首钢秘铁致敬。

1992 年，首钢秘铁以 1.18 亿美元收购秘鲁最大铁矿（占地面积 680 平方公里），1993 年至今一直是秘鲁纳税大户，目前已累计缴税 15 亿美元。孔爱民总经理介绍说，2012 年首钢秘铁跨入千万吨级矿采行列，从 2008 年开始扩建，完成 11 亿美元的二期投资，到目前产能已达 2000 万吨。

随着“一带一路”建设的推进，中国企业已经站在了世界舞台的聚光灯下。作为代表中国形象的企业，践行企业社会责任是传播中国价值理念以及促进文化交流与认同的一个重要途径。

2018 年 12 月 7 日　秘鲁第 4 天

有远见与先行一步是国家利益最大化的保障

1992 年，首钢秘铁走出国门来到秘鲁，开启了中国企业在拉美的第一个投资项目，2018 年，首钢在海外国际化经营 26 年，从决策过程到经营的起起伏伏，阶段性的总结已经被提上日程。

人们对首钢秘铁的了解，通常是看到了项目落地秘鲁之后的情况，但鲜有人知，这项决策是如何做出的。1992 年，首钢并购秘鲁最大的铁矿，与中国改革开放的进程密切相关。首钢秘铁总经理孔爱民讲述了项目决策的过程。

首钢秘铁总经理孔爱民（左）

众所周知，在邓小平

南方谈话及中国实施分税制的大背景下，中央曾确定首钢为全国企业中唯一的“包干制”经营试点，还扩大了首钢的外经外贸和外事权、投资立项权、资金融通权。正是在此背景下，时任首钢党委书记周冠五提出首钢转型的4项规划：

第一，投资新建千万吨级钢铁厂；第二，引进美国、加拿大汽车发动机全套设备，建设汽车制造厂；第三，组建世界级企业最先进的矿砂运输船队，从日本与韩国购买9艘20万吨级的矿砂运输船；第四，于1992年并购秘鲁铁矿。

从上述4项规划看，首钢不仅具有超前的钢铁企业向全产业链转型的设想并付诸实施，而且作为一家大型国有企业，早于中央1997年提出“走出去”战略，于1992年率先走出国门主动寻求“两种资源、两个市场”。2005年，首钢在曹妃甸建设了千万吨级钢铁企业，加上它并购了秘鲁铁矿，从日本与韩国购买了9艘20万吨级的矿砂运输船，实现了4个设想目标中的3个。

作为“走出去”先试先行的代表，首钢秘铁26年间一直处于他国经营与全球铁矿石价格波动的大背景下。孔爱民总介绍，他们经历过投资初期（1993—1996年）产量恢复性增长及迅速提高的时期，同样也经历了1999年因需求及矿石价格下跌最困难的时期，甚至不得不卖掉矿区内铜矿资源艰难度日。但他们挺过来了。

2003—2004年，国内处于对矿产资源爆发式需求增长时期，铁矿石价格最高达到每吨150美元，形成中国钢铁企业在世界市场蜂拥而至找矿的局面，花几十亿、上百亿美元并购国外铁矿的新闻时有报道。相比之下，1992年首钢仅以1.18亿美元收购秘铁，证明了只有具备远见卓识并先行一步才能获得最大的收益。远见不是凭空而至，而是缘于政策的强有力支持以及企业家的见识、责任以及全球化视野。

首钢秘铁以1.18亿美元收购的秘鲁矿山，矿区总面积680平方公里，几乎与新加坡国土面积相同。收购初期储量为 14 亿吨，到 2017 年在新的勘探基础上证实储量达到 22 亿吨。26 年来，首钢秘铁不仅成为秘鲁的最大纳税主体，累计缴税 15 亿美元，而且将所生产铁精粉的 90% 运往国内，改变了该企业前身——美国得克萨斯建设将全部铁矿球团运往美国的历史。

首钢秘铁见证了中国能矿企业“走出去”的历史。为此，应该向所有参与这个项目的决策者与建设者致以敬意。

如何评价历史事件与历史人物，距离太近的时候往往看不清楚，只有当他们和我们有一段距离时，才能判断历史事件与人物是否顺应了历史的发展趋势，是否推动了生产力与经济的发展，是否使得国家利益最大化。

好在历史是由人民书写的。

2018 年 12 月 8 日　秘鲁第 5 天

从矿石到成品铁精粉——走马观花调研首钢秘铁

马尔科纳市本是一座小渔村，20 世纪 60 年代美国人初建矿区时，这里只有为数不多的以捕鱼为生的渔民。1992 年首钢收购秘鲁铁矿后，这座小城迅速从 1 万人增加到 1.8 万人，其中 2000 多人在首钢秘铁就业，还有 3000 多人在这里间接就业，可以说马尔科纳市因铁矿而生而存。目前这里只有少数人依旧从事渔业生产。

首钢秘铁总经理助理及生产部部长谷广辉已经在生产一线工作 8 年，长期负责一线生产。在他的带领下，我走马观花式地调研了首钢秘铁的生产全过程，从开采矿石到生产铁精粉，要经过采矿、破矿、磨矿、选矿 4 道工序。

谷广辉部长介绍说，首钢秘铁目前正在开采使用的有 9 个铁矿坑。首先看到的是 4 号老矿坑，这个矿坑深 300 米，宽 840 米，储量还有 1300 万吨。在老矿坑看到载重 150 吨的运输车行驶在矿坑的车道上。

首钢秘铁铁矿坑

之后来到扩建项目二期的 14 号新矿坑，这个矿坑目前只有 90 米深，1120 米宽，储量达 9967 万吨。谷部长介绍说，14 号矿坑可开采 7~8 年。

首钢秘铁新老矿坑从 1993 年至 2017 年共生产了 1.82 亿吨铁精粉。2017 年首钢秘铁铁精粉产量为 1341 万吨，同年国内铁精粉产量约为 2.58 亿吨。

在 14 号新矿坑的边上，矗立着德国蒂森克鲁伯设计的半移动粗破站，该站破碎能力为每小时 3050 吨。谷部长介绍说，矿石从矿坑中爆破采集出来时大小不均，需经过 3 次破碎，分别为粗破（1500 毫米）、中破（40 毫米）以及细破（3 毫米），之后还要经过 2 次磨矿，成为负 325 目的铁精粉（目是一种单位，指筛网在 1 英寸内的孔数，负数表示能漏过该目数的网孔）。

与新、老粗破站相连的是蜿蜒约 20 公里的新、老传输皮带，犹如卧

粗破站

与粗破站工人合影

在万里沙丘上的两条巨龙。令人惊叹的是，在20世纪60年代，美国人所建的老传输皮带已经具备势能发电功能，这条运输皮带是世界上第一例利用海拔高差的自发电皮带。到2018年8月止，老传输皮带耗电量为1054万千瓦时，发电量为1004万千瓦时，基本达到供需平衡。谷部长说，新传输皮带来自德国蒂森克鲁伯公司，它不仅具备自发电功能，而且还设计使用了单条9公里长可实现转弯的水平曲线皮带机。

亮点出现在扩建项目的新选矿厂，该选矿厂总投资约4.3亿美元，年生产能力为1000万吨铁精粉。选矿厂凸显了中国设计、中国制造与中国建设的众多“中国元素”，其中，设计单位为中冶北方设计院，设备则来自中信重工、北京矿冶研究设计院、山东海王以及大连博瑞等公司，土建施工由中交集团、十九冶、中铁十局承接。

从800米高的矿山平台俯视海平面，远眺矿山尾矿堆积区，不远处坐落着由首钢集团与中信白银集团合资成立的首信尾矿厂，这是秘鲁第一个矿山尾矿处理项目，总投资1.6亿美元，每年生产60万吨铁精矿，3万～

4 万吨铜精矿。截至 2018 年 10 月，销售收入为 9000 万美元。尾矿处理不但提高了经济效益，而且实现了资源的综合回收利用。

最后来到首钢秘铁配套生产、运输的海水淡化厂及自用港口。海水淡化厂日生产能力 2 万吨工业淡水，也是目前秘鲁最大的海水淡化厂。

来到港口时，有铁精粉运输船以及油轮停靠在码头的两侧。该港口是一个天然良港，水深 17.5 米。谷部长介绍，根据生产需要，首钢秘铁正在规划修建可以停靠 30 万吨级船的新码头。

对首钢秘铁的调研使我在记者生涯中第一次了解从铁矿石到铁精粉的全部加工生产过程。作为记者，我认为该职业最吸引人的地方是能够通过每一次采访学到新的知识。在首钢秘铁的采访让我深切感到，在海外投资特大型能矿企业以及组织如此大规模的生产实属不易。在生产之外，他们还要面对环境、社区、劳资等众多敏感问题。

2018 年 12 月 9 日　秘鲁第 6 天

资本属性转换视角下的劳资与工会关系

在马尔科纳首钢秘铁的第一天，与首钢秘铁副总经理吴忆民相见，他分管人力资源、工资谈判、工会关系、内部安保及公关宣传。吃惊的是，吴总告诉我，他负责的领域是“上层建筑领域”。这是到拉美调研以来听到的最深刻的一句话。多少年来，从没有人将上述领域分工置于上层建筑与经济基础的框架下。

离开首钢秘铁前最后一个下午，我对吴总进行了 3.5 个小时的访谈，他将 2 名律师及马尔科纳新建党派“为了马尔科纳更好未来党”的创建人介绍给我。

1998 年吴忆民来到首钢秘铁，第一份工作就是负责工资谈判，至今已有 20 年，但在他看来，“一切就像发生在昨天”。他讲述了 20 多年来首钢秘铁在工资谈判、工会关系、内部安保方面经历的系列事件，惊心动魄之处，超出人们的想象。

“为了马尔科纳更好未来党”的创建人（左）与吴忆民（右）

吴忆民说，首钢秘铁在秘鲁的发展可以分为两个阶段：第一阶段是从1992年首钢秘铁进入秘鲁，到2000年底藤森政府执政停止。这一阶段，藤森政府政治上实行大政府与公共投资政策，修建了泛美公路、学校等公共基础设施；在经济领域则实行自由市场经济，特别是在矿业领域推行私有化（秘鲁矿业经历了私有化—国有化—再私有化的过程），首钢秘铁则成为藤森政府私有化的样板企业。其间秘鲁出台了《劳动关系积极法案》，客观上形成了工会势力由强到弱的过渡。

第二阶段是2001—2018年，藤森下台后，秘鲁国内政治形势发生变化，前后有4任总统轮流上台（亚历杭德罗·托莱多·曼里克、阿兰·加西亚·佩雷斯、奥良塔·乌马拉、佩德罗·巴勃罗·库琴斯基·戈达尔），被秘鲁当地人称为“无为政府”与“无政府主义”泛滥时期。目前，这4任总统均因腐败等问题，或在监狱服刑，或在国外寻求政治避难。

由于政治环境的骤变，特别是左翼、国会与地方政府的介入，工会势力由弱转强，加之长期以来能矿产业税收占秘鲁中央税收的1/4，全国矿业总工会成为秘鲁最强势的产业工会（产业工人最多），而全国矿业总工会的总书记就出自马尔科纳市，所以外部环境越来越复杂。

这一时期，在劳资关系与工会关系等方面，首钢秘铁都面临着政治化、社会化“风险”。我们经常读到国内专家学者的文章，告诫“走出去”的中国企业家到海外投资有甲、乙、丙、丁等种种风险。但有些写文章的人可能从未见过政府换届带来的真正风险，没有认真考虑和研究过左翼政府的政策与法律调整。与此同时，还有一些媒体火上浇油，列举一些“走出去”的能矿企业在当地面对的劳资对抗事件，得出中国企业“这也不行、那也不行”的结论。

秘鲁是全世界最大能矿企业集中投资之地，包括嘉能可、必和必拓等均在秘鲁有投资，而所有中外能矿企业都同样面临着劳资、工会关系与环境等敏感问题的挑战。在吴总的回忆中，处理一次次劳资、工会关系冲突就是他工作的常态。

如何认识劳资关系与工会维权，有马克思主义理论常识的人便不陌生，资本与劳工的矛盾是剩余价值理论的主要内容。虽然首钢秘铁在中国具有国有经济属性，但在秘鲁则属于外国资本，工会维权从工资谈判的经济领域向阶级斗争的政治领域蔓延，甚至会发生暴力冲突。在此语境下，资本与工人的矛盾是长期存在的。

由于资本属性的转换，首钢秘铁清醒地认识到，承受劳资矛盾与工会关系的冲突，是在私营经济条件下的必然。26 年来，首钢秘铁在严守法律法规的前提下，致力于寻求劳资关系和谐发展的有效途径，以缓解社会公平与经济效率的矛盾。

吴总列举诸多案例，描述了 26 年来他们如何处理劳资、工会关系等问题。他们面对每次挑战做出的每一项决策，都面临巨大风险，要承担巨大责任。但首钢秘铁为维护国家与企业利益，勇于决策和担当，为国有企业在海外处理劳资、工会关系做出了探索性的贡献。

2018 年 12 月 10 日　秘鲁第 7 天

体检

到中铝秘鲁医务室体检，要去高原采访。

2018 年 12 月 11 日　秘鲁第 8 天

秘鲁大型能矿企业均为外国公司

今天采访秘鲁能矿部前副部长、秘鲁矿业工程师协会总经理吉列尔莫·辛诺（Guillermmo Shinno）。该协会成立于 1944 年，在该协会会议室的墙壁上挂着该协会历任会长的照片。

他介绍说，秘鲁是世界 12 大矿产国之一，主要有铜、铅、锌、银、石油等，是世界第二大产铜国。秘鲁国徽由 3 部分组成，右上部是一棵绿色金鸡纳树；左上部是美洲无峰骆马；下部是一只涌出金币的金黄色羊角，那代表着国家财富和安第斯山蕴藏的丰富矿产资源。

他说，秘鲁工业化的矿业生产始于 1922 年。1993 年以首钢收购秘鲁铁矿为标志，打开了秘鲁矿业外商投资之门。秘鲁矿业经历了私有化—国有化—再私有化 3 个阶段。目前，秘鲁所有的能矿企业均由私人投资或外商投资。大型矿业公司均为外国公司，只有中小型矿业公司是秘鲁本地私人投资公司。秘鲁国铁公司、南方铜业公司均已经被私有化。

吉列尔莫·辛诺

我问道，矿业资源是秘鲁国家资源，很多外国矿业公司在秘鲁获得了丰厚的利润，秘鲁不为私有化后悔吗？他回答说，几届政府都保持了促进秘鲁矿业吸引外商投资的发展思路。当时支持私有化的人占大多数，因为秘鲁国有企业管理不善，存在资金不透明的腐败问题，导致 20 世纪 90 年代被迫倒闭关门，致使大量矿业工人失业。秘鲁矿业为 150 万人提供就业岗位，矿业工人是秘鲁最大的产业工人群体。但是近年来，也有一些人对国有企业私有化表示不满。上届政府恰逢矿业产品价格较高时期，政府以增加税收的方式平息了人们不满的情绪。

他说，20 多年来秘鲁在能矿领域吸引了 600 亿美元的外商直接投资，1992—2016 年，中国投资占秘鲁能矿领域外商直接投资的 20%。2012—2016 年他担任能矿部副部长期间，秘鲁能矿业吸引了 420 亿美元外商直接投资，其中包括中国五矿 – 中信金属以 58.5 亿美元收购嘉能可 – 超达公司，中铝以 8 亿美元收购加拿大秘鲁铜业公司。此外，还有中国五矿与江铜以及紫金与铜陵分别收购了秘鲁其他铜矿。

我向他展示了两张图表，提出秘鲁能矿业出口占出口额总额的 60%，能矿业收入占 GDP 的 12% 以及财政收入的 25.3%。以钢产量为例，秘鲁有煤矿、铁矿，但是全国钢产量只有 50 万吨，国家是否有延长矿业价值链规划？

他回答说，秘鲁政府对延长能矿业产业链没有指导与强制性政策，而且政府不会投资。加上中、日、韩钢铁制成品价格低，如果在秘鲁生产钢铁将没有竞争力。

我再问，马丁・比斯卡拉提出秘鲁国家发展目标是成为现代化工业国家，但是为什么秘鲁在出口结构上，原材料出口份额逐年增加，2017 年已经占出口总额的 80% 以上呢？这是典型的发展中国家出口模式。他回答说，秘鲁成为先进的工业化国家，视野不能局限在产业结构与能矿产业领域。秘鲁目前面临的最大问题是教育问题，要给这些外国能矿公司发展提供高水平的人力资源。秘鲁虽然也希望有自己的制造业，比如汽车产业，结果是同样的，与中、日、韩相比仍旧没有竞争力，国家也没有这样的发展规划。

没有比较就没有鉴别。从秘鲁案例，我们可以看到，中国具有完整的工业体系以及持续不断的产业规划，是今天中国不断强大的重要因素之一。

2018 年 12 月 12 日　秘鲁第 9 天

中铝特罗莫克铜矿——秘鲁海拔最高的铜矿

早晨 5 点，从秘鲁首都利马沿中央公路向东行驶 140 多公里，5.5 个小时后到达特罗莫克调研中铝秘鲁铜矿。

中央公路盘山而行于崇山峻岭之中，两旁矗立着悬崖峭壁。项目坐落于 4500～5000 米的超高海拔地区，沿途可见生活在高原地带的羊驼。一个巨大的矿工帽是特罗莫克矿区的入口标识。手机软件显示，这里的海拔为 4957 米。特罗莫克铜矿是秘鲁最高海拔的铜矿，这里的空气中氧气含量只有海平面的 1/2。难以想象，1000 多名一线职工在如此恶劣的自然条件下工作，该有多么艰难。

与中铝秘鲁矿业公司总裁栾书伟第二次相见，是 12 月 11 日早晨 8 点，我们在距离矿区大概 50 公里的一家路边小餐馆共进早餐。虽然利马有远程视频系统，但栾总亲自带领他的团队到矿区召开年终生产经营工作会。

栾书伟总裁介绍说，中铝公司 2001 年响应国家“走出去”战略，先后在巴西、几内亚、澳大利亚、老挝等收购铝土矿，并于 2007 年以 8.6 亿美元收购秘鲁铜业公司。中铝特罗莫克铜矿是秘鲁 20 年来第一个建成的绿地矿业项目，一期总投资 36.5 亿美元。目前正在兴建二期工程，投资额为 13.5 亿美元，该项目收购、投资总额为 58.6 亿美元。

采访中铝秘鲁矿业总裁栾书伟

栾总打开一张地图向我介绍，特罗莫克铜矿拥有 7300 公顷地表权，包括 5000 公顷矿权，目前资源量为 15.2 亿吨铜矿，将可开发 37 年。

我在中铝秘鲁办公室郝柳原及采厂生产总管达尔文的陪同下走进矿厂，俯视长 1500 米、宽 1000 米、深 315 米的矿坑，看到矿坑内有 3 台电铲，多辆 370 吨级运输车正运送矿石。站在坑边观看，矿车如黄豆大小，实际上光它的轮胎就有两人高。副总裁王红绪说，数年后该矿坑将成为长宽均为 2.5 公里、深 720 米的巨大矿坑。如果可能，我真希望在 20 年后再访特罗莫克铜矿。

重载车

栾总介绍说，特罗莫克铜矿于 2013 年建成，2014 年试生产。2017 年实现利润 1.3 亿美元，2018 年利润与 2017 年相比将会有大幅提升。根据该项目的可行性研究报告，项目回收期为 10 年。

选矿厂高级工程师伊凡·波马（Ivan Poma）带我们参观了初碎站。第一眼的感受是，初碎站就像一座小山矗立着，它的设计破碎能力为每日 17 万吨。之后我们在一座桥上远眺了翻山越岭的运输皮带，场景蔚为壮观。更令人惊奇的是，选矿厂的洁净程度无厂出其右——长期以来特罗莫克矿区一直倡导清洁生产。选矿厂拥有一台半自磨机和两台球磨机，设备均来自艾法史密斯（FLSmidth）。在选矿厂的旁边，正在建设的二期扩建工程已经完成地基建设，将进入设备安装阶段。副总裁王红绪介绍说，二期工程将增加 45% 的选矿能力。

初碎站

在海拔 4500 米的选矿工作营地，我采访了中铝秘鲁矿业公司的生产运营副总裁帕特里克（Patrick），他毕业于蒙大拿技术大学矿业学院，并曾在美国、加拿大多家铜业公司工作。他拿出 72 页的 12 月生产运营周报，详细地介绍了特罗莫克铜矿生产（采矿、破碎、选矿）、尾矿处理、环境监测、安全保障、检修以及生产计划完成的详细情况。我感叹作为一个生产副总裁，在高原地区负责整个一线生产流程实属不易，他则重点介绍说，2018 年他们将实现生产 100 万吨铜精矿、可提炼铜金属 20.5 万吨的目标。目前，铜金属国际市场价格显示，每吨为 6100 美元。

2001 年，我曾访问过美国犹他州的宾汉铜矿，该矿号称世界最大的露天铜矿，直径 5000 米，深 2000 米，人工开凿面积为 1900 英亩（约合 7.69 平方公里）。从 1906 年开采至今，已有 100 多年的历史，年产铜 32 万吨。据文献记载，那里的矿石含铜量为 0.6%，该矿供应了美国大约 40% 的用铜量。

而中铝特罗莫克铜矿正式投入生产仅有 3 年，年产铜 20.5 万吨，设计原矿含铜平均品位为0.47%，矿权面积5000平方公里。目前，仅特罗莫克生产的铜精矿含铜产量占到国内年生产量的1/9（铜资源对外依存度高达70%）。中铝特罗莫克铜矿以及中国五矿秘鲁拉斯邦巴斯铜矿2017年铜精矿含铜产量为45.37万吨，已经成为保障中国实现“中国制造2025”的强有力支撑。

2018年12月13日　秘鲁第10天

探访莫罗克查新社区

昨天在海拔4800米的特罗莫克铜矿采访到晚上6点，之后来到90公里外的塔尔玛镇（Tarma）住宿，这里海拔为3200米。今天一早再次返回矿区，来到矿区边新建的莫罗克查社区采访。

中铝秘鲁矿业公司社区、环境及法律副总裁埃齐奥（Ezio）介绍说，中国矿业企业在秘鲁投资热情很高，除中国五矿建设了一半的拉斯邦巴斯铜矿项目外（包括产区与社区），中国企业还收购了3个铜矿。但迄今为止，多数铜矿均因社区与环境问题未能开发。只有中铝特罗莫克铜矿不仅建成，还顺利地实现了生产。

采访埃齐奥

莫罗克查新社区于2012年建成，占地面积84公顷，共安置1050户居民。这些居民均是从矿区老镇搬迁而来的。整个新城不仅有市政府、两所医院、自来水站、污水处理厂、运动场、学校、幼儿园，还有两座教堂，是一个公共设施配置齐全的新社区。

在社区工作人员的陪同下，我入户访问了2户人家。我们首先来到帕梅拉（Pamela）的家。帕梅拉与婆婆住在一起（在老镇的房子是在婆婆的名下），丈夫在矿山工作，她有两个儿子。帕梅拉家分到129.7平方米的土地，住房占地面积为55平方米。

帕梅拉说，她分到的这栋房子的地基可以加盖到三层，她选择的是留有楼梯的户型，计划明年花1.5万索尔在楼上加盖5间卧室。帕梅拉现在把房屋的客厅当作临时卧室，并在院子中加盖了小客厅和厨房。她告诉我说："我现在非常开心，对未来有着美好的憧憬。"

我们访问的第二户人家是一对开小饭馆的夫妇，这家饭馆是以妻子苏西（Susy）的名字命名的。他们原来在老镇只是租户，并没有房产证，但是依然在新镇得到了108平方米的土地以及40平方米的建成房屋。

在老镇时，苏西做小生意，丈夫何塞在特罗莫克铜矿边上的一个小矿工作。搬到新社区以后，他们在自己的土地上加盖了60平方米的房子，作

实地探访莫罗克查新社区

为餐厅对外营业，并在二楼加盖了生活区。

听了苏西的介绍，我感到吃惊，在原来的社区他们既不拥有土地证，也不拥有房屋，只是租户，而在新社区却能分到土地和房屋。

采访埃齐奥时，我提出了这一疑问，为何会给租户提供永久住房及房产证？他回答说，在已经搬迁的1050户居民中，有600户是之前没有土地和房产证的租户。中国在秘鲁投资的矿业企业，在生产设备与生产管理方面并不逊色于国际顶尖矿业公司，而在社区与环境方面，除了遵守当地法律法规外，执行的也是与这些大型矿业公司相同的标准，包括世界银行与国际金融公司（IFC）确立的搬迁与环境的国际通行标准。

埃齐奥拿出《国际金融公司环境和社会可持续性绩效标准》介绍说，以土地征用和非自愿迁移绩效标准为例，因为项目对土地的征用可能会对使用该土地的社区和个人造成不利影响，所以在自愿迁移的基础上，公司尽可能给受影响的社区和个人进行补偿。同时强调沟通准则，严格划定截止日期，让人们获得均等的补偿预期，绝不讹诈。此外，公司在新社区尽量为居民提供原有生活方式与营生方式保证，特别是对特殊弱势群体及残障人士给予照顾。为此，他们制订并严格执行了《搬迁行动计划》。

虽然并非所有矿区项目都要建设新镇，但当你置身于这个小镇，会切身感受到人们的生活得到了极大改善，同时慨叹：一个项目的社区建设投资甚至大于一个项目的直接投资金额，若非有实力的大型企业，很难承担社区建设重任、满足严苛的环境要求。

中国能矿企业“走出去”，不仅要与该领域的国际顶尖企业竞争，还要遵守法律的同时处理社区、环境等敏感问题。中铝特罗莫克铜矿成功尝试执行了国际通行标准《国际金融公司环境和社会可持续性绩效标准》，缓和了社区矛盾，也为早日生产与收回投资奠定了基础。

2018 年 12 月 16 日　秘鲁第 13 天

 从沿海丘陵，到高原，再到沙漠

昨晚，与秘鲁最大的 5 家中资企业老总在利马相聚，他们分别是首钢秘鲁铁矿股份有限公司董事长、总经理孔爱民，中铝秘鲁矿业公司总经理栾书伟，中国五矿有色金属秘鲁有限公司总经理辛守胜，中油国际秘鲁公司副总经理纪春库以及中国工商银行（秘鲁）总经理兼执行董事陶风华。此次聚会是由首钢秘铁孔爱民总经理召集的，他同时还担任秘鲁中资企业协会会长。

这个聚会给我两大惊喜：

第一，秘鲁中资企业协会有如此强的凝聚力，作为会长的孔爱民总有如此强的号召力。

第二，在秘鲁的中资企业协会会员之间，以往被认为“同行是冤家”的企业之间，不仅能做到企业领导层之间的互访、信息互通、相互帮助，并且这一做法延伸到各家公司的中层干部。特别是中国两大知名电信设备

与中资企业老总聚会

供应商在秘鲁和谐相处的场景，令人不敢相信。

目前我已完成对“一带一路”沿线20个国家的调研，像秘鲁中资企业协会这样发挥实质性作用的中资企业协会并不多见。这些企业抱持着什么样的理念、设置了什么样的组织构架、通过什么样的途径，从而使“走出去”的中国企业在海外从“一盘散沙”变为“抱团出海”？就此问题，我将对中资企业协会会长孔爱民做进一步采访。

在访问了处于沿海丘陵地带的首钢秘铁后，我调研了位于海拔4500～5000米的高原上的中铝特罗莫克铜矿，今天又乘飞机来到处于海边沙漠中的中石油塔拉拉油田。

正如中石油拉美公司总经理贾勇所说，塔拉拉油田是中石油海外业务的起点，是中石油依靠技术令百年油田焕发青春的舞台，也是第一批创业者艰苦奋斗实现千桶井梦想的战场，还是培养中石油国际化领军人才的熔炉，更是孕育中石油海外业务制胜法宝“四精精神”的圣地。

从机场行驶不到10分钟，便来到中石油塔拉拉油田的营地。一进大门看到墙上贴有“忠诚、团结、勤俭、高效”8个大字，这是中石油前任总

调研塔拉拉油田

经理王涛1994年为塔拉拉油田留下的八字方针，在基地展览馆看到的很多照片都是以此为背景。

塔拉拉油田有3个区块，分别为6/7区块、1AB–8区块、10/57/58区块，中方工作人员都住在这个营地中。新改建的篮球场是在中石油前任副总经理喻宝才的建议下修起来的，午饭吃到了从菜地刚摘下来的新鲜黄瓜。整个营地院落绿树成荫、鲜花成片，且干净整洁，这是中石油海外基地的标配。

下午听6/7区块联合公司副总经理冷继川及6/7区块项目综合办公室主任兼党总支办公室主任田蕾详细介绍了中油国际秘鲁公司及海外党建的情况。

2018年12月17日　秘鲁第14天

塔拉拉油田——中石油国际化大转移的起点

1984年10月，党的十二届三中全会正式提出："我们一定要充分利用国内和国外两种资源，开拓国内和国外两个市场。"

1991年2月，在中国石油天然气总公司工作会议上，时任总经理王涛提出三大战略，其中包括"充分利用两种资源、两种资金和两个市场"。

2017年，中石油实现海外作业油气产量当量1.63亿吨，同年中石油在国内实现油气产量当量1.85亿吨，这是一个具有历史性的数据。从1993年到2017年的24年间，中石油在海外38个国家和地区开展了油气业务，特别是在"一带一路"沿线国家中的19个国家有91个油气项目。

中石油是如何在拉丁美洲最西端的塔拉拉迈出国际化的第一步的？今天我所在的中石油秘鲁塔拉拉油田，是中石油走向海外的第一个项目，也是中石油从国内向国际市场战略大转移的标志性项目，它如同中央红军进行二万五千里长征的起始点"瑞金"，具有十分重要的意义。

据中石油拉美公司总经理贾勇介绍，1993 年，中石油到海外寻找项目时，从中国驻秘鲁经济商务参赞处得知，秘鲁石油向全球招标出售石油区块。当时中石油与中石化共同来到秘鲁，但是招标区块金额数目巨大，令两家公司望而却步。

但是中石油不甘心，继续与秘鲁石油沟通，询问是否有金额较小的区块出售。秘鲁石油将一个废弃了多年的老油田——今天的 6/7 区块，以 3744 多万美元转让给中石油，1993 年双方签署 7 区块生产服务合同，1995 年签署 6 区块生产服务合同。

贾勇总经理说，之所以接手这个废弃的老油田，缘于中石油最初走向海外的定位：第一，投资小、成本低；第二，学习国际经验以及锻炼队伍；第三，依靠中石油的技术与不怕吃苦的精神实现不亏本。之后，他们从华北油田、胜利油田选派了 40 多名业务骨干来到秘鲁。所有生产设备均从国内运来，同时还携带了供 3 年吃的口粮，包括大米、面粉、黄豆、酱菜等以及生活必需品，无所不包。

在中石油塔拉拉基地，我采访了目前担任 10/57/58 区块项目副总经理的阳辉，他说："我 1996 年来到秘鲁 6 区块项目，这已经是 7 区块开发 3 年之后，但我用的仍然是 3 年前带来的牙膏和毛巾。"

塔拉拉油田 10/57/58 区块项目经理阳辉

阳辉毕业于江汉石油学院（现为长江大学）石油地质勘查专业，在胜利油田工作多年（东辛地质研究所）。他到秘鲁 6 区块项目时，任务就是找井，要在方圆 140 平方公里的范围内，找到上千口被戈壁沙漠掩埋的老井，为此他工作了整整 1 年。

在塔拉拉中石油办公室，总经理助理尚国锋指着一张 6/7 区块油田井位图介绍："上面的每一个黑色小点代表着一口井。"这两张井位图上密密麻麻标着 4000 多个黑点。

在 6/7 区块联合公司副总经理冷继川的陪同下，我来到 6/7 区块现场，看到每一口被找到的老井使用的都是一型抽油机，俗称磕头机。冷总介绍，在国内早已见不到这么小的抽油机，而 6/7 区块大概有 800 口井，日均产量仅为 2 到 8 桶油。

就是在这样一个被称为"地质家坟墓"的复杂井区，他们居然打出了 4 口日产千桶油的井，此事轰动了整个秘鲁石油界。

在这 4 口井之一的功勋井——千桶井纪念碑前，我看到碑上记录着这样的文字："1994 年 1 月 8 日执行塔拉拉 6/7 区石油合同以来日产量最高的一口新井。该井 1997 年 6 月 8 日投产，6 月 10 日高峰产量 1700 桶。"

中石油 1993 年接管日产不到 700 桶的老油田，1997 年日产达到 7000 桶，令百年老油田焕发了青春，目前其原油生产能力达到每年 16 万吨。

此项目初始投资只有 3744 万美元，不仅没有亏本，还实现了累计净收益 3.2 亿美元，6/7 区块于 1999 年收回全部投资，是一个投资少、收益大的成功项目，同时还实现了学习国际经验以及锻炼队伍的目标。

千桶井纪念碑

目前在中石油全球海外项目的很多主要负责人，都是从秘鲁塔拉拉项目成长起来的，包括中油国际公司总经理叶先灯，中亚项目负责人李书良，乍得项目负责人朱恩永，委内瑞拉项目负责人高希峰、王印玺以及厄瓜多尔的项目负责人杨华等。

秘鲁塔拉拉油田如同中国企业走向国际市场的“宣言书”，也是带头贯彻国家“两种资源、两个市场”战略的“宣传队”，更是培养国际化经营人才的“播种机”。

2018年12月18日 秘鲁第15天

塔拉拉油田的“半桶油”精神

秘鲁号称能矿资源大国，矿业资源储量居世界第二位，而石油资源比矿业资源匮乏，储量只有110亿桶。目前秘鲁有51个合同区块，35家公司与秘鲁石油签订合同。这些公司包括本地与外资公司，中石油在秘鲁拥有5个区块。

秘鲁原油日产量仅有3.8万桶，不及中石油委内瑞拉公司一个区块（MPE3）产量的零头，2015年MPE3日产量为15万桶。

调研了6/7区块之后，今天我来到塔拉拉油田的10区块。10区块原油处理站操作监理米格尔（Miguel）来自斯托克（Stork）公司，该公司为10区块承包商之一。米格尔从1976年开始一直在塔拉拉工作，他介绍说，1996年之前，10区块一直属于秘鲁石油国家公司，之后三易其手：1996年，10区块卖给阿根廷佩雷斯－康潘（Perez Conpanc）公司；2000年，转手给巴西石油（Petrobras）；2013年，再转手至中石油秘鲁公司。米格尔所在的斯托克公司先后为3家外国公司提供服务。

10/57/58区块项目副总经理阳辉介绍说，目前10区块继续与为巴西石油公司提供服务的50~60个承包商合作，中石油秘鲁公司只设立少数管理者管理承包商。

在4家公司工作过的米格尔说，秘鲁石油公司开发期间，管理不善导致公司濒临破产；而阿根廷佩雷斯－康潘公司与巴西石油公司管理模式为“大撒把”，整个公司只派 1～2 个人在现场；4 家公司中，中石油做得最好，不仅投资更多、更合理，而且组织有序、管理细致，更为注重操作的合理性。

中石油秘鲁公司是如何进行精细化管理的呢？阳辉介绍说，只要更换超过 200 美元的材料，他一定会去现场抽查与监督。

他以捞油为例介绍说，10 区块有几千口油井，其中 800 多口井是捞油井，每天每口捞油井产量为 2～10 桶。

如何提高产量，吃干榨净？

首先，他们指导捞油公司增加设备，想尽办法加频捞油作业，捞干油井中的最后半桶油。以 60 美元一桶油的价格计算，捞一桶油的成本为 9 美元，每多捞一桶油，意味着增加 51 美元的收入。

其次，他们与修井承包商进行复议谈判，将原来每修一口作业井 5900 美元降到 4200 美元。每年修井作业量为 900 多口井，仅此一项可每年节约近 170 万美元。

调研塔拉拉油田的 10 区块

最后，他们还向承包商提出移动抽油机的合理化建议，减少了生产设备的搬迁费用，向承包商要效益。

上述精细化管理，加上通过狠抓投资与成本控制、严控内部管理、合同复议等多项措施开源节流、降本增效，一年可累计增加收益 1265 万美元。

虽然中石油秘鲁公司规模小，但是 2016 年油价降到 26 美元时，很多大石油公司都亏本，塔拉拉油田仍在赚钱，被业界称为“小而肥的塔拉拉”。

为此，中石油总结出塔拉拉油田的“四精精神”——地质上精雕细刻，生产上精益求精，经营上精打细算，运行上精干高效。塔拉拉油田的“四精精神”一直是中石油海外项目运营的一面旗帜。

2018 年 12 月 19 日　秘鲁第 16 天

中国投资逾 100 亿美元的拉斯邦巴斯铜矿

清晨 6 点出门去利马瑞士实验室（Suiza Lab）医院检查身体，一共检查了 4 个小时，检查项目甚至还包括平板跑步测量血压与心跳。之所以如此，是因为明天将去中国五矿（股东还包括国新国际投资有限公司与中信金属）拉斯邦巴斯铜矿采访。拉斯邦巴斯铜矿位于海拔 3700～4650 米的高地，尽管我一个星期前刚从中铝所在的超高海拔高原下来，但拉斯邦巴斯铜矿生产一线全部由澳大利亚矿业公司 MMG（中国五矿收购的矿业公司 OZ 演变而来）运营，各项规章制度严苛到死板的程度。最后体检没有任何问题，顺利通过。

随后我前往中国五矿拉美区域代表处、五矿有色金属秘鲁有限公司总部，采访总经理辛守胜。近几天来每到一处，都发现圣诞气氛越来越浓。我很感谢辛总在圣诞节前安排我采访拉斯邦巴斯铜矿生产一线，内心有点小欣喜，因为拉斯邦巴斯铜矿是中国企业走向海外最大、最成功的矿业投资项目，但这个项目接待过的记者少之又少。

中国五矿办公楼与中铝秘鲁矿业公司办公楼位于一条街的两侧。坐在大阳台上，沐浴着利马的和煦阳光，辛总介绍说，拉斯邦巴斯铜矿是一项世界级的优质铜矿资产，投资金额超过100亿美元，收购项目的矿权面积达34328公顷，已勘探矿权3000公顷，探明含铜金属量1050万吨，铜品位0.64%；另还有金80吨，钼28.4万吨。拉斯邦巴斯由此跻身世界前十大铜矿之列，成为秘鲁第三大铜矿，仅次于墨西哥南方铜业（年产50万吨）和英美资源（年产47万吨）。中国五矿于2017年实现金属铜年产量46万吨，2016年实现金属铜销售收入24.89亿美元。

采访中国五矿有色金属秘鲁有限公司总经理辛守胜

中国五矿在较短时间内从一家贸易公司华丽转身为矿业实业企业，其战略目标是什么？转型过程中遇到了什么样的挑战？这家中国企业为何能够率先实现跨越式发展，成为一家国际公司？其背后的战略布局是什么？带着所有的疑问，我期待对中国五矿拉斯邦巴斯铜矿的采访。

在辛总办公室看到了一块铜矿标本，颜色是传说中的蒂芙尼蓝。猜一猜，此标本含铜量为百分之多少？

结束对辛总的采访后，我前往秘鲁中资企业协会，对首钢秘铁总经理孔爱民（兼任秘鲁中资企业协会会长）进行第三次采访。他讲述了太多太多精彩的故事。

2018 年 12 月 20 日　秘鲁第 17 天

库斯科 24 小时的等待

早晨 5 点出发去机场，赶乘 6 点 30 分从利马飞往库斯科的飞机。库斯科海拔 3352 米左右，飞机降落时云层非常厚，很担心明天的行程。从库斯科到矿区陆路行程 7 小时，所以只能坐矿山小飞机到达。

按照拉斯邦巴斯铜矿的规定，必须要在库斯科停留满 24 小时，才可以上山。

入住酒店后不久，与拉斯邦巴斯铜矿的医生见面。医生来到酒店，为我做第二次体检，并把体检结果直接发到铜矿，太严格了。

在入住酒店的院子里见到一只正在喝奶的小羊驼。下午库斯科下起了小雨，阳光只是偶尔穿过云层，傍晚又是阴云密布。祈祷吧，但愿明天是个好天气，不虚此行。

2018 年 12 月 22 日　秘鲁第 19 天（之一）

等待

6 点开始在机场等待天气好转！已经阅读完一本厚厚的大书《秘鲁拉斯邦巴斯》，看在飞行 1000 多公里专程看望你的份上，厚厚的云层散了吧……

2018 年 12 月 22 日　秘鲁第 19 天（之二）

拉斯邦巴斯的利益相关部

厚厚的云层在我等待了将近 5 个小时后还是没有散开，去拉斯邦巴斯铜矿的行程被迫取消。

在机场我遇到了来自拉斯邦巴斯铜矿社区关系部门的 8 名工作人员，他们都属于利益相关部，原定于今天乘飞机上山，轮换已经在那里工作了

9天的同事。但天公不作美，无奈之中，他们只好明天乘车前往铜矿。按照直线距离计算，从库斯科到拉斯邦巴斯只有不到150公里，但乘车的话要10小时才可到达。

利益相关部工作人员在机场等飞机

拉斯邦巴斯铜矿利益相关部、机构关系发展经理马可（Marco）今早7点从首都利马飞到库斯科，在等待飞机期间，马可在机场休息室介绍了拉斯邦巴斯情况。

采访马可

马可曾于2004年参加秘美自由贸易协定谈判，2007年加入拉斯邦巴斯铜矿。2004年，英国斯特拉塔（Xstrata）投标获得拉斯邦巴斯铜矿的开发勘探权，之后嘉能可于2013年、中国五矿于2014年接手了该项目，马可在拉斯邦巴斯铜矿一直工作至今。

中国五矿拉斯邦巴斯铜矿与中铝秘鲁矿业公司特罗莫克铜矿相比，在规模与品位上或许有些差别，但从矿山开采到生产环节，原理基本一致。那么，同为矿业企业，它们之间以及与首钢秘铁之间到底有什么不同呢？

从管理模式看，首钢秘铁的高层管理人员大多来自中国，而拉斯邦巴斯则在五矿收购项目之前，先由澳大利亚的 MMG 公司并购，这是一家在澳大利亚经营了 40 多年的铜矿业开发公司，之后拉斯邦巴斯铜矿项目的经营团队便以 MMG 人员为核心。无论在利马总部还是在铜矿项目，中国人均凤毛麟角，项目执行总经理为澳大利亚人。而中铝秘鲁矿业公司居于两者中间，处于尝试与探索阶段。

矿业企业“走出去”后，采取何种管理方式，3 家公司各有不同选择，哪种模式更有利于发展，有待进一步探讨。但马可说，澳大利亚 MMG 公司是一家有经验的国际公司，40 多年来积累了在不同国家的采矿经验，“拉斯邦巴斯不同于首钢秘铁与中铝秘鲁矿业公司，相比较而言，我们更熟悉当地文化，具备处理社区等问题的经验。MMG 公司管理团队所有人均来自秘鲁当地，不仅深谙秘鲁法律，使用的也是当地印加语言”。

马可认为，中国企业“走出去”后，在矿业运营方面水平与国际大公司不相上下，但矿山运作的复杂性并不体现在技术能力方面，而是集中在社区、劳工、环境与政治等领域，所以他认为中国五矿这种运作方式是一条通向成功的可行路径。他建议中国企业在拉美投资矿业后派出一些关键性人物，其余可委托具有经验的国际大公司经营，中国企业坐等收益即可。

马可所在的部门非常吸引我，这个部门的全名是“利益相关部”（Stakeholder relationship）。“Stakeholder”一词得到普及，缘于佐利克任美国副国务卿期间在描述中美关系时使用了它。作为一家公司设置利益相关部，我还是第一次听说。就此马可介绍说，“Stakeholder”一词在《1992 年里约环境与发展宣言》以及 OECD、世界银行和国际劳工组织等机构设定的国际标准中均有所描述，即“通过公开磋商的形式接触和回应各利益相关方”。这赋予人们在审视社区、环境、劳工等问题时一个新的视角。

拉斯邦巴斯铜矿投资超过 100 亿美元，每年拉动秘鲁经济增长 1.5 个百分点，而在促进经济增长的同时，必然也会促进社会发展。马可说，拉斯邦巴斯铜矿开始运营后，2012 年到 2017 年阿普里马克大区年均经济增长率为 30.3%（秘鲁年均经济增长率为 2.7%），与此同时，矿区建设提供了 8000 个就业岗位，使该地区贫困率降低了 17%。

那么，拉斯邦巴斯铜矿与“利益相关方”是如何互动的呢？他们为矿区原居民建设了新社区，采用三层楼别墅式的建筑标准，前所未有，新社区安置了 514 户居民，共计 1600 人。此外，他们在社区建设了学校，配备所有现代化教学设备。马可说，这些孩子将来也许都会成为铜矿的成员。在环境方面，他们为当地种植了 140 万棵树，未来计划再种植 600 万棵。

马可谈到他目前正在做的一项促进社会发展的项目。他说：“拉斯邦巴斯铜矿是秘鲁矿业的旗舰项目，利益相关部的工作还包括协助政府促进社会发展，比如提升教育、卫生、健康等水平。促进社会发展虽然不是企业的责任，但我们愿意与政府合作，贡献企业的力量。比如矿区有很多贫血的孩子，我们不能视而不见，因为他们是我们的邻居，我们必须做些什么。因为矿区处于超高海拔地区，政府很少接触到这些社区，所以他们也并不完全清楚这里发生了什么，甚至很多人长期以来都没有身份证。”

当一家公司将社区、环境、劳工等问题视为利益相关者而非麻烦时，便会以国际标准为准则，确保与所有利益相关方进行公开磋商，回应其利益诉求。

2018 年 12 月 26 日　秘鲁第 23 天

中国驻秘鲁大使馆——外交服务“一带一路”经济发展的典型案例

在秘鲁采访期间，好几家中资企业老总多次跟我谈到中国驻秘鲁大使贾桂德，说到中资企业在秘鲁投资遇到实际问题时他所提供的帮助。中资企业在秘鲁遇到了什么问题呢？主要涉及“关联企业”的问题，涉及所有在秘鲁的中国国有企业的重大利益。

首先，是市场准入。在秘鲁，当某个项目展开竞标时，由于秘鲁政府视所有中国国有企业为关联公司，只能有一家中国国有企业参与投标。其次，中国金融机构进入秘鲁市场同样如此。中国几大国有商业银行秘鲁只允许中国工商银行进入。最后，是纳税标准。如果中国企业在秘鲁市场向中国金融机构贷款，正常情况下贷款利息预提税率为4.99%，但由于视中国国有企业为关联企业，秘鲁税务当局按30%征税。例如，投资上百亿美元的中国五矿（拉斯邦巴斯铜矿）以及中铝秘鲁矿业公司（特罗莫克铜矿）等企业分别向中国金融机构融资，都受到上述法律规定的困扰，每家企业均涉及计提税金额数亿美元。

今天在中国驻秘鲁大使馆采访贾桂德大使，他是一位具有法律专业背景的外交官，其专业领域涵盖国际法、国际经济法与环境法，曾任外交部条法司副司长。

当我提出如何认识“关联企业”的问题时，贾大使认为，其核心是如何认识中国国有企业的性质、运作方式和市场主体地位，关系重大。它涉及中国国有企业包括金融机构能否以平等身份进入秘鲁市场，同时还涉及中国企业投资秘鲁生产经营的可持续发展问题。他说：“对关联企业征收超高税，立法的本意是避免和惩罚关联企业进行内部交易、转移利润，所以要解决问题，必须对症下药。”

贾桂德大使在秘鲁工作3年多时间，深入中资企业调研，了解企业遇到的困难，包括去超高海拔矿区做实地调研。此外，他开通所有外交渠道，与秘鲁政府相关部门或领导进行全方位的沟通，包括财政部、能矿部、外交部、国会、总理、总统等，反复做解释说明工作。除从双边关系大局的角度做工作外，他运用法律专业知识以及多个案例说明，中国的国有企业是自主经营、自负盈亏的市场主体，国有企业之间早已是充分的市场竞争关系，并不存在利益相互输送的问题，不能视为关联企业。

采访中国驻秘鲁大使贾桂德

经过中国驻秘鲁大使馆锲而不舍的努力，秘鲁政府于2017年9月修改了时行法律，明确规定：不再因为企业同受一国政府控制而视之为关联企业。中铝秘鲁矿业公司董事长栾书伟对我说，特罗莫克铜矿的计提税因此减少了3亿多美元。中国五矿拉斯邦巴斯铜矿计提税减少数额更大。

随着废除关联企业的法律规定出台，中国金融机构进入秘鲁市场的相关法律也得到修正。除中国工商银行进入秘鲁之外，秘鲁总统在访问中国期间已经做出明确表态，“欢迎中国银行到秘鲁设立分行”。目前中国银行在秘鲁设立分行的工作进展顺利。此外，限制不同中国国有企业参与同一项目投标的禁令也被解除。

我们所看到的是一个个成果，但推动秘鲁修改法律的过程并不简单。虽然只是一个个法律条文的概括性修改，中国驻秘鲁大使馆却在其中做了很细致的工作，发挥了关键性的作用，这是中国外交转型服务“一带一路”经济发展的一个典型案例。

今天对贾大使的专访前后持续共3个小时，贾大使谈论话题广泛、框架鲜明、逻辑清晰，给我留下了极为深刻的印象。贾大使就秘鲁的历史文明、多元文化、秘鲁国情、中秘经贸关系现状及发展前景做了阐述，特别是对中国“一带一路”倡议延伸到拉美给予了高度评价，并全方位地阐述了目前所面临的机遇与挑战。

2018 年 12 月 27 日　秘鲁第 24 天

中石油——大型国企海外项目管理模式样本

今天在中油国际秘鲁公司分别采访了中油国际秘鲁公司总经理高金玉，副总经理王政文、谢刚，以及副总会计师李勇明。

他们 4 位分别就中油国际秘鲁公司经营管理模式、社会责任履行情况、油区公益活动以及如何实现低成本发展等问题做了介绍，其中给我留下最深刻印象的是中油国际秘鲁公司的经营管理模式。

总经理高金玉

中油国际秘鲁公司是我所见过的海外项目管理最复杂的公司，它有 3 家公司——SAPET、CNPC PERU、PPN，合作伙伴有阿根廷石油公司 Pluspetrol 与西班牙石油公司 Repsol。前述 3 家公司分别位于海岸沙漠、丘陵和热带雨林地区，既有勘探项

副总经理王政文

副总经理谢刚

副总会计师李勇明

目又有开发项目，产品包括原油、凝析油、天然气；既有开采100多年的老油田，又有刚投入开发的新油田；有单井日产量低于3桶的油田，也有含水高达98.2%的油田。

目前塔拉拉油田6/7区块是世界上最老的仍在开发的油田区块，有近150年的开采历史，10区块则有106年开采历史，而8区块属于雨林作业的世界高含水（98.2%）开发区块，开采难度与经营管理难度可想而知。

中油国际秘鲁公司到底搭建了一个怎样的管理平台，得以有效管理地质条件复杂、气候环境多样、油气产品俱全、开采年限悠久的项目呢？

就此中油国际秘鲁公司总经理高金玉介绍说，首先，管理这样一家公司要遵循国际化理念，本着合作共赢的思想处理好与资源国政府及合作伙伴公司的关系。其次，充分发挥中石油的技术优势和能力，主导作业过程，本着“四精精神”，落实精细化管理与低成本发展理念，同时尊重多元文化，支持当地社区发展，取得政府和民众的理解与支持。最后，充分利用董事会、股东会、技术委员会、管理委员会等平台，与合作伙伴公司进行平等沟通与交流。

除此之外，中油国际秘鲁公司还有一个与众不同之处，那就是依托中石油集团公司整体技术优势所搭建的海外技术支持平台。该平台为中油国际秘鲁公司各项目提供了全方位、一体化的技术支持，包括勘探部署、开发方案、生产运行、经营策略等。

高金玉总经理介绍说，这个技术支持平台随着1993年中石油第一次“走出去”而逐步建立和完善，25年来初步建成了“1+14+N”的海外技术支持体系。

其中，“1”代表中石油勘探开发研究院，它是技术支持体系的核心与主力军；“14”是中石油各专业公司和研究院共同建立的14个专业技术支持中心，包括物探、测井、钻井、采油、战略、信息等；“N”则代表中石油国内各大油田公司，它们发挥各自的特色技术优势和生产技术特长，为海外项目提供对口技术服务。“每当海外项目遇到相关技术难题时，中石油则举国内力量，全力支持海外项目。”

2018 年是“一带一路”倡议提出 5 周年，中国大型国有企业在全球各地纷纷建立了区域中心、国家公司以及项目公司。在如何整合资源有效管理不同国家的项目这一问题上，它们都在探索过程中。中石油在海外拥有 92 个油气项目，虽然其海外项目的管理模式仍在进一步优化完善中，但已给其他“走出去”的大型国有企业提供了一个可借鉴的样本。

2018 年 12 月 30 日　秘鲁第 27 天

中国工商银行（秘鲁）全心全意为“走出去”的中企服务

作为全球最大的商业银行，虽然中国工商银行在国内尽人皆知，但人们可能不那么了解的是，中国工商银行在全球已经覆盖 47 个国家和地区、拥有 426 家分支机构，超乎想象，这里面包括 20 个“一带一路”沿线国家。

今天我访问了中国工商银行（秘鲁）总经理兼董事陶风华。陶风华毕业于复旦大学经济学系，长期在中国工商银行上海分行工作。2012 年她参加了中国工商银行国际化项目培训计划（国外大学培训 1 年，陶风华总经理是在纽约大学斯特恩商学院学习），该计划启动于 2011 年，并延续至今，每年培训约 200 人，为中国工商银行国际化战略的全面实施提供了有力支撑。

陶风华总经理介绍，中国工商银行（秘鲁）的目标非常明确，就是服务于投资秘鲁的中资企业。秘鲁是中国在拉美第二大投资国（巴西第一），陶风华总经理说，中国工商银行海外布局的目的，就是伴随中资企业的“走出去”与国际化，实现中国工商银行的国际化。

中国工商银行（秘鲁）于 2014 年 2 月开业，这是中国在秘鲁的第一家金融机构。鉴于秘鲁银行监管机构有“单一敞口限制”的规定，中国工商银行（秘鲁）将自身定位为获取信息、了解客户需求的前沿阵地，依托母行开展经营活动。概括来说，就是“一点接入，全集团响应”。

以为首钢秘铁提供金融服务为例，在首钢秘铁投资 1000 万吨精矿扩建项目（二期）时，中国工商银行为其提供了 5 亿美元独家贷款；2018 年又为首钢秘铁提供配套流动资金贷款；同时，向首钢秘铁的供应商中交集团及秘鲁本地的圣马丁（San Martin）公司提供融资及贴现等服务。

陶风华总经理说，凡是中资企业在秘鲁投资项目，无论是项目本身，还是为项目提供服务的中资企业或秘鲁本地企业，中国工商银行（秘鲁）都为它们提供全方位的金融服务，包括融资、结算与综合产品服务。目前秘鲁中资企业协会有注册会员约 70 户，这些会员大部分都已成为中国工商银行（秘鲁）的客户。除了提供融资贷款外，中国工商银行（秘鲁）还为企业投标工程开具各类保函。

除了为中资企业提供服务，中国工商银行（秘鲁）的目标客户还包括从事中秘经贸往来的秘鲁本地企业。2018 年 11 月，上海举办了首届中国国际进口博览会，秘鲁贸易与旅游部及秘鲁出口商协会携 16 家秘鲁企业参会，中国工商银行（秘鲁）也一起前往进博会，为参展企业提供金融服务。

中国工商银行（秘鲁）总经理兼董事陶风华

中国是秘鲁最大的贸易伙伴。长期以来，特别是随着中资企业在秘鲁投资矿业，秘鲁出口结构中初级产品占比不断增加，为此秘鲁政府提出要加大高附加价值农产品的出口。为了促进秘鲁出口结构的转型，以及满足中国对高附加价值农产品（如鳄梨、高原小米、玛咖）的需求，中国工商银行（秘鲁）为当地知名农业企业坎波索尔（Camposol）提供了500万美元贷款，以助其扩大生产，还为秘鲁最大的集团公司之一Gloria（主要产品为奶制品）提供了融资支持。

当然，除了为中秘经贸往来企业服务，中国工商银行（秘鲁）还为秘鲁本地大型优质企业提供信用支持，包括矿业、农业、渔业等行业的企业。

陶风华总经理概括说，无论是为投资秘鲁的中国企业融资，还是为中秘经贸往来中的秘鲁本地企业提供支持，都是立足于服务秘鲁国家经济发展，“我们的目标是成为秘鲁中资企业的主办银行、中秘经贸往来企业的首选银行以及本地优质企业的合作银行”。

而中国工商银行（秘鲁）自有其优势。秘鲁金融监管严苛，金融市场集中度较高，目前仅有16家银行。在这个市场中，中国工商银行（秘鲁）提供的金融服务，不仅具有价格竞争力，而且服务高效。

伴随着中国金融机构走出去，中国越来越多的商业银行的分行与支行落地于“一带一路”沿线国家。有些银行复制了国际大银行的经营模式，而中国工商银行（秘鲁）则旗帜鲜明、目标明确地提出，为“走出去”的中资企业服务、为与两国贸易相关的企业服务。

用陶风华总经理的话说，对“走出去”的中资企业的需求，我们的了解程度远高于外资银行，所以我们有责任为它们提供最好、最优质的金融服务。

智利

被誉为拉美闪亮与希望的国度

智利圣地亚哥办公大楼

2018 年 12 月 31 日　智利第 1 天

我的脚感染了

昨天下午 6 点乘智利南美航空飞机从秘鲁利马飞往智利首都圣地亚哥。中国港湾智利项目部的孙健总到机场迎接。圣地亚哥是一座非常美丽的城市！

今天早晨在中国港湾智利项目部闫丹的陪同下来到圣玛丽亚（Santa Maria）医院皮肤科看医生。在秘鲁利马时，两只脚同时患了汗疱疹（Dyshidrosis）。第一次看医生是在中油国际秘鲁公司，公司的医生给了口服药和外用药，但是并没有遏制住病情，两只脚底起了很多大的水泡，钻心剧痛，溃烂面积大，看着非常恶心，关键是无法走路了。来到智利再次到医院请专业医生诊治。医生告知，发病原因有两种可能，第一是细菌感染，第二是金属过敏。所以今天下午一直在休息调整，还买了一双瘦一点的新鞋，完全包住双脚以减少疼痛，因为我不能不走路——明天要完成康塞普西翁的采访。

行走拉美十国，最大的功臣是双脚，但是现在双脚出了问题。祈祷一切都好起来。

2019 年 1 月 1 日　智利第 2 天

中国港湾：承建项目虽小，在智利人眼中却是高大上

今天开始智利的采访。智利是一个被挤压在安第斯山脉和太平洋之间的狭长国家，南北长 4300 多公里，东西平均宽度只有 177 公里，领土形状如一根豆芽。智利除了是世界上产铜和出口铜第一大国，享誉全球的产品还有水果与葡萄酒，它与阿根廷、巴西并列称南美洲 ABC[①] 强国。

一早我便乘飞机从智利首都圣地亚哥飞往康塞普西翁。智利分为 3 个

① ABC 取自阿根廷、巴西和智利三国的英文名称首字母。——编者注

部分，从北部沙漠到中部绿洲山谷，再到南部的冰川峡湾。康塞普西翁居于智利中部地区，为智利第二大城市，也是智利的工农业中心。

为什么我对智利如此着迷？除了仅从地缘价值看控制价值有限的麦哲伦海峡，我更着迷于智利的经济发展模式。智利位居世界银行高收入组国家之列，人均年收入 2.5 万美元。在拉美国家中，为何智利能够率先跨越“中等收入陷阱”？它又是如何走出一条适合自己国情的经济发展道路？这都属于此次智利调研的重点。

我顺利抵达中国港湾在康塞普西翁修建的圣文森特港口，住在营地（中国港湾的标配）。从机场到港口营地仅有 17 公里，道路两旁所见的炼钢厂、炼油厂、水泥厂呈带状分布。

中国港湾营地坐落于圣文森特港口内。这个港口是智利第三大港口，由中国港湾承建，此项目于 2013 年开工，包括新建 4 号泊位，改建 2 号、3 号泊位，合同额为 6287 万美元，是中国企业在智利承建的第一个水工项目。

此前，我曾经采访过若干中国在海外修建的港口，最大项目合同额超过 10 亿美元，所以没有到达这里之前我在思考，这么小的项目亮点会在哪里？

孙健总经理（左三）介绍圣文森特港口项目

在中国港湾智利项目部会议室，智利项目部经理孙健、智利区域工程项目副经理孙栋、圣文森特项目技术负责人苟明智向我演示了 PPT，我们进行了深入交流。

通过他们的介绍我

了解到，圣文森特港口项目虽小，但在施工过程中遇到了太平洋长周期波（不同于中国大陆架），出现了沉桩、平台打钢管桩等作业难题。在沉桩施工过程中，由于业主方提供的设计方案有缺陷，他们必须拿出一套技术方案应对。最后，中国港湾发挥技术研发中心平台的作用，设计并采用水上平台打桩技术，解决了施工难题。

圣文森特港总经理爱德华多·冈萨雷斯（Eduardo Gonzalez）说，中国港湾为建设圣文森特码头克服了种种困难，按时、出色地完成了工程。

正是由于他们在此过程中展示了中国海工的施工能力与技术水平，圣文森特港口开工不久，他们便议标承接了智利圣安东尼奥港新码头的修建，该港为智利第一大港口。

在圣安东尼奥码头港池开挖过程中，他们遇到了建于1911年、深埋水下的防波堤，工程土方量为30万立方米，最大块石达20吨。新建泊位施工区处于原港区旧抛石防波堤范围，因年代久远、资料缺损，加之历经多次地震破坏导致石头分布不规则与嵌合紧密，对港池开挖和沉桩造成很大困难。

为此，他们曾求助于智利著名的桩机承包商，希望对方能够提供解决方案，得到的回复是“没有方案”。

无奈之下，项目部的眼光从向外转向自己。七八名“80后”小伙子组成研发小组，经过4个多月的努力，通过若干次实验拿出解决方案，提出了“双护筒冲击钻孔工艺”，也就是在大块石上穿孔。智利大学土建系雨果（Hugo）教授带着他的学生慕名来到工地现场，给出了肯定评价：“此前智利从没有用过这种工艺，你们的方法行之有效。”

虽然圣文森特港口与圣安东尼奥港口两个项目的承包额较小，但对中国港湾的施工工艺，比如加固钢板桩及铺设连锁块等，业主均给予了高度评价：“他们的工程质量是教科书式的，也是我们在智利见过的最漂亮的水工工程。”

智利虽是高收入国家，中国的港口建设水平及建设能力却让他们大开眼界。圣文森特码头施工期间，中国港湾在钢管桩制桩过程中采用了自动抛丸除尘工艺（钢管桩除锈、防腐、保护），全自动抛丸机在中国海工建设中属常见工艺设备，但是在智利却让当地多家承包商及土建教授们赞叹不已，并表示只在教科书上看到过这些工艺设备。

鉴于中国港湾的工程口碑，智利北方某铜矿自备港口扩建工程希望由他们承建，这让我想起在卡拉奇港，中国港湾扎根多年，承建了该港 85% 的工程。

智利交通部部长安德烈斯·戈麦斯（Andrés Gómez）说："中国港湾完成了一次次挑战，克服了种种困难，在如此短的时间内做到这些是十分艰难的，但是他们做到了，并优质、出色地完成了项目！"

值得一提的是，今天是 1 月 1 日，整个港口及项目的智利人全部放假，只有中国人还在工作。

2019 年 1 月 3 日　智利第 4 天

智利电影《道森 10 号岛》

1973 年，智利总统萨尔瓦多·阿连德在美国策动的政变中遇害身亡后，智利 50 多万共产党员遭受一场史无前例的大清洗，这就是震惊世界的"智利 9·11"。当时士兵一边扫射一边冲过独立大厅，阿连德送走了他的战友后独自坐在一把靠椅上，他死了。

《道森 10 号岛》电影图片

智利阿连德政府被皮诺切特军政府颠覆后，阿连德最亲密的战友和朋友统统被发配到接近南极的道森 10 号岛——一个荒凉的、大陆尽头的岛屿，开始了他们的流放之旅。

之后，共产党被取缔，许多领导人被谋杀。

电影《道森10号岛》就是根据有关这些当事人的一部小说改编的，内容真实可信。这是一部讲述智利现代历史变迁过程的故事片，但我认为它更像一部纪录片。它记录了给智利共产党带来切肤之痛的沉重历史，因为智利共产党只执政短短3年。阿连德与智利共产党的故事再次说明，美国是不允许在拉美出现第二个古巴的，历史是最好的教科书。

2019年1月5日　智利第6天（之一）

瓦尔帕莱索的起伏兴衰

今天在东方航空公司（智利）韦总的陪同下前往瓦尔帕莱索（Valparalśo）。瓦尔帕莱索是智利第三大城市，也是智利最主要的旅游城市。而我的关注点是瓦尔帕莱索港口。

瓦尔帕莱索市

沿着68号公路从首都圣地亚哥到瓦尔帕莱索有一个多小时车程，全程117公里，沿途有5个电子收费站，收费约50多元人民币。公路两旁可以看到矗立的输变电塔，其既不同于中国，也不同于世界其他一些国家，非常独特。

智利是一个人均电力消费大国，人均用电量1800千瓦时，同期中国人均用电量417千瓦时，美国458千瓦时。发电量从一个侧面反映了一个国家工业化以及农业现代化的发展水平。此前我访问过智利中部的康塞普西翁，见到了许多钢铁厂、水泥厂、机械制造厂、纺织厂、食品加工厂以及石油处理站等，智利的工业、制造业规模与我之前采访过的许多拉美国家有显著不同，而工业发展依赖于电力。

从圣地亚哥前往瓦尔帕莱索沿途属于智利的峡谷平原地带，如同美国加利福尼亚州的纳帕谷（Napa Valley）。公路两旁的峡谷地带种植了大片的葡萄，还有很多酒庄。

瓦尔帕莱索如同一座被打翻了颜料瓶的城市，房屋外立面五颜六色，但这个城市最吸引我的是瓦尔帕莱索港。目前为止，我已经到访过世界上85个港口。

中国港湾智利项目部孙健总对我说，瓦尔帕莱索港是智利最大的军港，我即将访问的圣安东尼奥港是智利最大的港口，中国港湾智利项目所在的圣文森特港也是智利重要港口。根据统计，智利十大港口年总货运量为4507万吨，仅相当于上海洋山港一个港口的年货运量。

瓦尔帕莱索港比我想象中的要小很多，港区有10个泊位，其中有4个

瓦尔帕莱索港

集装箱泊位，岸线总长1685米，集装箱堆场目力可及。

瓦尔帕莱索之行给我留下深刻印象的是，全视角看问题会得出立体性结论。瓦尔帕莱索港与该城市相伴相生，始建于1536年。早期该港口兴起是由于智利占据麦哲伦海峡的重要位置，使其成为南美与世界贸易往来的重要港口。但是伴随着巴拿马运河于1914年开通，麦哲伦海峡地缘价值下降，该港口货运量逐年减少，经历了两起两伏的过程。

毫无疑问，全球贸易自由化促进了世界贸易的增长，特别是中国对世界贸易增长做出了巨大贡献，使得海运货物量朝着大型、重载方向发展。而巴拿马运河在新船闸修建之前，不能满足大型海运船通过的需求。此时该港口发挥其独特的地理位置优势，货运量呈恢复性增长。但巴拿马新船闸于2016年通航之后，可以通过承载1.4万标箱的大型海运船只，无数个类似瓦尔帕莱索港的港口都感受到了货运量下降的压力，可谓"一家欢乐几家愁"。一个城市的市容市貌是该地区经济发展与兴衰的晴雨表。游览瓦尔帕莱索会发现，市中心脏乱不堪，垃圾遍地，涂鸦比比皆是。不过，因为智利国会坐落于此，使得这座城市的重要政治地位仍得以保持。

2019年1月5日　智利第6天（之二）

今天是我60岁生日

热爱与职业融合，有多艰辛就有多幸福；人生的意义源自内心，你觉得什么有意义便义无反顾。收到儿子的一封信，思念全家，愿你们都好。

一路前行，精进人生

祝妈妈60岁生日快乐

妈妈，在这个特殊的日子，本应该我和爸爸准备好礼物，围着美味的晚餐和蛋糕，在流明的烛光前、悠扬的歌声中一家团聚和你一起许下对未来的心愿。

然而此刻，你正在智利首都的CBD（中央商务区），精心准备着你的采访。这是你继美国之行、日本之行、“一带一路”五国之行和非洲之行后，第五次在海外开展长期的采访工作，采访范围一次比一次广，内容一次比一次丰富，采访周期也越来越长。你作为《21世纪经济报道》的首席记者，奔赴全球热点地区做一线调研，撰写中国与世界热点问题。看到你工作中的成就，我作为家庭的一分子，由衷地引以为傲。

记得当我还在英国读书的时候，由于不是全情投入在学习中，你非常着急，有一次当我再次启程前往英国时，你写给我一封信，上面写着：我们家永远是一个整体，这个家庭里的每一个人所获得的成就与荣誉都将获得理所当然的分享；同样这个家庭的每一个成员所遇到的挫折与失败也将冲撞每一个人的心灵。

转眼我已经毕业回国5年了，在自己的工作岗位上持续不断地进步。而早在5年前，你就已经到了可以退休的年龄，但你仍继续职业生涯，继续为国家贡献智慧。你和爸爸一样，都是我最好的老师，一路前行，精进人生。

日子像从指尖流过的细沙，总是在不经意间悄然滑落。不知不觉我已经三十而立，而你在2019年也迎来了花甲之年。在你生日的前一天，通过微信视频聊天，看到你诉说着沧桑的两鬓白发又多了些许，记录着功勋的皱纹又深了一些。回想起你做过的几次手术，看到过你腹部的一个个刀口，让我着实非常心痛，我暗下决心今后要好好照顾和孝敬你和爸爸。

你身在海外方方面面没有在国内便利，很多事情不要太和自己过不去，劳逸结合。拉美十国之行如此庞大的工作量，不可一蹴而就，罗马也不是一天建成的。多些时间休息休息，多去看看风景，照顾好自己的情绪。期待你心情愉悦，身体健康，早日凯旋！

妈妈，你从小就争强好胜，600分的故事都已成为佳话，工作后你更是不断地鞭策自己。人的一生如果按照90岁来算，你通过三分之二时间的努力已经成为中国最伟大的记者，作为你的儿子，我希望你能开心轻松地享受今后的生活。我知道你远大的目标还尚未达成，今后可能还有北极航道之行等等。我从心底里支持你的选择，希望你开心，那就请你更加爱惜身体，毕竟身体是工作的本钱。

很遗憾你生日这天我们一家不能团聚，希望你在智利能过一个开心的生日。有什么问题及时和家里联系。妈妈，生日快乐!!

惟惟

2019年1月5日

2019年1月6日　智利第7天

聂鲁达的诗歌与智利政坛左右轮替

在瓦尔帕莱索参观了智利诺贝尔文学奖获得者聂鲁达的故居。聂鲁达是智利著名诗人，故居很小，但参观的人络绎不绝。以前没有读过他的诗，兴趣缘于他与智利共产党紧密相连，以及献给智共的一首诗，这首诗也是智利共产党员入党宣誓词。

坦率地说，我不喜欢聂鲁达早期撩妹的诗歌。但是他在加入智共之后的作品，才奠定了他在世界诗歌史上的地位，这期间他的诗歌展现了智利社会主义运动的光明与挫折。还是那句话，“只有镶嵌在历史中的报道才有价值”，聂鲁达的诗歌也同样如此。

智利共产党成立于1922年，是除古巴共产党之外西半球最悠久、最大的共产党组织，目前有5万多名党员。聂鲁达于1945年加入智共。

智共于1970年通过民主选举获得国家政权，这是智利左派通过数十年斗争（包括武装斗争）所夺取的政权。智共以康塞普西翁为革命根据地，团结了大量的产业工人成为该党主力军。智共的议会斗争之路不同于日本共产党的议会斗争道路，日共从1922年建党之后从未实现执政。

聂鲁达

在访问总统府时，有人邀请我参加在总统府地下大厅举办的一场音乐会。此时是否还有人记得发生于47年前的那场军事政变？

在康塞普西翁与一位智利前海军军官罗德里格聊天时，我问他如何看待阿连德政府与皮诺切特军政府。他沉默了许久，然后回答：“我不喜欢智利共产党，皮诺切特执政时所做的决策也并不是他一个人的独裁结果。”

是的。如今在智利回答这个问题非常难。一个是政治正确的民主选举的共产党政府，而另一个是通过军事政变上台的独裁政府。如果采取实事求是的态度，回答这个问题不难，核心是怎样为人民谋利益。

阿连德政府虽然仅仅执政3年，在执政后也试图以革新方式建立新的经济模式。但美国的解密文件证明，尼克松直接下令“让经济大声尖叫”（make the economy scream），教唆资本家高价出售食糖、石油等基本消费品，以削弱阿连德政府的执政能力。假设没有美国的干涉又会怎样？事实再次证明，美国决不允许在拉美出现第二个古巴。

至于如何评价皮诺切特独裁政府？实事求是地说，在他执政17年期间，智利进入了经济起飞阶段。缘于独裁政府的一些偏激行为，人们在评价皮诺切特时噤若寒蝉。评价历史是需要时间与空间的。

在拉美，左中右三派势力长期拉锯，智利也不例外，三足鼎立为其最大特点：智利右翼占据一方，其次是中间派，然后是左翼。1998年，皮诺切特政府交出军权，智利中左翼社会党执政20年，使智利人均收入大幅度提高，智利成为拉美三大经济体之一。

在智利现代化发展过程中，智利共产党的人民团结联盟与所谓残酷独裁统治都无法抹去。如何看待智利共产党以及被冠以恶名的独裁政府，仁者见仁，智者见智。

如今左翼政府不再，中右翼联盟执政，结束了中左派执政联盟连续 20 年的执政历史，智利政坛再次向右倾斜。

如果抛开左右之争，在如今全球化伴随国家间竞争的态势下，特别是智利本届政府誓言将智利带入发达国家行列之时，我们不仅要听其言，更要观其行，核心是经济与社会政策的导向。

2019 年 1 月 8 日　智利第 9 天

智利樱桃之旅（上）——逾 90% 智利樱桃出口中国

在中国东方航空公司智利机场地面服务代理 MPL 公司韦祺经理的陪同下，驾车沿着 5 号公路，从智利首都圣地亚哥向南行驶 200 多公里，来到马乌莱大区（第 7 区，智利有 15 个大区，大区相当于中国的省）的库里科。沿途经过智利第 5、第 6 大区。公路两旁是一片片的樱桃种植园，还有一家家水果加工厂。

在库里科，我们去了旧金山·德·萨缅托（San Francisco de Sarmiento）农场。这个农场有大片樱桃林，但树上鲜见樱桃，因为 2018 年度的采摘季节到此时（2019 年 1 月份）已经结束。不过在树上还是找到一颗“漏网”的樱桃，这闪耀着诱人光泽的最后一颗樱桃，饱满的果实如同红宝石，吃起来自然有种别样的感觉。

农场总经理何塞（Jose）、农场顾问帕特里西奥（Patricio）、农场经理尼古拉斯（Nicolas）、东航代理 MPL 公司韦祺经理、中国锐芙采购经理张峻萌接待了我。这是一个在当地颇具规模的农场，有 50 公顷土地，其中 30 公顷种植樱桃，还种了葡萄（酿葡萄酒），养有很多马匹。农场拥有

与农场经理何塞（中间）等人合影

者是一位西班牙第二代移民，农场有 100 名工人。据介绍，目前智利有 1500～2000 个农场种植樱桃，种植面积约 400 平方公里。之前智利 5、6、7 三大区水果种植园种植的多是玉米和苹果，现在因应中国市场需求，改种樱桃和西梅。2017 年智利樱桃产量为 18.5 万吨，其中 91% 出口至中国。

智利的大樱桃

旧金山·德·萨缅托农场这 30 公顷土地种植的樱桃采摘下来后，由水果加工厂收购，进行后期包装处理。陪同我们的鲁伊斯（Ruiz）是位于第 7 大区自然之南（Nature South）水果

自然之南樱桃加工厂

加工厂的首席执行官。鲁伊斯曾在智利最大水果公司椰子油（Cope Fruit）公司工作了13年，并负责过亚洲市场。正是在此期间的2010年，他第一次与中国做樱桃出口贸易。那一年中国人开始了解和品尝来自智利的樱桃。

鲁伊斯说，随着中国市场对智利樱桃的需求出现爆炸式增长，他看到了商机，离开椰子油公司，与中国锐芙合资成立自然之南公司，在安德尼西亚（Andenexia）水果加工厂加装了一条樱桃加工包装生产线。

很幸运，今天是自然之南公司樱桃加工生产线运行的最后一个工作日。鲁伊斯骄傲地说，这条生产线购自意大利联泰（Unitec）公司，是目前世界上最现代化的樱桃加工生产线。它是一条全自动化生产线，包括剪断樱桃叶片、自动识别樱桃大小与质量，以及自动识别樱桃的软硬、颜色、破损等，所以在生产线上看不到人工分拣的场面。包装生产线也是自动化的，年包装能力300万公斤，雇用160名工人。鲁伊斯将本樱桃季最后一盒樱桃送给我，盒子是他们特地为中国新年设计的樱桃包装盒。

在生产线上，我见到通过电脑自动筛选出的残次品樱桃以及不符合出口标准的樱桃被分别放在不同的箱子里。鲁伊斯说，残次品樱桃会全部扔掉，而不符合出口标准的樱桃将在智利国内市场销售。我在智利本地买到的樱桃1公斤仅需20元人民币，而出口到中国的4J级樱桃（直径32mm以上），1公斤卖到80元人民币左右。

鲁伊斯介绍说，智利已有40年樱桃种植历史，出口始于20世纪70年代，之前智利的樱桃大多数出口到美国市场。中国在2010年之后需求出现爆炸式增长，因为价格因素，智利樱桃从向美国市场出口转向了中国市场。

智利樱桃对中国市场出口的增加首先缘于中国人均收入的增加及消费需求的升级。不过在鲁伊斯眼中，包装新技术——气调保鲜技术的使用与新的运输方式，才是保证将智利高品质樱桃运输到中国市场及其千万消费者手中的关键。

目前，自然之南公司采取企业加农户的生产方式，与20个农场、种植园合作，这个樱桃季仅在旧金山·德·萨缅托一家农场就收购了20万公斤樱桃。2018年，仅自然之南一家公司就向中国出口了175万公斤樱桃。

智利向中国出口樱桃，最大的赢家是智利。高附加价值水果的出口改变了智利出口结构，既促进了智利农产品出口增长，也增加了智利创汇能力。

鲁伊斯给出了智利樱桃向中国出口全产业链的价值构成：以每盒5公斤樱桃300元人民币计算，除去进出口商分别获得8%的销售利润及运输成本之外，果农向中国出口樱桃每公斤售价在4~5美元。另外中国的樱桃需求带动了智利水果加工业的发展，像自然之南这样向中国出口樱桃的公司在智利有100多家。

鲁伊斯说，智利樱桃协会预计2019年樱桃产量将提高一倍，达到30多万吨。中国海关数据显示，中国十大进口水果榜单排名前三位的依次是樱桃、榴莲、提子。

用智利全国水果产品工商联主席施密特的话说："10年前，我们想都不敢想有一天智利能成为中国鲜果进口的第一大来源国。"

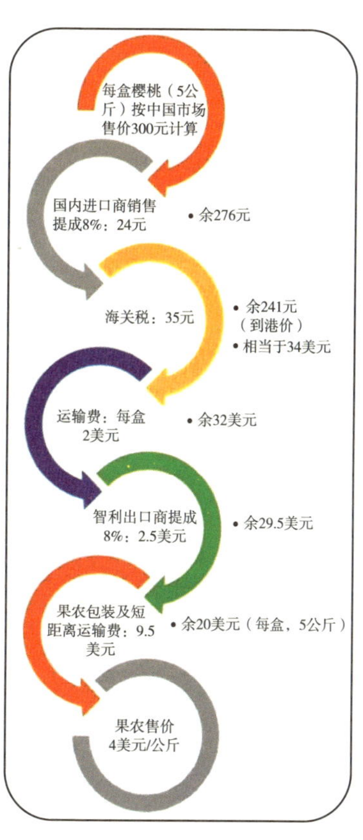

樱桃出口产业链价值构成

2019年1月8日 智利第9天

智利樱桃之旅（下）——东航创新，全货机包机运樱桃

智利每年向中国出口的樱桃产业链由樱桃种植、樱桃加工包装、智利本地及中国进出口、物流运输4个部分组成。

樱桃之旅（上）简要概述了产业链的前两个部分，进出口环节及如何将智利樱桃运往中国的物流链是另两个关键环节。

几年前智利樱桃总产量的50%~60%销往中国，而2017年产量的91%进入中国市场，中国进出口贸易公司在智利市场的采购功不可没。目前活跃于智利樱桃市场的中国贸易公司约100家，前十大公司包括毅都、锐芙、鑫荣茂、优果、金果（台湾）、馥农（台湾）、和利（香港）、福慧达等。智利樱桃40%左右的采购来自这些进口商。

物流运输是智利樱桃进入世界市场的最后一个环节。在中国市场爆炸式增长出现之前，正是由于距离优势，大部分智利樱桃运往美国及巴西。之后当樱桃要运往中国时，如何保障口感与质量是最大挑战。到目前为止，大多数智利樱桃运输采取冷链海运方式，一般需要26~30天，还有海空联运方式及客运航班运输方式。

自然之南公司总经理鲁伊斯介绍说，2018年他们使用客运航班运输了5个托盘的樱桃，经美国迈阿密转机，但飞机延误10天，造成了巨大的经济损失。自2014年起，中国东方航空采取航空包机方式运送樱桃，现在自然之南成了东航的忠实客户。

十分意外的是，在圣地亚哥采访东航时，我并没有见到东航及其子公司中国货运航空的人，而是东航在智利的合作方MPL公司的商务经理韦祺接待了我。

MPL公司是一家成立于2009年的智利航空地面服务公司，如同知名的Swissport（瑞士空港）公司。韦祺介绍说，东航的人只在樱桃季中短期停留智利，负责监督、协调货运安排。而MPL公司按照东航的年度计划安

排，全程负责樱桃的信息采集、收购、运输、报关、货物进仓等，提供一条龙服务。

MPL 副总裁威利（Willy）在美国、阿根廷及巴西有过 20 多年的航空地服从业经历。据他介绍，正是由于东航与 MPL 公司的合作，目前已开通每周两班定期货运航班，樱桃包机从 2014 年只飞了一个航班，增长到 2018 年樱桃季的 60 个航班。5 年间，东航运输的樱桃从每年 100 吨增加到了每年 6000 吨。

智利驻华大使曾如此评价："东航物流的全货机包机方式开创了行业先河。"

商务经理韦祺（左）与 MPL 公司副总裁威利（右）

运输樱桃到中国的东航飞机

东航物流有 3 个创新。第一是用全货机包机运输水果。通常人们认为，航空运输主要是运送高附加价值产品，比如手机、芯片等。东航为什么用全货机包机从智利运输樱桃到中国？韦经理介绍说，智利樱桃主要有 4 个品种：皇家园（Royal Dawn）、桑缇娜（Santina）、宾（Bing）、拉宾斯（Lapins），最早成熟的是在 11 月初，最晚的是在 12 月底。鉴于海运耗时长，要让樱桃在中国市场不断档，让中国消费者能够在11月份就吃到优质的智利樱桃，并抢占市场先机，开通全货机包机运输是实现上述目标的保障，运输仅需26~28个小时。

第二是合作模式的创新。中国的航空公司在境外有很多为航线服务开设的分公司或办事处，而东航是目前我见到的唯一与所在国地面航空服务公司紧密合作的公司。虽然在南北美洲有类似商业模式，但是中国的航空公司践行这种商业模式还是第一次。MPL副总裁威利说："东航是我们最大的客户，我们90%的业务来自东航。MPL是智利本地公司，具有地域、文化、法律、商业等方面的天然优势。"

第三是机场地面航空服务与商业物流结合的模式创新。世界最大的航空地服公司通常提供的是一般地服公司的共性服务，如值机、登机、到达引导、行李输送、站坪服务等，而MPL公司除此之外还提供进出口贸易的物流服务。

MPL副总裁威利说，这种创新的商业模式是MPL独有的竞争优势所在，"我们不仅提供机场地服技术层面的服务，更重要的是我们能够为客户提供进出口贸易整合的一条龙服务，我们有优秀的服务质量与价格竞争优势"。

运用全货机包机方式运送樱桃，东航不仅是物流供给侧结构性改革的先行者，也给其他中国航空公司进一步开拓"一带一路"沿线国家市场提供了示范。

MPL副总裁威利说，近年来中国的制造业产品源源不断地进入智利市场，智利对中国的农产品以及水产品出口不断增加，这对中智双方的经济贸易往来是一种良性互动，需求本身就是机会。

2019年1月10日　智利第11天

三文鱼故事（上）——占据中国三文鱼进口市场的半壁江山

挪威、智利都是世界上最大的三文鱼生产国之一。通常中国人吃到的三文鱼都被认为来自挪威，其实不然。除了挪威，我们餐桌上的三文鱼还可能来自智利、法罗群岛（丹麦海外自治领地）、苏格兰及加拿大等地。

近几年中国三文鱼进口市场发生了很大变化。2011 年之前挪威是中国三文鱼最大的进口来源国（挪威三文鱼占中国总进口量的 90%），但由于卫生检疫原因，后来中国禁止进口其三文鱼。正是在此时，跨越南美洲、大洋洲和南极洲三大洲的国家——智利，利用市场供给空缺成为中国进口三文鱼的最大来源国之一，目前已经占到中国进口三文鱼市场份额的 50% 左右。

今天我来到智利大湖区。这是智利由北至南的第 10 大区，由 4 个省组成，大区中的智利第二大岛奇洛埃岛（Chiloe）是最重要的三文鱼养殖区。

在第 10 大区兰奇胡亚省的首府蒙特港市，我采访了智利三文鱼协会以及两家渔业加工企业。

原来以为我们食用的三文鱼多是野生，错！我们餐桌上的三文鱼几乎全部来自近远海养殖区。智利三文鱼协会下属 20 家公司，这些公司全部是养殖加工一体化的企业，共拥有 350 个养殖场。

三文鱼养殖场坐落在水质清澈的近远海处。每个养殖场设有不同数量的养殖网箱，通常一个养殖场的年产量约为 100 万条，每个网箱里养 4 万条鱼。在养殖场工作的人们通常是上班 10 天，再轮休 4 天。由于养殖场靠近南极，远离大陆且气候寒冷，他们依靠卫星通信与大陆联系。这些养殖场是三文鱼加工厂的上游链条，三文鱼产业链前端包括鱼卵繁殖、淡水养殖、海水养殖以及渔业加工 4 个阶段。

智利三文鱼协会市场与鱼健康、食物安全经理罗兰多（Rolando）介绍说，智利三文鱼养殖起步于 40 年前，当时智利人去日本学习养殖技术，但在初始阶段，他们投放了 3600 万尾鱼苗，最终只回来了 10 条三文鱼。

40 年之后，智利已成为世界第二大三文鱼生产国，吸纳 6.1 万就业人口，拥有 4000 家涵盖养殖、加工、物流及包装的公司。这些公司主要养殖 3 种三文鱼：大西洋三文鱼、太平洋三文鱼以及虹鳟鱼。2017 年智利三文

采访智利三文鱼协会市场经理罗兰多（右）

鱼总产量 79 万吨（挪威 131 万吨），同比增长 23%。智利三文鱼产业是该国仅次于水果产业的第二大出口产业，2017 年出口 61.5 万吨，创汇 45.6 亿美元，占国家出口总额的 6%～7%。

据罗兰多介绍，智利拥有世界领先的三文鱼养殖技术，体现在以下几个方面：

第一，最具有特点的是“素食”三文鱼。智利三文鱼的食物是从植物饲料中提取的蛋白质及脂肪，辅以维生素、欧米伽 –3（Omega-3）等。

第二，智利三文鱼产业是唯一报告抗生素详细使用情况的产业，非常透明。用于治疗鱼类疾病的抗生素使用量从 2014 年的 5.5 万吨下降到 2017 年的 4.5 万吨。三文鱼协会下属的三文鱼技术研究所目前正在开发 25 种抗生素替代品。

第三，为了使食物颗粒不掉入海底底部，以保护海洋土壤，他们研发了让食物颗粒漂浮的投喂技术与手段。

除此之外，智利三文鱼养殖业实行世界上最严格的养殖许可证制度以及卫生检疫标准，为此三文鱼技术研究所在环境、分析、安全、鱼类健康 4 个领域进行研发，并加大投入。

2007 年始于挪威的三文鱼贫血症病毒在智利暴发，养殖的三文鱼死了一半。他们与世界各国专家合作，攻克难关，取得了成效，让三文鱼死亡率从 2013 年的 7.7% 下降到 2017 年的 4.2%。

罗兰多最后总结说，他们仍然面临着新的挑战。2016 年，受全球气候变化影响，第 10、第 11 大区有害藻类开花，造成很大影响。中国在治理藻类方面经验丰富，他们希望能跟中国加强合作，应对气候变化带来的藻类灾害。

2019 年 1 月 11 日　智利第 12 天

三文鱼故事（中）——中智自贸协定至关重要

蒙特港市的西部分布着数十家渔业加工企业。1 月 10 日和 11 日，我分别调研了其中两家渔业加工企业。

第一家是德国斯科尔古伯集团（Schorghuber group）旗下的文蒂斯罗克斯（Ventisqueros）公司，该企业在智利渔业加工企业中属中等体量，三文鱼年销售额 2.5 亿美元；第二家是日本三菱集团旗下的赛马克（Cermaq）公司，它既是智利最大的渔业加工企业，也是世界排名第二的三文鱼加工企业［挪威的美威（Marine Harvest）公司排名世界第一］。除了在智利拥有加工厂，赛马克公司在加拿大与挪威也分别设厂。3 家加工厂的三文鱼年产量为 17.8 万吨，各厂产量分别为 10.6 万吨、2 万吨、5.2 万吨，其中，

三文鱼加工

智利工厂产量占总产量的 65%。

文蒂斯罗克斯与赛马克两厂的加工环节基本相同：专有运输船将三文鱼从养殖场运到加工厂海域，通过连接管道将三文鱼输送到不同的生产线，其中有主要向美国市场出口的鱼排生产线，出口至巴西去除鱼头的生产线，还有向中国出口的整条鱼加工生产线。

这两家企业向中国出口三文鱼均始于 2016 年。文蒂斯罗克斯公司 2018 年产量为 4 万吨左右，占中国市场 20% 的份额，在美国与巴西市场各占 40% 和 15%，在日本及俄罗斯也占据一定市场份额。与此同时，2018 年赛马克公司向中国出口三文鱼的总量占智利全部对中国出口量的 15%。

赛马克销售主管菲利佩（Felipe）介绍说，中国是新兴的三文鱼消费市场，2017 年全球三文鱼消费量同比增长 7%，而中国消费量增长了 15%。所以在他们眼中，中国市场是未来最重要的新兴市场。智利三文鱼协会市场经理罗兰多说，截止到 2018 年 10 月，智利对中国三文鱼的出口比 2017 年同期增长了 43%。

智利有 40 年的三文鱼养殖历史，为何中智三文鱼贸易到 2013 年才开启？菲利佩解释说，智利三文鱼之都蒙特港市和中国北京之间的飞行距离

与赛马克公司高管合影

约 1.92 万公里，而挪威奥斯陆到北京的距离仅为前者的一半。以冰鲜三文鱼国际市场价每公斤 10 美元计，将三文鱼从智利运到中国的运费比挪威运到中国的运费多一倍，这是之前智利三文鱼产业出口的最大劣势。

罗兰多说："中国停止进口挪威三文鱼，给智利三文鱼出口到中国市场带来了机遇。重要的是，智利是拉美第一个与中国签署自贸协定的国家。由于自贸协定的签订，智利出口到中国的三文鱼没有 10% 的进口关税，而其他竞争者诸如挪威、英国、澳大利亚等均未与中国签署自贸协定，必须付 10% 的进口关税。正是自贸协定的关税红利平衡了智利三文鱼的货运价格。"所以，中智自贸协定至关重要，也是智利三文鱼向中国出口逐年增加的重要因素。

中国是智利全球第一大贸易伙伴、第一大出口目的地国和第一大进口来源国。自中智 1970 年建交以来，两国签署了 69 项协议，其中涉及贸易、海关、动植物检疫、航空运输以及电子商务的协议有 31 项。

为了进一步扩大向中国出口三文鱼，智利三文鱼协会 2018 年出版了题为《中国：新大陆的挑战》专题报告，副标题是"智利三文鱼加工业对亚洲大国的定位和前景"。

在蒙特港采访期间，东航代理 MPL 公司的韦祺经理特地请我到日本料理店品尝著名的大西洋三文鱼，出乎意料的是，我们吃到的竟是大西洋三文鱼的兄弟——虹鳟鱼。有一种解释认为，当地人更愿意食用海水养殖的虹鳟鱼（不同于中国淡水虹鳟鱼），但也有人说，智利品质好的三文鱼全都出口了，跟樱桃一样。

根据中国国家统计局数据，2018 年中国进口额将首次突破 2.1 万亿美元，进口额增长 14.6%，高于出口额增长（8.2%）。按此进口额增长速度计算，2019 年中国进口额达到 2.3 万亿美元，2020 年将达到 2.5 万亿美元。

当今美国是世界最大的进口市场，2017 年美国进口总额为 2.4 万亿美元。美国之所以在世界范围内横行，其手中"大王"是其最大的军事强国身份，“小王”则是最大的进口市场身份。

中国传统进口来源国家和地区为日、美、欧，伴随着中国“一带一路”倡议的实施，特别是我在拉美十国调研中了解到的情况多次证明，中国从“一带一路”沿线拉美国家加大了能矿、农产品与水产品的进口。这才是真正的双赢：既给“一带一路”沿线国家带来贸易增长的机遇与红利，随着进口品种与数量的增加，也将提高中国消费者的福利。

中国市场有增加进口的能力与巨大潜力，中国取代美国成为世界第一大进口国指日可待。

2019 年 1 月 12 日　智利第 13 天

三文鱼故事（下）——坐货运专机去中国

根据智利官方与非官方预测，2025 年前中国进口智利三文鱼将超过 40 万吨。对智利三文鱼生产者来说，增加三文鱼向中国出口的最大挑战是如何减少运输时间、保证质量，为中国消费者提供优质三文鱼。

一般来说，冰冻三文鱼解冻后与新鲜三文鱼在口感上是有区别的，特别是中国人有吃鲜鱼的饮食偏好。赛马克亚洲市场部经理克劳迪奥（Claudio）讲述了他在中国的经历。他说：“中国的进口商曾经多次问我，什么时候能将智利的活三文鱼运到中国。确实，三文鱼肉质细腻，时间稍微放长些，口感便会发生细微的变化。”三文鱼协会市场部经理罗兰多说，正是为了适应中国消费市场的

赛马克亚洲市场部经理克劳迪奥

特殊偏好，2017 年出口中国的智利冰冻三文鱼从 90% 减少到 43%。

运输三文鱼有 3 种方式，如前所述，智利之前出口到中国的三文鱼 90% 是冰冻的，通过海运 30～45 天才能到达中国；而欧洲的三文鱼生产国，无论是挪威、苏格兰还是英格兰，一直使用客运航班腹舱运输，欧洲客运航线到达中国的直飞航班只需 10 个小时左右。

比如，2018 年 6 月，苏格兰最大的三文鱼养殖公司通过海航航空公司航班从爱丁堡发送冰鲜三文鱼；2019 年 5 月海航计划开通挪威奥斯陆—北京航线，腹舱可以运送挪威三文鱼。目前，全球三文鱼主产区包括丹麦、澳大利亚、加拿大等国，均已采用直飞客运航班运送三文鱼。

智利与上述国家不同，智利三文鱼产区是距离中国最遥远的。东航代理 MPL 公司韦祺经理介绍说，从智利运送到中国的冰鲜三文鱼，如果搭乘客运航班，会碰到问题：首先，客运航班腹舱运输能力有限，每班只能运 10 到 20 吨；其次，出口商能争取到多少运量还是未知数。

以智利飞往中国的客运航班为例，从圣地亚哥起飞，必须经停美国迈阿密或者洛杉矶等地，必须将货物转给其他飞往中国的飞机，有时甚至要更换其他航空公司的飞机。特别是在迈阿密如此炎热的地方，货物转运将使冰鲜三文鱼暴露在炎热气候条件下几个小时，如遇航班延期，更难以保障三文鱼的新鲜程度。

2014 年东航首飞货运生鲜包机，100 吨的货运包机从中国始发，飞往美国迈阿密，满载高附加价值的电子产品，在迈阿密卸载后再飞往智利圣地亚哥；回程他们会运送智利樱桃和蓝莓到中国市场。但是水果季只有短短一两个月，在没有水果运输的季节，货运包机运什么就成了最大的问题，此时东航将目光投向了冰鲜三文鱼。

韦祺经理说，他们开始做三文鱼运输项目时，本地厂家因为对东航不了解，不敢把冰鲜三文鱼交给东航货运包机。

时过境迁，文蒂斯罗克斯公司销售经理多明戈（Domingo）说：“虽然

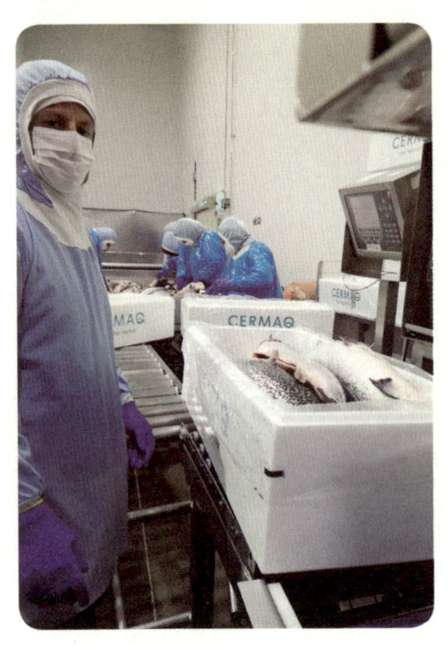

出口中国的冰鲜三文鱼

2018年智利与中国签署了海关合作备忘录，实施了电子认证快速入关，但是从智利把三文鱼运送到遥远的中国，缩短空运（加转机）时间是保证品质的关键因素。我们要确保将智利三文鱼高质量地送到中国消费者的餐桌上，东航货运包机让我们找到了快速、便捷的运输方式。现在我们公司出口的冰鲜三文鱼占到90%，其中40%使用的是货运包机。”

当我提到货运包机比客运航班运输价格高时，多明戈回答说，使用客机剩余腹舱运输三文鱼成本虽然低些，但在运输与转运过程中，产品放在什么地方是无法把控的，“虽然货运包机比客运航班的运输价格高，但三文鱼从出厂到落地中国的时间只有20多个小时。东航的服务质量及货运包机的时效性让我们选择了他们”。

韦祺经理说，自2018年2月起，东方航空公司开通了三文鱼货运包机，一开始每周飞一个固定航班，上货量只有20吨左右；3月之后每周增加到飞两个固定航班，货运量提高到了满载的80%；6月之后基本达到100吨满载货物飞回中国，“2018年4—12月共运送约5000吨冰鲜三文鱼。2019年我们计划每周加密到4个固定航班，目标是占据智利出口中国冰鲜三文鱼40%~50%的空运运量。”

正是由于东航开通了从智利飞往中国的货运包机，架起了中智之间的贸易物流快速通道，让智利的水果以及三文鱼飞到千千万万中国消费者手中。东航不仅为促进智利农产品及水产品的出口做出了贡献，也在中国市场需求增长、升级的大背景下，将所谓低附加价值产品采用高端货运包机方式运输，在航空史上留下了历史的印记。

2019 年 1 月 13 日　智利第 14 天

一路向北

一路向智利北部驶去，别样的地貌、植物与景色。越来越近了……

沿途美景

2019 年 1 月 14 日　智利第 15 天

国家电投“另类收购”，快速进入拉美能源市场，实现倍增效应

两天来，国家电投太平洋水电智利公司公关经理罗德里格驾车 1040 公里，陪同我调研了国家电投太平洋水电智利公司的两个项目，一个是位于卡恰布艾尔河的查卡耶水电站，另一个是位于曼妥思地区的蓬塔风电场。

查卡耶水电站建于 2012 年，是一个小水电站，拥有两个涡轮发电机组，发电能力仅约 11 万千瓦。如此小的水电站在国内已经少见，但这个水电站仍在运行。

我们进入查卡耶水电站时，罗德里格打趣地说道："这里只有一个人类（There is the only human.）。"的确，整个水电站上上下下只有操作员约翰（John）一人在监控室工作，但现场干净整洁，管理得井井有条。约翰介绍说，所有环节都是采用自动控制与监测。

约翰每天连续工作 12 小时，每 4 天一个工作周期，然后回家休息 3 天。整个水电站共有 4 名操作员。我结束调研要离开水电站时，正碰上他的同事前来接班。

查卡耶水电站是国家电投太平洋水电智利公司在智利 2 个流域的 5 个水电项目之一，5 个电站总发电能力 38.8 万千瓦。

2015 年 5 月，中国电力投资集团公司与国家核电技术有限公司重组，成立国家电力投资集团，同年签署对太平洋水电公司的收购协议。西方媒体透露收购金额为 20 亿澳元。

采访罗德里格（打字者）

国家电投太平洋水电智利公司董事及国家代表闫建亭接受采访时说，太平洋水电公司是一家澳大利亚公司，总共有澳大利亚、智利、巴西的19个项目，其中智利有5个水电站及一个风力发电场项目。

闫建亭

2015年是中国企业践行“一带一路”倡议、在海外密集性并购的一年，特别是在澳大利亚。此间招商局以17.5亿澳元收购了澳大利亚纽卡斯尔港口98年的经营管理权和土地租赁权，完成了招商局海外港口布局，实现六大洲全覆盖；此后中交集团以11.5亿澳元收购了澳大利亚第三大建筑公司约翰·霍兰德（John Holland），主要目的之一是获得约翰·霍兰德的铁路建设与运营牌照，之后成功承建与运营肯尼亚蒙内铁路；而国家电投在重组的同年即完成对太平洋水电的并购协议签署，其目的是什么？

闫建亭说，国家电投成立之初就明确提出“建设一流的跨国综合能源企业集团”的发展目标。“我们对澳大利亚太平洋水电的收购是一次战略性投资，之所以称其为‘战略性’投资，是因为太平洋水电本身就是一家跨国公司，运营平台覆盖两大洲4个国家，包括澳大利亚、新西兰以及南美的智利与巴西。其全球性的资源配置不仅能够使国家电投实现新增价值，还能快速找到这些国家与地区的潜在发展机会。”

实践证明，这次收购是成功的，据了解，正是借助此平台的优势，国家电投与浙能集团2017年成功收购了巴西圣西芒水电站。该水电站装机容量171万千瓦，此次收购获得了该项目30年特许经营权。

古希腊物理学家阿基米德曾经说过：“给我一个支点，我就能撬动地球。”国家电投的实践再次印证了杠杆原理。于 2015 年重组的国家电投不像中交集团与招商局那样在海外市场有着长期积累与铺垫，那么该如何实现“建设一流的跨国综合能源企业集团”的目标？采取何种方式才能迎头赶上或是弯道超车？通常中国企业进入陌生地区发展时，多会采取成为所在国公司的合作伙伴或者联合开发项目的方式，国家电投则另辟蹊径，以收购澳大利亚太平洋水电为支点，将平台的撬动作用发挥到了极致。

要恰当地评价这次并购交易还有待时日，但我们目前看到的是，一家新重组的公司短短 4 年内便实现了快速进入“一带一路”沿线国家能源市场的倍增效应。

2019 年 1 月 16 日　智利第 17 天

“输变电电网必须对任何发电商开放接入”

一路向北行驶 370 公里，来到曼妥思地区的蓬塔风电场。蓬塔风电场是国家电投太平洋水电公司在智利 5 个水电站项目之外唯一的风电项目，总投资 1.5 亿美元，建成于 2018 年 8 月。

蓬塔风电场监控室
（左边是运行经理卡洛斯）

蓬塔风电场处于太平洋沿海丘陵地带，降雨量小且风力大。行驶接近风电场时，在公路沿海一侧可以看到很多风力发电塔，鳞次栉比。

在蓬塔风电场中央控制室，运行经理卡洛斯（Carlos）接待了我。他是一位有着 18 年工作经历的电气工程师，曾就职于委内瑞拉苏克雷州的安东尼奥·何塞·德苏尔

（Antonio Jose De Sure）发电厂，2018 年携妻子和两个孩子来到智利工作。

蓬塔风电场一共有 32 台风力发电机组，所有设备均来自中国金风科技，每一个发电塔的发电能力为 2500 千瓦，总发电能力 80 兆瓦，预计年发电量为 282 吉瓦时，发电场自建一个 220 千伏的输变电站。

金风科技是中国风电制造商中最早实现“走出去”的企业，目前，其风机累计出口容量占中国总累计出口量的 58% 以上，国外装机遍布全球六大洲 23 个国家。2017 年中国 6 家风电制造企业分别向 12 个国家出口风电机组，金风科技在智利一共有 2 个风电项目，蓬塔风电场是其中之一。

在一间办公室，我见到了为蓬塔风电场提供风电机组设备的金风项目经理于洋。他介绍说，这个地区是智利的三类风区，风速为 6～7 米/秒。但在显示屏上我看到瞬时最高风速达到 10.6 米/秒，相当于 5 级风力。于洋带领他的团队将为此项目提供 10 年运维服务。

金风项目经理于洋

整个采访过程中，我最关心的问题是，蓬塔以及周边风力发电场所发的风电是否以及如何接入国家或者区域电网？得到的答复是：智利政府以法律形式规定，小型新能源发电站（装机容量小于 9 兆瓦）优先连接至电网，对电力输出少于 20 兆瓦的可再生能源发电站，全部或部分免除电网传输收费。

虽然 2017 年以来，在已进入而立之年的我国风电行业，弃风限电情况大幅减少，但是智利于 2010 年实施的《新能源法律修正案》以“非自由裁量”保证小型新能源公司电力上网的做法，还是值得我们借鉴。

回到圣地亚哥，我采访了国家电投太平洋水电智利公司董事闫建亭及法律执行经理奥斯卡（Oscar），他们分别介绍了智利电力市场以及新能源发展状况。

目前智利电力结构中石油、煤炭与新能源发电量分别占比32%、25%、25%。智利全国总装机容量为2300万千瓦，而市场需求只有1000多万千瓦。一方面发电量过剩，另一方面矿物能源有限，需大量依赖进口，所以智利政府这些年来强力推行电力结构变革，希望利用可再生能源替代煤、油发电。2008年智利颁布了《非传统再生能源法》，规定电力公司向客户销售的电力中，至少有5%来自非传统再生能源，还以法律形式保证可再生能源生产公司在电力市场以现货价格销售所生产的能源。

目前智利有两个输变电电网公司，一个是国家电网（Transelec），占整个输变电市场份额的98%，中国南方电网占其27.7%的股份；另一个是南方电网，仅占2%的市场份额。两者均为私人公司。

自从20世纪90年代中期电力行业私有化之后，智利明确“政府没有发电义务”，所有电力市场的投资决策完全由发电商自由决定以及由市场决定。但是政府明确规定，输变电电网必须对任何发电商开放接入，政府在电力市场除了制定法律、规划职能外，最重要的作用是通过国家能源委员会下属的国家电力协调机构（National Electric Coordinator），确保监督协调电力参与者之间能有边际成本和经济效益，重要的是监督并确保对传输系统的开放性。这一点给我留下了深刻印象。

恢复被施工破坏的地表

此次采访给我留下了深刻印象的另一件事是，我离开风电场时，看到约有1公顷土地被圈起来，工人们正在大风中复垦风电场建设时破坏了的地表。工人告诉我，他们正在种植的是智利硬木树与小迷迭香，每株植物都围上铁丝网是为了防止被兔子吃掉。

运行经理奥斯卡说，蓬塔风电场将要对55公顷土地进行再生利用和系统恢复，因为智利政府对此有严格的环境要求。

2019年1月18日　智利第19天

市场与政府两手共舞

再向北行驶195公里，前往中国港湾水资源综合利用项目所在地佩托尔卡（Petorca）做调研。该项目坐落于卡萨布兰卡山谷中，这里拥有智利典型的中央山谷地貌。中国港湾9名员工住在佩托尔卡镇一个小村庄里，正紧锣密鼓地准备项目建设。

在即将于9月份开工的项目施工现场，智利项目经理孙健打开一张施工地图，他说："实质上这是一个调节水库项目。此地区年降雨量只有50毫米，常年缺水，但这里却是智利的'牛油果之乡'。我们将修建一个70米高、560米长的水坝，拦截棕榈河水，并修建57公里引水渠，将河水引入佩托尔卡。"

采访孙健经理（中）

近些年，中国牛油果进口量从2011年的3.18万公斤蹿升到2017年的1500万公斤，其中智利与秘鲁均与中国签署了自贸协定，成为向中国出口牛油果最多的两个国家。孙经理说："智利政府计划建设这座水库的目的是在此地区增加 40 万公顷土地以种植牛油果。”

水库项目部的房东马丁（Martin）是在当地非常有名的庄园主，拥有 40 公顷（600 亩）土地，种植牛油果及柠檬。

今天我遇到了马丁的职业经理人蒂曼托（Timanto），他负责 10 公顷（150 亩）牛油果种植的管理。他说，2018 年 10 公顷土地生产了 18 万公斤牛油果，其收购价格平均每公斤为 1200 ~ 1500 比索（约相当于 12 ~ 15 元人民币）。大部分牛油果在 9—11 月成熟。

蒂曼托告诉我，除了管理 10 公顷土地，他还负责管理出租给项目部的老房子，这座房子有 100 多年的历史。

坐在葡萄藤下，孙健经理介绍了水库项目。他说，中国港湾于 2013 年进入智利市场，开始是在圣安东尼奥港及圣文森特港做现汇项目，水库项目是他们在智利的第一个 PPP 项目。

与住在小村庄里的年轻人合影

智利的PPP项目始于1995年，仅比PPP模式创新者英国晚1年。在智利旅行途中，常会听到“嘀”的一声，这意味着使用道路的1次自动收费。1月6日，我们从圣地亚哥到沿海城市瓦尔帕莱索，全程117公里，听到了7次“嘀”声，这意味着此段公路有7个不同的投资者。目前智利有可能是拉美PPP项目最多的国家之一，除公路、水库外，政府公共项目如医院等均采用PPP模式。

除此之外，智利PPP项目模式在拉美乃至世界上都是独一无二的，其最大的特点是“政府兜底”与“保证收益”。以中国港湾水库项目为例，项目总投资2.3亿美元，运营期19年。政府将在19年内分批偿还项目建设的贷款资金及利息，并支付项目运营的费用，项目利润空间一般为5%~20%。

孙健经理介绍说，虽然这个项目金额不大，但他们借助此项目进入了智利PPP市场。他们在项目招投标时已经通过了环境评估，鉴于智利PPP市场最大的不确定因素是极高的环评门槛，这是一个风险小但收益率亦不高的项目。

谈到智利投资环境，孙健经理说，首先，对投资者而言，智利是拉丁美洲国家中少数不受政府换届影响的国家；其次，政府建立了智利发展单位（UFUNIDAD DE FOMENTO）以及月度税收单位（UTM），这两个系统的建立为投资者降低了税收及货币贬值风险。自20世纪80年代以来，拉美地区平均通胀率达80%，有些国家甚至达到四位数，但智利实际通胀率均未超过两位数，这是长期以来投资者在智利不断地投资PPP项目的关键所在。

拉丁美洲是一个整体，但绝不能被视为一个投资板块，因为每个国家都有其独特的政治与经济生态。作为拉丁美洲ABC三大国之一的智利，若用左翼政府与右翼政府、自由经济与计划经济、大政府与小政府、国家主义与芝加哥学派（Chicago School）来判断其发展模式，均有概念化之嫌。

从1971年到2018年，为何智利GDP平均年增长率高达5%左右？为何智利从未受到汇率贬值的毁灭性冲击（智利比索不仅与美元挂钩，而且自由流动）？如果深入探究，在智利可以看到政府与市场两只手的共舞：智利既是一个极度自由市场化的国家，同时政府又在国家发展规划的引导下，强力推进与引导产业的发展。智利独特的发展道路，有必要进行深入研究。

2019 年 1 月 19 日　智利第 20 天

采访拉美半年的一组数据

以空杯心态走上拉美十国调研之路。有多少个刹那之间，就有多少个念起念落，但自从踏上这条路，就没有给自己留转身的余地。

每一次的旅行，都如同此次经历——触摸某种知觉和找到灵感：用足印丈量深浅，以调研探究易难，用交谈领悟要义，以文字记录史籍。整理一组数据：

一、完成采访 7.5 个国家，行驶里程 6.31 万公里。

二、实地调研 74 个项目，项目合同金额总计 567.5 亿美元。

三、访谈 338 人次，录音时长 408 小时。

四、有 326 个文件，文件整理字数 328 万。

五、发表《聚焦行走拉美十国——21 世纪经济报道大型调研》，撰写网络新闻共 140 条，合计 11.4 万字。

每一个现在都会成为以后的回忆。真心感谢很多人，能遇到你们是一件幸事。

2019 年 1 月 24 日　智利第 25 天

美酒之旅（上）——到中国去！老酒庄的出口转型

中粮圣利亚酒庄副总经理徐鹏哲驱车 200 多公里到圣地亚哥驻地接我。

从今天开始，我要在智利完成最后一个调研项目——中粮集团圣利亚酒庄项目。

中粮圣利亚酒庄副总经理、酿酒师徐鹏哲

在拉美已经完成采访的 8 个国家、75 个项目中，中粮圣利亚酒庄是合同金额最小的一个。中粮集团于 2010 年 9 月以 1800 万美元收购了圣利亚酒庄。徐鹏哲是圣利亚酒庄的副总经理，也是中国 800 多名注册酿酒师之一。他曾在中粮长城葡萄酒（蓬莱）有限公司工作，也曾在澳大利亚酒庄学习，于 2018 年到圣利亚酒庄。

沿着 5 号公路来到坐落于科尔查瓜山谷（Colchagua Valley）的圣利亚酒庄，沿途看到很多大大小小的酒庄，据说这一地区有 500 多家酒庄。当抵达圣利亚酒庄时，进门处的 10 棵智利椰子树高耸挺拔，酒庄办公区域厚约 1 米的墙分外醒目。

酒庄总经理罗德里格着盛装迎接我们，他头戴草帽，身披智利原住民马普切（Mapuche）盛会披风。罗德里格从 2003 年起在圣利亚酒庄工作至今，他是智利红酒协会会员，1994 年获得智利酿酒师职称，目前智利大约有 850 名酿酒师。

在会议室，罗德里格用 PPT 介绍了这个酒庄的历史：圣利亚酒庄始建于 20 世纪 70 年代，原属比斯科特家族（Biscuertt Family）。这个家族在智利拥有 1000 公顷土地，用于种植葡萄。老庄主奥尔瓦尔多·比斯科特被称为科尔查瓜山谷红酒的先驱，因为他引进了红酒酿造新技术，改变了该地区传统的酿酒方式。20 世纪 80 年代，比斯科特家族酒庄不仅在智利葡萄酒市场占据了重要地位，而且开始向欧美国家出口葡萄酒。据《葡萄酒观察家》杂志的评鉴，该家族的乔亚西拉（Joya Syrah）酒 2014 年被评选为

“世界 100 瓶最佳葡萄酒”之一。

罗德里格说，2010 年智利发生 8.8 级大地震，震中瓦尔帕莱索距离酒庄所在地圣克鲁斯市仅 150 公里左右。地震不仅毁坏了酒庄的建筑，也损坏了生产设备——酿酒发酵桶等。

老比斯科特于 2010 年去世，中粮也在同年与该家族开始收购谈判，老比斯科特的子女将 350 公顷葡萄园及一座生产能力 14000 吨的葡萄酒厂出售给中粮，并更名为圣利亚酒庄。

该酒庄出产的红葡萄酒与白葡萄酒各占 86% 与 14%。工作团队由来自中智两国的人员组成，共同合作，团队总计 45 人，中方工作人员有 3 名。

自从中粮收购圣利亚酒庄，作为智利葡萄酒重要产地，这个老酒庄从原来的向欧美市场出口转为向中国出口。

圣利亚酒庄

罗德里格说，出口市场转变之后，酿酒师面临的最大挑战是要根据中国消费者的需求与口味，做出调整，他们需要了解中国消费者想要的是什么，需求是什么。“我曾多次访问中国，包括中粮集团在中国河北沙城与昌黎的 3 个酒庄以及山东蓬莱的酒庄，了解中粮葡萄种植区的土地、气候以及水源情况。”他说，“之前我们很少了解中国的经济发展，到了中国才知道中国红酒市场如此巨大。2010 年中粮收购酒庄之前，智利红酒出口前 10 个国家里还没有中国，而现在不过短短几年，中国已成为智利红酒出口的第一大目的国，比 3 年前份额增加了 30%。”

罗德里格特别强调，智利红酒除了具有高性价比竞争优势，中智两国签订的自由贸易协定是促进其出口的最大变量。智利红酒在中国市场享受关税优惠，法国、意大利与美国等国家的红酒进入中国市场的关税是 14%，而智利红酒进入中国的关税只有 1.6%（法国红酒在中国的综合税率是 48%，智利只有 35.6%）。随着中智自贸升级协定的实施，目前智利红酒进入中国市场已实现零关税。“红酒如同樱桃、三文鱼一样，连接了远隔太平洋两岸的中智两国。”

2019 年 1 月 25 日　智利第 26 天

美酒之旅（中）——囊括稀缺产区资源，为我所用

在圣利亚酒庄总经理罗德里格和副总经理徐鹏哲的陪同下，我参观了葡萄种植园，现在正是葡萄转色期。在所参观的 3 块葡萄种植园中看到，葡萄园主要采用单干双臂式种植方式。在圣利亚酒庄面积达 315 公顷的葡萄种植园中，有赤霞珠、佳美娜及西拉等葡萄品种。

之后我们参观了酿酒工厂。罗德里格介绍说，中粮收购酒庄后，重建了所有被地震毁坏的设施，目前酿酒厂有 275 个酿酒罐，包括 50 多个高端橡木桶和不锈钢发酵容器。目前，圣利亚酒庄年生产能力为 14000 吨（智利总产量为 110 万吨）。

人们都说最好的葡萄酒来自南北纬 40 度黄金分割线，而圣利亚酒庄坐落于南纬 34 度。就此罗德里格表示，智利是一个狭长的国家，南北距离 4000 多公里，也被称为“南美屋脊下冰与火的国度”。酒庄东靠安第斯山脉，西距太平洋只有 40 多公里，这里昼夜温差大，特别是受到寒冷的洪堡洋流影响，智利 15 个葡萄产区堪称世界上最好的种植区。

在种植园里我看到了一种叫佳美娜的葡萄。徐鹏哲经理介绍说，佳美

娜葡萄原产于法国波尔多（Bordeaux），但由于受到根瘤蚜虫的侵害，在整个欧洲几乎绝迹。但人们发现，被西班牙殖民者带入的佳美娜品种在智利保留完好，这也成为智利葡萄酒的一大特色，因为佳美娜葡萄品种在智利表现极佳，所以用其酿制的葡萄酒口味独特。

根据《葡萄酒红色中国》给出的数据，截至 2018 年 7 月，全球有 158 家酒庄被中国大陆资本收购，其中有 146 家集中于法国波尔多地区，但其中不乏酒庄遭到废弃。

目前在智利只有中粮和张裕收购了 2 家规模较大的酒庄。虽然收购酒庄投资额相对较小，但对专业性及销售网络的较高要求反而使得进入这个行业门槛较高。

显然，中粮与张裕收购智利酒庄不像有些私人资本的收购，只为附庸风雅，而是有其明确的战略意图。自从 20 世纪 70 年代中粮酒业酿造出了中国第一瓶达到国际标准的“长城牌”葡萄酒，40 多年来中粮一直坚持自主品牌创新之路，其有专业化酿酒技术作为坚实基础，无论进行国际化营销还是引进国外品牌，或在全球稀缺产区收购资源，都是为了打造中国长城葡萄酒品牌。

徐鹏哲经理介绍说，目前中粮酒业旗下有五大单品酒，包括长城五星、长城天赋（宁夏）、长城华夏（秦皇岛）、长城海岸（蓬莱）、长城桑干，长城葡萄酒多次在国际专业评比中获奖，并远销法国、英国、德国、日本等 20 多个国家和地区，拥有“中国出口名牌”称号。

2010 年，中粮收购智利圣利亚酒庄，之后又于 2011 年收购法国雷沃堡酒庄，这是具有明确目标的生产型海外收购，其最大目的是在全球最著名的葡萄产区深化全产业链原产地布局，实现横跨葡萄酒旧世界（欧洲）、新世界（南美）、东方世界（中国）三大阵营的精选产区格局。

比如中粮将智利与法国精选产区收归旗下，使新旧世界的传统产品成为中粮酒业旗下长城葡萄酒品牌的一部分，既延长了长城葡萄酒品牌的产

葡萄种植园

现场调研

地半径，也使中粮进入全球葡萄酒第一阵营。

显然，中粮收购智利酒庄及法国酒庄与其他公司收购或者参股海外酒庄有所不同，中粮的目的是囊括全球稀缺产区资源，铸造世界美酒长城，为我所用，而不是为了利润最大化，沿用原有酒庄的品牌在世界销售。先且不论收购酒庄土地升值潜力、投资回报商业指数以及销售网络等，至少只有中粮做到了以我为主，打造中国长城葡萄酒品牌。

徐鹏哲经理说，目前圣利亚酒庄运营良好，主要目标是着眼于种好葡萄、酿好葡萄酒，为中国长城葡萄酒品牌提升助力。

2019 年 1 月 26 日　智利第 27 天

美酒之旅（下）——书写自己的红酒故事

当科尔查瓜山谷烈日退去时，总经理罗德里格在餐厅宴请大家，最主要的目的是让大家品尝圣利亚酒庄的两款葡萄酒，一款是长城天赋，另一

罗德里格传授品红酒知识

款是圣利亚酒庄纪念典藏版干红。

之前虽然喝过一些葡萄酒，但对葡萄酒不知其所以然，每逢此种场合，常为自己对红酒知识了解甚少而羞愧。这次难得有机会与酿酒师、品酒师同餐共饮，是一个获取红酒知识的绝好机会。

罗德里格介绍说，智利人每餐都要饮酒，人均红酒消费量每年 17 升，还有很大提升空间，西班牙人均红酒消费量 46~60 升，而中国人均只有 0.3 升，“所以你大可不必为此感到羞愧”，他安慰我说。

作为红酒外行，应该如何品尝一款酒呢？罗德里格解释说，人有嗅觉记忆，而嗅觉与味觉之间又相互关联。人们的味觉来自舌头，舌尖感受到的是甜味，舌前两侧是咸味，舌后两侧是酸味，而舌根则是苦味。

这次晚宴上品尝了两款酒，罗德里格试酒的程序与面部表情可谓是经典教科书式的。按照他的“三步走”教程，我第一次用心体验了品酒时的视觉、嗅觉与味觉。

我向罗德里格请教：对于不懂酒的人如何知晓每款酒该醒多长时间？他回答，不用特别地在意，酒在每一个时间段都有不同的味道。

完成两款酒的品尝之后，我问，这两款酒有何不同之处？酿酒师徐鹏哲说，长城天赋主要是由赤霞珠葡萄酿成，果香丰富、醇厚丰满，是一款比较容易理解的酒。此酒已经有 9 年的时间，是一款成熟的酒。在智利一般一款成熟的酒需要 5 年左右的时间，而在法国则需要 25 年。

第二款圣利亚酒庄纪念典藏版干红葡萄酒，则是由75%的佳美娜、15%的赤霞珠以及10%的小味儿多组合酿成，这款酒丹宁细腻柔和，酒体甜润饱满，平衡又富于变化，是一款比较复杂的酒，更像欧洲的红酒。

罗德里格问我："你更喜欢哪款酒？"我回答："应该是那款简单的酒。"他说，红酒具有个性，不同的人有不同的口味，某种程度上，你的感觉代表了部分中国消费者的偏好，所以我们会着力于打造长城天赋红葡萄酒。

至于中国红酒业的葡萄种植与红酒生产水准，罗德里格说："首先，我最惊叹于中国葡萄的种植。中国不同于智利，一大片种植区的土地属于众多不同的土地拥有者，将小片土地连成大片，组织难度可想而知；其次，中国目前红酒生产的装备与质量检测非常现代化，整体水平高于智利。智利葡萄产地的优势在于天然的地理与气候条件，所以我们两国互补性很强。这也是我非常想去中国宁夏的原因，那里有不同于中国河北与山东的种植条件。"

曾经在中国宁夏工作过的圣利亚酒庄首席酿酒师皮埃尔（Pierre）告诉我，宁夏政府曾邀请50多位世界红酒品酒师盲品宁夏红酒，他是获邀者之一。他说，仅以酒的品质而言，为什么不选择中国红酒呢？"宁夏的红酒非常好，在颜色与酸度方面具有很好的平衡感，具有很高的水平。唯一存在的问题是葡萄种植成本高于智利。"

首席酿酒师皮埃尔

当我问及欧洲红酒与加州红酒及智利红酒的区别，这位来自法国的酿酒师说，在法国，人们购买红酒关注的是产地土壤条件，而智利则关注葡萄的品种。如果以他个人主观偏好而言，他认为这些红酒各具性格与风格，智利红酒辨识度高，容易喝，也容易卖，而加州红酒主要针对美国市场，风格比智利更接近欧洲。

但他认为，无论是产自哪里的红酒，人们都可以从中寻找到更多的情感。欧洲具有几千年的红酒历史，而智利只有200多年的红酒历史，所以智利是红酒新世界。智利需要完善自己红酒的故事，同时也要给人们更多的有关土壤与气候的信息。他特别提到，有些人去法国旅游是为了购买法国红酒与香水，现在巴西人到智利旅游是为了品尝与购买智利红酒。中国不仅有自己的葡萄种植园还有广阔的红酒消费市场，其实也已经具备了推销国产品牌红酒的能力。

2019年1月28日　智利第29天

让“雪龙号”科考队员回家过年！中国驻智利大使馆接受重任租机飞南极

“雪龙号”科考船撞上冰山，举国关注。如今事件有了最新发展：科考船已于27日从事故发生地转移，停靠中国南极长城站。自然资源部决

“雪龙号”科考船

定接 53 名科考队员回国，与家人团聚。中国驻智利大使馆接受了这一重要任务。

我是意外得知这一消息的。按原计划，我本应于智利时间 1 月 29 日对中国驻智利大使馆商务参赞刘如涛进行专访，但智利时间 1 月 28 日下午 4 点，我接到了刘参赞的短信："'雪龙号'撞冰山后，我被紧急派赴南极接回 53 名科考队员。原定于明天上午的采访被迫取消。"

1 月 19 日，受浓雾影响，中国"雪龙号"科考船与冰山意外相撞，事件牵动着全国人民的心。据刘参赞介绍，"雪龙号"撞到冰山后的 23 日，自然资源部即决定让"雪龙号"撤往南极长城站。1 月 27 日，"雪龙号"已抵达南极长城站停靠。因为目前"雪龙号"已不具备继续开展各项科考工作的条件，所以自然资源部最后决定，从南极将 53 名科考队员接回国，与家人团聚过年，并将这一重任委托给了中国驻智利大使馆。

中国目前在南极有 5 个科考站，包括长城站、中山站、昆仑站、泰山站、罗斯海新站，中国政府分别在澳大利亚与智利两国设置了后勤支持代表处。

中国驻智利大使馆接到任务后，徐步大使立即召开专题工作会议，并组织了两个支持工作组。刘参赞及孙笑白领事率领的团队负责带飞机前往乔治岛，接回科考队员并陪他们入境智利。为此中国驻智利大使馆租赁了 DAP 私人航空公司一架中短程百人级数喷气机，从蓬塔阿雷纳斯飞往乔治岛机场。美洲与南极往返的航班中，有 76% 是 DAP 航空公司承担的。

中国驻智利大使徐步

1 月 27 日，刘参赞所率团队已

抵达蓬塔阿雷纳斯。他们原计划 28 日即飞往乔治岛，将科考队员带回智利，但因大雾飞机不能降落。28 日他先在蓬塔与智利出入境管理局官员进行沟通，“因为 53 名科考队员没有智利签证，我们要与智利出入境管理局沟通，既能让科考队员顺利入境智利，又能让他们尽快乘商业航班飞回祖国”。

刘参赞说，根据天气预报，他们将于 29 日下午 2 点到 3 点之间起飞，前往乔治岛。

2019 年 1 月 29 日　智利第 30 天（之一）

一个不少！53 名“雪龙号”科考队员安全抵达智利

智利 1 月 29 日晚 11 点，我与中国驻智利大使馆商务参赞刘如涛视频连线，看到刘参赞与 53 名“雪龙号”科考队员正在蓬塔阿雷纳斯机场。刘参赞兴奋地告诉我：“参与中国第 35 次南极考察任务的‘雪龙号’船上 53 名科考队员已经顺利返回智利蓬塔阿雷纳斯，所有人顺利办好入境手续。队员们将分别乘坐 3 个航班，从蓬塔阿雷纳斯飞往圣地亚哥。”

刘如涛参赞（左一）协调办理入境手续

随后，我连线采访了参与“雪龙号”科考的队员任松。他来自自然资源部东海局，在此次科考任务中负责现场质量监督与管理。

任松说，“雪龙号”在南极阿蒙森海密集冰区与冰山碰撞后，根据上级指示，为确保人员安全，“雪龙号”从事故发生地航行到中国科考长城站，进行专业检修，全体队员在长城站休整，然后转道回国。

53名科考队员登上飞机

此次“雪龙号”科考原定分三个航段进行：第一航段是给中山站运送补给物资，时间是2018年11月2日—12月中下旬。第二航段是返回新西兰，接上第二批科考队员，对航路上经过的阿蒙森海、罗斯海进行调查——中国计划2022年在罗斯海沿岸建设新科考站，为此要先对罗斯海海域进行初步勘查与设计等。第三航段将始于2019年2月17日，任务有二：一是将部分科考队员从罗斯海区域经澳大利亚送回国；二是从澳大利亚接上第三批科考队员，前往中山站，继续完

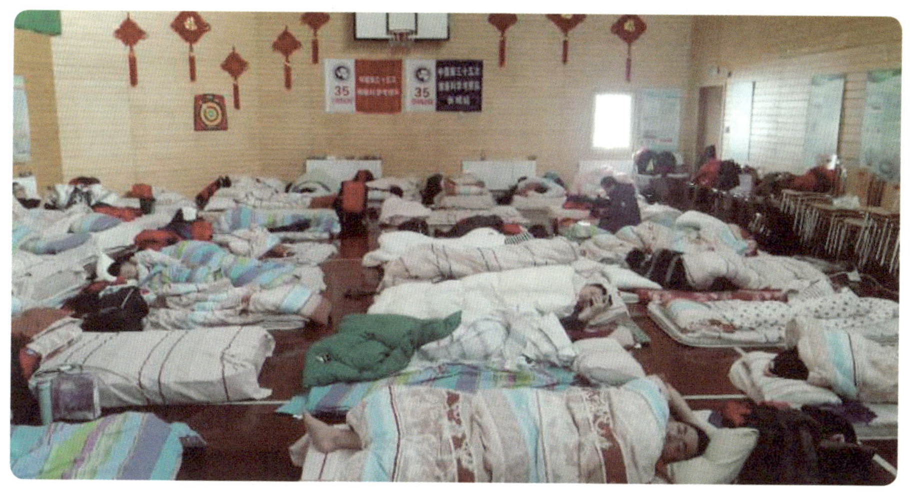

困在长城站的科考队员

成各项调查任务，之后再把第一航段被送到中山站并结束任务的科考队员送回国，预计 2019 年 4 月 12 日“雪龙号”抵达上海港。

2019 年 1 月 29 日　智利第 30 天（之二）

相对开放与保守，“智利经验”没有借鉴意义

原定 1 月 29 日采访中国驻智利大使馆商务参赞刘如涛，但由于刘参赞被委派到南极接回“雪龙号”科考队员的任务，未能谋面。最后通过微信视频完成了采访，彼时刘参赞正置身蓬塔阿雷纳斯。

刘如涛参赞在拉美常驻 15 年，先后在巴西、阿根廷、多米尼加、玻利维亚与智利大使馆工作。正因为有在多个拉美国家工作的经历与体会，他对拉美问题有着深刻的认识。

谈到中智两国签署的自贸协定与自贸协定升级议定书，刘参赞说，中智两国 2005 年签署自贸协定时，智利更加积极主动，因为自由贸易政策是智利政府一直延续实施的国策，也最契合智利的发展需求。迄今智利与其 90% 以上的有贸易往来的国家签署了 24 份自贸协定。2005 年，中国加入 WTO 仅 4 年，如果说彼时在对世界贸易规则的理解方面，中国尚处于初级阶段，智利已经深入践行。

刘参赞说，智利是拉丁美洲首个与中国签署自贸协定的国家，目前中国与拉美地区贸易中，中智双边贸易额居第三位（巴西为第一位、墨西哥为第二位）。那么，该如何理解 2017 年中智两国签署的自贸协定升级议定书“开始引领全球自由贸易规则的新趋势”？刘参赞就此回答说，2005 年签订的中智自贸协定相当于 1.0 版，而自贸协定升级议定书相当于 2.0 版。自贸协定升级后，不仅使两国货物贸易零关税覆盖的商品比例从之前的 97% 升级到 98%，更重要的是突破了传统上以减免关税为核心的自贸协定，上升为更高级别的互惠机制，包括电子商务、政府采购、知识产权、贸易

便利化（如电子通关）等。

自2017年11月中智签署自贸升级议定书以来，人们了解更多的是智利向中国出口额不断扩大，涉及的商品包括新鲜水果、红酒与三文鱼等。那中国是否也从这份自贸协定中获益了呢？

刘参赞说，中国与智利相隔天涯，距离最为遥远，但现在智利已经成为中国进口新鲜水果第一大来源国，此前占据这一位置的是泰国。新鲜水果贸易最受距离影响，而中智双边自贸协定的零关税大大削弱了这一影响。拉美多数国家依赖资源性产品出口，而中国工业制造正开始进入4.0阶段，双方很容易找到最大利益契合点。以智利为例，目前中国有23个自主知识产权汽车品牌畅销智利，2018年中国汽车在智利市场占有率达15%。智利总统皮涅拉这样评述："除中国之外，圣地亚哥是（中国品牌）电动公交车运营最多的城市。"事实上，中国自主品牌汽车在智利的销售已连续5年位列前5名。"正是由于实行双向零关税，中国产品不仅在智利获得了自由贸易的空间，'中国制造'的质量也获得了公平评价空间。"

那么，"智利经验"是否有示范效应，可否复制到其他拉美国家？刘参赞的回答是："很难借鉴。因为各个拉美国家选择的发展道路不同。如果在开放与保守的框架下划分，太平洋联盟的朋友圈包括智利、秘鲁、哥伦比亚与墨西哥，这些国家相对开放，其中智利是最开放的；而巴西、阿根廷、玻利维亚与委内瑞拉等国相对保守。'开放派'与'保守派'有不同的道路选择，所以很难借鉴。"

刘参赞说，之所以没有借鉴意义，还有一个原因，就是其他国家"既学不了，也学不好"。

他解释说，自由贸易面对的最大挑战来自如何保护弱小的民族工业。当下世界只有中国既高举自由贸易的旗帜，又有强大的工业制造能力。智利长期以来是"去工业化"，他们曾经有过自己的汽车生产线，但也于2012年关闭。智利可以选择贸易自由化，一大因素是就业压力相对较小（1800万人口），而对拉美第一大工业制造国巴西（2.09 亿人口）来说，选择工业化意味着创造就业岗位，“去工业化”意味摧毁就业岗位，所以巴西学不了。

至于“学不好”，刘参赞说，拉美国家的通病是复制了美国的民主选举，但都没有学到美国的精髓与真谛。无论美国两党如何内斗，其国家利益内核一以贯之，比如特朗普的“制造业回归”。而在民主选举框架下的拉美国家，每届政府执政最多不超过 6 年，不能说这些国家的总统没有雄心，但在选举制度下老百姓没有耐心。多数政府是 4 年一届轮替，不可能有长期的国家发展规划。而要获得下届民主选举的选票，老百姓唯一的衡量标准是：我一定要今天比昨天过得更好。

最后刘参赞总结道，中国之所以成功，是缘于中国共产党的领导，新中国成立 70 多年来一以贯之地走中国特色社会主义道路。始终沿着一个方向与目标不断地探索前行，这才是中国成功的核心要义。

2019 年 1 月 30 日　智利第 31 天

倾听智利人怎么说

几天来，进行了 3 次有深度、有意义的访谈。

首先拜访了智利外交部贸易促进局局长豪尔赫·奥里安（Jorge Oryan）。请他介绍智利贸易政策以及智利政府如何推动智利进出口贸易，特别是出口贸易。

豪尔赫

之后拜访了新发展思想研究中心（Centre for New Development Thinking）的主任克尔斯滕·森布鲁赫（Kirsten

Sehnbruch）女士，此研究中心设在智利大学经济系。我们就拉丁美洲发展模式、智利的道路选择、工业化与“去工业化”以及“中等收入陷阱”等问题开展了较深入的讨论。

克尔斯滕

最后访问的是智利红酒协会总经理克劳迪奥（Claudio）与商务主任安赫利卡（Angelica）。他们为此次采访做了大量的准备，演示文稿有一厚摞。两位分别介绍了智利红酒占中国市场的份额以及他们如何在中国市场推广智利红酒。

这 3 次访谈给我留下了深刻印象，学习到很多东西。第一个访谈让我了解到智利作为市场高度自由化的国家，政府是如何贯彻国策并发挥政府作用的。第二个访谈让我了解到拉丁美洲是什么，智利是谁，与专家谈话总是获益匪浅。第三个访谈非常愉快，意外得到智利红酒荣誉大使的称号，没有证书的。

与智利红酒协会总经理克劳迪奥（左）、商务主任安赫利卡（右）合影

2019 年 1 月 31 日　智利第 32 天

“雪龙号”科考队员回中国

“雪龙号”53 名科考队员已经开始陆续从圣地亚哥乘商业航班返回中国。祝他们一路平安！

2019 年 2 月 1 日　智利第 33 天

再见，圣地亚哥

再见，美丽迷人的智利。再见，中国港湾的朋友，感谢你们的帮助与温暖。

再见圣地亚哥！一只飞鹤迎面而来，此时非彼时。

中国港湾智利项目部总经理孙健（右二）为我送行

阿根廷

为掉进"选举陷阱"的阿根廷哭泣

阿根廷巴塔哥尼亚高原

2019 年 2 月 2 日　阿根廷第 1 天

孔拉水电站项目，总投资 53 亿美元

今天在中国能建葛洲坝集团阿根廷孔多克里夫和拉巴朗科萨水电站（CC/LB，以下简称“孔拉水电站”）项目部常务副经理袁志雄的陪同下，乘飞机从阿根廷首都布宜诺斯艾利斯飞往埃尔卡拉法特（El Calafate）。飞机上人满为患，有一多半乘客是旅游者，因为圣克鲁斯省有世界著名、最活跃也最容易靠近的冰川——阿根廷佩里托莫雷诺冰川，它以冰川破裂的隆隆轰鸣震撼人心而闻名于世。

下飞机后，沿着阿根廷最美丽的 40 号国家公路及圣克鲁斯省 9 号公路驶向孔拉水电站项目临时营地，行程 130 多公里。沿途可见巴塔哥尼亚高原上成群的羊驼在悠闲漫步，圣克鲁斯省有 30 多万人口，羊驼却有 100 多万只。佩里托莫雷诺冰川融化流到阿根廷湖，流经阿根廷湖的圣克鲁斯河在巴塔哥尼亚高原大地上蜿蜒曲折，深邃的蓝绿色河水在阳光下波光粼粼，如少女般纯净。

孔拉水电站是世界南端的水电站，建成后发电能力达 1310 兆瓦，是中拉合作的最大项目，阿根廷在建的最大能源项目，项目总投资 53 亿美元，也是我在“一带一路”沿线国家采访过的若干个水电项目中发电能力最大的项目。

在路上，袁志雄经理说，该项目建成后，将使阿根廷整个国家电力供给提升 6.5%，使阿根廷 GDP 提升 0.06%。

抵达孔拉水电站临时营地后，住在临时集装箱改造的宿舍中，房间紧凑而洁净。项目部同志贴心地准备了洗漱用具，还有水果等。目前项目施工人员有 1000 多人，未来项目高峰时期将达 5000 多人。

未来几天内将在孔拉水电站项目调研。令人期盼的是，今年春节会在阿根廷度过，将与中国能建葛洲坝集团孔拉水电站项目一线建设员工共同

迎接猪年新春。

2019 年 2 月 3 日　阿根廷第 2 天

阿根廷总统说孔拉水电站项目具有“里程碑意义”

阿根廷湖是阿根廷最大的淡水湖，湖泊面积约 1414 平方公里，湖水平均深度约为 150 米，水源来自享誉世界的佩里托莫雷诺冰川。圣克鲁斯河发源于阿根廷湖东岸，流经阿根廷东西约 400 公里的巴塔哥尼亚高原，最后注入大西洋。

长期以来，阿根廷人民一直希望在圣克鲁斯河上修建水利枢纽工程。这个梦想最早始于 1950 年，人们根据达尔文和佩里托·莫雷诺的研究资料进行了初步探讨，并于 1975—1978 年进行了工程可行性研究，几年之后又对这项工程进行了地质与地形的前期研究。但是，直到 2013 年阿根廷修建延伸到该地区的高压输变电线之前，这一阿根廷几代人的梦想一直是“纸上谈兵”。

在圣克鲁斯河上修水电站是阿根廷人的梦想

2013 年 8 月，中国能建葛洲坝集团与阿根廷公司成立联营体，并竞标获得修建孔拉水电站的合同，此项目包括孔多克里夫和拉巴朗科萨两座水电站，总投资额约为 53 亿美元，是有史以来中国企业在阿根廷承建的最大规模公共工程。

生产经理涂磊说，这两座水电站皆为蓄水式水电站，建成后发电能力为 1310 兆瓦。孔多克里夫水电站将安装 5 台发电机组（单机容量为 190 兆瓦），拉巴朗科萨水电站将安装 3 台发电机组。据项目总工程师周惠庭介绍，孔多克里夫大坝是主发电站，拉巴朗科萨大坝将起到调节水位、控制下行量及对下游河流进行保护的作用。

另外，孔拉水电站项目还包括一个 500 千伏输变电站，并将架设 173 公里的输变电线路，接入阿根廷国家南方电网。

在孔多克里夫大坝施工现场，我看到正在进行右岸导流工程、左岸电站厂房开挖及左岸坝体填筑。这里将修建一座长 2044 米、高 73.3 米的大坝。孔多克里夫水库面积为 261.5 平方公里，库容量为 58 亿立方米。拉巴朗科萨电站将修建一座高 43.5 米，长 2759 米的大坝，其水库面积为 205.8 平方公里，库容量为 29.7 亿立方米。两个发电站开挖土方量为 3902 万立方米，相当于 40 个中国水立方的体积。可见这个水电项目工程量多么巨大。

“目前孔拉水电站项目已经完成总工程量的 25% 左右，第一台发电机

在中国能建孔多克里夫大坝工地调研

组将在2022年4月10日发电。”袁志雄经理介绍说。

总统马克里考察孔拉水电站时，与袁志雄合影

特别值得一提的是，阿根廷总统马克里2019年1月访问了孔拉水电站项目。他在水电站发表演讲时说：“能源对阿根廷至关重要，在能源短缺的情况下，更需要发展能源，尤其是要优先发展可再生能源。孔拉水电站项目具有里程碑意义，它对阿根廷经济的长期稳定发展至关重要。我非常感谢中国能建葛洲坝集团参与修建孔拉水电站项目，阿根廷人民非常需要这个项目。”

据介绍，孔拉水电站建成后将惠及阿根廷约150万人口。阿根廷是“一带一路”延伸至拉美的重要支点，而这项工程在中拉合作的基础设施与新能源领域具有标志性、示范性意义。

2019年2月4日　阿根廷第3天

包饺子、看春晚、过大年，思念祖国亲人

现在是中国大年三十除夕夜，而阿根廷则是新的一天刚刚开始。早晨8点，孔多克里夫项目30多名中国员工驱车70公里来到拉巴朗科萨项目所在地，与这里的70多名中国员工共同欢度新春。拉巴朗科萨项目行政主管胡擎松介绍说，为了除夕聚会及观看春晚，他们做了三项准备：

第一，购买了25公斤猪肉，厨师头天晚上加班，剁馅到10点，他们

包饺子，准备过年

还提前购买了牛肉、羊肉、虹鳟鱼及阿根廷红虾等食材；第二，为了能让项目员工看上春晚，项目部提前扩充卫星接收流量及放大信号，并于半年前特地从国内订购了音响设备；第三，员工自己准备了一些表演节目。

在拉巴朗科萨项目部饭堂，差不多有一半的人在包饺子，还有一些人在观看春晚。阿根廷是离祖国最遥远的国家，项目所在地又位于阿根廷的南端，尽管已经扩充了流量，春晚信号还是时断时续。

饭堂内外随处可见一些员工正通过微信视频连线，与相距两万里之遥的祖国亲人互致新春祝福。有的向父母拜年，有的向妻子问候，还有的面对女儿的呼喊泪湿眼角。饭堂外的角落里，两个小伙子席地而坐，轻声聊天，也许此时他们正在交流在海外工作多年给亲情关系带来的问题与彼此的烦恼。

思念亲人

目睹此情此景，特别是见到员工们眼角的泪水，我深切感到节日喜庆的背后，藏着海外工程建设者们的奉献与辛酸。

胡擎松说，这是他在海外度过的第二个春节。2018 年春节恰逢他的女儿出生，他没有赶上；今天正是他女儿满一周岁生日，还是没有赶上。他给我看了女儿的录像。

孔拉水电站项目常务副经理袁志雄说：“作为海外工程建设者，在国外过年是常态。特别是项目骨干，一定要留在第一线与大家在一起共度这个特别的节日。”

袁志雄已经在海外度过了10多个春节。之前的10多年，他曾在尼泊尔参与建设查莫里亚及上催树里两个水电站项目。2018年3月，袁志雄来到阿根廷负责孔拉水电站项目，今年是他在阿根廷度过的第一个春节。

中国商务部发布的《中国对外投资发展报告（2018）》披露，中国境外企业总资产规模达6万亿美元。2017年底，中国2.55万家境内投资者在境外设立对外直接投资企业3.92万家，分布于全球189个国家和地区。

而根据中国对外承包工程商会的数据：2018年1—10月，中国对外承包工程完成营业额1216.7亿美元，同比增长2.5%；其中“一带一路”国家业务贡献率为53.7%，较2017年同期增加13.6%；另据数据显示，2017年中国海外工程劳务派出人数为97.9万。

上述数据的背后，是一个个具体的海外投资与工程承包项目，还有近百万名海外建设者的身影。其核心要义在于，3.92万家对外直接投资企业扩大了对境外资源的开发与利用，同时增加了来自境外的净要素收入。

新春之际，向所有在海外一线的工作人员致敬！

2019年2月5日　阿根廷第4天（之一）

一路向南

前往圣克鲁斯省省府里奥加耶戈斯（Rio Gallegos），路上的风景美不胜收。羊驼既不怕人，也不怕汽车。

2019 年 2 月 5 日　阿根廷第 4 天（之二）

圣克鲁斯省省长赞孔拉水电站“光彩耀人”

在中国能建葛洲坝集团孔拉水电站项目常务副经理袁志雄的陪同下，从孔拉水电站拉巴朗科萨营地出发，驱车沿 9 号省道及 3 号国家公路，前往圣克鲁斯省省府里奥加耶戈斯市，采访省长艾丽西亚·基什内尔（Alicia Kirchner）。因为省政府办公所在地正在装修，采访被安排在一街之隔的省长官邸进行，圣克鲁斯省生产、商业及产业部部长莱昂纳多·阿尔瓦雷斯（Leonardo Alvarez）与省长助理玛丽亚（Maria）也一同参加。

艾丽西亚省长是一位资深政治家，1987 年担任里奥加耶戈斯市的一名部长。在阿根廷前两任总统内斯托尔·基什内尔（2003—2007）与克里斯蒂娜·基什内尔（2007—2015）任职期间，艾丽西亚两度入阁，担任国家社会发展部部长。她曾于 2005 年当选为阿根廷参议员，2015 年成功当选

采访圣克鲁斯省省长艾丽西亚

圣克鲁斯省省长。

艾丽西亚省长身份特殊，她是前总统内斯托尔的妹妹，而另一位前总统克里斯蒂娜是她的嫂子。

中国能建葛洲坝集团承建的孔拉水电站项目坐落于圣克鲁斯省。长期以来，绵延阿根廷南部近400公里的圣克鲁斯河未能被有效利用，白白流入大西洋。阿根廷人民很早就想在圣克鲁斯河上修建水利枢纽工程，是什么导致这个酝酿了半个多世纪的工程到2012年才被提上议程？

艾丽西亚省长回答说，的确，60多年来，在圣克鲁斯河修建水电站一直是阿根廷人的梦想与期待。“在我很小的时候，我的姥爷和我的父亲就一直梦想着建设这样一个水电站。20世纪50年代以来，根据达尔文与佩里托·莫雷诺（阿根廷探险家）的研究资料，人们对建设圣克鲁斯河水利枢纽工程进行了初步探讨；1975—1978年，阿根廷水电能源公司又对这一工程进行了可行性研究，包括地质、环保等方面。直到2012年，阿根廷联邦计划、公共投资和服务部才与中国商谈合作修建孔拉水电站枢纽工程，阿根廷政府于2013年开始招标，中国与阿根廷联营体中标。”

2004年，也就是内斯托尔担任总统第二年，阿根廷与中国定位为“战略伙伴关系”；2014年，提升为“全面战略伙伴关系”。正是这种政治上的互信，推动了两国经贸关系的发展，而孔拉水电站项目则是中阿两国经贸合作的标志性项目。

艾丽西亚省长说，当第一批水电站设备物资到达圣克鲁斯港时，她亲自前往迎接，因为孔拉水电站建设是阿根廷2020年计划的重要内容，对圣克鲁斯省也意义重大。以面积论，圣克鲁斯省是阿根廷第二大省，有丰富的矿产、石油及天然气等自然资源，还有较发达的牧业。该省政府之所以大力推动水电项目，是因为没有能源就没有进一步的经济与社会发展。所以，建设水电站不仅对圣克鲁斯省十分重要，对国家也意义重大。“对我们而言，首先，这个项目可以提供更多就业岗位。在建设过程中，这个项目可为 5776 人直接提供就业机会，还能为省内中小企业提供 10000 多个间接就业岗位；其次，我们制定了城市综合发展规划，希望在未来一段时期内促进圣克鲁斯省的人口增长，孔拉水电站的建设将与这一目标相吻合。”艾丽西亚省长说。

当我问到，孔拉水电站从 2013 年中阿联营体中标到 2017 年 10 月开始建设，中间经历了 2014 年签署融资协议、2015 年总统下达开工令、2016 年主合同变更、2017 年开始修建等过程，对于这项工程经历的种种波折，如何评价？

艾丽西亚省长回答说，工程进展确实经历了曲折的过程。对一项新投资来说，政府的支持非常重要。孔拉水电站的建设符合阿根廷国家发展目标：首先，它节省了国家购买能源的外汇；其次，该电站发电量将占阿根廷全国总发电量的 15%；最后，它将帮助提升阿根廷新能源占比。之前确实有人对这个项目提出异议，担心项目对阿根廷湖水水位及冰川带来环境影响，所以举行了听证会，最后证明这项工程不会出现上述问题。“10 多天前，我曾陪同马克里总统考察了孔拉水电站项目。马克里总统表示：阿根廷当前主要任务之一是获取能源，孔拉水电站建成后，将会大大减轻阿根廷的能源负担，希望中阿双方精诚协作，共同建设好孔拉水电站。”

艾丽西亚省长对这项工程给予了“光彩耀人”的评价。她说，孔拉水电站是推动中阿经贸合作最重要的项目。她希望有机会访问中国，因为中国的技术发展给人留下深刻印象，比如中国能将探测器送到月球背面。

我对省长说，“嫦娥四号”探测器着陆月球背面，有阿根廷人民的贡献，中国在阿根廷修建的深空站支持了中国探月计划，发挥了重要作用。

当我离开时，艾丽西亚省长送我一本《2019 年：加入我们的圣克鲁斯议程》，这个议程是在省长主持下制定的，是旨在扩大圣克鲁斯省旅游发展的规划。她希望借助《21 世纪经济报道》宣传圣克鲁斯省，吸引更多中国游客到阿根廷旅游。

2019年2月6日　阿根廷第5天（之一）

烈日炎炎无处躲藏

气温达40℃，笔记本放在冰箱里

在距离冰川100多公里的地方，气温能达到40℃，看来气温变化大应该是真的。从集装箱房子里搬到室外有阴影的地方工作。电脑死机了，放到冰箱里让它凉快一下。实在太热，接一盆冰川水泡脚降温。一线采访不容易。

中石油委内瑞拉公司耿与峰书记

中石油委内瑞拉公司耿与峰书记一直在关注此行的采访，今天收到他写的一首打油诗，第一次看到这种歌颂式的文字，有点不习惯。

学问因精勤而博洽，博洽与风度自儒雅；
人生因阅历而丰富，丰富与练达自厚重；
相处因友善而诚信，诚信与大度自包容；
生活因喜悦而精彩，精彩与分享自永恒。
您：
征战半年为一文，深入实地寻一理。
遍访众人为企业，跨越万里兴中华。
手术后依然前行，危险后依旧独行。
心中有故事，脸上无风霜。

写有力量的文字，

讲有温度的故事，

交有情义的朋友，

过有价值的人生。

我们以您为荣、以您为傲，向您学习、向您致敬！期待回京，再次品茗问道写春秋，把盏对酌醉江湖。

2019 年 2 月 6 日 阿根廷第 5 天（之二）

水电站环评考验——中企在“走出去”过程中学习成长

经过几十年的发展，中国在资金与技术等方面有了深厚积累，这些积累也正转化为中国企业对外拓展的竞争力。投资超 50 亿美元的阿根廷孔拉水电站是拉美在建的最大水电项目，项目由中国银团提供贷款。

2015 年底，孔拉水电站被迫中断已在进行的工作。工程停工 2 年后，于 2017 年 10 月复工。

当时停工 2 年的理由是需要对工程进行新的环境评估。那么，孔拉水电站面临什么样的环境问题？今天，在水电站项目常务副经理袁志雄的陪同下，我来到孔拉水电站的水源地阿根廷湖，以及阿根廷湖上游的佩里托莫雷诺冰川，进行实地调研。

当游船行驶到佩里托莫雷诺冰川，我终于身临其境。抬头仰望，高达 74 米的冰川似一堵巨大的冰墙矗立在面前。伴随一阵阵冰川崩塌的沉闷爆响，冰块在阿根廷湖面漂浮，登高远望，254 平方公里内冰川纵列，场景震撼。

阿根廷冰川专家佩德罗·斯克瓦尔卡（Pedro Skvarca）介绍说，佩里托莫雷诺冰川仍然活跃，在向前推进。这庞大的冰川世界不断向前挤压，每天移动 2 米，每年移动约 700 米。

阿根廷湖是阿根廷最大的淡水湖，在某种意义上也可以称为冰川湖。湖水最深处达 178.9 米，湖泊面积约 1414 平方公里，催生了近 400 公里长的圣克鲁斯河，最终流向大西洋。总的来说，圣克鲁斯河是一条纵贯冰川、湖泊、海洋的河流。

壮观的佩里托莫雷诺冰川

孔拉水电站项目环境主任蒙塞拉特（Monserrat）介绍说，该水电站工程是阿根廷最大的水电项目，全国上下十分关注，主要原因是这一工程与阿根廷湖密切相关，人们担心湖水发电将对阿根廷湖环境造成影响。此外，2 个蓄水面积分别为 261.5 平方公里与 205.8 平方公里的水库，也会给局部区域带来环境与气候变化。

采访项目环境主任蒙塞拉特（右二）

她补充说，水库的环评是阿根廷自己做的。阿根廷政府对水电站项目重新进行环境评估时，委托了 2 家机构，即 Sermany Asociados 咨询公司和 CrycitConicet 公司，分别就湖水与大坝水位高程对局部小气候变化带来的影响进行评估。政府请来的环评技术专家连续 9 个月在圣克鲁斯河流域放置传感器等，收集各种信息。

孔拉水电站项目常务副经理袁志雄告诉我："根据专家建议，如果阿根廷湖水位与大坝水位持平，则无法保证阿根廷湖和水库间相互独立，有可能对阿根廷湖的生态和水位造成影响。为此我们修改了原设计方案，将孔多克里夫电站水库最高水位从 178.9 米降到 176.5 米（降低 2.4 米），确保阿根廷湖水位不受新建水电站的影响，也不会对阿根廷湖上游冰川活动造成影响。"

曾经在阿根廷国家环保部工作过的环境主任蒙塞拉特说，维持自然体系与区域环境的平衡稳定是阿根廷联邦政府和省政府的最大诉求。在重新进行环评期间，拉普拉塔大学、负责项目实施的联营体及阿根廷政府聘请的国际专家通过各自的研究，均就修改方案给出了一致结论，即阿根廷湖与冰川不会受到修建大坝工程的影响。

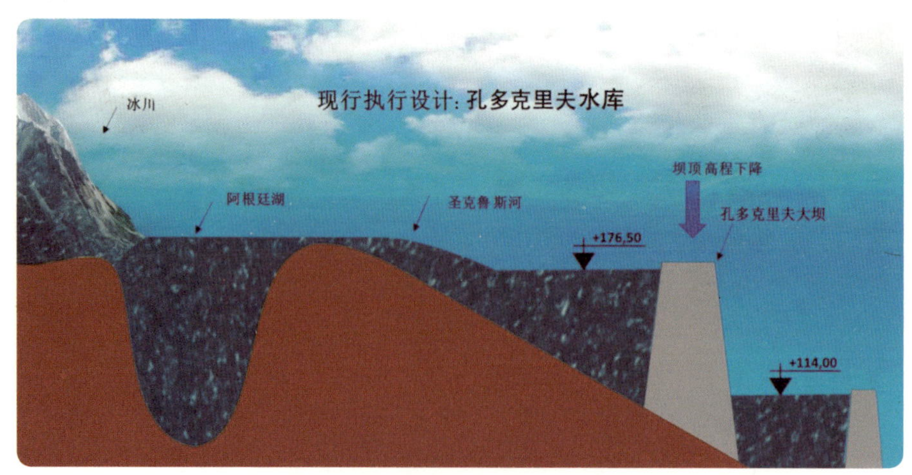

修改大坝高度示意图

必须承认，拉美大多数国家虽然是发展中国家，经济体量没有中国大，但它们对环境的重视程度并不逊色于发达国家。伴随着“走出去”，中国企业在带出中国的资金、技术、标准与装备时，也要虚心向所在国学习环境意识与环境理念。通过一个个工程的实施与实践，“走出去”的中国企业的环境意识定会提高，而这也将增强它们未来在国际市场上的核心竞争力。

2019 年 2 月 7 日　阿根廷第 6 天

早安，阿根廷湖

阿根廷湖

2019 年 2 月 8 日　阿根廷第 7 天

中国电建与金风科技携手，拓展阿根廷新能源市场

我从圣克鲁斯省埃尔卡拉法特飞往丘布特省马德林港，从巴塔哥尼亚的冰川雪山与湖泊来到荒漠及海岸（两地飞行距离 1300 多公里，同属于巴塔哥尼亚高原），调研中国电建赫利俄斯（Helios）风电项目群。该项目群总装机容量为 35.46 万千瓦，约是国内一般风电场装机容量（5 万千瓦）的 7 倍。

马德林港是赫利俄斯风电项目群所在地。驱车沿着 3 号公路行驶，身边是巴塔哥尼亚旷野，沙石打在车身上，噼啪作响。强劲的风力令车身左右摇晃，感觉瞬间就能被吹走。

据赫利俄斯项目经理向杰介绍，项目所在地属于阿根廷一类风区。风速监测记录显示最大风速达到 20.8 米每秒（相当于 9 级风），这里全年平均风速为 8～9 米每秒（相当于 5 级风）。

“这里最大的特点不仅是风力资源好，而且关键是具有稳定性，”向杰经理说，“全年风电利用小时数为 4936 小时，而国内较好的风电场全年的标准运行小时数为 3800，全年指标中等的风电场的标准运行小时数通常为 2700。”

采访中国电建赫利俄斯风电项目群团队

在项目群副经理陆天瑜与行政主管韩鑫的陪同下，我实地调研了罗马布兰卡项目。赫利俄斯项目群包括罗马布兰卡 Ⅰ、Ⅱ、

Ⅲ、Ⅵ期与米拉马尔（Miramar）5个风电场。

在前往项目施工工地的公路上，可以看到装载风电塔筒的重载卡车正驶向工地。2018年10月22日，8台风力发电机由中远海运运送到马德林港。

在工地现场，我看到Ⅱ期项目的第一台风机（3号风机）已经吊装完毕，第二台风机（4号风机）完成了五节塔筒的吊装，正准备吊装机舱与轮毂（包括叶片）。在塔底控制室，我见到了正在安装控制柜与变频柜的工作人员。

陆天瑜经理介绍说，Ⅱ期项目共安装16台风机，每台风机的塔筒高100米，叶片长70米，露出地面的第一节塔筒直径为4.7米。目前Ⅱ期16台风机的基础已全部浇筑完毕，每个风机锚栓直径为22米，所有风力发电系统均由新疆金风科技生产。

而据向杰经理介绍，此项工程土建、浇筑与吊装分包给了3家当地公司，其中负责运输与吊装的Ale吊装公司是一家有英国资本背景的属地化公司。

风电机组安装

风电塔的吊装与安装是具有较高技术含量与风险的工程，特别是这里风力很大，给吊装施工带来了困难。向杰经理说，第一座风电塔吊装时，因风力太大，吊装日期多次推迟。发稿这一天，马德林港瞬间风力达到9级，看样子4号风机的轮毂吊装将推迟。

谈到工程外包，向杰经理说，无论是施工质量还是技术能力，分包公司均无问题，足以胜任。这里风电建设成本约为每千瓦 1.2 万元（风电场部分），国内建设成本为每千瓦 7000 元左右。“与国内风电场相比，此地风电利用小时数高得多，如果建设成本与国内趋同，投资者的回报率就更高了。”他说。

阿根廷赫利俄斯风电项目群于 2018 年 7 月签订合同，7 月 11 日开工，计划 2019 年 12 月底全部完工，项目总共安装 109 台风机，“工期较紧，这也是新能源项目的特征所在”。向经理说。

此项目最引人注目的是项目投资者。我在施工现场见到的风机来自中国的新疆金风科技，金风科技是中国第一大风电设备制造企业，风机出口量占我国风机累计出口量的 58% 以上，而赫利俄斯风电项目群的投资者正是金风科技。该项目投资总额达 8 亿美元，中国电建是此项目的工程总承包（EPC）方。这与我在智利采访的蓬塔风电项目截然相反：蓬塔项目的投资方是国家电投，而金风科技是设备提供商。

在风电塔筒下与项目工作人员合影

显然，金风科技不仅是风机制造商，而且在利用其自身的资金与技术优势，通过投资控股海外风电场带动风机出口。2010 年至 2012 年，金风科技投资与销售的比例为 8 : 2。可以看出，金风科技在利用“两条腿走路”：一方面，利用前期的投资开发锁定设备销售，拉动风机出口；另一方面，也着手长线投资，一旦单纯的销售收入降低，还有稳定的项目发电收入来维持公司的运行和扩张。这便是金风科技著名的“开发销售”模式。

2015 年底，阿根廷政府颁布了第 27191 号法律，以促进可再生能源的发展。该法律规定，到 2019 年底，阿根廷全国电力装机容量的 8% 将来自可再生能源，到 2025 年底达到 20%。根据阿根廷投资贸易促进局最新报告，阿根廷将在 2030 年实现可再生能源发电量占总发电量 25% 的目标。

根据阿根廷目前的电力体制，国家能源秘书处下属的新能源国务副秘书处，负责所有新能源项目开发政策的制定。阿根廷电力市场管理机构负责和中标人签署购电协议（PPA），投资者通过上网电价竞标获得项目特许经营权。由于阿根廷资源禀赋较好，在没有政府补贴的情况下，新能源电价比传统电源电价更具竞争力。目前阿根廷政府正在进行第三轮可再生能源招标，鼓励发电商直接和用电大户、各省配电公司直接签署购电协议，以降低交易成本，提高电力市场运行效率。

目前在国内，江苏、宁夏等地也开始 PPA 试点。这一模式发出的信号是：政府正从对新能源直接补贴向新能源投资市场化过渡。

2019 年 2 月 9 日　阿根廷第 8 天

遇到巴塔哥尼亚

巴塔哥尼亚高原是面积约 68 万平方公里的巨大荒原，分布有雪山、冰川、戈壁、火山、大河、大湖和海岸线。旅程无论从哪里开始，在哪里结束，那些风景和人们的故事都给予了等同的馈赠。

2019 年 2 月 10 日　阿根廷第 9 天

离开马德林港

离开马德林港回到布宜诺斯艾利斯，从特雷利乌（Trelew）机场返程。不虚此行。

2019 年 2 月 11 日　阿根廷第 10 天

向潘帕斯草原出发

来到阿根廷中、东部的潘帕斯草原。“潘帕斯”源于印第安克丘亚语，意为“没有树木的大草原”。其实不然，这里植被茂盛。

从萨尔塔机场行驶 200 公里，到达阿根廷粮食主产区，一眼望不到边的是正在生长期的玉米和大豆……

潘帕斯草原原住民

2019 年 2 月 12 日　阿根廷第 11 天

铁路故事（上）——从 4.4 万公里到 1.4 万公里，百年兴转衰谁之过

从布宜诺斯艾利斯飞行 1500 公里来到萨尔塔省。一下飞机即看到中国机械设备工程股份有限公司（CMEC）贝尔格拉诺铁路改造项目的工程师成小栋与翻译张纪华前来接机，他们两位是 CMEC 贝尔格拉诺铁路改造项目土建现场办公室的工作人员，居住在距离萨尔塔机场 200 多公里的冈萨雷斯小镇。

此次采访的项目是中国在阿根廷的第二大“政府框架”项目，项目合同额为 24.7 亿美元。中阿合同额第一大项目是中国能建葛洲坝集团的孔拉水电站项目。

在拉美十国的调研项目中，这是唯一的铁路项目。在墨西哥与委内瑞拉调研期间，我也曾见到铁路或者高铁合作项目，但正在施工的只有阿根廷贝尔格拉诺铁路改造项目。

阿根廷是距离中国最遥远的国家。为什么历经政府换届后，阿根廷与中国政府间的铁路改造合作项目仍能顺利进行？这缘于 2011 年阿根廷政府提出的“铁路振兴计划”，该计划旨在升级阿根廷全国铁路系统，促进铁路沿线经济发展，特别是促进阿根廷资源性产品的出口。

曾几何时，在全球经济体中，阿根廷是“十大首富”之一。假如说领土、资源与人口数量是经济发展之牌，那阿根廷属于拿到两个“王”和四个“2”的国家，条件相当优越。1908 年阿根廷位居世界第七大经济体，1910 年人均收入仅次于英、美，1950 年人均收入仍超过日、德。但今非昔比，根据 2019 年《经济学家》最新数据，2018 年阿根廷经济增长率为 -2.0%，经常账户余额 -6.0%，汇率贬值 47.9%，失业率为 9.0%。

阿根廷如何从辉煌走向衰落？对此经济学界有各种分析，一个被 100

颗子弹打死的人，很难说清哪颗子弹致命。但我们可以从阿根廷铁路兴衰这个窗口一窥其过程。

中国第一条铁路是英国人建于 1876 年的吴淞铁路，1877 年被清政府拆除，中国人自己修建的第一条铁路是詹天佑于 1902 年主持修建的新易铁路（高碑店—易县）。相形之下，1900 年阿根廷已有铁路 1.65 万公里，到 1960 年其铁路里程达到 4.4 万公里。由于铁路的修建，阿根廷小麦、牛肉出口陡增，于 20 世纪初步入发达国家行列。

在成小栋工程师的陪同下，我今天调研了贝尔格拉诺铁路改造项目。在铁路沿线所见的陈旧铁轨与废弃火车站令我十分震惊。成工介绍说，目前阿根廷铁路运营里程仅剩 1.4 万公里。

时隔百年，阿根廷铁路里程反而从 4.4 万公里下降到 1.4 万公里，为什么？细究起来，其中固然有公路运输替代铁路运输的原因，但不能回避的问题是，阿根廷铁路在近半个多世纪以来经历了私有化过程。

废弃的火车站

1948 年，阿根廷政府将英、法等国铁路公司的铁路收归国有。20 世纪六七十年代，政府制订了铁路现代化计划，更新大部分铁路车辆，铁路系统运转良好。

陈旧的铁轨

但从 1993 年开始，阿根廷政府没有躲过“华盛顿共识”一劫，将国有铁路资产以极低的价格出售，导致 1998 年 790 多个铁路车站关闭，数千公里铁路废弃，失去了 7 万多个就业岗位。私有化之后阿根廷铁路并未得到振兴，私营公司既没有投资铁路，也没有进行道路维护及机车更换，反而提高了运输价格，使长距离运输完全消失。

在贝尔格拉诺铁路改造项目 LP42-B 段现场，我见到了被拆下来的枕木，其腐烂状况及道钉锈蚀程度令人难以置信。成工在国内曾参与过西康铁路等项目建设，他原本想出来“看看世界”，但所见的阿根廷铁路破旧程度颠覆了他所有幻想。“这里每个月都有火车出轨翻车事故，匪夷所思的是，阿根廷还成立了一家专门将脱轨铁路复轨的公司。”他说。

2013 年阿根廷铁路货运公司（Trenes Argentinos Cargas）成立，将 1 万公里木轨铁路运营权收回，此后使用政府公共投资更新修复铁路，有报道称投资 48 亿美元。

阿根廷铁路货运公司由 3 家公司组成：第一家是阿根廷铁路基础建设管理公司（ADIF）；第二家是阿根廷铁路运营公司；第三家是阿根廷国家铁路公司（SOFSE）。而参与阿根廷“铁路振兴计划”的最大贡献者是中国。

众所周知，2008 年全球金融危机后，阿根廷政府宣布暂停偿还巨额外债，陷入债务困局。在这个国家面临崩溃的情况下，国际金融组织及多边机构没有谁再愿意借阿根廷一分钱，此时正是中国政府伸出援手，与阿根廷政府签订了多项政府框架合作协议及货币互换协议，帮助阿根廷渡过难关，使其得以继续实施国家经济建设重大项目，无论是孔拉水电站项目还是贝尔格拉诺铁路改造项目，都源自这一大背景。

2019 年 2 月 13 日　阿根廷第 12 天

铁路故事（中）——中国资金助推阿根廷“铁路振兴计划”

早晨在中国机械设备工程股份有限公司贝尔格拉诺铁路改造项目工程师成小栋与翻译张纪华的陪同下，行驶 114 公里，来到贝尔格拉诺铁路改造项目 LP42–B 段营地调研。营地安置在项目大修的铁路边，是用集装箱临时改造的，过了铁路便是项目的材料堆场。

首先采访的是塞巴斯蒂安，他是阿根廷铁路基础建设管理公司现场经理，毕业于罗萨里奥大学土木工程专业。塞巴斯蒂安说，上学期间他们曾经讨论过阿根廷铁路国有化与私有化是正确还是错误的问题。

阿尔伯特

“无论如何，阿根廷大学的铁路相关专业教授已经中断了 45 年，2014 年才开始恢复设置铁路相关专业。所以在阿根廷修复铁路，面临的最大问题是知识断层。我们已经很多年没有修过铁路，学习土木工程建设的人只能去修公路和建造房屋。”塞巴斯蒂安说。

之后又采访了阿根廷铁路基础建设管理公司承包商 UCSA 公司的工程负责人阿尔伯特，他是一位拥有 25 年工作经验的工程师，毕业于阿根廷东北国立大学。阿尔伯特所在公司长年以来主要修建公路或者建造房屋，大规模地参与铁路修复建设也是第一次。他说：“对工程承包商来说，贝尔格拉诺铁路改造工程面临的最大问题是技术方面的挑战，因为大规模铁路修复需要专业知识与能力。”

塞巴斯蒂安说，其分包商明显缺少专业技术人员。“在阿根廷铁路发展鼎盛时期，阿根廷是铁路技术输出国，比如钢轨焊接，其他国家人员到阿根廷学习技术，再返回国内。而现在，为了贝尔格拉诺铁路的修复建设，我们需要从巴西与智利等国引进技术人员，并接受指导与培训。”

塞巴斯蒂安

他接着说：“再比如道砟捣固车，我们甚至没有能胜任的操作人员。还是由于技术人员的缺乏，施工进度被拖延，原计划线路每天翻新进度为 900 米，现在每天只能完成 300～700 米，我们还是在‘边干边学’的阶段。”

对于阿根廷“铁路振兴计划”与此次大规模修复重建铁路，塞巴斯蒂安的评价是：“铁路对阿根廷太重要了。首先，铁路运输比公路运输更具竞争优势。从布宜诺斯艾利斯到罗萨里奥，乘大巴车需 900 比索，而乘火车只需要 270 比索。由于铁路客运供给的短缺，从首都到图库曼有 900 公里，却需要 4～5 天时间，火车运行速度每小时 10 公里左右。即便如此，买票也需要提前 4～5 天。其次，贝尔格拉诺铁路改造工程将是阿根廷很多人铁路工程职业的起点。我相信这项工程完成后，必将为阿根廷培养更多的铁

捣固车

从中国海运到阿根廷的混凝土轨枕

从中国购买的机车

路工程技术人员。”

正是由于阿根廷缺乏铁路施工技术人员，他们不得不付更高的薪资从其他国家引进工程师；也因为阿根廷的“去工业化”导致其自身不能提供施工设备、钢轨，甚至全国只有 2 家混凝土轨枕预置厂，无法为大规模铁路修复重建提供大量混凝土轨枕，也需从国外进口。这与欠发达的非洲国家几乎处于同等水平，甚至还不如肯尼亚，后者还能为蒙内铁路预置大量混凝土轨枕。

塞巴斯蒂安所负责的 LP42–B 段有 96.5 公里铁路需大修，从基础到线路需要全部翻修一新。塞巴斯蒂安说：翻修完成后，火车运行时速将达到 90 公里。原来从蒙特克马多（Monte Quemado）到圣菲（Santa Fe），1180 公里需要 7 天时间，工程完工后仅需 2 天（全线运行时速存在其他制约因素）。

除了运行时速的提高，铁路运输的复兴必将带动阿根廷区域经济发展。罗萨里奥地区是阿根廷传统的粮食种植区，盛产大豆、玉米等农作物，是阿根廷出口换汇的大宗农产品产地。无疑，铁路网的重建将把更多的阿根廷农产品送到国外。

傍晚，我们去了位于冈萨雷斯的贝尔格拉诺铁路货运公司的维修车间。维修工马努埃尔说，他们一家三代全是铁路工人，他的爷爷、姥爷及父亲都曾在铁路公司工作，他认为铁路翻新必将给当地带来更多的工作机会。

与维修车间工人马努埃尔合影

维修车间的维修台上停有两台牵引机车头，一台产于40年前的美国，另一台来自中国的中车资阳机车有限公司。这是一幅意味深长的画面，诉说着两个工业化与制造阶段的变迁。

关于阿根廷政府与中国政府合作修复贝尔格拉诺铁路，塞巴斯蒂安表示，大规模铁路翻新修建需要大量投资，阿根廷缺少的是建设资金，这也致使阿根廷“铁路振兴计划”推迟了一段时间。而中国为阿根廷提供了贝尔格拉诺铁路改造项目的资金。

临别时塞巴斯蒂安告诉我，工程完成后他将去加拿大或澳大利亚学习铁路工程技术，之后再回国，为阿根廷服务。

2019年2月14日　阿根廷第13天

铁路故事（下）——从施工转向监理，中企海外工程项目收入源从低端向高端飞跃

中国与阿根廷政府合作的贝尔格拉诺铁路改造项目，是目前拉丁美洲国家最大规模的铁路修复在建项目，修复里程达901.67公里，还有310公里正在规划中，最终修复总里程为1432.67公里，相当于覆盖了阿根廷国土南北距离3694公里的约39%，也相当于修复了阿根廷铁路总里程的10%。

成小栋介绍工程进展

在CMEC贝尔格拉诺铁路改造项目土建现场办公室，成小栋工程师介绍说，这项工程总合同金额为24.7亿美元，项目分为两部分，一是土建工程，二是设备采购。成工参

与并管理的为土建工程部分。

成工说，土建工程部分分为小修与大修。小修是指线路改善，包括更换木质轨枕、线路调直调平及补砟等，共有 321 公里，包括 33 个项目。小修已于 2016 年 12 月全部完成。而大修则是线路改造，包括地基处理与线路翻新，如更换道砟、轨枕、钢轨及扣件等，共有 1111.7 公里。大修分为三阶段，目前已经完成第一阶段 530.82 公里的线路翻新，部分路段正在初步验收中，第二与第三阶段计划于 2020 年 4 月完工。

CMEC 贝尔格拉诺铁路改造项目与中国政府在其他国家的“政府框架”项目既有相同之处，也有不同之处。相同之处是此项目由中国金融机构提供项目资金；而不同之处是亮点，即 CMEC 并不直接参与工程施工，他们的职责主要是对资金使用及流向进行监管，施工者是阿根廷交通部指定的分包商。阿根廷交通部指定了贝尔格拉诺铁路货运公司与阿根廷铁路基础建设管理公司两家分包商，前者负责贝尔格拉诺铁路改造项目的小修，后者负责大修。所以 CMEC 在阿根廷 24.7 亿美元的项目在当地仅有 20 多人来完成，也就不足为怪了。

作业现场

在堆场，我见到了来自中国的轨枕、钢轨及扣件，在铁路沿线见到了正在使用的牵引机车、粮食漏斗车、平板车以及重型施工机械等。据成工介绍，中国制造的产品出口额占此项目总合同金额的一半。

我曾调研过“一带一路”沿线亚洲 5 个国家与非洲 7 个国家的 145 个项目，此次拉美之行，目前已完成 78 个项目的调研，总计 223 个项目。在这 223 个项目中，一半以上基础设施项目为“政府框架”项目，中国企业大都扮演了工程项目承包的执行角色。如果外部条件良好，工程项目盈利额平均为项目合同金额的 2%～5%。而一旦遇到环境评估风险、汇率变动风险与政府换届风险等外部冲击，如不能有效应对，为工程付出的几年辛苦将付诸东流。

而在贝尔格拉诺铁路改造项目中，由于 CMEC 只负责监理并收取固定监理费用，而不负责直接施工，很大程度上规避了上述风险。此外，CMEC 成套部门还负责在国内采购这项工程所需的设备，并利用其自有的船运部门将国内设备运往阿根廷。由此，CMEC 既避免了施工期间因汇率变动导致的原材料及人工价格波动风险，还避免了在拉美国家盛行的罢工及政府换届等风险。

从原则上说，贝尔格拉诺铁路改造项目是中阿政府间的合作项目，但实际上已经变成阿根廷人民自己的项目了。

还是那句话，在电影《南征北战》中，师长对营长说：“仗，给你越打越精了。”CMEC 贝尔格拉诺铁路改造项目的案例说明，中国企业从最初“走出去”投入大量人力、物力的工程承包，开始转向项目监理及专用设备提供，有了质的飞跃。CMEC 的做法开始靠近国际知名承包公司，希望这不是个案。

2019 年 2 月 15 日　阿根廷第 14 天

萨尔塔省是阿根廷粮食主产区

萨尔塔省是阿根廷粮食主产区之一。每天出门采访，在汽车行驶的路上都会看到一望无际的良田上种植的大豆、玉米、葵花以及小麦。偶然会

一望无际的良田

中粮粮库在阿根廷

看到中粮收购的粮库，中粮在阿根廷收购了十多个粮库。我选择在巴西采访中粮的项目。

2019 年 2 月 16 日　阿根廷第 15 天

“要风光”还是“种太阳”，只有中国助其一臂之力

CMEC 工程师成小栋驾车将我从 CMEC 贝尔格拉诺铁路改造项目办公室所在地冈萨雷斯镇，送到 170 公里之外的 9 号公路与 34 号公路交叉路口的 YPF 加油站。中国电建阿根廷高查瑞光伏电站项目安全总监汪君与安全部经理李斌，已经在加油站等候了半小时。

在完成行走拉美十国的 96 个项目调研过程中，就像接力棒传递一样，从一个国家到另一个国家，从一个项目到另一个项目。如果没有中国众多大型企业的支持，我难以完成此次调研。

中国电建阿根廷高查瑞光伏电站 EPC 项目部，坐落于胡胡伊省，这是阿根廷西北部的省份，北接玻利维亚，西邻智利。

项目部财务总监黄益主持了项目介绍。中国电建在太阳能等新能源建设方面具有领先的技术与资源整合能力，曾在希腊与摩洛哥分别建设了 115.9 兆瓦与 350 兆瓦的聚热电站 II 期、III 期。

安全总监汪君说：高查瑞光伏电站最大的特点是一次性建成，装机容

量可达 315 兆瓦。另外，项目建设所在地年日照时数大于 2200 小时，平均每天日照时数为 6.1 小时，紫外线强度为 8～10 级。在日照小时数相等的情况下，紫外线强度的不同将影响发电效率。通常一块光伏板每小时可发电 2.5 度，而高查瑞光伏电站的每块光伏板每小时可发电 2.7 度。

阿根廷高查瑞光伏电站建成后，将是拉美最大的光伏电站，装机容量高于世界排名第 9 位的法国塞斯塔光伏电站（300 兆瓦）。这个项目有多大呢？这里给出几组数据：

高查瑞光伏电站占地总面积为 8 平方公里，相当于 11 个北京故宫的占地面积；项目将安装 97.44 万片光伏板，每个光伏板的尺寸为 1.69m×0.92m；预计年发电量为 7.89 亿千瓦时，将满足胡胡伊省全年用电量。

"该工程于 2018 年 4 月正式开工，计划 2019 年 6 月完工。目前太阳能光伏板安装已完成 3.8%，光伏支架打桩完成 100%，约 15 万根。"汪君总监介绍。

物资物流主管叶鹏说："高查瑞光伏电站将从国内运送 2750 个集装箱，包括太阳能光伏板、电缆、逆变器、光伏支架、箱式变电站与汇流箱等，仅太阳能光伏板约有 1400 个集装箱（40HQ），分别从阿根廷拉斯帕尔马斯（Las Palmas）港口、萨拉特（Zarate）港口以及智利的圣安东尼奥港口接收并运至项目所在地。"

从 2019 年 2 月 2 日到访阿根廷，从南到北跨越 4200 公里，先后采访了中国能建孔拉水电站项目（53 亿美元），CMEC 的贝尔格拉诺铁路改造项目（24.7 亿美元），以及中国电建高查瑞光伏电站项目（3.9 亿美元）。上述 3 个项目分别是拉美最大的水电项目、铁路改造项目以及光伏电站项目。

为什么是阿根廷？

众所周知，2014 年 7 月中国和阿根廷将中阿战略伙伴关系提升为全面战略伙伴关系，还签署了《中华人民共和国政府与阿根廷共和国政府共同行动计划》、中阿经济与投资合作协议、双边本币互换协议以及基础设施建设等多领域 19 项合作文件。

正是鉴于上述合作协议的签署，孔拉水电站项目及贝尔格拉诺铁路改造项目在 2014 年与 2015 年分别开工。

2015 年，阿根廷经历了政府换届，被外界描述为阿根廷从左翼执政向右翼执政的转换。而就在 2017 年 4 月，两国政府又签署了《中阿基础设施领域整体合作五年规划（2017—2021）》，高查瑞光伏项目正是在此五年规划中的项目之一。

2017 年 5 月“一带一路”国际合作高峰论坛期间，此项协议签署，项目总金额为 3.9 亿美元。这也是马克里政府执政后第一个也是迄今为止唯一一个“两优项目”。

拉美国家普遍面临基础设施落后与资金短缺两大难题。特别是阿根廷，无论是向国际金融机构还是向区域性金融机构借款，大部分都是为偿还“历史旧账”。前不久，阿根廷向国际货币基金组织借款 500 亿美元，而目前阿根廷需要偿还外债的利息约为 200 亿美元。此项国际货币基金组织借款被安排使用的内容包括平衡财政收支、削减联邦政府财政赤字、降低通货膨胀率及稳定汇率等，可以说国际货币基金组织借给阿根廷的钱是“救急的钱”。

而阿根廷与中国政府签署的多项协议都是“建设的钱”，阿根廷需要为解决一系列长期存在的脆弱性问题赢得时间，但更需要加快经济建设以获得国家发展的动力，这就是“一带一路”倡议延伸到拉美的合理性所在，也是中国在阿根廷扮演的角色与魅力所在。中国的资金与技术吸引了众多拉美国家参与“一带一路”，无论是左翼政府还是右翼政府，获得选票无疑重要，但发展经济还是硬道理。无论是“要风光”还是“种太阳”，只有中国才能助其一臂之力。

2019 年 2 月 17 日　阿根廷第 16 天

阿根廷是高查瑞光伏电站的最大获益者

2 月 15 日到达高查瑞光伏项目管理部所在地圣萨尔瓦多–德胡胡伊市，在项目部简单介绍情况后，财务总监黄益将我送到距离项目管理部 64 公里之外的普尔马马尔卡小镇。他说，小镇距离项目所在地仅剩 240 公里，你能多休息些时间。之后他们赶回圣萨尔瓦多–德胡胡伊市，第二天早晨又驱车来到该小镇接我，然后一同前往高查瑞光伏电站项目所在地。

普尔马马尔卡小镇是只有一条主街的小镇，住所的对面是一座七彩缤纷的山，所以这个小镇也被人们称为“七彩山镇”。由于这里的山脉富含铁矿、铜矿及磷矿等多种金属原石，形成了异彩纷呈的七色山，所以圣萨尔瓦多–德胡胡伊市也被称为“矿业之都”。

早上 8 点 30 分，黄益总监、汪君总监带着厨师做的肉包子前来接我。我们沿着 52 号公路向西行驶，这条公路将著名的萨利纳斯兰德斯（Salinas Grandes）盐湖一分为二，雨后的盐湖如同一面镜子，美不胜收。之后汽车开始向普纳（Puna）高原进发，普纳高原平均海拔 4500 米，途经海拔最高点为 4179 米。从 52 号公路转入 70B 公路，沿途风景如画，但是既没有人烟，也没有电信信号，大漠深处时有小龙卷风出现，远处雪山下即是项目所在地。

在项目部采访

当进入高查瑞光伏电站项目现场时，虽然目前光伏板安装只完成了总工程量的 3.8%，但还是被眼前的壮观场景所震撼。

在施工现场安全员萨比纳（Sabina）的带领下，参观了正在施工的变电站。工人们为四台箱式变压器修建混凝土底座。施工现场海拔4000多米，工人们与萨比纳的脸已经被强紫外线晒黑。

高查瑞光伏电站项目的执行模式与贝尔格拉诺铁路改造项目有相同之处。3.9亿美元的项目合同金额，85%来自中国进出口银行“优贷”，阿根廷政府自筹15%，业主是阿根廷胡胡伊省能源与矿业公司（Jujuy Energiay Mineria Sociedad del Estado，JEMSE），这是一家国有企业。上海电建和中国电建组成联合体，是EPC总承包方。虽然光伏电站的主要设备来自中国，但是现场项目施工管理聘请的则是塔尔松（Talesun）公司。

项目部汪君与塔尔松公司项目管理总经理米格尔（Miguel）分别介绍了施工进展。米格尔介绍说：目前对项目进展很乐观，虽然项目开工初期进展有些缓慢，工期末期将遇到2~3个月的雨期，但是这个项目有300多个工程技术人员与工人共同参与，如期完工是可以预期的。

高查瑞光伏电站施工现场

过去10多年间，米格尔曾在公路、铁路与建设工程公司工作，但负责这么大的项目还是第一次。她说："高查瑞光伏电站项目与之前项目的不同点在于，这个项目有来自中国、阿根廷、秘鲁、西班牙及意大利等不同国家的人共同参与，我们要在不同文化融合中共同进步与成长。阿根廷需要来自中国的技术，中国的工程师将他们的光伏设备与技术一同带给阿根廷。对我个人而言，这个项目将让我学到光伏技术新的专业知识。"

高查瑞光伏电站项目技术顾问路易斯（Luis）之前曾在电力和自动化企业 ABB、Axion 等多家跨国公司工作。当被问到为什么到这个项目做技术顾问时，他说："高查瑞光伏电站项目是拉美最大的光伏项目，装机容量为 315 兆瓦。在这个项目之前阿根廷只有 2 个光伏电站，装机容量仅为 20～30 兆瓦。目前还有 2 个正在规划中的光伏电站项目，但装机容量也仅为 40～80 兆瓦。此外，发展可再生能源是阿根廷的国策，对我个人职业生涯来说也是一次挑战。"关于中国与阿根廷政府间合作的光伏电站项目，阿根廷人怎么看？路易斯用"Amazing"（太棒了）来形容。他说："我身边所有的朋友都在称赞这个项目，因为阿根廷是高查瑞光伏电站的最大获益者。第一，中国新能源特别是光伏制造与技术的发展在世界居领先地位，中国通过这个项目向阿根廷传授了太阳能技术与知识，而这正是阿根廷开发新能源所需要的；第二，高查瑞光伏电站项目在建设过程中提供了很多就业岗位；第三，项目建成后将使胡胡伊省发电量与用电量供需平衡，结束胡胡伊省从外省购电的历史；第四，胡胡伊省是资源大省，该项目的建成将为发展矿业与石油产业提供能源。"

针对有些人将中国与阿根廷之间的合作，冠以中国是拉美国家的"新殖民主义""新帝国主义"的话题，米格尔认为："阿根廷与中国有多项合作项目，他们不应该将商业合作伙伴关系与'新殖民主义''新帝国主义'画等号。阿根廷人并不认为中国是'新殖民主义''新帝国主义'。就高查瑞光伏电站项目而言，有些人曾造谣说营地没有饮用水，显然这都是企图制造假新闻，诋毁中阿合作。”

就此，路易斯评论说：“我不知道说这些话的人是谁，但是说这些话的人忘记了之前他们是如何殖民阿根廷的，比如英国、法国、西班牙等都曾是阿根廷的殖民者。在全球经济一体化的背景下，阿根廷需要与中国合作。”

2019 年 2 月 18 日　阿根廷第 17 天

回到布宜诺斯艾利斯

大地在颤抖，空气在燃烧，热死我了……

开始对中资企业项目负责人进行若干轮深入采访，精彩部分都在这里呢。

2019 年 2 月 19 日　阿根廷第 18 天

中国因素成阿根廷应对危机及发展的正能量

“中阿两国政府间的货币互换是此次阿根廷获得 IMF 借款的积极因素。”

《经济学家》2019 年 1 月公布了阿根廷的 4 个数据：2018 年其经济增长率为 –2%，CPI 同比增长 34.3%，财政赤字占 GDP 比例为 5.5%，汇率贬值 47.9%。阿根廷的经济形势可见一斑。

由此可以联想到 2001 年后的阿根廷。当时阿根廷对超过 800 亿美元的政府债券违约，使阿根廷政府与债权人（对冲基金）陷入长达 15 年的法律诉讼。结果是按照美国法律裁定阿根廷偿付违约金，其中向布雷斯布里奇资本（Bracebridge Capital）连本带利支付 9.5 亿美元赔偿金，相当于当年本金的 800%，而向对冲基金公司 NML Capital 赔偿 22.8 亿美元，相当于本金的 370%。这些金融机构曾被上届政府总统克里斯蒂娜喻为贪婪的“秃鹫”。

在阿根廷上次债务危机中，国际货币基金组织与阿根廷政府签署了 80 亿美元应急贷款，并在最危急时刻拒绝向阿根廷提供 12.64 亿美元贷款，导致国际市场开始恐慌性抛售阿根廷国债，阿根廷出现全国罢工、游行示威、哄抢超市，造成社会危机。而这次阿根廷债务危机之际，国际货币基金组织于 2018 年 7 月与阿根廷政府又签订了 570 亿美元额度的授信协议。

2 月 22 日，我在电建阿根廷总经理涂水平的陪同下，访问了阿财政部副国务秘书费利克斯·马丁·索托（Felix Martin Soto）。

在会议室等待约半小时后，索托急匆匆赶来，抱歉地解释说与国际货币基金组织举行的会议刚刚结束，于是话题就从阿根廷与国际货币基金组织此次达成新的借款协议谈起。

索托介绍说，2016 年阿根廷政府大规模举债，主要是为了解决“秃鹫”的债务问题，让阿根廷重返国际资本市场，而当前对国际货币基金组织的新一轮举债则是为了稳定货币市场。目前阿根廷政府拿到了国际货币基金组织的 570 亿美元授信额度中的 150 亿美元。这些资金首先是用来充实央行的外汇储备，以稳定阿根廷市场汇率，另外一部分用于偿还到期债务。由于国际货币基金组织授信的背书，阿根廷得到了世界银行、美洲开发银行和其他多边机构提供的 25 亿美元贷款。

财政部副国务秘书索托

众所周知，国际货币基金组织对深陷债务国家的贷款附加了许多限制条件，此次它是否再次提出了相同的要求？

索托回答：“与国际货币基金组织协议中的限制条件，首先是要求阿根廷逐步实现财政收支平衡。根据协议，阿根廷将于 2019 年实现付息前的财政收支平衡，2020 年实现付息后的财政收支平衡，2021 年实现财政盈余，对此我们是有信心的。”

他说：“马克里总统上任时（2015 年 12 月），阿根廷财政赤字水平占 GDP 的 6.3%，目前正向零赤字过渡。关于稳定汇率，由于阿根廷与美元实行汇率自由浮动，协议规定阿根廷不能与美元脱钩。”

此项协议是否提出了削减公共支出的内容？索托说，现在的国际货币基金组织与 2008 年之前不太一样，开始更多地关注社会影响。此前国际货币基金组织只关注贷款国是否能够偿还债务与大幅度削减公共支出，事实证明，这种做法很多时候并没有给贷款国带来好的结果。阿根廷推出了 25 亿美元的社会援助计划，其中包括：世界银行的“关怀母亲计划”，该计划覆盖有孩子但无工作的母亲的基本生活需求；还有美洲开发银行的“低收入者交通计划”，为低收入者搭乘公共交通给予资助；美洲开发银行还资助了“面向未来计划”，这是提供更多工作岗位的计划；世界银行与美洲开发银行共同支持的“教育资助计划”，则是资助贫困线以下家庭的孩子完成中学教育。

索托说：“上述社会援助计划是写在与国际货币基金组织签订的协议中的内容，总额约为 28 亿美元，主要资金由世界银行、美洲开发银行提供，当世界银行与美洲开发银行的资金不能完全覆盖时，将从阿根廷与国际货币基金组织框架协议中获得差额款项。”他特别强调，阿根廷有 1/3 的人口生活在贫困线以下，这些举措对救助贫困人口、稳定社会来说非常关键。

2015 年，国际货币基金组织对股权进行了改革，而此次国际货币基金组织与阿根廷签署的贷款协议开始关注贷款国的社会问题，索托给出的上述信息肯定了国际货币基金组织深化改革的进程。

值得关注的是，阿根廷此次债务危机与中国的关系。2008 年金融危机后，中阿两国政府于 2009 年签署了 102 亿美元的货币互换协议；2015 年两国政府又达成 700 亿元人民币互换协议。中阿两国间的政府金融合作对此次阿根廷政府向国际货币基金组织借款起到什么作用?

索托说："中阿两国政府间的货币互换是此次阿根廷获得国际货币基金组织借款的积极因素。"根据阿根廷方面披露的信息，在阿根廷与国际货币基金组织的谈判中，中阿货币互换协议在保证阿根廷外汇储备的稳定性方面发挥了积极作用。此前阿根廷央行曾使用中阿货币互换资金兑付 31 亿美元。

此次与国际货币基金组织的协议是否涉及对阿根廷国家主权担保的限制?

索托回答："由于这次阿根廷与国际货币基金组织签署的协议要求阿根廷尽快实现财政收支平衡，因而对阿根廷举债有一定限制，但并不是对国家主权担保和借款进行'一刀切'的否决，无论是双边还是多边机构。协议强调的是实现财政收支平衡，至于阿根廷政府'如何支出'与'是否借贷'，只要与财政收支平衡相向而行即可。"

他举例说明，目前阿根廷政府与中国国家开发银行正在洽谈两个铁路项目融资，还在与中国进出口银行洽谈高查瑞第二阶段 200 兆瓦光伏电站扩容项目，同时还向中国进出口银行申请用主权担保借款建设输变电线项目和燃气管线项目——阿根廷并没有丧失国家主权担保的权利。

最后，索托感谢中国的"一带一路"倡议为阿根廷很多重大项目提供了金融支持，阿根廷政府正尝试通过丝路基金，为阿根廷新的基础设施项目提供融资支持，中国因素成为阿根廷渡过危机以及发展的正能量。

2019 年 2 月 25 日　阿根廷第 24 天

一个叫科隆的小城市，河对面是乌拉圭，这里还会给我们更精彩的故事

在科隆小城远眺

2019 年 2 月 26 日　阿根廷第 25 天

牛肉故事（上）——“换届红利”与全流程第一时间检疫

从布宜诺斯艾利斯市一路向北，行驶 350 公里，到达恩特雷里奥斯省圣何塞，调研楚昌投资集团牛业养殖与牛肉加工项目。项目地处美索不达米亚平原，恩特雷里奥斯省是阿根廷肉牛养殖前五的大省。

这个项目是中拉合作基金为我此次拉美之行推荐的唯一项目。2018 年 4 月 16 日，我拜访中拉合作基金杨宏超与刘杰两位投资经理时，他们介绍说，这个项目既顺应“一带一路”倡议向拉美延伸的设想，也符合中国农业“走出去”的战略规划，对促进阿根廷经济发展与拉动当地就业及弥补中国牛肉市场长期供应缺口，具有较强的国内外政治意义。

楚昌投资集团是一家主营医药物流行业的民营企业，中拉合作基金为何贷款给楚昌投资集团？这要从 2012 年说起。当时到阿根廷考察的楚昌投资集团负责人看到阿根廷是牛肉生产、出口及消费大国，便想把阿根廷牛肉带到中国，让更多国人吃上健康美味的牛肉，这与楚昌投资集团致力于“大健康”行业的目标一致，于是产生了在阿根廷投资牛业养殖、屠宰和销售一体化项目的想法。

进行多次调研后，楚昌投资集团决定于 2014 年收购恩特雷里奥斯省畜牧加工有限公司（PGE）。PGE 总经理欧伟鹏介绍说：“PGE 始建于 1954 年，2003 年被英国 Swift Armour 公司收购，2005 年又被巴西 JBS 公司并购，该公司是全球最大的肉类加工公司。2012 年省政府接盘，原因是上届政府限制进出口，JBS 公司不再投资。但由于经营不善，省政府于 2014 年招标出售资产，楚昌投资集团最终中标。”

欧伟鹏

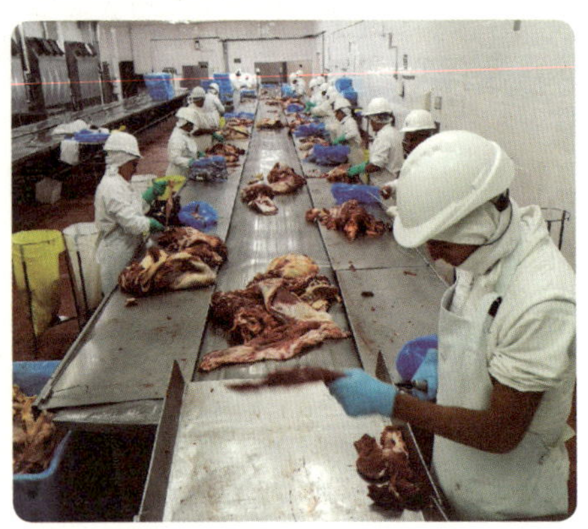

PGE 牛肉加工厂

为何在与上届政府相同的政策环境下，楚昌投资集团敢于接手这一项目？欧伟鹏说，投标时确实面临决策风险。当时的政策规定，生产的牛肉必须在 30% 内销的基础上 70% 出口。鉴于阿根廷经济呈下滑态势，内销市场不景气会限制产能，而且当时的阿根廷实行汇率双轨制，并收取离岸价

15% 的关税。

“我们当时确实是认真研究和衡量政策风险后做出了决策，”欧伟鹏说，“新任总统马克里上台后，出台了‘两增三取消’政策，即增加出口补贴与出口退税，取消美元双轨制、出口配额及出口关税，决策初期的政策利空变为政策利好。”这项风险决策使楚昌投资集团 2014 年收购的 PGE 项目如今变得物超所值。此次拉美之行，在各国见到很多因政府换届中国项目被重新审查的案例，这被归结为“换届风险”，PGE 项目是我目前见到的唯一“换届红利”案例。能享受到“换届红利”确实有幸运成分，但根本上还是基于他们对大势（市）的把握。

在欧伟鹏经理的陪同下，我参观了 PGE 牛肉加工厂。这是一家工农齐全的加工企业，占地 60 多公顷，有职工 280 人，是恩特雷里奥斯省最大的牛肉加工厂。

上午 10 点我们首先来到围栏区，有近百头牛在围栏区内等待宰杀。欧伟鹏说，屠宰车间早晨 4 点开工，分批屠宰，这一批次的海福特牛或西门塔尔牛正等待进入屠宰通道。在屠宰车间，工人们有条不紊地工作着，经检查、称重、排酸等工序后，牛肉进入分割与包装车间。

在分割车间，我特别注意到，有些戴着绿色帽子的工作人员被安排在不同工序中。欧伟鹏介绍说，他们是阿根廷国家农业食品卫生质量局（SENASA）的工作人员，“一共有 12 名，其中有 4 名兽医和 8 名助理”。SENASA 工作人员被安插在所有生产环节中，他们的职责包括检查牛的淋巴、肺部及心脏等，只要发现问题，就有权叫停生产。“阿根廷有严格的牲畜卫生检疫制度，阿根廷牛肉出口达到欧盟产品指定标准。SENASA 在欧盟不派出人员的情况下，可自行签发出口欧盟许可证。”

而对于 SENASA 派到企业的这些人，企业将按每头牛 500 比索缴纳屠宰服务费。根据美国农业部 2018 年数据，阿根廷共有 450 个屠宰厂，PGE 屠宰厂属于中上等规模，这意味着将有上万人工作在畜牧业养殖、生产及运输过程中的检疫第一线。

在厂区，我还见到一个巨大的焚烧炉，这是专门为被检出有疾病的牛预备的焚烧场所。欧伟鹏说，一旦发现农户送来的牛有疾病，SENASA 将开出疾病证明，企业在与农户结算时将不会付钱。

在围栏区旁，我们看到有 2 头牛被暂时隔离，它们的眼睛和唾液不正常，正在等待兽医诊断。欧伟鹏介绍，“焚烧一头牛，农户与企业均有损失，我们每焚烧一头牛的费用是 1 万比索，但严格的检疫制度确保了我们生产的阿根廷牛肉的品质”。

与中国的市场销售抽查检疫相比，阿根廷牛肉加工厂生产全过程的第一时间检疫有制度设计的完备与合理性。中国食品生产安全方面还存在一些问题，党和政府决心下大力气抓食品安全，制定严格的标准，进行严厉处罚、严肃问责，核心是科学严格的监管。我们应该向阿根廷学习，将食品生产监管前移到生产环节，确保 14 亿多中国人民吃得放心与安心。

2019 年 2 月 27 日　阿根廷第 26 天

牛肉故事（下）——水草丰美的天然牧场

从 PGE 公司所在地圣何塞，行驶 70 公里，来到 PGE 在佩德纳尔的森地内拉（Centinela）牧场，牧场经理和员工骑着马、带着放牛犬在牧场门口迎接。同行的有 PGE 公司总经理欧伟鹏、养殖副总经理宋晓辉以及项目开发部刘大海。

森地内拉牧场占地面积 400 公顷，当天存栏近 400 头牛，几天之后将有 2000 多头牛进场。目前 PGE 公司还有另外一个占地 3500 公顷的阿尔布尔牧场，该牧场目前存栏 2000 余头牛，几天后还将新增几千头牛。PGE 总经理欧伟鹏介绍说：“养牛是一个资本密集型行业，我们计划近期稳步提升养殖规模，达到数万头牛，并将结合业务发展需要，考虑逐步扩大牧场规模。”

在牧场采访（左为总经理欧伟鹏，右为宋晓辉）

PGE 公司为什么在收购牛肉加工厂以后租赁牧场？因为公司的目标是在阿根廷投资牛业养殖、屠宰和销售一体化全产业链。宋晓辉是一位兼具肉牛养殖与买牛经验的专业人员，曾在甘肃一个养牛场工作多年。他介绍说，PGE 工厂 2015 年投入生产以后，遇到的最大问题之一是天气等原因导致订好的生产屠宰牛送不进来，造成牛肉加工厂产能利用率不足。此外，肉牛市场的新进入者也会扰动肉牛市场价格。为此，他们希望通过建立自己的牧场，建立牛源“蓄水池”，以减少市场价格波动带来的影响。

关于在阿根廷养牛的成本，宋晓辉说：第一是牛的购买成本，在阿根廷购买小牛和生产屠宰牛价格均低于中国，有些品种价格甚至不到中国价格的 1/3；第二是养殖成本，阿根廷利用天然牧场散养，仅需给牛补充一些盐分与矿物质，而中国通常是圈养，养殖肉牛涉及较多的饲料成本；第三是人工成本，阿根廷平均每个养殖人员可养约千头肉牛，远高于中国肉牛养殖场的人均肉牛饲养数量，同样的养殖规模下，中国会涉及更多的养殖人员投入。

牛的养殖具有很强的专业性，要分析土壤的肥力、草的种类、营养成分等。宋晓辉说，因阿根廷利用天然牧场养殖，通常牧场载畜量很低，每公顷不足 0.7 头，属于传统型养殖方式。他们将在养殖方式上进行“放牧 + 补饲型”养殖的创新尝试，将牧场分为若干区域轮牧，以提高单位面积牧场载畜量。

宋晓辉说，因为阿根廷牧草丰盛，疾病较少，还具有疫苗复合剂型配方优势，所以“PGE 公司养殖牛的死亡率极低”。

“养牛是一个操心费力的行业，要关心它们的吃、喝、冷、热、疾病、营养等，没有责任心的人不适合在这个行业工作。”欧伟鹏说。

据宋晓辉介绍，目前阿根廷牛存栏总量达 5400 万头，恩特雷里奥斯省牛存栏量有 500 万头，占全国总存栏量的 9%，可以说是牛比人多。

根据 2018 年 1—8 月数据，中国累计牛肉进口总量为 64 万吨，前五大牛肉进口来源国分别为巴西、乌拉圭、澳大利亚、阿根廷与新西兰，排在第四位的阿根廷月进口量约为 10 万吨。

为了让中国人从源头上吃到口感纯正的阿根廷牛肉，PGE 公司在生产过程中推行中国工艺，尽管在牛肉排酸过程中，工艺上较之前更为复杂，且会导致牛肉重量的损耗，他们仍将每块真空包装的牛肉视为一件件作品，

牧场的牛

尽全力为中国消费者提供最好的牛肉。目前，楚昌投资集团在天津建立了阿根园进出口贸易有限公司，PGE 公司的牛肉产品通过经销商与阿根园网站在中国市场销售。

与此同时，PGE 还在阿根廷公司所在地圣何塞建立了近 20 家工厂直销肉店和加盟店，其牛肉产品以质量优、标准化、价格低受到阿根廷人的欢迎。目前已有几十家店提出申请，希望成为加盟店成员。

有意思的是，欧伟鹏总经理曾就读于法国尼斯大学、昂热大学，曾在法国全球限量版罗丹、达利艺术品展览公司工作，并曾自办学校，教孩子们英语，还担任过某著名化妆品的省运营总监。而他如今从事的养殖、屠宰、生产与销售的工作，与上述雕塑、语言及化妆品等行业的工作性质相去甚远。3 年来他没有回国探过亲，作为一名职业经理人，他说："屠宰养殖行业，没有责任心的人做不好这个行业，养牛如同养自己的孩子。而每从事一个行业，我们都应当成自己的生意，尽心尽力，才担得起一个职业经理人的专业素养！"

2019 年 2 月 28 日　阿根廷第 27 天

有些场景总是能够感动我

出门采访，最后记住的往往是一个个人和采访的场景。欧伟鹏是广东潮汕人，他从早晨 6 点开始为我煲汤，这次并不是因为我生病，只是谈到广东人会煲汤。采访就在屠宰场宿舍的小院子里进行。美味的汤，愉快的谈话。

2019 年 3 月 1 日　阿根廷第 28 天

工银阿根廷——服务当地与中资企业的主流银行

再次走进工银阿根廷（中国工商银行阿根廷有限公司）大楼，已时隔

6 年。2013 年我访问阿根廷时，在布宜诺斯艾利斯市马德罗港区酷似高跟鞋的女人桥上，凭栏远眺工银阿根廷的大楼，倍感自豪。

2013 年，中国工商银行连续第 6 年斩获《福布斯》全球上市公司 2000 强头名，这一年也是中国超越美国，成为世界第一货物贸易大国的一年。此后工行加快了“走出去”的步伐，通过战略持股标准银行，覆盖非洲 18 个国家，成为中国银行业海外网络布局最广的银行。

截至 2018 年，中国工商银行在 45 个国家和地区建立了 420 个机构，其中在“一带一路”沿线 20 个国家和地区拥有 129 个分支机构。2007 年，工行以 58 亿美元收购标准银行 20% 的股权（标行全球资产），2012 年又收购阿根廷标行 80% 的股权。

今天在工银阿根廷大楼访问了工银阿根廷副董事长陈友滨，由万武、周盛誉两位中方管理层成员及综合部主管吴晓源陪同接受采访。

陈友滨副董事长曾获得厦门大学概率论与数理统计研究生学位，2016 年从工商银行福建省分行副行长任上调至工银阿根廷。基于数据、科技功底，他对市场与管理有独特的感悟，并善于从系统性视角、内外在规律和逻辑关系上剖析银行这台“精巧的机器”，提炼关键因子、关键要素与关键路径。

在常人眼里，阿根廷是高负债、高通胀、高汇率风险的国家，但在陈

陈友滨

万武

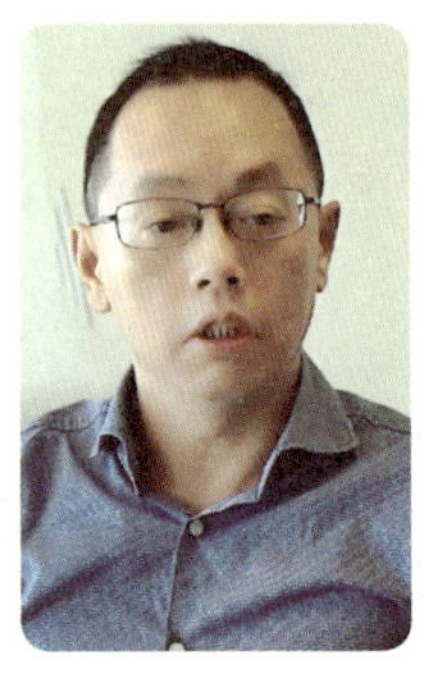

周盛誉

吴晓源

董眼中，动荡的市场同样是风险与机遇并存，要善于在不确定性中捕捉确定性，在应对风险与挑战中创造机遇，稳中求进。

中国银行业一直在“走出去”，但被誉为所在国主流银行的，并不多见。根据加拿大企业金融研究所的评定，工银阿根廷是阿根廷排位第 9 的顶级主流银行。

周盛誉给了我一组数据：工银阿根廷有 1200 个大客户（年销售额 5000 万美元以上），大客户目标市场覆盖率为 70%，贡献了 40% 的利润；资本来源囊括本地公司与跨国公司，还有中资企业；行业类型囊括所有阿根廷具有战略经济地位的行业，如油气资源（YPF、泛美能源、中石化）、电力公用事业（Centropuerto 等前十大发电企业、最大供电公司 Edenor、最大天然气公司 Metrogas）、矿产（Barrick、山东黄金）、工程承办类（中国能建葛洲坝、中国电建、CMEC、中建集团）、电信通信类（阿根廷电信 Telecom、华为等）、汽车制造（福特、宝马、奔驰、菲亚特、雪佛兰、雷诺）和现代农业（包括中粮、Molino、Cargill、Bunge 等粮商，以及重庆粮油）等领域。工银阿根廷还拥有 5 万个中小企业客户及 110 多万个私人客户，有 117 家营业网点。

采访前我参观了工银阿根廷中心支行与中心邮局两个网点。在那里看到很多工银阿根廷推广网上银行与手机银行的宣传板。显然，排名第 9 的工银阿根廷开始以金融科技、数字化转型发展推进差异化竞争。

陈友滨说：“我们要提高服务能力与竞争优势，就要在阿根廷引领数字化创新转型。”工银阿根廷在支持当地经济发展的同时，还积极服务“走出去”的中资企业。据万武介绍，目前在阿根廷的 60 家中资企业均被列入工银阿根廷大客户服务序列。

作为中资企业协会会长单位，工银阿根廷不仅为中资企业提供融资支持，还为中资企业提供咨询服务。

“在阿根廷汇率大幅波动时，我们邀请经济学家，为中资企业分析汇率

工银阿根廷总行

工银阿根廷中心支行

走势；当税率法修订时，我们请会计师事务所会计师进行详解；当《反商业贿赂法》出台时，我们聘请律师事务所律师讲解；此外还为企业提供季度市场分析报告。”周盛誉说。

而万武则介绍说：“我们定期邀请具有共性的中资企业开座谈会，针对阿根廷的高汇率风险，为企业做汇率管控风险咨询。作为银行，我们还提供对冲汇率风险的工具，根据市场波动，为企业提供币种与期限的管理服务，以规避市场汇率风险。”

“伴随‘一带一路’倡议向拉美的延伸，中资企业在市场搏杀中已逐渐成熟，”陈友滨说，“工银阿根廷与中国企业的互动并非单向传导，而是双向的，我们从一线中资企业获得直接市场信息，比如从农业企业进出口量及海运数据的变化，以交叉验证对市场的感知。中粮集团在阿根廷直接接触农民，并参与农产品加工，农产品的产量、出口量以及出口价格有什么变化，他们有第一感知。”

对工银阿根廷来说，从上述农业数据的变化可以捕捉到哪些信息？陈友滨说：“农业是阿根廷最大的出口创汇产业，2017 年阿根廷农业创汇 380 亿美元，如果农业出口形势好，则增加美元收汇，并对本地货币产生传导机制。鉴于 2018 年因受灾导致农产品产量减少 30%，中粮给出的结论是 2019 年农产品产量将趋于正常化。由此我们推导 3—5 月美元售汇量必然增加，这将对稳定比索产生利好，将为汇率稳定及通胀的控制创造条件；通胀率控制也将带动利率下行与融资成本下降，并促进消费投资，为我们判断阿根廷第二、第三季度经济增长率提供了借鉴数据。”

整个采访持续了 6 个小时，还讨论了人民币国际化以及“一带一路”等问题。

2019 年 3 月 2 日　阿根廷第 29 天

 “风险瀑布覆盖”设计吸引可再生能源投资

2 月 7 日访问了中国电建在马德林港的赫利俄斯风电项目群，2 月 15 日访问了中国电建在高查瑞的光伏电站项目。无论是在马德林港所在的丘布特省，还是高查瑞所在的胡胡伊省，中国电建并不孤独：丘布特省还有意大利公司 Enel Green Power 与西班牙公司 Isolux Ingenieria 的风能投资项目，萨尔塔省还有法国公司 Neoen 与西班牙公司 Field Fare 的太阳能投资项目。

可再生能源部新闻官毛罗（Mauro）说，目前阿根廷有 96 个可再生能源在建项目，另外 30 个可再生能源项目已开始运营，总投资 68.12 亿美元，总装机容量约为 500 万千瓦，相当于 8 个 60 万千瓦的中型发电站，其中 55% 利用风能，40% 利用太阳能，5% 利用小水电、生物质能与沼气。

这种现象很奇怪。众所周知，阿根廷经常收支逆差额占 GDP 的比重高达 5%，2018 年前三季度内外债为 3076.56 亿美元，美元与阿根廷比索汇率为 1∶39.82，阿根廷的经济基础、偿债能力、社会弹性及政治风险暴露无遗。

根据中国社会科学院世界经济与政治研究所发布的《中国海外投资国家风险评级报告（2018）》，在“一带一路”沿线 57 个国家中，阿根廷排名第 48 位，风险评级为 BB 级——此评价体系将 BB 级及以下视为高风险国家。

全球投资者对阿根廷可再生能源的投资热情与其经济数据风险评估形成了巨大反差，为何会有这种现象？这缘于阿根廷为吸引可再生能源投资所制定的《阿根廷可再生能源发展规划》（简称 RenovAr 规划）及其实施。

今天专访了可再生能源副国务秘书塞巴斯蒂安，他是 RenovAr 规划的设计者。塞巴斯蒂安获得了欧洲可再生能源中心硕士学位，并在可再生能源领域发表过 30 多篇论文。

可再生能源副国务秘书塞巴斯蒂安

塞巴斯蒂安介绍了阿根廷为吸引直接投资提出的 RenovAr 规划内容：“RenovAr 规划的核心是使用‘一揽子担保’框架，以增强投资者信心。这个规划使用的工具叫作‘风险瀑布覆盖’设计，或者称‘瀑布式最坏前景覆盖’（waterfall of worst case senarios），可视为多层次连环式保障系统设计。”

RenovAr 规划由 4 个层次组成：第一层次，投资者与政府指定承包方购电商 CAMMESA 签订购电协议。假如 CAMMESA 无法向投资者付款，系统将进入第二层次。

阿根廷风机

第二层次，政府发行45亿美元国债，建立了可再生能源发展基金（Foder），针对CAMMESA等独立运营商可能出现的付款违约给予金融支持，由Foder托管账户为能源供应商支付。

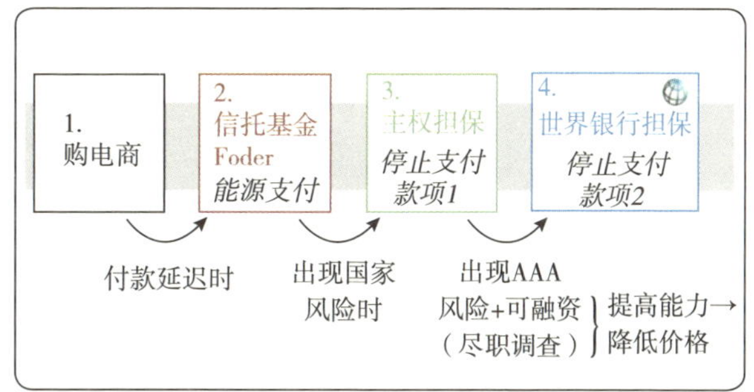

阿根廷“瀑布式最坏前景覆盖”担保方案

第三层次，当出现可转换性与可转移性风险或者法律变更等国家风险，Foder托管账户无法为能源供应商偿付时，阿根廷政府将用国家主权担保，投资者有权要求国家非分期偿还资本金，用投资者所持有的国债换取资本金。

第四层次，当国家主权担保也无法实施偿付时，将由世界银行成立的阿根廷可再生能源担保基金提供结算，无论是人民币还是美元结算均可，此项基金规模为4.8亿美元。

塞巴斯蒂安说，正是由于阿根廷政府设计的多层次连环式保障系统，目前可再生能源发展十分成功并卓有成效。

当被问到阿根廷政府这项独具创新的投资保障体系决策背景时，塞巴斯蒂安回答：“在新政府上台之前的2013年，阿根廷即开始起草可再生能源监管框架第 27191 法案，2015 年底议会通过。我于 2016 年就职时，首要目标是将第 27191 法案收尾，之后制定《阿根廷可再生能源发展规划》。阿根廷从 20 多年前起就一直希望推出可再生能源发展规划，但因国家长期面临融资压力与债务违约，不能为投资者尤其是国际投资者提供确有保障的长期担保，所以一直未能实现。比如 2016 年时阿根廷处境非常艰难，一个国家同时存在 5 种不同的比索汇率。正是 RenovAr 规划使阿根廷第一次将发展可再生能源的愿望付诸行动。”

塞巴斯蒂安特别强调，RenovAr 规划制定了长期发展规划和目标，这不仅仅是为了促进本届政府吸引投资，第 27191 法案还制定了可再生能源监管框架中新的体制安排，即 20 年的购电协议，以保障 20 年中的 5 届政府可连续性贯彻实施国家发展可再生能源政策。

阿根廷拥有丰富的油气资源，但每年仍花费大量外汇储备进口油气，在一个拥有风能容量因子为整个欧洲 2 倍的国家，总统马克里“未来在巴塔哥尼亚高原上插满风机”的目标也许能够实现。

RonovAr 规划的设计，让我们看到重债国通过制度创新，如何最大限度地为投资者提供规避投资风险的工具，以增强阿根廷的投资信心与国家信誉。人们常说，办法总比困难多，RenovAr 规划即是一例，发行国债建立发展基金，并与国际金融组织合作共建担保基金，实现了以较小的资金撬动更大的投资，促进重债国投资增长，实现经济可持续发展的目标。

2019 年 3 月 3 日　阿根廷第 30 天

“中交集团是央企，我们不能和国家算经济账”

今天采访中交集团上海航道局阿根廷布宜诺斯艾利斯港疏浚项目，执行疏浚任务的是航浚 4011 号自航耙吸挖泥船，该船仓容量为 4200 立方米。当来到布宜诺斯艾利斯港 E 码头时，船长党利辉与轮机长朱定益站在甲板迎候。

采访船长党利辉（左二）、轮机长朱定益（左一）

党利辉船长介绍说："航浚 4011 号始建于 2004 年，是中国首条具有自主知识产权的'国轮、国造'。自 2005 年航浚 4011 号建成后，于 2007 年首航驶出国门，历经 43 天来到布宜诺斯艾利斯港。目前中交上海航道局在拉美委内瑞拉、巴拿马、巴西、乌拉圭及阿根廷共有 11 条施工船，包括 5 艘耙吸船、2 艘抓斗船、4 艘驳船。"

对我而言，航浚 4011 号还有一层特殊意义。2016 年 9 月 30 日，我曾在喀麦隆杜阿拉港调研航浚 4012 号，她是航浚 4011 号的姊妹船。这两条船自驶出国门"远嫁"拉美与非洲后，一直未回过"娘家"。

航浚 4011 号与 4012 号耙吸船

中交上海航道局巴西公司阿根廷分公司总经理秦建卫介绍说：“2007年到2019年，航浚4011号以布宜诺斯艾利斯港为大本营，往返穿梭于巴西桑托斯港、卡贝德卢港、里约热内卢港及乌拉圭蒙得维的亚港，一直没有停歇。”

项目经理王丽建介绍了当下在布宜诺斯艾利斯港E码头的疏浚项目：“布宜诺斯艾利斯港年吞吐量为70万标箱，由于港口拥有沼泽地形码头，拉普拉塔河口有大量淤泥沉积，航道吃水只有10米左右，需要周期性地疏通航道。此项目包括12公里航道的基建及维护，整修航道宽110米，水深10.36米，边坡比为1∶6。项目将于本年内结束。”

“航浚4011号耙吸船属于中型挖泥船，在较浅与狭小的航道中施工具有挑战性。特别是贴近码头时会有水流变化，稍有不慎就将使船外侧的施工耙置于险境，这既要求船长熟悉船舶的操纵性能，了解港内操纵的特点，还要了解浅水、风向、水流对船舶的影响。”毕业于武汉理工大学航海技术专业的船长党利辉说。

2019年在阿根廷航浚4011号耙吸船上

2015年在喀麦隆杜阿拉港航浚4012号耙吸船上

在阿根廷深耕疏浚市场10多年的中交上海航道局目前面临新的挑战，这一挑战既非来自中资公司，也非来自扬德努、德米和范奥德等欧洲疏浚公司，而是来自资源整合与重新配置的阿根廷本地公司。

秦建卫说："我们现在面临与阿根廷本地公司竞争的态势。从 2007 年到 2019 年，中交上海航道局占据阿根廷疏浚市场 1/3 的份额，而扬德努等欧洲公司借助特许经营，占据了其余市场份额。长年以来，本地公司由于施工船舶与技术能力的限制，只能承接内河回淤的小工程。而现在，阿根廷本地疏浚公司正在进行资源整合，同时购买中型疏浚船舶，借助阿根廷政府向本国企业政策倾斜的优势以及行业协会的影响力获得更多市场份额。这就逼着我们在阿根廷市场求新求变，我们计划在阿根廷注册本地公司，并建造新的船舶，以享受本地公司的国民待遇。"

目前，中交上海航道局的市场策略是"以现场保市场"，同时作为窗口公司，积极跟踪阿根廷基础设施与可再生能源等领域的新项目。

此行有两件事给我留下深刻印象：

第一，在参观航浚 4011 号时，甲板及船舱中井井有条地储存着各种各样的修船配件。轮机长朱定益说："长年以来，我们一直自己修船，并储备了包括耙齿、螺栓等消耗品，以及泵壳、叶轮、柴油机等大部件。目前正在对 2 台主推进柴油机与 3 台发电柴油机进行解体、测量与维护。"

在工程船舶行业里自己修船属于例外。通常，世界各国的工程船舶行业，无论是船舶保养还是维修，均会聘请专业技术人员上船或进入维修厂，此时则是船员们上岸休闲娱乐的好时光。而朱定益轮机长率领 9 名中国船员自己动手保养船舶，一次维修或保养的费用约为 20 万美元。

第二，自 2007 年中交上海航道局进入阿根廷疏浚市场以来，便以质优价廉的优势与占据阿根廷市场的欧洲公司竞争，执行的单项合同额为 3000 万美元左右。虽然疏浚行业被视为资金与技术密集型行业，利润率也不高，但 2013 年 10 月中国海军 3 艘舰艇编队访问阿根廷时，因布宜诺斯艾利斯港航道与泊位水深不能满足进港需求，在中国驻阿根廷大使馆的请求下，航浚 4011 号紧急从乌拉圭驶回布宜诺斯艾利斯港，仅用 7 天便完成疏浚和水深测量施工，为确保编队航行、靠泊安全与访问成功做出了重要贡献。为此，中国驻阿根廷大使馆专门向中交上海航道局发了感谢函。

党利辉船长说："该项工程总费用支出约为数十万美元。"而中交集团上海航道局没有向国家伸手要一分钱。"中交集团是央企，我们不能和国家算经济账，而是要急国家之所急，为国家做贡献是我们的责任。"

2019 年 3 月 5 日 阿根廷第 32 天

签单 5164 辆！中国轨道交通装备制造在阿根廷

2013 年 10 月，我曾专程到南车四方股份（现为中车四方股份）采访。正是在南车四方股份采访期间，时任南车四方股份副总经理的倪胜义告诉我：这一年的 8 月 20 日，阿根廷政府批准了从南车四方股份采购铁路设备的合同，总计约 10 亿美元，共 709 辆电动车组，这是当时我国城际电动车组最大一个出口订单。

在南车四方股份总装分厂，我见到了为阿根廷制造、还未完全组装完毕的城际动车组，并在其国家级研发中心沉浸式体验室，虚拟观摩与触摸为阿根廷制造的城际动车组内饰。今天，在阿根廷中车四方股份总经理杨廷志的带领下，我搭布宜诺斯艾利斯米特雷（Mitre）线城铁前往雷蒂罗（Retiro）站，所乘坐的城际动车组正是 6 年前在南车四方

2014 年在南车四方股份体验沉浸式系统

股份所看到的，终于实现了6年的夙愿。

在车上遇到了阿根廷国家铁路局工作人员格利斯蒂亚，他指着车门地板处生产商的Logo（标识）说：“在阿根廷没人不知道这是中国的产品。”2013年南车四方股份向萨缅托（Sarmiento）、米特雷和罗卡（Roca）三大城际铁路线提供了709辆电动车组。2018年又新签了200辆城际电动车组合同。

乘坐米特雷线城铁（右为杨廷志）

截至2018年底，中车四方股份累计获得全球海外签单5663辆，近6年来其轨道交通装备制造产品出口到新加坡、阿根廷、美国等国市场，合同金额超过55亿美元。

阿根廷上届克里斯蒂娜政府时期曾制订了2016—2020年阿根廷“铁路振兴计划”，并宣布对7000多公里的贝尔格拉诺货运铁路线进行更新改造，以强化铁路运输在国民经济中的地位。

本届马克里政府对铁路资产及管理部门的职能进行了划分与重组：由贝尔格拉诺铁路货运公司专责货运，提供轨道交通网络的综合物流服务；国家铁路局负责城市间铁路客运以提高铁路安全性与服务质量；而阿根廷铁路基础建设管理公司负责铁路基础设施修复与新建。同时，新政府还制订了2016—2023年“交通基础设施增长引擎计划”，目的是以交通基础设施推动阿根廷经济与社会发展。

阿根廷交通部作为国家铁路主管部门，计划于2016—2023年投资141.87亿美元，构建以城际铁路、地铁为核心的快速公共交通网络，包括改善现有基础设施，更新道路、电力、站台与购置新车辆等。该计划为近年来阿根廷规模最大的交通基础设施领域的投资，将大幅改善并提升全国交通基础设施服务及现代化水平。

阿根廷轨道交通市场是中国中车集团在海外的重要市场。近 10 年以来，中国中车麾下的中车四方股份、中车唐山公司、中车长客股份等超过 10 家公司，出口到阿根廷的各类机车、客车、地铁及货车占据了阿根廷更新改造和新建项目的 80%，累计签单数量为 5164 辆，成为阿根廷主要的车辆供应商。

杨廷志介绍说："此前阿根廷的铁路供应商主要为西班牙的 CAF、日本日立公司及法国阿尔斯通公司。但从 2011 年中车大连机车车辆有限公司与中车长客股份公司向阿根廷签约价值 3.2 亿美元的 20 台内燃机车和 220 辆客车后，阿根廷开始转向与中国公司合作。"

公司名称	机车种类	数量
四方	城际电动车组	909辆
唐山	米轨内燃动车组	81辆
大连机车	内燃机车	50台
长客	轨道客车	220辆
长客	地铁列车	150辆
戚机厂	内燃机车	54台
浦镇	高端客车	160辆
二七机车	内燃机车	20台
资阳	内燃机车	20台
长江、齐齐哈尔公司等	各类货车	3500辆
总计		5164辆/台

中车集团在阿根廷市场销售情况

在接近雷蒂罗车站时，我看到了铁路沿线堆放的老旧客车。杨廷志介绍说，在中国进入阿根廷市场之前近 20 年，阿根廷购买的城铁与地铁列车大多是日本与西班牙的二手车，这些老旧的车辆既没有空调系统，也因转向架与铁路线路老化，乘坐舒适度很低。

曾几何时，第二次世界大战后，日本为修建名古屋地铁，曾专门到阿根廷考察与学习。而中国高铁是向日本、法国、德国、加拿大学习，引进—消化—吸收—再创新的结果。往事如烟，如今在阿根廷市场，中国轨道交通装备制造已经占有压倒性的绝对优势。

城际列车运抵港口

中国轨道交通装备制造获得阿根廷人的高度赞誉。铁路驾驶指导员拉蒙（Ramon）说："新旧车对比十分明显，中国制造有技术与质量的飞跃，不仅体现在我们的客运列车上，而且体现在货运列车及短途和长途列车等车辆上。"

杨廷志讲了一个故事："2017 年下半年一天凌晨 5 点多，一个年轻纵火犯将酒精瓶掷入车厢内。由于此时车厢已没有乘客，酒精瓶燃烧 1 小时后才被工作人员发现，而此时的车厢仅部分座椅被熏黑，并未燃烧起来。这缘于动车组严格按照 DIN 5510 防火标准设计，这一标准涉及电气设备、电线电缆、连接器、内装等。"

在阿根廷中车四方股份办公室，杨廷志还为我播放了一段视频：2018 年 11 月 10 日，因阿根廷大雨导致米特雷线有一站的第三轨（又叫供电轨，是指安装在城市轨道线路旁边、单独用来供电的一条轨道）短路，车辆经过此路段时，车下轨道起火，城际动车组在大火中穿过却毫发无损。

这两个案例生动地验证了中国轨道交通装备制造的质量。

2019 年 3 月 6 日　阿根廷第 33 天

23 小时核心访谈

在已经完成的拉美 9 个国家 110 个访问项目中，每次我均会对项目负责人进行推心置腹的访谈，比如问他们获得项目信息的途径是什么，如何获得项目，项目实施过程中遇到哪些问题，如何认识和理解所在国的政治与经济环境等。同时，还会探讨更加宏观层面的话题，如中国企业“走出去”与“一带一路”向拉美的延伸等。在此，我对他们给予的信任深表感激。

在这 110 个项目中，基建类项目共 61 个，占全部调研项目的 55%。可见，在中国“一带一路”向拉美延伸与深化产能合作过程中，基础设施投资与建设仍是先导行业，且具有压倒性优势。

在阿根廷最大的基础设施投资与建设项目包括：中国能建葛洲坝集团孔拉水电站项目，总合同额 53 亿美元；CMEC 贝尔格拉诺铁路改造项目，合同额 24.7 亿美元；中建阿根廷国道 B 线特许经营项目（PPP），总投资 21.3 亿美元；中国电建赫利俄斯风电项目群与高查瑞光伏电站项目等，合同额 11 亿美元。这些项目合同总额为 110 亿美元。

2 月 19 日以来，我分别对上述阿根廷中资企业中从事基建行业的中国能建葛洲坝集团项目常务副总经理袁志雄、CMEC 总经理韩冰、中建阿根廷公司总经理邵罡、中国电建阿根廷分公司总经理涂水平进行了 12 人次的访谈，访谈时长达 23 小时。

这 4 位企业家的共同特点是年轻。他们中年龄最大的是 44 岁的袁志雄，其次是 40 岁的邵罡、37 岁的韩冰，年龄最小的是涂水平，只有 35 岁。但他们都有多年的海外工程与市场经验，其中邵罡有在 5 个国家 20 年的海

中国能建葛洲坝袁志雄

CMEC 韩冰

中建阿根廷公司邵罡

外工作经历，袁志雄有 2 个国家 13 年的海外工作经历，涂水平有 2 个国家 11 年的海外工作经历，韩冰有 1 个国家 10 年的海外工作经历。

经过多年在海外市场耕耘与在工程项目的历练，他们对中国企业如何“走出去”及“走进去”，如何获得所在国项目，如何管理这些项目，特别是如何认识风险与控制风险，都有独到的见解。我们能看到的是这些项目的总合同额——110 亿美元，但他们在阿根廷市场跟踪乃至签订的项目合同额，绝不止这个数字。每个项目的获得若没有 10 年深耕，基本属于幻想。

给我留下深刻印象的是中国电建阿根廷分公司总经理涂水平。2009 年大学毕业后，他被派往土耳其做项目开发。在历经 10 多次投标未中的情况下，他反思与总结了土耳其市场营销的方法与开发路线。在此基础上，从规律与逻辑入手，将目标市场开拓理论化，并展示其 3 个维度，核心是对同一个业主实现“无限叠加的正向影响力”。这个路线图对中资企业负责人在新国家、新市场如何获得项目具有指导意义。正是在这套思维模式指导下，中国电建阿根廷分公司在阿根廷市场获得成功，虽然在建的 11 个项目合同额只有 11 亿美元，但已签订的合同额有 26 亿

中国电建涂水平

美元。

CMEC阿根廷贝尔格拉诺铁路改造项目实现了中国企业一大跨越：从最初“走出去”时投入大量人力、物力的工程承包，转向高端项目监理及设备提供。而中国能建葛洲坝集团孔拉水电站项目，曾在阿根廷政府换届中因新的环评要求停工2年，历经各种磨难最终重新开工。中建阿根廷国道B线特许经营项目，是中国企业参与阿根廷的首个PPP项目……

在未来的“阿根廷国家”专题中，我将用更多篇幅对上述项目的深入访谈进行报道。这些访谈将展示中国“走出去”的新一代企业家所进行的战略思考，既提供大量信息，又提供专业知识。

2019年3月7日　阿根廷第34天

振兴铁路，让阿根廷成为名副其实的强国

两天集中访问了阿根廷铁路三巨头公司，分别为阿根廷铁路货运公司、阿根廷铁路基础建设管理公司和阿根廷铁路运营公司。

阿根廷铁路历史上几经铁路所有权变更的周折：20世纪40年代中期，阿根廷铁路经历了国有化；20世纪90年代，又经历了私有化；再到2015年，重新国有化。2015年5月20日，阿根廷正式公布铁路国有化法案，宣布废除与私人企业签订的铁路专营合同，将全部铁路收归国有，这标志着南美铁路大国重新开启了铁路国有化的进程。

在阿根廷铁路经历再次国有化的过程中，从2015年开始，阿根廷政府着手对铁路运输系统进行重大改革，将铁路资产重组。目前，阿根廷铁路系统分为3个部门：首先，负责铁路货运的阿根廷铁路货运公司，提供全国铁路网络的综合物流服务；其次，阿根廷铁路运营公司，提供城市间铁路运营服务；最后，阿根廷铁路基础建设管理公司，负责全国铁路网包括货运与客运基础设施的修复与重建。

在访问阿根廷铁路运营公司总经理哈维尔·希伯特（Javier Hibbert）、阿根廷铁路货运公司董事长伊齐基尔·莱莫斯（Ezequiel Lemos）、阿根廷铁路基础建设管理公司董事长吉列尔莫·菲亚德（Guillermo Fiad）时，他们分别介绍了上述 3 家公司的职能划分、管辖范围、任务与目标。这缘于克里斯蒂娜政府于 2011 年制订的 2016—2020 年“铁路振兴计划”，以及马克里政府于 2015 年制订的 2016—2023 年“交通基础设施增长引擎计划”。

阿铁路运营公司总经理哈维尔

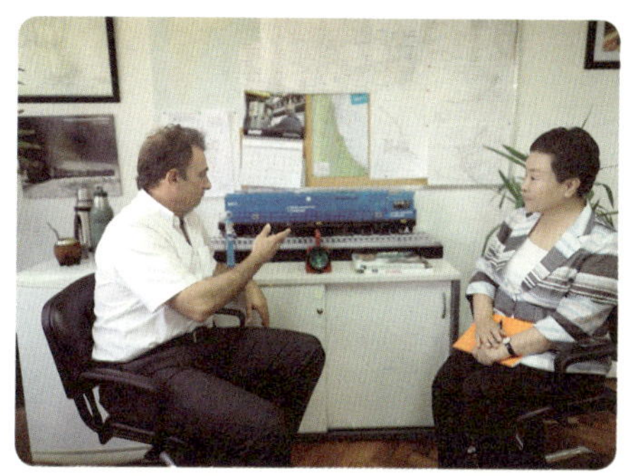

阿铁路货运公司董事长伊齐基尔

上述 2 项计划说明：在阿根廷自诩的高度自由市场经济国家，政府在推动重大交通基础设施建设领域发挥了重大作用，以计划先行；在政府换届过程中，计划执行一以贯之，只有连续性与更新滚动，没有“翻烧饼”。

阿铁路基础建设管理公司董事长吉列尔莫

阿根廷政府为何将大量可利用资金用于铁路运输系统的升级与改造？2019 年 2 月 27 日，马克里总统在圣菲省的一次讲演中，将一个国家是否拥有铁路基础设施与国家兴衰相关联，他说：“基础设施最具代表性的就是铁路，阿根廷这样的大国，却没有发达的铁路运输系统，一个无法用铁路连接各地区的国家，一个无法使用铁路出口自己产品的国家，实际上就是个弱国。”

对此，3 家公司的董事长或总经理，分别向我介绍了他们为实现 2016—2023 年“交通基础设施增长引擎计划”所进行的大规模铁路交通基础设施的改造与设备更新。

截至目前，阿根廷铁路运营公司已经投资约 50 亿美元，更新城铁、地铁与轻轨机车，阿根廷铁路货运公司将投资 100 多亿美元用于更新改造货运铁路基础设施。我被告知，这是阿根廷有史以来最大规模的一次对铁路系统的升级改造。

阿根廷铁路货运公司董事长伊齐基尔·莱莫斯说：“阿根廷曾经是强国，铁路的命运与国家的命运相连，铁路强则国家强，铁路弱则国家弱。阿根廷是资源极为丰富的国家，我们有丰富的矿产资源，阿根廷还是世界最大的粮食主产国之一，正是由于铁路的衰落，所以：我们虽然有铁矿、有钢铁厂，但是不能生产更多满足需要的钢铁；我们虽然有大豆、有牛肉，但是铁路运输严重制约了这些产品的出口，不能为国家换取更多的外汇。这次对铁路大规模更新改造，虽然不能恢复到阿根廷铁路里程的历史最高峰，但政府已经下决心在近期对阿根廷 1.8 万公里的货运铁路进行 50% 的更新改造。”

阿根廷铁路基础建设管理公司董事长吉列尔莫·菲亚德说：“阿根廷铁路经历了从辉煌到衰落的过程，已经严重落后于其他国家，我们现在的地位不是阿根廷应有的地位，这都是因为缺乏对铁路的投资。所以现在我们实施 2016—2023 年‘交通基础设施增长引擎计划’，这个计划将改变铁路系统，它是一个有远见、有目标的计划。我们现在所做的是为了阿根廷将来的几代人，我们要让阿根廷再次成为一个名副其实的经济大国。”

在阿根廷铁路运营公司总经理哈维尔·希伯特的办公室，谈到振兴阿根廷铁路伟大计划时，他拿出中车四方股份的城际电动机车模型与中车长江车辆有限公司、中车齐齐哈尔交通装备有限公司的货运机车模型说道：“目前，我们已经进口中车集团的 5000 多辆客运及货运车辆，这些车故障率低，以新的技术满足了阿根廷实施2016—2023年‘交通基础设施增长引擎计划’的需求，阿根廷‘铁路振兴计划’与中国密切相关。”

2019年3月8日 阿根廷第35天

与邹大使漫谈，“世界格局变化越快越深刻，中国和世界的关系也就越紧密越深入”

今天拜访中国驻阿根廷大使邹肖力。2018年12月22日，邹大使到阿根廷履新，2014—2018年他担任中国驻希腊大使。到阿根廷不久后的2019年1月10日，邹大使就召开阿根廷中资企业代表座谈会，3月4日他在阿根廷主流媒体《国民报》发表了署名文章《以更宽广的视野谋划未来》。

我们的谈话从希腊开始。

2012年中国与中东欧建设“16+1合作”平台，之后将“16+1合作”平台打造为“一带一路”倡议融入欧洲经济圈的重要承接带与中欧合作新增长极。虽然希腊并不在“16+1合作”机制名单中，但邹大使2014年担任中国驻希腊大使后认为，“16+1合作”平台和“一带一路”能不能走实、走深，归根到底是靠人干出来的，将希腊打造为“一带一路”向欧洲延伸的支点，是有可能的。

中国驻阿根廷大使邹肖力

他的判断是正确的，目前希腊已成为名副其实的中欧“一带一路”合作样板，重要的节点是希腊比雷埃夫斯港（简称“比港”）。邹大使说：“东地中海有3个重要港口，从地理位置看，土耳其伊斯坦布尔港和埃及塞得港都有优势，但近年来西亚、北非局势不稳，这2个港口的地位有所下降，集装箱货运开始向比雷埃夫斯港云集。”中远海运公司于2016年收购比雷埃夫斯港多数股权，2018年该港集装箱吞吐量飙升至490万标箱，相比之下，塞得港为303万标箱，伊斯坦布尔港为200万标准箱。

2010年希腊爆发主权债务危机，催生了希腊与中国在比港项目上的重要合作。邹大使说："比雷埃夫斯港是最靠近苏伊士运河的欧盟港口，战略位置非常重要。在欧盟国家里，希腊是与中国政治互信最牢固的国家之一。虽然比港项目历经磨砺，最终中希双方还是成功签署了协议。比港项目落地后，建设匈塞铁路又提上日程。比雷埃夫斯港与匈塞铁路的对接，成为打造'中欧陆海快线'的重要部分。与传统海运航线比较，这条快线把中国往欧洲的集装箱运送时间缩短7~11天，给沿线国家与中国的合作带来了新的机遇。"

现在，邹大使从曾经深陷债务危机的希腊，又来到遭遇金融动荡的阿根廷。我问道，如果阿根廷不是陷入如今的境遇，与中国的合作将会怎样？邹大使说："外交工作没有如果和假设。我们的使命是遵照中央既定方针，不断推进两国合作，目标是实现互利双赢。中阿关系这几年发展迅速，也是缘于中国、拉美国家乃至整个世界都在发生快速变化。世界格局变化越快越深刻，中国和世界的关系也就越紧密越深入。事实证明，我们把握住了机遇，中国与拉美国家的合作富有成果，且前景广阔。所以不要惧怕世界发生快速复杂的变化，只要我们应对得当，这种变化越复杂越深刻，中国对全球化的参与也就越深入，中国对世界的贡献也就越大。"

事实的确如此。2008年金融危机之后，阿根廷陷入债务违约时，中阿两国政府间的金融合作达到了前所未有的紧密程度。邹大使提供了一组数据：中国与阿根廷多次签署本币互换协议，截至2018年底，中国央行与阿根廷央行签署的货币互换协议规模达1300亿元人民币。

在访问财政部副国务秘书索托时，他表示，中阿两国政府间的货币互换是此次阿根廷获得国际货币基金组织借款的积极因素，在保证阿根廷外汇储备的稳定性中发挥了积极作用。这就是中国对阿根廷走出危机做出的贡献。

邹大使认为："我们应该辩证地看待世界正在发生的变化，变化会带来挑战，也能带来前所未有的机遇。如果世界一成不变，对中国未必是件好事。我们关心的是在变化的世界如何发挥中国因素，趋利避害，化挑战为机遇，在赢得中国自身发展的同时，将积极的中国因素变成全世界看得见摸得着的共同利益，推动塑造对你我他都有利的新局面，这样才能向国际社会展示中国对全球的贡献。”

邹大使到阿根廷上任不久，即召开了中资企业座谈会。他回忆说：“在座谈会上我对中资企业负责人说，从某种程度上讲，你们中不少人在驻在国的社会影响比我大。我记得在希腊，很多人都能叫出中远海运比雷埃夫斯港口有限公司老总傅承求的名字，甚至连发音都很标准，因为他几乎每天都出现在报端。而能准确记得我的名字的希腊人并不多，大多数人只知道我是中国大使。”

企业是“一带一路”建设的重要参与方。邹大使说：“我们正处于建设‘一带一路’的关键阶段，我希望各部门把最优秀、最可靠、最具专业能力的人才派到‘一带一路’建设最前沿，让他们在‘一带一路’建设中施展才华，并接受磨炼。我相信，通过‘一带一路’建设，中国必将涌现出一大批具有国际化视野的企业家。‘一带一路’建设需要加强综合施策、统筹协调。它是中国为全球提供的最重要的公共产品，需要全方位、立体、综合地加以推进。”

2019 年 3 月 9 日　阿根廷第 36 天

再见阿根廷，下一站巴西

巴西，我来了！再见，阿根廷！

巴西

在民主弧线重击下的转型大国

美丽山特高压输电一期项目

2019年3月11日　巴西第1天

提高粮食贸易话语权，中国需求带动中国投资

在中交集团南美区域公司总经理助理李瑞达的陪同下，从巴西圣保罗飞往马拉尼昂州圣路易斯市。此行将采访中交集团在巴西投资的圣路易斯港项目。

面向大西洋远望，海上公共锚地停有26艘船舶等待进港，此情此景在巴拿马科隆港外都少见。李瑞达介绍说，圣路易斯目前有3个重要港口，其中淡水河谷马德拉铁矿石专用港口是全球重要的铁矿石出口港口，“让我感到骄傲的是，中交集团在巴西收购的最大工程设计咨询公司康科玛特公司（Concremat）当年参与了这个项目的实施；与此相对应的全球重要的铁矿石进口港是中国青岛董家口港，也是中交集团负责设计施工的。2018年淡水河谷公司生产铁矿石3.9亿吨，出口中国2.05亿吨。马德拉港临近的伊塔基港是巴西北部的综合性公共港口，该港口主要运输谷物、油品、纸浆、化肥等货物”。

淡水河谷马德拉铁矿石专用港口

他补充说，根据中国海关和巴西国家地理与统计局数据：

2017 年中国进口大豆 9500 万吨，其中 5200 万吨自巴西进口，约占中国大豆进口总量的 54%；2018 年中国进口大豆 8803 万吨，从巴西进口 6610 万吨，占巴西大豆出口总量的 79.83%。“这些停泊的船估计有很多是将向中国运输大豆的船。伊塔基港是个老港口，运量相对饱和，且作业效率较低，成本较高，一些作业优先级比较低的船舶在公共锚地停留 20~40 天很普遍。”由于中国对大宗商品高增长的需求，这个始建于 1918 年的港口在百岁之际，与中国前所未有地紧密联系在一起。

在圣路易斯港项目现场，港口区植被清表已完成大部分，推土机正在进行场地平整。项目正按计划逐步开展前期准备工作，尚未进入大规模建设阶段。项目经理恩里克（Henrique）说，中交集团投资的圣路易斯港 2018 年 3 月举办奠基仪式，“这个项目自然条件良好，将建设一条 1085 米长的引桥，泊位水深为 -20~-22 米。我们计划建 3 个泊位，包括 1 个 18 万吨的粮食装船泊位，以及化肥和成品油卸船泊位，3 个 12 万吨的粮仓，总占地面积 330 公顷，具有永久土地产权，项目总投资约 7 亿美元”。

“该港疏运条件良好，将修建约 4 公里铁路与卡拉加斯铁路相连，通过卡拉加斯铁路及与其相连的南北铁路覆盖中北部 7 个州的腹地，”李瑞达介绍说，“此外还将修建约 3 公里公路与联邦 BR-135 公路相连，以打通制约北部物流发展的大通道。”

采访中交集团圣路易斯港项目（左一为李瑞达、中间为恩里克）

中交集团修建了中国国内超过 90% 的港口，在“一带一路”沿线国家修建了 121 个深水泊位。其中，斯里兰卡汉班托塔港是由所在国投资，由中交集团修建后移交给招商局运营；喀麦隆克里比深水港也是由所在国投资，由中交集团修建并参与部分运营；而巴西圣路易斯港将是中交集团境外第一个“投、建、营一体化”的港口项目。

中交集团为何在巴西投入巨资新建圣路易斯港？这与中国粮食安全以及粮食贸易话语权相关。李瑞达说：“中国是世界上最大的大豆进口国，但是中巴大豆贸易主渠道掌握在国际四大粮商‘ABCD’（美国阿彻丹尼尔斯米德兰——ADM、美国邦吉——Bunge、美国嘉吉——Cargill、法国路易达孚 LDC）手中。另外，巴西共有 23 个农产品出口港，其中南部和东部地区的港口集中了约 75% 的农产品出口份额，而这些港口大部分处于高负荷运营状态，长时间待泊以及高运营成本降低了巴西农产品出口的竞争力。我们就是要发挥中交集团的优势，为建立完整的粮食产业链打造出海通道，实现从粮食收购、港口物流，再到终端用户上下游一体化的目标，以保障国家粮食安全。”

据不完全统计，目前在巴西的中国粮食贸易商多达几十家，但大多受到国际四大粮商收购、仓储与货运的制约。巴西政府和大豆种植农业联合体希望能够探索新的大豆交易方式，以减少交易环节，降低交易成本。巴

圣路易斯港示意图

西港口与铁路等物流通道的打通，将成为开辟中巴大豆交易的第二渠道。

“过去 20 年，巴西在逐年扩大耕地面积（不到其可耕地面积的一半），相伴而生的新兴粮食主产区也由原来集中于南部与中西部，开始向北方移动，且趋势明显。但是由于北部缺少出海口，物流交通基础设施落后成为限制腹地生产扩大的瓶颈。中交集团投资的圣路易斯港无疑将为巴西东北部新粮区提供最重要的交通要道补充，也为中巴双方在巴西东北部开展各类合作，包括粮食加工产业园区合作提供港口运输能力。”李瑞达说。

粮食是圣路易斯港的主要运输货物，中交集团投资该项目，可以充分利用巴西北部港口物流的战略位置，一旦与自身拥有海运、国内完整物流链及粮油压榨厂的国内粮企完成合作，中国在巴西收购大豆的瓶颈与障碍无疑将获得突破。

2019 年 3 月 12 日　巴西第 2 天

“我是巴西共产党唯一执政州的州长”

在马拉尼昂州州府圣路易斯市的狮宫，采访了州长迪诺。州府大楼建于 1612 年，目前一半为州政府办公室，另一半是开放式博物馆。

马拉尼昂州是目前巴西共产党的唯一执政州，于是采访从如何计算巴西共产党成立时间开始。成立于 1922 年的巴西共产党走过了一条不平凡的道路：1947 年与 1964 年，巴共两次受当局与军政府的镇压，直到 1985 年才获得合法地位，目前有 30 万名党员。1962 年，由于巴共党内对国内形势与道路选择发生分歧，分裂为“巴西的共产党”与

巴西共产党党旗

“巴西共产党”。前者放弃了马列主义意识形态，后者始终高举马列主义旗帜。苏联解体后，拉美不少国家共产党受到冲击，但古巴共产党与巴共并没有动摇。

迪诺州长对我说：“苏共二十大中苏两党（在国际共产主义运动一些重大问题上）产生分歧后，巴西的共产党支持苏共，而巴西共产党站在中国共产党一边。现在苏共已经不存在了，所以我们决定在2022年巴共成立100周年时，将巴西共产党成立时间恢复为1922年。”迪诺州长于2014年竞选成功，并于2018年12月连任马拉尼昂州州长。

我问道：“马拉尼昂州人民为什么两次将选票投给了您所代表的巴西共产党？”他回答说：“我是唯一一个巴西共产党执政州的州长。这个州被传统政治势力控制了50年，巴西共产党获得执政空间，有政局变动的因素，但最重要的是这个州的贫富差距悬殊。竞选时我们向人们承诺，我们将发展经济并重新分配财富，缩小收入差距，关注社会发展，我们做到了。在上一个执政的4年中，我们新建了全日制学校，虽然马州经济体量靠后，但全国马州教师工资最高。在全国27个州基础教育指数排名中，马州由4年前的第22名上升到现在的第13名。在公共卫生领域，州政府提升了免费医疗系统，增加了新的诊所，每千人口床位数得到提高。遗憾的是，由于2015年以来巴西陷入严重的经济危机，就业增长目标现在还没有完成。”

迪诺州长讲述了他对“有形之手”与“无形之手”的认识。他说自己不相信市场的“无形之手”，市场是社会的一个中介。“有人批评我们的执政方式，说我们干涉经济与高税收，导致市场不能正常运行，但事实不是这样，其实我们是在组织市场。巴西之前‘有形之手’的作用比较大。比如巴西国家石油公司和巴西国家开发银行，就是巴西政府的‘有形之手’，如果把政府的作用全部取消，或者将这些‘有形之手’全部砍断，全部留给‘无形之手’并放任运行，将会出现更加悬殊的贫富差距。2018年我再次胜选后，提出了2026年愿景。这一愿景有65个项目，每2年设定滚动目标，而其中有些目标要在10年后才能看到结果。”迪诺州长说。

迪诺州长隔海相望说：马州还有吃不饱饭的穷人

在阳台上，州长指着右手边隔海相望的高楼大厦与贫民区说：“每当我工作累的时候，站在这里，面前的一切就在提醒我：马州还有吃不饱饭的穷人。州政府为他们建设了2万套保障房，总计划是建设4万套。我们还为低收入人群创建了‘1美元食堂’。”

为低收入者建立的“1美元食堂”

后来我走访了圣弗朗西斯科餐厅，在这个食堂只需花1美元即可买到价值3美元的食物。食堂坐落于低收入区，政府食物安全负责人卢尔迪亚说，每天中午有1000多人就餐，本届政府共建了25个“1美元食堂”向所有低收入者开放。

指着左手边圣路易斯的3个港口，州长说：“我们要吸引更多的投资，发展经济。”他拿着徐工集团的模型表示：“州政府购买了200台工程设备，用于政府公共投资项目，只有修建完善的基础设施，才能吸引更多的投资。”他还对陪同的中交集团南美区域公司总经理助理李瑞达及圣路易斯港项目商务经理安东尼奥（Antonio）说：“圣路易斯港将成为打通北部物流通道的重要港口。议会已经通过立法，州政府将于近期为港口颁布公共设施法令，为港口完成剩余住户拆迁提供法律支撑。”

州长说，他读了习近平主席的一篇文章，文中谈到“执政为民”。“巴共执政所做的一切，人民是看得到的，”他说，“这些年巴西经济不好，没有几个州长可以连任，而巴西共产党获得了连任。”在护理中心采访时，院长、神经科医生帕特里夏（Patricia）介绍说，2015年马州有220名孕妇感染寨卡病毒，生出小脑婴儿。当她向州长迪诺申请建立护理中心时，州长将州政府官员的俱乐部给了他们，并每年从州预算中拨付资金。

州政府官员俱乐部改造成的残疾儿童护理中心

州长带我前往他的办公室，说马州的州旗也有一颗五角星，与中国国旗相像。州长办公室的墙上挂着中国驻巴西前任大使李金章赠送的万里长城刺绣挂毯，他还向我展示了毛泽东与智利前总统阿连德的雕像。“我还不是一个合格的共产党员，因为我还没有去过中国。”他说。

2019年3月13日　巴西第3天

中交集团：探索南美市场投资商的方法论

2018年5月做行走拉美十国前期调研时，中交集团党委宣传部副部长查长苗带我与常云波相见，当时中交集团南美区域公司已经成立，常云波任董事长。

查长苗

第一次相见就留下深刻印象：常云波有从事国际工程承包项目开发和项目管理及海外业务管理 30 年的经验。除了常驻海外 14 年的工程管理与市场开发经历，他还曾在科威特参与战前与战后重建，还担任过马来西亚槟城二桥项目总经理。更重要的是，他曾长期担任中交集团海外事业部副总经理及中交国际工程分公司副总经理，有着独特的世界观。特别是后面这段经历让他参与并了解中交集团“走出去”全球战略的顶层设计过程，能运用整体与系统思维对问题进行判断，较一般人有更深刻的认知。比如，第一次相见时，他谈到人民币国际化，并不是从必要性到可行性进行论述，谈论更多的是人民币国际化实操环节的可行路径设计。

常云波

3 月 11 日，在圣保罗与常总再次相见。中交集团南美区域公司设在圣保罗金融区的写字楼中。站在 23 层的窗前远眺，蜿蜒的皮涅鲁斯河如一条玉带，穿过圣保罗市中心。但常总却对我说：“幸好大楼窗户是密闭的，否则就会闻到臭味，这条河是几十年来圣保罗环境恶化的象征。”中交集团有大流域河流的治理经验，他感叹道：“苏州河的治理就是我们做的，采用什么样的投资模式把中国经验复制到关系到圣保罗 2000 多万人口的皮涅鲁斯河的治理，是我们下一步要探索的问题。”

根据国际权威杂志《工程新闻纪录》（Engineering News-Record，ENR）发布的“全球最大 250 家国际承包商”榜单，中交集团已连续 3 年位列全球最大国际承包商第 3 名。毫无疑问，在中国企业中，中交集团出海最早，布局最广：中交集团目前在全球 155 个国家和地区开展实质业务，在 119 个国家和地区设立了 230 个驻外机构；其海外市场份额约占中资企业的 14%；跨国化指数为 27%；海外利润贡献及海外整体贡献均占 1/3。“但在中交集团海外市场总盘子中，拉美市场的整体贡献不到 1%，虽然 30 年前即在开拓南美市场。”常总说。

事实是，位居国际承包商世界第三、中国之首的中交集团，直到 2018 年绝大部分海外收入仍旧来自工程类承包。如何改变这一局面？中交集团的战略调整始于 2013 年，他们率先在基建类央企中提出“五商中交”的顶层设计，开启了从原来单一的承包商向投资商、开发商与运营商转变的征途。

随着“一带一路”向拉美延伸，他们面临认识拉美市场“是什么”，以及在拉美市场“怎么做”的问题。常总说：“从酝酿南美区域公司开始，我们就下决心将南美区域公司打造为交通基础设施的投资商，从‘机会经营’转型升级到‘战略经营’。”中交集团于 2016 年成立南美区域公司，这是中交集团有史以来在海外成立的第一个股份制法人实体的区域公司，成为“五商中交”在南美落地的试验场。

常总认为：中国基建企业的海外业务一直在升级，“包括从劳务分包、工程分包、援建项目、施工总承包等较为低端的商业模式，到如今 EPC、EPC+F（工程总承包 + 融资）、BOT（建设—经营—转让）、PPP、境外直接投资。但是，从‘机会经营’到‘战略经营’才是企业发展上台阶的核心标志”。

他们首先要做的，是为南美区域公司搭好“骨架”。常云波介绍说，这个骨架就是“三个平台”与“三步走”：有效整合内部资源，建立中交集团南美区域公司平台，承担对区域市场发展与管理责任；通过战略收购打造属地化平台，进行投资项目筛选、策划与实施管理，对接中交集团核心技术与能力优势在区域市场的落地与扩展；“五商中交”落地南美投下“关键一子”，成立中交集团南美投资公司平台，以集聚投资项目的股权，与资本市场对接，实现可持续发展。

为实现战略收购，打造属地化平台，他们在2年内对巴西20多家公司进行了走访调查，寻求合适的目标企业。“初始阶段我们曾希望收购巴西基建类大型公司，借助其对市场的占有率，嫁接中交集团优势，做大做强。但由于巴西国家石油公司腐败案发酵带来的潜在风险，最后放弃了对重资产型建筑公司的收购，而是选择了康科玛特这家轻资产型的设计咨询和工程管理公司。”常总说。

这是截至目前中交集团在海外收购的第3家企业。在此之前，2010年，中交集团以1.25亿美元全资收购美国Friede Goldman United公司，此公司是著名的海上钻井平台设计公司；2015年，以11.5亿澳元收购澳大利亚建筑企业中位列前三的约翰·霍兰德公司；2017年，以1亿多美元收购康科玛特公司。

“康科玛特是居巴西业界之首的工程设计咨询公司，拥有1463个相关资质和3500种职业资格证书，约占巴西市场份额的13.8%，业务分布巴西国内19个州。借助属地化经营平台，我们开始从过去的承包商转型为交通基础设施投资商。2017年中交集团南美投资控股有限公司成立，打造了吸引市场等投资的多元化投资平台。”常总说。

中交集团对南美区域公司的认识及清晰的定位要受到巴西市场的检验：从南美区域公司挂牌至今，不到3年的时间，投资约7亿美元的圣路易斯港将进入大规模建设阶段；除此之外，其他港口、铁路、公路及桥梁等重大交通基础设施投资项目也已被纳入重点跟踪范围。关键是南美区域公司成功打造了吸引内外部投资人参与的多元化投资平台，吸引了包括法国里昂等公司的投资加盟。

中交集团南美区域公司的方法论与实践证明，中交集团通过对巴西市场的深度剖析，确立了清晰的发展战略、阶段任务与目标，并找到了适合在当地发展的路径、平台与方法。他们在南美市场下了一着好棋。

2019 年 3 月 19 日　巴西第 9 天

中交集团入主康科玛特，目标是成为市场领袖——访问康科玛特首席执行官莫诺

2016 年，中交集团以 1 亿美元收购了巴西著名工程设计咨询公司康科玛特。这是一家成立于 1952 年的家族企业，主营业务包括工程管理、勘察、设计、监理、环境与社会影响评估及材料检测等，2017 年在巴西最大建筑工程公司 500 强中工程咨询类公司排名第一。

今天来到康科玛特办公楼，采访中交集团下属康科玛特公司首席执行官（CEO）莫诺。莫诺先生毕业于巴西坎迪多门德斯大学经济学专业，已在康科玛特公司工作近 9 年，他的祖父是这家公司的创始人。

康科玛特公司 CEO 莫诺

采访分两次进行，莫诺中途去参加了“乙醇管道项目”视频会议。从我踏进公司，就不断有巴西员工用中文“你好”和我打招呼。

发展中国家经济发展过程伴随着大规模基础设施建设，巴西也不例外。有着 67 年历史的康科玛特公司见证了巴西经济的跌宕起伏。

“1952 年公司成立时正值巴西产业发展初期，时任总统热图利奥·瓦加斯在任期内（1951—1954 年）推出国家发展目标计划，该

目标计划强力推进巴西能源、交通、农业、工业及教育的发展，这是巴西有史以来最大规模促进工业与农业建设的扩张时期，"莫诺说，"那时我祖父是巴西里约热内卢联邦大学建筑学院教授，他访问德国后回到巴西，创建了巴西第一个混凝土结构的私人实验室，这就是康科玛特的起步。Concremat 是 Control、Concrete、Material 的缩写，即'控制、混凝土、材料'的意思。"

20 世纪 70 年代，巴西开始大规模投资桥梁、道路、港口，康科玛特为这些项目的规划、勘察及工程监理、施工管理提供服务。"巴西从 20 世纪 70 年代开始进入基础设施建设黄金期，人口从 4000 万增长到现在的 2 亿多。人口的激增让巴西需要建设更多的基础设施，康科玛特为绝大多数大型项目的建设提供了服务，包括巴西第一个炼油厂、巴西国家石油公司总部大楼、巴西第一条高速公路，我们提供了设计、建筑工程材料的技术控制实验以及项目管理，公司由此得到迅速成长。"莫诺说。

2013 年康科玛特成为巴西最大的工程设计咨询公司，当年营业收入达到 13 亿雷亚尔，但在 2014 年遇到了危机。"首先是联邦政府对'洗车案件'的调查行动，这是针对巴西国家石油公司及 4 个主要建筑公司腐败案进行的调查，此后政府对涉腐企业采取了一系列惩治措施，市场发生了改变。"莫诺回忆说，"2014 年康科玛特占全国市场份额的 12%，2017 年市场份额上升到 14%，营业收入却下降到 5 亿雷亚尔。建筑市场总体规模下滑了近 1/3，我们面临着选择。"

随着国际大宗商品价格繁荣期的结束，巴西进入严峻的经济衰退期。时任总统被弹劾、前任总统被捕入狱，政局面临前所未有的挑战。此外，受到巴西国家石油公司腐败案的冲击，巴西经济增长率从 2010 年的 7.54% 变为 2015—2016 年的负增长，导致基础设施建设投资的萎缩。

莫诺说："此时我们与中交集团进行了一年半的谈判，最终中交集团以 80% 控股权收购了康科玛特公司。这次并购对康科玛特来说是一次发展的机遇。家族公司确实存在发展瓶颈，并不是所有的家族成员都希望公司扩张，我们引入具有百年历史的中交集团为合作伙伴，才有望实现做市场领袖的目标。”

什么让康科玛特与中交集团相互吸引？他说：“我们看中的是中交集团超出世界行业平均水准的竞争力、领导力、决策机制与管理体制，而中交集团看中的是康科玛特在巴西当地市场的品牌价值与属地化平台资源。”

中巴分居地球两端，两家公司文化差异甚大，并购后将产生什么样的化学反应？莫诺说：“首先，外国公司的进入有两种方式，一是自己进来，二是倚重本地公司平台，而中交集团选择了后者，看中本地平台的价值。中交集团南美区域公司董事长常云波的战略目标很清晰，展现了他的领导力，创造了自由、独立的公司文化氛围。其次，所有工程建设都是从项目设计开始，到项目管理、监督，长年以来康科玛特的收入大多来自这些领域，我们一直期望扩展业务领域，比如做工程总承包商。中交集团入主以后，其交通基础设施投资商的定位在巴西受到市场高度认可，总投资 7 亿多美元的圣路易斯港将进入大规模建设阶段，而康科玛特正是借此项目实现了多年来做工程总承包商的梦想。现在有大批优质投资项目储备，我们从涉腐的巴西四大建筑公司中招揽了优秀的专业人才，不断完善投资团队，我们将有更多的发展机会。”

最后莫诺说：“我父亲今年已经 79 岁，他认为康科玛特与中交集团的合作，将会给股东、员工、客户创造更高的价值。我们对实现做市场领袖的目标充满信心。”

2019 年 3 月 20 日　巴西第 10 天

中远海运积极拓展和布局南美市场

今天在圣保罗采访中远海运（南美）公司。这是此次拉美之行采访的第 3 个中远海运的项目，此前采访过中远海运墨西哥公司与中远海运巴拿马公司。与这两者不同的是，中远海运（南美）公司是一家分管南美洲 13 个国家的管理型与经营型合二为一的公司。2015 年国务院批准中国远洋运输（集团）总公司与中国海运（集团）总公司实施重组，2016 年中远海运集团成立，同年对两家公司在拉美各国的公司也进行了重组合并。

中远海运（南美）公司位于巴西圣保罗的保利斯塔大道，这里是圣保罗最重要的经济与金融中枢街区。中远海运（南美）公司党总支书记、副总经理叶敬彪说："南美公司目前业务有两大块：一是集装箱业务，占 2018 年总运输量的 70%；二是非集装箱业务。由于中国公司进入拉美较马士基（MAERSK）等航运公司的船队晚了多年，中远海运集团积极响应国家'一带一路'延伸至拉美的倡议。首先，借助中拉贸易的互补性，将中国所需的大宗商品运回中国，而将拉美国家所需的中国制造产品运往拉美；其次，在拉美加快港口布局。"

采访中远海运（南美）公司党总支书记叶敬彪

中国是世界最大的铁矿石与粮食进口国。2018 年中国进口铁矿石到港量 10.38 亿吨，主要进口来源国为澳大利亚与巴西，两者合计占 2018 年中国铁矿石总到港量的 89.5%。此外，2018 年中国粮食进口 1.085 亿吨，其中全年大豆进口 8803.1 万吨，巴西、阿根廷、乌拉圭为南美主要的大豆出口国，其中巴西 2018 年向中国出口了 6610 万吨大豆，占中国大豆进口总量的 75.1%。

近些年来，中远海运的业绩在世界航运界卓尔不凡。截至 2019 年，中远海运集团经营船队综合运力排名世界第一，干散货船队运力位居世界第一，集装箱船队规模居世界第三。但长期以来，在南美大宗商品（如巴西铁矿石及大豆、粮食）运输到中国的货运量中，中远海运集团散货船队的参与十分有限。要么是淡水河谷公司铁矿石运输有自建船队，要么是国际四大粮商都有自己的船队，所以近几年来中远海运开始积极拓展和布局南美市场。

运输大豆

“在集装箱运输领域，（我们）未来 3 ~ 5 年的目标是进入前三名（目前前三名为马士基、MSC、汉堡南美），然后是做大做强非集装箱业务。”叶敬彪说。为了增加散货运输量，特别是矿石运输，中国远洋海运集团 2016 年在北京与巴西淡水河谷公司签署长期运输协议。根据该协议，未来 27 年中，中远海运散货运输公司每年将承运约 1600 万吨淡水河谷公司发运的铁矿石。“中远海运还用自己的船、租赁船并运用合同邀约方式加大矿产品运输，以平抑大宗进口商品的海运价格。中远海运与淡水河谷协议共同建造 40 万吨超大型矿砂船，由此将改变淡水河谷之前较少使用中远海运船队的状况。”叶敬彪说。

引人注目的是，中远海运开始在拉美加快港口布局。“2019 年 1 月，中远海运以 2.25 亿美元收购秘鲁钱凯码头 60% 的股份，将与秘鲁火山矿业合作投资，把秘鲁钱凯港口打造成南太平洋交通枢纽，犹如从亚洲向欧洲出口转运的枢纽希腊比雷埃夫斯港。”叶敬彪说。

受2017年中国政府“禁废令”的影响，在国外废纸堆积如山的同时，国内纸张原材料供应量减少，成品纸市场价格翻了一番。中远海运（南美）公司战略发展部总经理杨韡凌说：“随着中国对纸浆需求的增加，我们积极开拓南美纸浆市场，与南美主要纸浆公司如Suzano、Fibria、Eldorado、Arauco、Jari等成为合作伙伴。特别是与芬兰公司合作，揽取Stora Enso（斯道拉恩索）公司自2019年从乌拉圭、巴西运输包运租船合同，年货运量达70万～90万吨。自2020年起，我们还与智利最大林业客户Aruoco执行从乌拉圭运出的包运租船合同，年货运量达55万～70万吨。”

运输纸张

下午，在圣保罗世博会展览中心第25届南美多式联运展会中远海运的展台，我采访了中远海运集装箱运输（巴西）公司经理李政。他介绍说：“巴西集装箱年进出口总量只有1200万标箱，缘于巴西的非地缘核心位置，所以没有大量的转运需求，其集装箱年货运量还不如中国盐田港一个港口的年吞吐量（1438万标箱）。目前，我们的集装箱运量占巴西进口量的10%，位居第五，出口量排位第六。2018年从巴西运往中

杨韡凌（左）与李政（右）

国的商品有两大类，其中冻货主要是各种肉类，占到1/4，而干货包括农产品（大豆、小麦、棉花）、烟草、木材、纸浆以及矿产品等。巴西从中国进口的则包括所有类别的中国工业制造产品。”

中国与巴西贸易结构一直被视为具有“互补性”，自10年前就是如此，如今依然不变。如果一个国家出口的90%为原材料，进口的97%为工业制成品，只能说明它是一个资源大国，而非经济强国。巴西曾经也是一个工业制造大国，如今为何落到如此境地？且看后文分解。

2019年3月23日　巴西第13天

与亲人相见

在圣保罗见到了从美国来的家人。第一次感到离开家太久了，出来8个多月了，夜以继日地旅行和写作，我的助手因故回北京了。圣保罗下着雨，在酒店大门口，目送开往机场的黑色汽车的背影，五味杂陈。

药没有了，又只剩下我一个人。返回酒店时忘记了房间号，徘徊在雨中很久……

马上就要开始一次长长的旅行，要坚持下来。

2019年3月24日　巴西第14天

站在国家电网巴控大楼俯瞰里约

俯瞰里约

2019 年 3 月 25 日　巴西第 15 天

中国特高压技术落地巴西，弯道超车领先“老师”

国家电网巴西控股公司董事长
蔡鸿贤介绍情况

今天在里约采访国家电网巴西控股公司董事长蔡鸿贤。几天来，蔡鸿贤董事长非常忙，因为由国家电网巴西控股公司独立投资的美丽山二期特高压输电网自 2017 年开工，2019 年 5 月将对送电与接收两端的换流站进行调试。在里约换流站及国网巴控大楼，我两次见到国家电网特高压部主任张福轩一行多人，美丽山二期正处于完工前夕的紧张调试期。“按照合同，美丽山二期定于 2019 年 12 月完工，在确保工程质量的前提下，我们希望在 11 月巴西举办 2019 年金砖峰会时提前竣工。”蔡鸿贤说。

2011 年第一次访问巴西时，中国驻里约热内卢总领事陈小玲曾告诉我，她刚刚到里约几个月，中国在巴西的投资从开始的深海石油拓展到通信，再到电网。汽车行驶在里约时，我看到了国家电网巴西控股公司的标识牌。作为熟悉中国电网运行体制的中国记者，那时确实感到困惑：中国电网公司在巴西能做什么呢？

2014 年有关中国特高压上与不上的争论正酣时，我采访了国家电网公司程梦蓉。在介绍国家电网跨国经营时，她谈道，国家电网目前在境外资产分布包括巴西、葡萄牙、澳大利亚、菲律宾。“2009 年初，国网国际发展有限公司参股菲律宾国家电网公司，占 40% 股权，成功接管菲律宾国家输电网，拥有25年的特许经营权。2010年底，国网国际发展有限公司再次成功收购了西班牙股东出售的巴西14家输电特许权公司100%股权，获得了16条总长度3173公里的500千伏输电线路等资产，特许经营期为30年。”程梦蓉说。

自那时起，我一直希望采访国网巴控公司。国网巴控进入巴西市场后，创造了一个为国人所关注的奇迹——他们将中国特高压技术带出国门，在巴西落地：2014年2月，国家电网与巴西国家电力公司组成联营体，中标美丽山特高压输电一期项目；2015年，国网巴控又独立中标美丽山特高压输电二期项目。两条±800千伏的直流输变电线路总长分别为2076公里与2539公里，分别投资63亿雷亚尔与90亿雷亚尔（分别约合18.7亿美元与24.83亿美元）。而蔡鸿贤董事长就是2010年来到巴西筹建国网巴控公司的人，他见证了国网巴控从进入巴西市场到现在实现历史性变化的全过程。

蔡鸿贤给了我一组数据：“国网巴控2010年收购西班牙公司时，总资产为9.31亿美元；2018年总资产为58.81亿美元，是进入巴西之初的6.31倍。国网巴控收购时获得了16条总长度3173公里的500千伏输电线路等资产，2018年运营输变电线路里程达1.3万公里；在美丽山二期按期投运后，2019年输变电线路里程将超过1.5万公里。国网巴控目前已经是巴西第二大输电公司。”

特高压海外落地，为什么选定巴西？巴西政府对特高压了解多少？巴西政府如何做出采用特高压的决策？蔡鸿贤回答说：“巴西是个电力大国。始建于1975年的伊泰普水电站总装机容量达1260万千瓦，有18台700兆瓦的涡轮机组，这是当时世界上最大的水电站，吸引了众多国家的电力行业人士前来学习，其中也包括中国。与此同时，巴西直流技术起步较早，20世纪80年代初建成伊泰普水电站后，巴西成为世界上运行最高电压等级交直流并联电网的国家（±600千伏直流输电和750千伏交流输电）。所以巴西同行不仅值得尊敬，而且可以说是我们的老师。而中国特高压技术则实现了在国际电力传输领域的弯道超车。”

巴西是拉美第一经济大国，输电规模及互联电网跨度庞大，而且巴西很久以来都有完善的电力规划。“早在 2010 年国家电网刚刚进入巴西时，美丽山水电站项目就在建设筹划中。最早巴西曾规划使用 ±600 千伏直流输电技术，通过深入交流，我们让巴西同行了解到特高压的优势，因而推动巴西政府采用中国的特高压技术。特高压不仅具有单位容量建设和维护成本低、电网可靠性与可用率高的特点，关键是美丽山水电站位于亚马孙热带雨林深处，有近 1/3 的线路要穿过雨林地带。如果使用 ±600 千伏直流输电技术，长距离传输电力损耗也会相应增加 6% 左右。这也正是使用特高压技术所能避免的，最终促成中国特高压技术在巴西落地应用。”蔡鸿贤说。

特高压技术在巴西落地不仅仅是技术的传播，还具有十分重大的战略意义，中国一直在推动全球能源互联网的建设。蔡鸿贤说：“美丽山二期不久即将建成，我们下一步关注巴西第 3 条特高压直流 1500 多公里电力

参观集控中心

传输网的建设招标。我们的目标是立足巴西，进一步提高现有资产管理水平，将国家电网公司先进的管理方法应用于巴西，提高线路资产运行维护水平，减少年度收入扣减。同时，国网巴西控股公司将更多关注拉美其他国家，比如阿根廷、智利等国家，我们将寻找更多的投资机会，提高企业软硬实力。”

2019 年 3 月 26 日　巴西第 16 天

“创制中国菜谱，选用中国食材，贡献中国味道”

今天来到巴西美丽山 ±800 千伏特高压直流送出二期里约换流站调研。汽车从里约市区出发，一路向西，沿着 116 号公路行驶 100 多公里，在一个小村庄驶入土路，5~6 公里的乡村小路两旁被浓密的树荫遮挡。当汽车驶出小路，眼前豁然开朗，阳光折射在换流站设备的金属架上，一束束银

美丽山特高压二期里约换流站

光耀眼夺目。

站在会议室门外，远望占地面积29.3公顷的换流站，时光倒流，恍若隔世。

从2009年1月，中国建成第一条特高压试验段——我国自主研发、设计和建设的具有自主知识产权的1000千伏交流输变电工程——晋东南—南阳—荆门特高压交流试验示范工程至今，仅仅过去10年。截至2019年1月，中国已经建成“8交13直”21项特高压工程，线路长度2.7万公里；在建的是“4交3直”，线路长度0.78万公里，总里程为3.48万公里。

特高压输电与中国高铁同被称为“中国名片”。目前，中国高铁运营里程为2.8万公里，建设中的高铁里程约为1万公里，中国高铁运营里程占全球高铁运营里程的66.31%。但是从严格意义上说，目前只有中国特高压走出国门并成功落地，这就是国家电网在巴西参与投资与建设的美丽山一期、二期±800千伏特高压直流送出工程，2条线路总里程为4615公里。

2014年我曾到湖北1000千伏荆门变电站调研，如今见到巴西美丽山二期换流站，思绪万千。接待我的是美丽山水电特高压直流送出二期项目换流站施工经理张宗鑫。在项目现场，张宗鑫正与该工程EPC总承包的同事们讨论一项技术问题。他说：“为了推动项目提前竣工，工作程序需要进一步优化，才能实现目标，因此还有一些技术问题需要各参建单位集思广益，想出解决的办法。”

与中国电力体制不同，中国电网企业在国家定价的基础上收取一定过网费，而巴西则是通过电力监管部门的特许权招标竞价，由报出经营期内年收入最低者取得项目的投资、建设和运营权。

“我们早一天投运，就早一天收益，提前一个月能得到1亿雷亚尔的收益。”巴西控股公司董事长蔡鸿贤说。

张宗鑫出生于1985年，毕业于华北电力大学，是一名高级工程师，之前在国内参与了9个特高压直流工程的建设，包括向家坝—上海、锦屏—苏南、溪洛渡—浙西、酒泉—湖南工程等。他说：“巴西在20世纪70年代处于经济高速发展期，成为世界上运行最高电压等级交直流并联电网的国家，但现在巴西在这个领域处于‘断代期’。我们这一代有幸赶上中国特高压大发展的时代，是这个时代成就了中国的工程师。”

张宗鑫所在的换流站团队负责美丽山二期项目送端与受端两个换流站的建设。他说，欣古送端换流站工程完成了93%，里约受端换流站完成了87%左右。在里约换流站现场看到，工程目前已经进入最后的电气设备安装收尾阶段。这里的关键电气设备体积巨大，沉重的换流阀高高挂在阀厅顶端，一个直流穿墙套管就有20多米。

张宗鑫介绍说：“美丽山二期的建设特点是设计标准高、设备冗余度更大、施工工艺标准高。比如设计标准我们参考了中国标准，要比巴西当地的标准高。另外在设计冗余方面，充分考虑到巴西亚马孙地区雨季长、雨量大的环境，基于中国云贵地区经验，结合巴西特点，采用适用该地区的外绝缘设计；针对巴西的环保要求，进行站区总平面优化、降低噪声等；在设备选择方面，根据中国特高压长期运行经验，对换流阀设备、光电互感器等关键电子元件提高冗余配置，减少维护时间；滤波器一次设备较其他工程多一组，提高对系统支撑的冗余度。”

美丽山二期项目换流站施工经理张宗鑫

他接着说：“系统设计是直流工程的龙头，决定了技术路线和

美丽山二期受端换流站

关键设备选型，决定了直流工程技术和经济指标。国家电网公司系统设计单位通过采用中国自主攻关形成的系统成套设计方法，根据巴西电网规划的条件，设计确定并优化了电气参数，匹配并带动中国设备整体出海，我把它称为‘创制中国菜谱，选用中国食材，为国际市场贡献中国味道’。”

在换流站参观时，看到有来自中国西电集团的换流变压器和平波电抗器等。巴西控股公司董事长蔡鸿贤说：“（建设）美丽山二期，我们带动了中国装备出海，国内设备采购额占到换流站总投资的一半。”据张宗鑫介绍：“整个项目 24 亿美元的投资，有一半花在建设两个换流站上，高精尖技术产品都在这里，绝大部分核心装备采用的是‘中国制造’。”

与参建单位人员合影

2019 年 3 月 27 日　巴西第 17 天

飞往亚马孙，3000 公里换乘 3 次飞机

10 个小时后到达阿尔塔米拉（Altamira）

2019 年 3 月 29 日　巴西第 19 天

欣古河畔的“西门吹雪”与“国网长青”

你知道世界上有哪些大型水电站吗？如果按照发电量排名，世界大型水电站依次是三峡水电站、伊泰普水电站、溪洛渡水电站和美丽山水电站。中国三峡水电站以装机容量 2240 万千瓦排名世界第一，巴西伊泰普水电站以总装机容量 1400 万千瓦排名第二，中国溪洛渡水电站以总装机容量 1386 万千瓦排名第三，巴西美丽山水电站以装机容量 1100 万千瓦排名世界第四。中国与巴西共同囊括了世界排名前四的水电站。而中国特高压之所以走出国门、落地巴西，与美丽山水电站息息相关。

中国与巴西囊括了世界排名前四的水电站

巴西美丽山水电站与伊泰普水电站有所不同。始建于1975年的伊泰普水电站位于巴西与巴拉圭交界的巴拉那河上，从设计到建设均由外国（美国、意大利等国）公司组成的联营体负责；而美丽山水电站准备启动时适逢卢拉总统第二任期开始（2007年），当时巴西提出了加速增长计划，美丽山水电站是该计划的主要项目。美丽山水电站拟于2019年完工，第一台涡轮机2016年5月开始运行。

巴西与中国非常相似，南部地区经济发达，为主要用电区域，但清洁能源特别是水电，主要集中在北部亚马孙河流域。美丽山水电站建成后，应采取何种传输技术将装机容量1100万千瓦的电能送到南部地区？在中国国家电网的推介下，巴西最终选择了中国特高压 ±800千伏直流输电技术。2014年国家电网巴控公司与巴西国家电力公司合作，建设了美丽山特高压输电一期项目，输电能力为400万千瓦；2015年国网巴控公司独立中标美丽山特高压输电二期项目，输电能力同为400万千瓦。至此，美丽山水电站总装机容量1100万千瓦中的800万千瓦电力通过两条特高压 ±800千伏直流输电线，分别送往靠近圣保罗的米纳斯吉拉斯州（一期）与里约（二期）。

3月26日我曾调研里约受端换流站，它接受的是从欣古换流站送出的电能。今天在国网巴控公司综合处陈义桥、美丽山二期欣古换流站现场负责人许鸿飞及张帆的陪同下，驱车前往美丽山欣古换流站调研。

从里约到美丽山水电站的直线距离只有2400公里，但乘飞机却要经两次中转，到达巴西北部一个叫阿尔塔米拉的城市。二期直流线路全长2539公里，共建有4448个铁塔；在线路所经过区域，国网巴控公司与3337个“地主”进行了谈判；线路沿途经过亚马孙雨林、塞拉多热带草原和大西洋沿岸雨林三个气候区。因此，这是一个所有环节都充满挑战、非常艰辛的工程。

阿尔塔米拉距美丽山水电站80公里，沿途风光带有亚马孙热带雨林地区的典型特征：湛蓝的天空映照着锈红色的土壤，公路两旁的植物生机盎然。当美丽山水电站出现在眼前，那种见到世界闻名大国工程的激动心情难以抑制。汽车“搭乘”摆渡船到了欣古河对岸，欣古河是亚马孙河的支流，不远处就是美丽山二期欣古换流站，那里依旧是阳光折射下的璀璨夺目。与里约换流站不同的是，这里有美丽山一期、二期两个换流站，美丽山一期换流站主建筑是白色，而美丽山二期换流站主建筑为绿色。许鸿飞颇有诗意地将这两个换流站喻为“西门吹雪”与“国网长青”。

美丽山水电站

一白一绿——“西门吹雪”与“国网长青”两个换流站

欣古换流站中方现场经理许鸿飞

许鸿飞带我参观了换流站的交流场、交流滤波器场、直流场、换流变压器及换流阀厅。“这些地方的电气安装已经全部完成，直流场的电气安装完成量是90%。现场设备安装和调试正按计划进行。”他说。

许鸿飞只有32岁，虽然性格内敛，但经历不凡：2009年参加工作后曾在三门峡、拉萨、郑州、惠州等多个换流站从事建设工作并担任换流站值班长。美丽山二期2017年8月获得许可后场平工程开工，他则于2017年10月来到国网巴控公司，2018年10月赴欣古换流站担任中方现场经理。

许鸿飞说，6个月里，他整整瘦了10斤。可以想见，在炎热潮湿的热带雨林地区工作，只要在室外，立马一身汗。作为现场经理，许鸿飞既要负责现场生产调度、安装质量、设备调试、进度质量跟踪，还要进行现场协调。美丽山二期的工程总承包商为中国电力技术装备有限公司，分包商包括参加过美丽山一期工程的Zopone公司（负责土建、电气安装），试验调试的分包商有华东送变电、武汉南瑞，设备厂家包括南瑞继保、ABB与西安西电变压器厂等。

32岁的小伙子独当一面，负责如此重要的工程。当我问他从这个工程中获得了什么时，他说：“这是我人生中最有意义的一段经历。这个经历不仅使我增强了管理与协调能力，还拓展了知识面。在国内做换流站时，专业分工很细，而在这里既要熟悉一次主设备，也要熟悉测控保护等二次设备，还要熟悉空调、照明、消防等系统，形成倒逼的学习压力，必须完善

与欣古换流站建设者合影

知识结构。”眼下工程即将完工，运维团队已经开始工作。许鸿飞说：“我已经为迎接国网巴控公司的下一个工程做好了准备。”

2019 年 3 月 30 日　巴西第 20 天

圣塔伦转机，亚马孙雨林腹地

在圣塔伦转机，下一站，“巴西硅谷”！

2019 年 3 月 31 日　巴西第 21 天

“国家电网有能力管理好海外国际电力企业”

用“风生水起”形容国家电网在巴西的状态再恰当不过。除了 2011 年进入巴西市场、到 2019 年拥有输变电线路里程 1.5 万公里成为巴西第二大输电公司的国网巴控公司之外，国家电网在巴西还有另一家电力公司，那就是 2017 年进入巴西的 CPFL 新能源公司（圣保罗电力电灯公司），目前也是巴西最大的私营电力企业之一。CPFL 新能源公司 2018 年年报数据显示，2018 年公司总资产为 110 亿美元，净利润为 5.3 亿美元，创下了公司建立以来历史最高纪录。国家电网依托国网巴控公司与 CPFL 两家公司，成为中国国有企业中又一个实现全产业链“走出去”的电力企业。

CPFL 公司位于距离圣保罗市北部 90 公里的坎皮纳斯市（Campinas），这里有“巴西硅谷”之称。CPFL 公司的大院有 6 栋建筑，博物馆在其中一栋建筑中，是为纪念公司成立 100 周年（2012 年）而建。可以这样说，CPFL 见证了巴西电力工业发展的历史：1879 年巴西在里约修建了第一个照明系统，坎皮纳斯市于 1886 年开始有了公共照明系统，CPFL 公司的前身伯图嘎杜公司于 1898 年提供民用电力。CPFL 公司成立于 1912 年，而北京供电局成立于 1905 年（前身是京师华商电灯股份有限公司）。

CPFL 历史博物馆

巴西政府在 1964 年将 CPFL 公司国有化，巴西在 20 世纪 70 年代将发展电力工业列为头号发展目标，CPFL 公司顺应经济需求得到了快速发展，2004 年在圣保罗与纽约同时上市。但就在 2017 年，有着 105 年历史的 CPFL 公司还是被出售了，巴西政府私有化的脚步到现在也没有停止。

对 CPFL 新能源公司

董事长文博的采访是在他的办公室进行的。通常说，收购不容易，管理不简单。一家境外电力企业，接管巴西一家在当地和纽约同时上市、拥有1.3万名员工的大型私营电力企业，其业务包括配电、常规发电、新能源、电力交易、供电服务和电力工程等电力能源行业多个领域，全资拥有9个配电特许权公司。其业务覆盖巴西经济发达的圣保罗州、南里奥格兰德州等，服务区域面积达30.4万平方公里，服务人口约2400万，2018年发电量约为250亿千瓦时，配售电量约为680亿千瓦时，占巴西配电市场份额的14.2%，是巴西最大的配电企业之一。管理这样一个境外公司，他们是否有"水土不服"呢？

文博笑着说："国家电网是世界最大的电力企业，各国电力行业都是在不同市场机制下组织发电、输电、配电和售电业务，实质上没有大的区别。只要给我们机会，国家电网公司有能力管理好海外国际电力企业。"虽然CPFL在巴西是一家大型电力企业，其配电特许权面积有30多万平方公里，发电资产遍布10个州，但是企业规模"只相当于国内中等省级电力公司"。

文博董事长1988年毕业于重庆大学电气工程自动化专业，毕业后即进入甘肃电力系统，之后通过在职学习获得西安交通大学管理学硕士学位，是一位从基层班组成长起来的技术与管理干部，他熟悉电网企业各个业务环节，担任过甘肃电力公司的副总经理和新疆电力公司党组书记。2008年国家电网竞得菲律宾电网25年经营权，2011年他被任命为菲律宾国家电网公司董事兼首席技术官，一干就是7年。在海外企业的历练，使他对经营国际化企业需要的智商、情商和文商有了深刻理解。

CPFL进入巴西电力市场的第1年，获得净利润12亿雷亚尔（相当于3亿美元），2018年大幅提升净利润达到5.3亿美元。文博介绍说："这要归于国家电网公司的大力支持，中巴管理团队精心管理企业的经营、服务、技术和投融资，并不断创新。"他补充说："巴西近年来经济低迷，企业减少了投资。而我们接手后，每年投资形成资产有20多亿雷亚尔（约合 5 亿美元），提高了供电质量和服务水平。2018 年我们参加政府组织的项目招标，中标 3 个输电项目和 2 个新能源项目，新增投资超过 12 亿雷亚尔。”

CPFL 的配电主要集中在经济发达、用电量大的圣保罗州和南里奥格兰德州，服务客户 956 万人次，占全国的 11.3%。CPFL 公司的平均用户故障时间和故障频率等供电可靠性指标长期位列巴西行业前 3 名，配网线损率指标也同样处于领先地位。2017—2018 年，CPFL 配电公司连续荣获“全国最佳配电公司”“巴西南部最佳配电公司”等称号，在发电可靠性方面保持巴西电力行业第 1 名。

CPFL 新能源公司董事长文博展示公司治理结构手绘图

文博董事长向我展示了他手绘的一张公司治理结构图。这张图包括公司治理提升、核心能力建设和企业文化融合。他介绍说：“按照国家电网公司对提升管理的要求，我们从框架搭建、模式优化和创新机制 3 个方面入手，着力提升公司核心能力，在安全、服务、敏捷、效益、创新、可持续等方面获得突破。目前该机制处于完善阶段，我们也借鉴了现代企业的管理工具，比如平衡计分卡。平衡计分卡是一种绩效管理工具，它将企业战略目标逐层分解转化为各种具体的相互平衡的绩效考核指标体系，从而为企业战略目标的完成建立起可靠的执行基础。”文博董事长对CPFL公司的未来充满信心，他期待通过实践，把国家电网的先进技术和优秀管理经验引入巴西，为巴西电力行业和社会经济发展做出积极贡献。

2019年4月1日　巴西第22天

马瑙斯变了

与8年前第一次访问这里相比，马瑙斯发生了很大的变化。

2019年4月2日　巴西第23天

巴西制造业，我为你哭泣

巴西之行，工业制造是调研重点。2011年我在《21世纪经济报道》发表“倾听巴西”专题，其中一文题目是《中国制造摧毁巴西工业制造？》。时任巴西驻中国大使胡格内对我说：“罗塞夫总统两天前（2011年8月2日）针对工业领域存在的问题启动了大巴西计划，希望以此推动巴西工业部门的发展。”该计划核心内容是：未来2年里，巴西企业将获得减免税赋160亿美元。通过出口退税等补贴手段，保护巴西民族工业，进而促进工业产品出口，以应对进口产品的竞争。

8年来，我一直期待有机会重返巴西，胡格内大使的话像石头一样压在我心头：“如果巴西只是一个向中国出口铁矿石和大豆的国家，巴西将不再有国际竞争力。”在行走拉美十国之前的2018年5月14日，我专程去青岛，登上中国海油旗下海洋石油工程股份有限公司正在为巴西国家石油公司建造的两艘大型“海上石油工厂”（海上浮式生产储卸油装置，FPSO）P70和P67。令人震惊的是，这两艘“海上钢铁巨兽”的所有模块之前均由巴西制造，但由于2014年巴西国家石油公司爆发腐败丑闻，压力之下宣布暂停与涉腐案相关的 23 家承包公司的合作项目，P70 也被迫停工，成为“烂尾”工程。

巴西腐败丑闻给巴西带来巨大的负面冲击：不仅是巴西的制造业，包括建筑业，凡是进入腐败案黑名单的嫌疑企业，旗下所有项目至少暂停 1 年以上。在拉美十国之行中，一路走来，我看到很多国家都有巴西建筑公司留下的未完工程。在经济下滑与腐败案双重打击下，无论是巴西私人公司还是政府，都开始大量出售资产，直到现在也没有停止。

这次要感谢格力电器巴西公司给我机会，可以访问马瑙斯自贸区与格力工厂，我很想看看巴西制造业的变化。马瑙斯自贸区建立于 1967 年，紧随 1923 年世界上第一个境内关外型自贸区 FTZ（Free Trade Zone）——乌拉圭自贸区之后成立，目前已经有 62 年的历史，被誉为“美洲最佳自由贸易区”。马瑙斯自由贸易区管理委员会（SUFRAMA）经理助理路易斯先是介绍了自贸区成立以来的 5 个发展阶段，随后表示：“自贸区的制造业共有 22 大类企业，包括空调、摩托车、电子产品等，其中空调占自贸区产值的 74%，包括中国的格力电器。2018 年根据对自贸区最大 450 家企业的统计，共完成工业总产值 250 亿美元。”与成立只有 6 年的上海自由贸易试验区 2018 年 738 亿美元的产值相比，马瑙斯自贸区显得有些羸弱。尽管如此，我还是为该自贸区感到高兴，这里有上万家制造企业，在工业区随处可见 LG（乐金）、三星、本田、松下等知名企业。

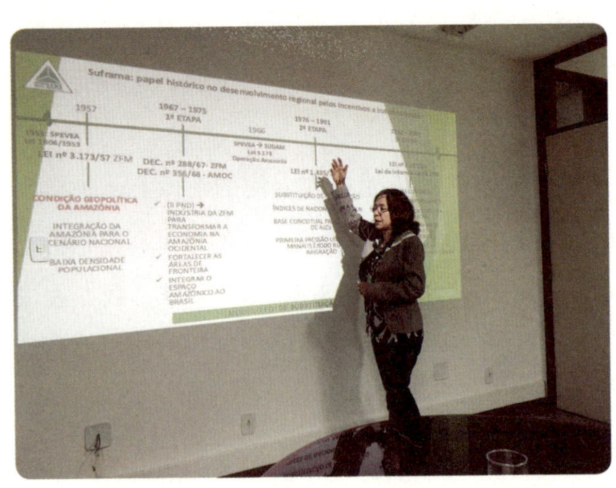

马瑙斯自贸区管理委员会路易斯介绍情况

格力电器马瑙斯

工厂2001年就已投入运营，至今已有18年历史。其间无论遇到什么样的困难，格力都没有离开，由此也成为中国在巴西投资建厂最早、坚持时间最长的企业。在格力电器巴西工厂，副总经理张海阔带我参观了空调组装生产线。他说：“工厂共有400多名工人，2018年销售空调近40万套，目前占巴西空调市场近20%的份额。”他还介绍说，里约奥运会期间格力成为奥运会官方供应商，强化了消费者对该品牌的认知。

格力电器（巴西）副总经理张海阔

在进入巴西市场方面，美的与格力不同。2007年美的以合资形式进入巴西市场，2011年收购了开利（Carrier）拉美空调业务公司51%的股权，目前开利空调巴西市场占有率为25%，排名第一。合资企业使用的是开利

格力厂房

品牌施普林格（Springer）与联合品牌施普林格－美的（Springer Midea）。张海阔介绍说："这里的企业绝大部分都是组装企业。马瑙斯自贸区的法律规定，产品要有 30% 左右零配件由本地企业生产。我们在本地购买配套产品，性价比较低。"但在我看来，这是条正路，总要有个"引进、消化、吸收、创新"的过程。

但在酒店的所见所闻却让我感慨万千。自贸区的假日酒店，无论是在电梯、大堂或者餐厅，随处可以听见有人用中文聊天。这里不是只有格力与美的两家中国公司吗？其实不然。我遇到几家中国企业，虽然没有在这里投资建厂，但都是本地企业的供货商。据估算，马瑙斯所有企业的零配件，有 70%～80% 是来自中国的。几十年来，马瑙斯自贸区是巴西工业化、进口替代、"去工业化"与再工业化的见证者。所见所闻让我产生疑问：巴西制造业怎么了？

就此我采访了巴西国家工业培训服务中心（SENAI）在马瑙斯的培训机构，这是一家拥有 9000 名学生的技术学校。该技术学校校长说："20 世纪 50 年代巴西有自己的空调品牌，但是这些品牌都被收购了，现在市场上的空调都是外国品牌。"现在他们的任务是为巴西 28 个工业区培养技术人才，在马瑙斯的机构则是为这里的大企业培养技术工人。

SENAI 培训机构学员

SENAI 培训机构校长（左）与经理（右）

SENAI 培训机构经理何塞（Jose）带我参观了由格力赞助的空调实验室，很多学员正在学习空调的原理、检修、安装等技能。“是什么让巴西失去了工业制造的竞争力？”何塞说：“主要是巴西生产成本高，政府对工业制造没有连贯性的发展战略，缺乏创新是最大的短板。”

格力工厂墙上有董明珠的照片，我在那里驻足良久。墙上写着“掌握核心技术，引领中国创造”，感谢中国企业家对制造业的坚守！

2019 年 4 月 3 日　巴西第 24 天

拉美最大的私人港口

第一次看到一个河港有如此之大，也第一次感到亚马孙河之壮阔、宽广！

今天来到拉丁美洲最大的私人港口奇巴托港，位于马瑙斯工业区的中心，货运能力达 4 万个标箱，终端吃水为 20～40 米，简直就是天然的深水港！

采访亚马孙河奇巴托港

马瑙斯大部分加工工厂的零配件或者整机运出都要使用这个港口。奇巴托港设施维护得都比较好，有散装和杂货泊位，可泊 8 艘船。如果就内河港口提供河道运输服务而言，还算可以了。鉴于亚马孙环境保护的敏感性，所有到达港口的船舶，必须在贝伦或费拉迪圣安娜获得无疫通行证方能进入。

2019 年 4 月 5 日　巴西第 26 天

去徐工采访

徐工巴西工厂在米纳斯吉拉斯州的包索市，从圣保罗开车 3 小时可达。我被安排住在职工宿舍的 4 楼。

徐工巴西工厂

2019 年 4 月 7 日　巴西第 28 天

母亲去世了，回北京

母亲

2019 年 6 月 4 日

再赴巴西，完成未完成的任务

白天不知夜的黑。离开巴西 56 天，感谢徐医生和黄医生把我带出黑暗……

感谢家人一如既往的关怀与细致入微的照顾……

也感谢心爱的水彩画……

2018 年 7 月赴拉美曾向两位老人辞行，这次再出发，只能向父亲一人辞行……

再赴巴西，完成未完成的任务。

再次向父亲辞行

2019 年 6 月 6 日　巴西第 29 天

巴西，我回来了

2019 年 4 月 7 日，在距离圣保罗 3 小时车程的包索市，接到母亲突然去世的噩耗，此时我住在徐工巴西工厂的宿舍中。电话中我的大姐说：赵忆宁，非常抱歉，只差一个月没能让妈等到你回来。电话那头的大姐已经泣不成声。

2018 年 7 月 17 日出发前，我曾向 97 岁的母亲辞行，我和母亲约定，一定要等我回来。记得母亲当时对我说："你走吧，别惦记着我。"谁曾想这竟是此生与母亲的诀别。在拉美采访期间，我多次听过中资企业的员工讲述与亲人生离死别的遗憾，也见到他们在我面前流下伤心和愧疚的泪水。是的，这里距离中国如此遥远，从拉美任何一个国家回到中国，都至少需要 30 个小时。他们之中的很多人，常年放弃与妻子、儿女和父母的相伴，为拓展项目在拉美长驻达 20 多年。正是因为有了他们，我们才能看到中国企业在拉美依托项目所产生的巨大影响力，以及给拉美国家带来的经济推动力。

回家！给老人家送最后一程，这是我最后能做的事情。回家的飞机上，一直是泪水涟涟地在给母亲写告别信。在母亲的葬礼上，我与家人分享了母亲平凡而感人的一生。

之后，我陷入无尽头的黑暗之中，20 多年来一直受着抑郁症的困扰，每次复发对我都是一种煎熬：不能见人，不能读书，不能睡觉，生不如死。但是我不能，因为这种时刻"责任"成为我活下来的不可置疑与不能动摇的理由：在拉美 7 个多月的采访中，有 400 多个人与我面对面地交谈，即使有无数个理由，也不能辜负他们。如我的前同事小伶所说："您不愿意负别人，不愿意负承诺。"是的。

在专业医生的帮助下，我的健康状态从 70% 恢复到 90%、95%。回巴西，完成未完成的采访，成为最大的愿望。6 月 5 日下午 5 点，飞机经过伊斯坦布尔降落在巴西圣保罗。徐工巴西工厂的司机再次将我接到包索——徐工巴西工厂所在地。徐工巴西工厂是我目前在世界范围内所见到的中资企业在海外兴建的最大制造业工厂。它在巴西是一家真正的制造企业，而不是组装厂，生产的工程机械从下料开始，而且还有自己的研发（R&D）

中心。

巴西的故事很精彩，除了中国制造业“走出去”之外，还有惊心动魄的大豆市场之争，这也是我再次回到巴西的缘由。尽管在中美贸易战中，特朗普将中国视为一个与美国旗鼓相当的对手，但是我们一定要坚信，这场贸易、经济、金融之战必将为中国打出一片新天地！

2019 年 6 月 9 日　巴西第 32 天

巴西铌与中国钢铁产业的故事（上）

铌（Nb）是在化学元素周期表中原子序数为 41 的化学元素，它在日常生活中鲜被提及，但是在钢铁工业中，铌的地位与经济学家创造的“巨无霸指数”（Big Mac index）齐肩。“巨无霸指数”是指在购买力平价成立的前提下，以各国麦当劳餐厅的巨无霸价格测量该国货币汇率理论上是否合理。而铌铁消费强度被公认是衡量一个国家钢铁工业产品结构与质量的指数，在一国钢铁总产量中使用铌的数量越多，就意味着这个国家生产了更多的高品质钢材。

2019 年 6 月 9 日，巴西矿冶公司（CBMM）派车从包索市接我到矿区所在地米纳斯吉拉斯州的阿拉沙（Araxá）市，汽车在丘陵地带行驶 550 公里约 7 小时，最终来到了世界最大的铌矿公司。CBMM 是一个家族企业，萨勒斯（Salles）家族拥有两大资产，其一是南美洲最大的伊塔乌联合银行（Itaú Unibanco），其资产规模仅次于巴西银行，其二才是铌矿。CBMM 成立于 1955 年，目前 CBMM 拥有占全世界储量 75% 以上的铌矿和生产量 75% 以上的铌。

在技术与环境主任蒂亚戈（Thiago）的带领下，参观了矿山，浮选装置，精炼和冶金装置，氧化铌装置，特殊氧化物，特殊合金和金属铌，以及包装和运输装置。

在会议室，技术与环境主任蒂亚戈用 PPT 展示并详细讲解了铌在钢铁中的作用。

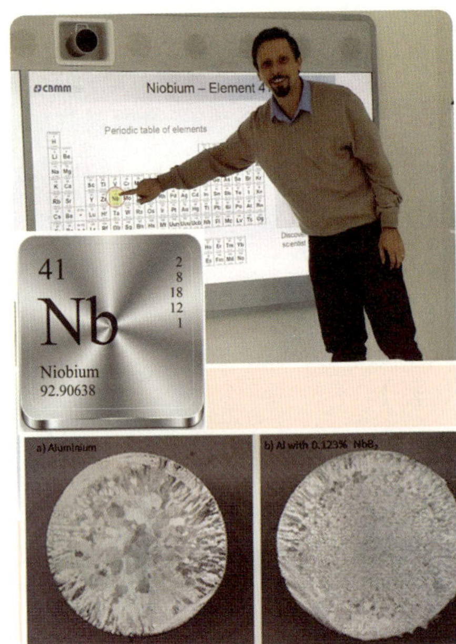

技术与环境主任蒂亚戈讲解铌在钢铁中的作用

2018 年 5 月 7 日，为拉美十国采访做准备工作时，在北京中信大厦采访了中信金属副总经理王猛，他形象地解释了铌在钢铁中的作用："人们做菜的时候会加些盐或味精，菜就好吃了；如果在炼钢的时候加入万分之几的铌，就可以使钢的晶粒细化。钢在显微组织环境下，是由一个个原子组成，原子越小排列越细密，钢的强度和韧性就越好。在 1 吨钢里只需加几十克铌，就可以使钢的晶粒变得很小、致密和均匀，大幅提升了钢的品质，增强了钢的强度和韧性。"

中信金属副总经理王猛

铌的特征独特。通常在增加钢铁强度的时候往往要牺牲其韧性，但是添加铌金属既可以增加钢的强度和韧性，还可减少重量。"奥妙在于添加铌的钢铁晶粒被缩小后，因为铌的原子具有惰性的特征，所以在缩小的原子边缘相当于有圈钉子将原子固定，这就增加了钢的强度与韧性。当然，原子惰性越强则越不容易液化、气化，也就具备耐高温的特点。”

就钢的强度和韧性而言，王猛解释说：“用3根给定直径的钢丝绳吊起相同重量的重物，第一根是什么都不含的普通钢丝绳，第二根是加其他一些合金元素的钢丝绳，第三根是加铌的钢丝绳。实验证明，第一根钢丝绳因为强度不够会断掉。第二、第三根钢丝绳虽然都能吊起重物，但是当重物晃动时需要韧性，第二根钢丝绳则会断掉，只有含铌的这根既增加强度又增加韧性的钢丝绳依旧完好。”

蒂亚戈介绍说：“铌有大约90%用在钢铁领域，9%用在高温合金领域，比如光学和军事领域。”

在CBMM的博物馆里陈列着铌在钢铁工业中的应用产品，包括管线钢、汽车钢、结构钢、不锈钢与飞机发动机等。

以始建于2000年的西气东输工程为例，这个工程被称为中国五大“世纪工程”之一，一线和二线工程累计投资超过2900亿元。

西气东输工程所使用的管线钢，要埋在地下几十年，如果管线钢破裂会产生环境的污染与资源的浪费，所以对管线钢的要求是高强度与高韧性，而要达到这个要求，就要用到含铌钢。王猛介绍说：“修建西气东输一线工程的时候，我们使用的含铌钢是X70，而且那个时候中国不能自己生产，所以建设西气东输一线使用的X70几乎全部是进口的。但是在建设二线工程时，我们与巴西矿冶公司合作，把使用铌微合金化技术生产管线钢的工艺和专家引入中国，我们生产了X80，所以西气东输二线工程中用的管线钢全部是我们国家自己生产的。X80管线钢的强度与韧性更大，所以它所能承受的压力也就更大，在相同时间内可以输送更多的油气。如果使用X70输送同样的油气，需要建设两条并行的输气管线，而使用X80只需建设一条管线。为此，我们的西气东输二线工程节约了巨大的成本。”

蒂亚戈总结道：“新型钢铁产品比以前更轻、强度更高，可助力其他行业减少环境足迹。”

CBMM 的采矿厂

2019 年 6 月 12 日　巴西第 35 天

巴西铌与中国钢铁产业的故事（下）

首席执行官爱德华多（左一）接受采访

“巴西矿冶公司不仅仅是一家矿业公司，还是一家技术与知识传播公司。”2019 年 6 月 12 日，在巴西圣保罗 CBMM 总部，其首席执行官爱德华多·里贝罗（Eduardo Ribeiro）

CBMM 技术研发中心

接受《21 世纪经济报道》记者专访时这样说。这次采访，由 CBMM 公关部经理朱利亚诺（Giuliano）与公关部专员玛丽安娜（Marianna）作陪。

爱德华多·里贝罗介绍说："铌金属被发现于 1801 年，在之后的百年间，铌金属一直是实验室里被研究的对象。CBMM 成立于 20 世纪 50 年代，当时既没有市场也没有生产铌的专有技术。之后，CBMM 开发了铌的用途，并通过铌技术的开发和有效应用为其创造了市场，展示了使铌成为其主要应用领域中不可逾越的元素的优势。"

这段话的意思是，1955 年在巴西发现世界最大的铌矿之前，人们只知道它在军事上有点用途，铌在其他领域的用处并没有人知道。所以，CBMM 只能通过技术研发带动对铌铁的需求。为此，他们在全球找了许多科学家，共同研究铌金属如何应用于大规模的工业化中。

CBMM 走了一条独特的商业模式之路，即通过技术研究发现需求，产生需求之后再进行产品的销售。"1960 年初的时候，铌的市场可以说几乎是空白的，2018 年铌市场需求量总体为 12 万吨，其中有 10.6 万吨是铌铁，1.4 万吨是一些特殊产品，比如氧化铌、镍铌以及铌金属等。"爱德华多·里贝罗说。

CBMM 就是这样从零销售开始，目前创造出全球每年 9 万吨铌铁的市场需求，其中巴西贡献了约 7 万吨。"2018 年，中国年铌铁的总需求量大概在 3.6 万吨，其中从巴西购买铌铁约 3.4 万吨。在收购 CBMM 股权之

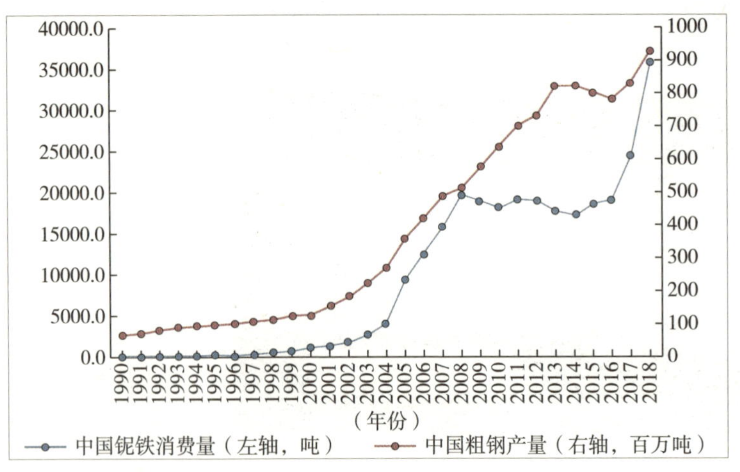

1990—2018 年中国铌铁消费量及粗钢产量

前，中信金属就已经是 CBMM 的中国独家分销商。”王猛说。2011 年中信金属牵头中国宝钢、鞍钢、太钢、首钢组成联合体，以 19.5 亿美元收购了 CBMM 15% 的股权。此前，日本与韩国联合体以相同的价格也收购了 CBMM 15% 的股权。

爱德华多·里贝罗介绍了巴西铌与中国钢铁业的接触过程。他说："CBMM 第一次访问中国是在 1979 年，那时中国的钢产量只有 3400 万吨，并没有比巴西多很多。当时有人问，为什么 CBMM 这么早就开始与中国合作？因为 CBMM 判断，中国进入改革开放后，一定会加速经济建设，必定会为了促进经济增长修建基础设施，比如道路、桥梁等，修建新的基础设施首先就需要钢铁。但还是出乎我们的意料，中国在不到 40 年的时间里，钢产量从 1979 的 3400 万吨提升到 2018 年的 9 亿吨。”确实，谁人能够想到，2018 年中国钢产量比世界其他主要国家的钢产量总数还多，一个国家做到了单挑世界其他主要国家总的钢产量。从 2003 年到 2014 年，中国以每 2 年增加 1 亿吨钢产量的态势增长。

CBMM 不仅见证了中国钢铁产量超常规快速增长的过程，而且见证了中国钢铁质量迅速提高的过程。“我们与中国的合作始于 1979 年，但是在刚开始合作的 10 年，并没有向中国卖出 1 公斤铌矿。”爱德华多 · 里贝罗说。1989 年中国粗钢铁产量为 6159 万吨，当时只有宝钢等少数钢铁厂可以生产诸如冷热轧带钢与管线钢等。“但是，我们还是保持着与中国的合作联系，我们与中国的大学以及研究机构有着非常紧密的合作，目的是让中国了解铌在钢铁中应用的好处。为此，我们在中国慢慢地推广技术，包括共同研发技术，现在已经做过 100 多个项目，还与中国的大学（北京科技大学、上海大学、武汉科技大学和东北大学）建设了 4 个联合实验室，我们和中信金属公司的专家每年对中国的钢铁用户都有上百次的技术支持和访问。因为我们认定，中国的钢铁品质一定会随着产量的增加而不断提高，中国对铌铁的需求量也一定会有很大的提升空间。事实证明，我们当初对中国将生产更多更高品质的钢铁的判断是正确的。”爱德华多 · 里贝罗说。

目前，中国铌铁消费量占世界总消费量的 30% 以上。1989 年，CBMM 在中国与中信金属公司签署了第一个 15 吨铌铁的销售合同。到 2004 年，中国对铌铁的需求量达到 1 万吨，2008 年达到近 2 万吨，2018 年提高到 3.6 万吨。

王猛对我说：“中国对铌铁需求的增长，与中国钢铁行业从规模发展走向高质量发展是相匹配的。业内有一个铌铁消费强度指标，就是用一个国家对铌铁的消费量除以这个国家的钢产量，得到每吨钢用多少克铌铁。这个指标，反映了一个国家钢铁工业的产品结构和质量。”

世界平均铌铁消费强度为每吨钢 50 克，而日韩、欧美在 100 克以上，中国目前只有 30 多克。“中国是世界最大的钢铁生产国，随着中国经济的发展，钢铁工业面临开发和生产高附加价值新钢材的需求，同时也肩负着采用高强度钢以减轻重量和提高质量的任务，期望中国能够在工业材料发展和其他应用的开发中做出更大的贡献。”爱德华多 · 里贝罗说。为此，

CBMM 依据对未来的市场需求，特别是针对中国对钢铁工业品质要求的提高，将 2021 年铌铁的计划产量提高到 15 万吨。

2019 年 6 月 17 日　巴西第 40 天

再出发

一个人，葡萄牙语也难不倒共产党员！

2019 年 6 月 18 日　巴西第 41 天

收甘蔗了

收甘蔗了，这是在中粮巴西糖厂。

今天是 6 月 18 日，自 2018 年 7 月 18 日从北京出发，减去回国处理私事的时间，在拉美采访整整 9 个月。这 9 个月，基本上是 3~4 天就要换一个地方，收拾行李到机场赶飞机，一直处于奔波状态。

每天采访完回到酒店，首先要做的事情是洗澡、洗衣服、晾衣服。之后坐下整理采访笔记和录音，写手机快报。吃饭只是为了不饿，睡觉是为了第二天的工作。只有茶不能少，自带热水壶，走到哪里带到哪里。

坚持 9 个月不容易，是对体力与意志力的磨炼。要收获一定是要先付出的。

中粮巴西糖厂

登上收割机

一起高喊“我们都是中粮人”

2019年6月22日　巴西第45天

凌晨4点出发

凌晨4点出发，去巴西大豆主产地——马托格罗索州。这里是不见硝烟的战场。

2019年6月23日　巴西第46天

中国资本进入巴西，挽救与稳定了巴西经济

今天是巴西基督圣体节（Corpus Christi）4天假期的最后一天，圣保罗几乎无人工作。假期中的巴西人既不接电话也不回复信息，而中国银行（巴西）有限公司（中国银行巴西子行）的张广华行长，将采访安排在了这一天。

中国银行（巴西）有限公司位于保利斯塔大道（Avenida Paulista），也叫圣保罗金融街。

我们的谈话从张行长毕业于上海外国语大学葡萄牙语专业开始。张广华说：“作为外派负责人，语言沟通能力很重要。”1996—2001年，张广华

采访中国银行巴西子行行长张广华

在中国银行澳门分行工作，自2011年起至今一直在中国银行巴西子行工作，于2017年担任行长。张行长也曾担任巴西中资企业协会会长一职。

中国银行于1998年在巴西设立代表处，2009年正式成立中国银行（巴西）有限公司，是中国银行乃至中国金融界在南美洲第一家授权经营的金融机构，下设里约分行，于2014年8月开业。张行长介绍："中国银行巴西子行的客户有两部分。第一部分是服务于'走出去'的中资企业，目前在巴西的中资企业有200多家，因为有'血缘关系'，所以不设门槛限制；第二部分是巴西本地大客户，主要服务目标是巴西前1000家大型企业。"

目前在巴西，有中行、工行、建行和交行四大银行设立的子行或分行，国开行与农行也设立了代表处，可以说国内大银行基本在巴西聚齐。

"我们的共同目标是服务中资企业，同时也服务本地企业，促进当地的经济发展。虽然中资银行之间会存在同质竞争，但是四大银行客户对象是有差异性的。从规模上讲，因为中行与工行均是自设银行，体量相对小些。而建行与交行因分别收购了巴西BIC银行和巴西BBM银行，所以这两家体量相对大。在业务类型上，我们主要是服务中资企业客户和本地的优质大型企业；建行与交行更加擅长于服务中型客户。应该说，市场空间足够大。"张行长说。

张行长介绍说："由于中行进入巴西的时间较早，客户组合的数量较其他行多些，目前有 80 多家中资企业在中行开户，还有一些虽未开户，但是有业务往来，有一半的中资企业与我们合作。”张行长口中的中资企业客户几乎都是位列世界 500 强的大企业。

目前，中资企业在巴西活跃于电力、能源（石油）、金融、农业、制造业、工程建设与贸易多个领域。每一个领域都有位列世界 500 强企业的中资企业，其中包括中国电力巨头——国家电网，“四桶油”的中石油、中石化、中海油、中化，金融领域的四大银行，以及号称基建行业“一带一路”排头兵的中交集团，国际最大粮商中粮集团等。

根据巴西方面的数据统计，巴西已经是中国对外投资（不含金融行业）最大的单一目的地国家，截至采访时点累计投资 750 亿美元。中国商务部统计数据为 500 亿美元。

“中资企业大举进入巴西始于 2013 年之后，最主要的原因是巴西腐败案，腐败案调查对巴西经济与社会震动影响巨大，有超过 1 万家企业受到不同程度的影响，生产力急剧下降，银行业整体收紧信贷。面对经济下滑、财政收入减少，巴西政府不得不进行第 3 次私有化以补充财政收入。可以说，中国很多企业确实是把握了时机，‘抄底’收购了一些重要的资产。”张广华说。

针对巴西现任总统在竞选中曾说“中国在买下整个巴西”，张行长评述道：“巴西一直有批评中国的声音，主要是中国原来在巴西投资的基数小而现在增量大、增速快给人们造成的错觉。美国资本一直在巴西，为什么没有人说美国是经济掠夺呢？现在来看，正是中国资本进入巴西，挽救了巴西很多濒于破产的企业。事实上是再一次挽救与稳定了巴西经济。中国投资创造了大量的就业，当然也增加了巴西联邦政府的财政收入，关键是提升了巴西生产力水平。”

谈到中资银行面临的挑战，张行长说：“目前中资银行在巴西本地排名比较靠后，业务量、资金规模还比较小，产品的多样性、创新能力还比较弱，处于微利经营阶段。”

如何在巴西市场纵深开拓，张行长呼吁：“在服务‘一带一路’建设的过程中，金融机构与‘走出去’的中资企业只有抱团取暖、携手并进，才能把握更多的机会，实现经营发展新突破和效益最大化。”

2019 年 6 月 26 日　巴西第 49 天

中粮实现国际化大粮商的梦想（上）

从北京再次来到巴西，主要任务是完成对中粮国际巴西项目的采访。在阿根廷采访时，曾经见到过中粮收购的粮仓，“中粮国际”四个大字在朝霞的映照下非常耀眼。陪同的其他中资企业的工程师骄傲地对我说：“中粮在阿根廷收购了 10 多个粮库，传统国际四大粮商‘ABCD’在这里的大宗农产品贸易中已不再独霸市场，中粮在阿根廷的谷物出口市场占有率已经排第一，超越了‘ABCD’。”

这是一个大新闻！遗憾的是，当初做计划时，将中粮的项目放在了巴西，原因也简单：2017 年中国大豆总进口量达 9554 万吨，从阿根廷进口大豆只占进口总量的 7%，而巴西则占 53%，美国占 34%（其他来源占 6%）。

显然，巴西才是中粮国际这支“国家队”与国际四大粮商争夺大豆粮源的主战场。在巴西做前期采访时，有人对我讲：“四大粮商在收储、物流、海运、金融、贸易等多领域形成了对国际粮食贸易的垄断性控制，中粮是唯一在体量上能对四大粮商形成冲击的公司，所以它们在巴西对中粮处处防范。当中资企业与四大粮商洽谈合作时，对方提出的唯一条件是，不能在项目中与中粮合作。”毫无疑问，中粮国际的进入挤压了早已控制了南美大豆产业链的四大粮商的市场。这是一场“刺刀见红”的近距离肉搏战。

在圣保罗贾卡兰达（Jacarandá）大厦，我采访了中粮国际巴西粮油副总裁许冠华与财务副总监聂雨萌。

中粮国际巴西粮油副总裁许冠华

在会议室，我见到高悬的标语，“要有打造我们自己的国际大粮商的信心”[①]，这是习近平总书记在2013年中央农村工作会议上的一句讲话。

许冠华介绍说：“2013年9月和10月，中国先后提出共建‘丝绸之路经济带’和‘21世纪海上丝绸之路’的重大倡议，拉开了国有企业国际化、央企‘走出去’的大幕。中粮集团响应国家倡议，为拓展粮食全产业链的上游粮源，先后通过对来宝农业和尼德拉农业的收购，搭建了‘走出去’的海外平台。”对这两家公司的收购总额约40亿美元。

中粮国际围绕“立足中国市场，发展全球业务”的战略定位，加快打造全球供应链，以履行国家粮食安全战略重要使命。目前，中粮国际的资产和业务覆盖全球50多个国家和地区，在35个国家和地区设立子公司或办事机构，海外员工有1.1万人。2018年，中粮国际全球营业总收入达310亿美元，总资产为123亿美元，粮食等经营量达到1.06亿吨。

许冠华说：“经过并购和整合，中粮国际目前已初步建立了全球战略资产布局网络，打通了连接世界粮食主产区和主销区的粮食走廊。全球共拥有11个加工厂、50个内陆仓库和19个持股码头。中粮国际全球布局包括大豆与葵花籽生产销售网络，还有小麦、玉米、糖、咖啡和棉花等，形成了年加工2400万吨、年内陆仓储220万吨、港口年中转3000万吨的能力。”

① 赵双连．努力打造中国人自己的国际大粮商［J］．求是，2017（03）．

国际四大粮商“ABCD”在巴西的粮仓

“经过几代中粮人的奋斗，我们终于实现了成为国际化大粮商的梦想，这是一条充满挑战与艰辛的路途。”许冠华说。在 2018 年《财富》世界 500 强排行榜中，中粮从 2017 年的第 136 位跃升到 2018 年的第 122 位，而四大粮商中除去 Cargill 没有参与，其他 3 家中 ADM 排名第 152 位、LDC 排名第 173 位、Bunge 排名第 233 位。

中粮“走出去”的全球布局，是开始掌握世界粮源与贸易的转折点，为进一步掌握粮食的定价权奠定了基础。

中粮国际在巴西的经营产品包括：谷物（玉米、小麦等）、油籽（主要是大豆）等粮油生产与加工，糖（拥有 4 家年压榨能力计 1550 万吨的糖厂），乙醇、棉花、咖啡等。中粮还拥有两个中转能力 310 万吨的码头，以及 19

个仓储能力 120 万吨的粮库，员工总数达 7500 人。

中粮人不忘实现“国际大粮商”的初心，如今他们在巴西交出了一份令人赞叹的成绩单：中粮国际 2017 年向中国出口大豆 1200 万吨，在大豆出口商中排名第一；2018 年这一数字提升到 1227 万吨（包含自第三方收购），占中国从巴西进口 6610 万吨大豆的 18.5%，其他四大粮商与众多有一定实力的粮商公司（Amaggi、Olam、Marubeni、Gavilon 等）分享其余份额。

在巴西就粮源采购而言，中粮国际已经与国际四大粮商形成分庭抗礼的局面。在采访中巴西人说，原来有“ABCD”四大粮商，而现在是“CABCD”五大粮商，中粮虽然是一个新的进入者，但它是一个有实力的大玩家。

2019 年 6 月 28 日　巴西第 51 天

中粮实现国际化大粮商的梦想（下）

中国大豆对外依存度自 2001 年时的 47.9% 上升到 2018 年的 84.73%。有人说，“ABCD”四大粮商控制着输华大豆总量的 80% 以上。事实是，随着中粮集团 2014—2017 年完成对来宝农业和尼德拉农业的收购及整合，中粮已经成为国际四大粮商之外的第五大跨国粮商。

6 月下旬，我深入中粮在巴西粮源收购的腹地，探访了种植农户、粮仓、加工厂和港口（中粮桑托斯码头）的整个农产品价值链的每个环节，目睹了中粮在巴西的粮源掌控能力以及关键的物流节点布局。可以说，中粮打造的这条价值链，已经突破四大粮商对中国大豆进口的垄断，中粮通过其大豆、玉米终端生产和分销体系，正在源源不断地将巴西粮食运回中国。这一变化就在这几年间。

马托格罗索州（简称“马州”）是巴西西部的一个州，首府库亚巴。马州有热带高山草原、潘塔纳尔湿地和亚马孙雨林 3 种生态地区。这里年平均气温为 26℃，年降水量约为 1400 毫米，是巴西生产大豆和玉米的粮仓。中粮国际的资产布局大部分在马州。

陪我去马州调研的周游，长期住在马州中部一个叫索里苏（Sorriso）的小城市。索里苏规模虽小，但却是粮商们的兵家必争之地。这里不仅驻扎着国际四大粮商“ABCD”，而且巴西本土的大小贸易商和当地粮食经纪人也常年蹲守于此，中粮马州采购团队的总部也设在这里。

索里苏为何成为兵家必争之地？周游说：“一是因为这里是巴西粮食的主产区，巴西每年粮食总产量的 30% 来自这里，马州每年向中国出口大豆约 1650 万吨；二是因为索里苏的地理位置及物流条件优越，粮食运输往北可走北部通道，抵达北部港口，往南可送往南部压榨厂需求区或通过铁路运输通道运往东部海岸线港口。因此，对农业经营企业来说，索里苏是马州最重要的城市。”

当你走在索里苏时，可以感受到这里的一切经济活动都围绕着粮食，贸易、种子、化肥、市场咨询、金融贷款、物流运输、机械设备等各个细

探访巴西粮源腹地中粮粮仓和加工厂

分领域的大小公司都在这里立足。在这里的餐厅吃饭，如果没碰到“ABCD”四大粮商的员工，绝对是小概率事件。

商务经理尤利修（Ulyseu）开车到机场接我们，他住在距离库亚巴300多公里之外的龙多诺波利斯，中粮国际在这里设有办公室。尤利修之前曾在法国路易达孚工作8年并担任商务经理。他现在每天的工作是管理二级客户经理，收集粮食信息等。他告诉我，他的团队一共有800多个客户，主要是农场主与合作社。“打电话是传统粮食收购的主要方式。”他这么说。

尤利修带我访问了他的一个重要的客户——农场主何塞·卡洛斯·多尔芬（Jose Carlos Dolphine）。何塞从1988年开始种植大豆，拥有4700公顷土地，相当于6582个足球场的面积。当我怀疑是否听错时，他说：“这点儿土地在马州微不足道，巴西最大的农场主拥有27万公顷土地。”有意思的是，何塞成立了一个叫Cooper Fibrade的合作社，这个合作社由184个农户组成，合作社种植23万公顷的大豆。他说：“我们15年前开始将大豆卖给中国。”

农场主何塞介绍情况

在巴西采访时曾有人对我说，中美贸易战就这样打下去吧，这对巴西向中国出口大豆是个机会。但何塞却说：“我们不喜欢贸易战，我希望中美达成协议，可能巴西出口中国的大豆会少一些，但是巴西大豆质量好，我们对公平竞争有信心。另外，如果中美达成协议，芝加哥大豆期货市场价格会有提高，农户就有更多的收益。中国需要大豆，巴西生产者也需要中国市场。”

令我十分意外的一件事是，无论采访粮库还是压榨工厂，接受采访的运营经理德里克（Derik）和采购经理瓦格纳（Wagner）等人，都有在国际四大粮商工作的经历。在完成粮库采访后，我被带到一家餐馆吃饭，餐馆的“邻居”就是ADM的粮库。同行的人对我说：“我们旁边这些有可能是ADM的人。”

商务经理尤利修（左）和压榨工厂运营经理德里克（右）

压榨工厂的运营经理德里克告诉我：“在马州，‘ABCD’四大粮商彼此非常熟悉，人员的流动也非常频繁。”当被问到为何选择为中粮国际工作时，他说：“虽然与四大粮商相比，中粮国际在巴西粮食行业不是那样有名，目前与‘ABCD’可能有些差距，但是差距就是发展的空间。我去过中国，亲眼见到了中粮的实力，无论在资产规模还是在市场占有率等方面，都非常强大。我坚信中粮国际能够赶上‘ABCD’，甚至超过它们，不会用太多的时间。‘ABCD’比我们更加了解中粮是一家有实力的国有企业，它们不得不接受中粮。在巴西市场上，目前，无论从采购量还是投资规模上，‘ABCD’有些担心也很正常。”

事实上，中粮在巴西与四大粮商没有形成明显的对立关系。“虽然中粮国际在巴西分享了‘ABCD’的一手粮源，但是我们与四大粮商之间的关系是既有竞争也有合作。”中粮国际巴西公司副总经理张沛林说。

中粮桑托斯码头（左一是中粮国际巴西公司副总经理张沛林）

2019 年 7 月 2 日　巴西第 55 天

再见，圣保罗！再见，拉美

临行前，我曾经写道：“拉美是世界上最令人兴奋的经济、社会和政治变革的巨大实验室，世界上很少有什么地方能提供如此多的素材，以满足学习与探索比较变化过程的需要。”

再见！拉美！

是的，今天结束了拉美 324 天的采访，每一天都在静静地记录着在一个充满动荡和艰难的环境中，人们对追寻发展的实践，即使过程充满挫折和不确定性。324 天，始终沉浸在一个美丽与哀愁并存的世界中。

采访结束了，我应该用记者对细节的关注，以研究者的视角在诸多相互矛盾中坚持对真相的追寻，也应该试图找到隐藏在纷繁复杂事件背后的根本原因。这又是一次对能力的挑战。

324 天，完成对 492 人次的访谈，访谈文字整理超过 520 万字，这次我将使用多重新闻表现形式，把中国在拉美“一带一路”延伸的 800 亿美元的投资、并购与承包项目（非金融）淋漓尽致地表现出来，我愿意再次迎接新的挑战！尽全力做到不辜负所有人的期待！

在拉美的最后一程就要开始了，返回中国，为总里程 15.6 万公里画上完美的句号。北京见！

后 记

为了触摸“一带一路”倡议的地理版图以及感受它的温度，从2015年到2019年，我完成了对“一带一路”沿线22个亚非拉国家的一线调研采访，出版了《大战略——“一带一路”五国探访》（浙江人民出版社，2016年出版）、《21世纪的中国与非洲》（中信出版集团，2018年出版）两本专著。这本《“一带一路”拉美十国行记》是“一带一路”沿线调研系列的第三本专著，第四本也就是《“一带一路”拉美十国国别报告》正在写作中。

首先，说说这本书的创作过程。当我写完本书初稿的时候，甚至不敢相信自己已经完成了对拉美10个国家的采访。在这近一年里，我曾在厄瓜多尔住院动手术，因为高原气压将腹膜挤破了；在委内瑞拉，凌晨1点刚下飞机，在高速公路上遇到狂飙的劫匪开车多次欲逼停我们的汽车，最后是委内瑞拉玻利瓦尔国民警卫队司令部派警车护送我们前往中石油的驻地；在秘鲁采访矿区，双脚患了汗疱疹，不能走路，但采访日程是既定的，只能缠上绷带，买一双小一号的新鞋从秘鲁转程到智利，以减少摩擦带来的疼痛；在巴西圣保罗，我的助理因已经到了坚持的极限而提前回国，我目送她去机场的汽车渐渐远去，瞬间竟不知身在何处，在茫茫细雨中徘徊；最不敢回忆的是，在巴西小城包索的一个夜晚，突然接到母亲去世的噩耗，临行前向母亲辞行的那一刻仍历历在目，没想到竟成永别。在为参加母亲葬礼的回程途中，美联航竟拒绝让我登机，因为在委内瑞拉我参加了马杜罗总统的国际媒体见面会，还采访了副总统罗德里格斯，他们都是被美国列入制裁名单的人。

其次，说说这本书。2017 年 1 月，我受邀到纽约大学中国中心访学，并在该中心做了一次关于“一带一路”非洲七国采访的公开演讲。在这次访问中，我偶然结识了从事比较文学研究的重庆大学邹羽教授，他建议我读读郭嵩焘的《使西纪程》。郭嵩焘是清政府向西方国家派出的第一位驻外使节。1876 年冬，他穿过印度洋，经苏伊士运河进入地中海，又穿过地中海后出直布罗陀海峡一路向北，历经 18 国后最终到达英国。他用日记记下了沿途 50 天的所见所闻。在《使西纪程》中，郭嵩焘除了盛赞沿途国家的商贾、造船、制器“相辅以益其强”外，还歆羡西方国家的多党制以及议会制度。郭嵩焘绝不会想到，在他奉命出使 140 多年后的今日，中国共产党成功地探索出了一条适合中国发展的独特道路，郭嵩焘一生都在追寻的实现民族振兴和国家富强的梦想已经变成现实。

不出行的人，难以有宏大的世界观；不读史的人，也难以有宏大的历史观。在出行拉美十国前，我做好了充分的思想准备，决心无论出现什么样的困难，一定要完成这次采访，并从迈出国门的第一天开始，坚持每天写日记。

说起来容易，坚持下来并不容易。在拉美采访的日子里，基本上是每 3 ~ 5 天换一个地方，无论是乘飞机还是坐汽车，都要准时从一个地方到另外一个地方，从一个项目到下一个项目。不变的是每天的采访——与项目负责人、外方业主等人交谈、参观项目；回到驻地后洗澡、洗衣服后立即投入写作，每天的记录文字基本在 1500 字左右。所以，这本书最初的书名叫“拉美十国日记”，内容是我将每天的所见所闻以“行走—记录”的方式呈现出来的。因为这些文字是在每天采访归来后即时完成的，总体来说比较感性，所以这本书不同于众多关于“一带一路”的宏观论述和抽象化专著，而是将“一带一路”的“宏大”以“微观”叙事的方式，聚焦在130个项目的细致描绘和深度关注层面，包括“一带一路”倡议落地国的回应、相关项目的决策过程以及项目实施场景的考察过程。这种重大主题的“探究+报告”式日记，不只是日有所记的外在，而且是以多年对中国国情、世情形成的观点为统领，以中国为中心，以世界为舞台，记载每日所见所闻。最终，我自己都没有想到，我记的日记字数约有25万字，而此行的采访整理文字竟有520万字。

就在这本书即将出版之际，发生了和“一带一路”倡议相关的两件重要的事情：一是美国在2021年6月12日七国集团（G7）峰会上宣布，到2035年向发展中国家提供约40万亿美元进行基础设施建设的计划；二是2021年4月，美国参议院外交关系委员会通过了“2021年战略竞争法案”。

上述基础设施建设计划，目前还是一个没有方案的计划，尚不清楚将如何运作。我在这里提出两个问题：40万亿美元，钱从哪里来？七个国家各自认领多少？虽然G7的经济总量约占全球的46%，但还是应了那句话：地主家也没有余粮。美国28万亿美元的债务还在攀升，已使用数十年的旧基础设施因缺钱而无法更换，“2021年美国创新和竞争法案”授权用于“基础设施交易和援助网络”的3.75亿美元“还在路上”。一个依靠货币放水来修缮基础设施的国家，现在要来“帮助满足中低收入国家巨大的基础设施需求”，“重建更美好世界”（Build Back Better World，B3W），钱从哪里来呢？

出于好奇，我上经济合作与发展组织网站看了看G7的政府债务情况，发现它们真是一家的日子比一家难，竟然没有一个国家的政府债务水平低于欧盟提出的政府债务警戒线（60%）（详见表1）。而中国的政府债务水平占GDP的比重只有45.8%。时任德国总理默克尔公开承认德国没有钱，她对媒体说，不知道第一个1000亿美元从哪里筹集。当G7自己的经济如此不堪重负时，G7各国任何政府都很难在议会获得海外支出批准。获得选票才是竞选者的死穴，拜登还是先获得美国国会的支持再说吧，毕竟他赢得国会对发展中国家基础设施建设的支持的可能性很小。

表 1　2020 年 G7 各国政府债务占 GDP 比重

国家	占 GDP 比重（%）
日本	238
美国	160
意大利	155
英国	144
加拿大	142
法国	124
德国	68

数据来源：OECD。

B3W 的持续时间是 20 年、30 年、40 年，还是 50 年？ G7 国家政党轮替的政治制度阻碍执政党思考 4～6 年或更长的长期计划。这几年，许多国家都目睹了美国不同党派组建的政府是如何撕毁《巴黎协定》、伊核协议以及在新冠肺炎疫情肆虐下如何退出“新冠肺炎疫苗实施计划”（COVAX）的。2018 年，时任美国国务卿蓬佩奥在“印度洋－太平洋地区战略框架”下，提议创建一个 1.13 亿美元的发展中经济体基础设施建设基金，如今这个计划早就淹没在印度洋了。

B3W 是抗衡“一带一路”倡议的替代方案吗？ G7 愿意在全球范围内增加基础设施投资当然好。经济合作与发展组织表示，2016 年至 2030 年世界将需要 95 万亿美元投资，所有人都认识到缺口很大。所以，美国要认识到，基础设施投资最不需要的就是“竞争对手”计划，我们只需要更多。况且拜登明确表示，此类基础设施投资都将仅限于“民主国家”。这意味着美国为满足全球基础设施需求提供的任何融资都将立即被政治化，B3W 将首先满足美国的政治需求，而不是满足全球基础设施的需求。

这项计划信誓旦旦要与中国计划投入数万亿美元的“一带一路”倡议竞争？一个自家道路坑坑洼洼的国家，要与在基础设施方面支出是其3倍的中国竞争？加州高速铁路经过联邦政府和州政府12年的资助（2009年开始建设），只建成总计183公里。这凸显了美国长期以来忽视基础设施建设的事实，美国平均每年用GDP的3.58%作为军费支出，但只愿意将GDP的2.4%用于基础设施建设，而近20年来，中国基础设施建设投资平均每年超过GDP的8%。

美国从开始对“一带一路”倡议非常不屑，到后来由国务卿多次亲自出马，在全球各地煽风点火、挑拨离间、恐吓威胁，画风怎么突然变了呢？先不论这些号称富有的“民主国家”，为消减中国日益增长的影响将拿出什么“替代方案”以及如何实施，重点是它们居然要模仿“一带一路”倡议。这实际上是美国终于公开向全世界承认“一带一路”倡议的成功，我们有理由认为，这是“一带一路”倡议的一次重大胜利。

但是，人们还是把美国想得太好了。美国的“2021年战略竞争法案”，罔顾“一带一路”倡议为南方国家带来了资本和基础设施建设，同时极大地促进了商业、金融和文化发展的事实，反而极其错误地将“一带一路”倡议描绘成一种旨在打击美国主导地位的“邪恶经济工具”。更加险恶的是，该法案居然规定将在每个财政年度拨款3亿美元用于支持媒体，旨在诋毁“一带一路”倡议。这一法案出台后，连一些西方学者都看不过眼，包括来自美国多个学术机构的学者都予以抨击，认为这将阻碍发展中国家获得资源与合作交流。波士顿大学博士后、研究员杰克·沃纳（Jake Werner）表示，该法案“错误地将‘一带一路’描绘成一种旨在扼杀美国至高无上地位的‘邪恶经济工具’”，并揭示“在国会内部显示了对中国的动机、意图和立场灾难性的、粗糙的、单一的零和观点”。他认为，美国领导人与其妖魔化“一带一路”倡议，不如去了解“一带一路”在世界范围内被热情接受的原因。

作为见证者，从2015年开始到现在，我踏访22个亚非拉国家，从亚洲的马六甲海峡、浩瀚的印度洋，到东非的大裂谷、广袤的撒哈拉沙漠，再到拉美的潘帕斯草原、巴塔哥尼亚高原、佩里托莫雷诺冰川……累计行程近26万公里，实地调研了共建“一带一路”国家最有代表性的280多个项目，涵盖基础设施、能源、交通、农牧业、制造业、信息技术、金融、教育、科技创新等领域。大量的事实证明，这些项目对发展中国家发展起到了重要的推动作用。在访谈的870多人次中，有多位总统、总理、部长，他们曾亲口对我讲，是中国帮助他们国家实现了“国家的梦想”。世界建筑领域排名前200位的中国“国家队”和“地方军”企业，奔向世界各地，帮助一些国家和地区建设或改善基础设施。2020年世界十大建筑公司中，中资企业包揽前6名。充足的资金优势，加上在海外征战多年的企业，这就是中国获得共建“一带一路”国家赞誉和“一带一路”获得成功的原因。

截至2020年11月，中国与包括G7成员意大利在内的138个国家和地区以及31个国际组织签署了201份共建“一带一路”合作文件。实施“一带一路”倡议以来，中国对这些国家和地区的直接投资总计约1360亿美元，参与并支持了2600多个项目，价值超过3.7万亿美元。长期以来，西方媒体一直在妖魔化“一带一路”倡议，“新帝国主义”“新殖民者”“债务陷阱”都是它们制造出来攻击中国的武器，结果有几个人相信呢？公道自在人心。美国希望每年花3亿美元来抹黑“一带一路”，以“对抗中国共产党在全球的恶性影响”。这次美国还是错误地估计了形势。我相信，南方国家将会用事实给美国再上一课：人们在追求自己国家的发展与进步，世界并不需要一场“新冷战”。

最后，我要再次感谢中交集团。我的亚洲、非洲以及拉美的“一带一路”调研，都得到了中交集团从上到下的大力支持与帮助，如果没有中交集团在海外的200多家分支机构，我便不可能完成如此大规模的采访。

赵忆宁

2022年8月1日

中国道路丛书

学　术

《解放生命》
《谁是农民》
《香港社会的民主与管治》
《香港社会的政制改革》
《香港人的政治心态》
《币缘论》
《如何认识当代中国》
《俄罗斯之路 30 年》
《大国新路》
《论企业形象》
《能源资本论》
《中国崛起的世界意义》
《美元病——悬崖边缘的美元本位制》
《财政预算治理》
《预见未来——2049 中国综合国力研究》

译　丛

《西方如何"营销"民主》
《走向繁荣的新长征》
《国家发展进程中的国企角色》
《美国社会经济五个基本问题》
《资本与共谋》
《国家发展动力》

智库报告

《新时代：中国道路的延伸与使命》
《新开局：中国制度的变革与巩固》
《新常态：全面深化改革的战略布局》
《新模式：走向共享共治的多元治理》
《新征程：迈向现代化的国家治理》
《新动能：再造国家治理能力》
《全面依法治国新战略》
《大变局——从"中国之制"到"中国之治"》

企业史

《与改革开放同行》
《黎明与宝钢之路》
《海信史（2003—2019）》

企业经营

《寻路征途》
《中信创造力》

专　访

《中国道路与中国学派》
《21 世纪的中国与非洲》
《"一带一路"拉美十国行记》

人　物

《重读毛泽东，从 1893 到 1949》

政　治

《创新中国集体领导体制》

战　略

《国家创新战略与企业家精神》

金　融

《新时代下的中国金融使命》
《中国系统性金融风险预警与防范》
《新时代中国资本市场：创新发展、治理与开放》
《本原与初心——中国资本市场之问》

管　理

《中国与西方的管理学比较》